Beate Schaefer

Die schwarze Taube

Beate Schaefer

Die schwarze Taube

VERLAG PHILIPP VON ZABERN

Glücklich das Herz, das brechen kann
Und zum Frieden der Gnade gedeihn!
Wie glättet sich anders der Pfad, wie wird sonst
Die Seele von Sünde rein?
Wie anders als durch ein gebrochenes Herz
Zieht der Heiland ein?

Oscar Wilde

1. Kapitel

„Jeder Platz besetzt“, flüsterte Lucius Acilius Eutyches seinem Inspizienten Florus zu. „Da passt keine Maus mehr dazwischen.“

Er stand in der Scaena, dem Bühnenhaus, und spähte weiter durch das Loch im Siparium, das es ihm ermöglichte, sowohl das weite Halbrund der Cavea als auch die Bühne zu beobachten, ohne selbst gesehen zu werden. Auf der Bühne befand sich nichts weiter als ein großes, wassergefülltes marmornes Becken, das auf einem umlaufenden Sockel aus drei Stufen ruhte. Natürlich war das Becken nicht aus Marmor, sondern aus Holz, doch innen mit Pech und Werg wasserdicht gemacht und so geschickt bemalt, dass es wirkte wie echter Stein. Acilius kniff das linke Auge zusammen, um durch die kleine Öffnung im Vorhang noch besser sehen zu können. In den Sitzreihen drängten sich die Menschen; sie warteten auf den Beginn der Spiele am städtischen Theater von Treveris, das *Venus genetrix* geweiht war, jener Göttin, auf die Kaiser Augustus, Gründer der Stadt an der Mosella, seine Abstammung zurückführte. Die ersten Reihen hinter der Orchestra waren jenen mit offizieller Funktion und noblem Namen vorbehalten, und da die Ränge nach Bürgern, Freien, Sklaven und Frauen streng gestaffelt waren, wussten alle jungen Männer, dass ganz oben die hübschesten Mädchen saßen, bereit, einen Blick zu riskieren oder auch mehr. Aus dem ganzen Umkreis waren die Zuschauer gekommen, Leute, die einen Tag und mehr unterwegs gewesen waren, um dabei sein zu können, wenn das Spiel begann. Für Acilius klang das Stimmengewirr der erwartungsvollen Menge hier, hinter dem Vorhang, wie ein mehrstimmiges Summen; es war das schönste Geräusch, das der Archimimus, der altgediente Schauspieler und Theaterdirektor, sich vorstellen konnte, es war das Lied der Lieder, der Hymnus schlechthin. Er ließ die kleine Klappe aus Vorhangstoff sinken, die das Loch im Siparium verschloss, und richtete sich auf. „Jeder Platz besetzt“, wiederholte er, während er die Hände ausstreckte und sich von einem Knaben die bischöflichen Ringe anstecken ließ – Theaterschmuck aus billigem Metall mit riesigen bunten Steinen aus Glas.

„Ich habe noch nie erlebt, dass es am 23. September leer gewesen wäre“, knurrte Florus. Er hatte den Laren des Augustus bereits nach dem Aufstehen geopfert; obwohl es verboten war, hatte er Wein vergossen und ein Gebet für den ersten römischen Kaiser gesprochen, dessen Geburtstag man heute noch genauso feierte wie zu seinen Lebzeiten. Florus war für den reibungslosen Ablauf der Vorstellung zuständig und hatte in den gut sechzig Jahren seines Lebens wohl keine andere Tätigkeit ausgeübt als jene, die Bühne richten und nach der Vorstellung abräumen zu lassen, Zeichen zu geben für den Auftritt der Mimen oder Donnergrollen einzuspielen, indem er den dafür zuständigen Sklaven anwies, die großen runden Steine in die bronzene Klangschale rollen zu lassen. Er trieb die Arbeiter an, die den Kran betätigten, falls ein Gott vom Bühnenhimmel schweben sollte, und nachdem alles vorbei war, ließ er es sich oft nicht nehmen, im letzten Licht des Tages selbst die Bühne zu fegen, ganz in Gedanken versunken, Kehraus für Dionysos, den Theatergott, den Hüter des heiligen Bühnenraums.

„Das Wetter?", fragte Acilius, dem zwei junge Diener jetzt den großen rot bemalten Phallus umbanden, ehe sie ihm das Bischofsgewand überstreiften, den Phallus aus dem dafür vorgesehenen Schlitz wieder hervorholten und dem Mimen sodann den Krummstab reichten, der allerdings zu kurz geraten und dessen Ende zur Komödiantenklatsche umfunktioniert war.

„Bleibt wohl so", erwiderte Florus. „Der Wind hat die Regenwolken nach Germanien gescheucht, dort gehören sie auch hin."

Hinter Acilius drängten sich als Presbyter, Diakone und Altardiener verkleidete Schauspieler. Ein Sklave reichte Acilius die bischöfliche Mitra, doch er behielt sie in der Hand, statt sie auf seinen schmalen, glatt rasierten Kopf zu setzen.

„Hoffen wir das Beste", sagte Acilius. „Wo ist der Täufling?"

„Hier", rief ein Mime von etwa dreißig Jahren, der ein kurzes buntes Flickenhemd trug, das ihm kaum bis über den Po reichte und das vorn durch den unvermeidlichen ledernen Phallus frech in die Höhe gehoben wurde. Der Schauspieler war schlank und beweglich, hatte ein weiß geschminktes Gesicht, rot bemalte Wangen, ebenfalls eine Glatze und lief barfuß.

Florus trat hinter den Vorhang, hob die kleine Stoffklappe und warf nun selbst einen Blick durch den Oculus. „Wir können anfangen", verkündete er, trat zurück in seine Nische und gab einem Sklaven ein Zeichen. Dieser bediente einen Seilzug, die schwarzen Siparien, die die bemalten Kulissen verbargen, fielen alle gleichzeitig und verwandelten die Szenenfront mit ihren Säulen in das Innere einer Kirche: Schlichte geometrische Flächen in Rot, Weiß und Grün im Untergeschoss, perspektivisch täuschend echt gemalte rundbogige Fenster im ersten Stock. Die Menge verstummte gespannt. „Und ab!", sagte Florus und bedeutete gleichzeitig Acilius, sich endlich die Mitra aufzusetzen.

Der Stupidus in der kurzen Tunica öffnete zögernd das große Mittelportal, steckte den Kopf in den Bühnenraum, spähte ängstlich um sich, tat, als stolpere er beim Betreten der „Kirche" über die Schwelle, erschrak, rettete sich in einen Salto, erblickte gleich darauf das „Taufbecken" und zog sich rückwärts gen Portal wieder zurück. Doch da traten, gemessen schreitend, untermalt von feierlichem Gemurmel, Bischof und Gefolge auf, woraufhin der Schauspieler kehrtmachte und unter Wehgeschrei kreuz und quer rannte, als werde er von den Begrenzungen der Bühne an der Flucht gehindert, als öffne sich statt der voll besetzten Zuschauerreihen hinter der halbrunden Orchestra ein Abgrund. Gelächter aus dem Publikum und zwei, drei anfeuernde Rufe begleiteten seine Bockshüpfer.

Zwei der Akolythen, schöne, kräftige Männer, die nicht älter als zwanzig Jahre waren, der eine mit blonder Mähne, die ihm bis zu den Hüften fiel, der andere mit langen dunklen Locken, fingen ein Zeichen des Bischofs auf und schnappten sich den Täufling, der zappelte und sich wehrte, bis sie ihm eine grobe Mütze – mehr einen kleinen Sack – über den Kopf stülpten, unter dem sein Gejammer gedämpfter, fast erstickt, hervorkam, sehr zum Vergnügen des Publikums. In der Mitte der Bühne wurde nun ein schmaler Teppich ausgebreitet, ein hässliches, raues Ding, auf das man den widerstrebenden Glaubensjünger einlud, der sich dabei anstellte wie ein Esel, dessen Hals vom Ziehen immer länger wird, dessen Hinterbeine immer mehr unter den Körper rutschen, weil man ihn schiebt, ohne dass er sich doch mehr als einen Zollbreit vom Fleck bewegt. Schließlich hoben die Altardiener ihn einfach hoch, steckensteif klemmte er zwischen ihnen, bis sie den Teppich erreicht hatten und ihn darauf absetzten.

„Au!", schrie er. „Wie das in meine Fußsohlen sticht! Was ist das! Ich kann nichts sehen! Zu Hilfe! Hilfe! Helft! Ich muss sterben!"

Gelächter auf den Rängen. „Was musst du dich auch taufen lassen?", rief einer in der ersten Reihe.

Doch der Bischof hob beide Hände und übertönte die unruhige Menge. „Friede sei mit euch!", sagte er in weihevollem Singsang, worauf ihm aus dem Zuschauerraum im Chor ein „Du uns auch!" entgegenflog, und nicht wenige der Männer begleiteten diesen Ruf mit einer eindeutigen Handbewegung.

Der Täufling schlotterte, und mit ihm schlotterte sein langer roter Phallus.

„Wie willst du heißen?", fragte der Bischof.

„Qod... Qod... Qod...", stammelte der Ärmste, dessen Kopf ja auch immer noch im Sack steckte.

Der Bischof blickte auf seinen eigenen mächtigen Phallus, hob ihn mit der Hand ein wenig an, so dass er ihm „ins Auge" blicken konnte, und fragte ihn, als sei er ein Orakel: „Dieser Mensch will Waswaswas heißen. Soll es sein?"

„Es soll sein", rief es aus den Rängen. „Waswaswas soll er heißen!"

„Nein!", quiekte der Täufling erstickt und wand sich im Griff der Ministranten. „Qod...", setzte er an, worauf die Menge skandierte: „Qodqodqod!"

„Nein!", schrie er in höchster Not. „Qodvoldus will ich heißen, Qodvoldus!"

Der Bischof nickte gnädig und wandte sich ans Publikum. „Versteht jemand seinen Dialekt? Wie will dieses klägliche Individuum heißen?"

Ein rhythmischer Chor antwortete ihm: „Quodvultdeus, Quodvultdeus ...!"

„Ah", machte der Bischof. „Also nicht ‚Waswaswas', sondern ‚WasGottwill' will der Mensch heißen. Warum sagt er das nicht gleich?!"

Gelächter auf den Rängen.

„Also, Waswaswas ...", setzte der sich zerstreut gebende Bischof feierlich an, aber „Qodvoldus, Qodvoldus", korrigierte ihn die Menge, den Dialekt des armen Täuflings nachäffend.

Der Bischof gebot Schweigen, und die Zwischenrufe verstummten. „Also, Qodvoldus", begann er erneut, „was begehrst du von der Kirche Gottes?"

„Die Trau..., die Trau...", antworte der junge Mann nervös und wurde von einer weiteren Salve aus dem Publikum unterbrochen.

„In die Traufe, in die Traufe mit ihm!", johlten die Zuschauer, brachen aber gleich wieder ab, gespannt auf den Fortgang, als der Bischof die Hand hob.

„Noch einmal, Qodvoldus", sagte er streng. „Was begehrst du von der Kirche Gottes?"

„Die ... die Taufe", brachte der junge Mann endlich heraus und hüpfte unbehaglich von einem Fuß auf den anderen, weil der stachlige Untergrund in seine Fußsohlen biss. „Au, au!"

„Was gewährt dir die Taufe?"

Der Täufling hüpfte. „Das ... ewige ... Leben."

„Auf die Knie!", befahl der Bischof.

Als er nicht sofort folgte, traten die beiden Altardiener, die rechts und links des stachligen Teppichs gewartet hatten, dazu und zwangen den armen Wicht auf die Knie, doch er fuhr unter lautem Klagegeschrei sofort wieder auf. „Das sticht! Das kratzt! Das zerschneidet mir die Seele!", schrie er.

„Schweig! Solange du nicht Gott gehörst, hast du keine Seele", antwortete ihm der Bischof ungerührt. „Höre zu, was ich dir sage, und merke es dir gut, denn sonst bist du verloren wie alle anderen Ungläubigen am Tag des Jüngsten Gerichts!"

„Wann kommt denn das Jüngste Gericht?", wollte der Geplagte wissen.

„Wann es Gott gefällt, aber es wird nicht mehr lange dauern, schließlich wartet die Christenheit bereits täglich seit mehr als dreihundert Jahren darauf!"

Lautes Gelächter belohnte seine Glosse.

Der Bischof erhob beide Arme und wandte sich feierlich in Richtung Publikum, das auf einmal ganz stumm blieb. „Höre also, Qodvoldus, der du die Taufe verlangst, was Jesus Christus unser Herr dir ausrichten lässt ..."

In diesem Augenblick erhob sich im Publikum ein Mann, der ganz links außen etwa in der zehnten Reihe gesessen hatte, und rief: „*Gloria in excelsis Deo*!"

Acilius ignorierte den Zwischenrufer und wollte fortfahren, doch ein zweiter Mann im Publikum stand auf, streckte beide Hände gen Himmel und rief: „Herr, schenke uns deine Gnade!"

„Ruhe", schnauzte ihn ein Zuschauer von schräg hinten an,

aber da erhoben sich nacheinander drei, vier, fünf weitere Christen auf den Rängen; sie standen verteilt über die ganze Cavea, reckten die Arme nach oben und wechselten sich ab mit Rufen: „Wer zum Mimus geht, gerät ins Fegefeuer und in die Flammen der Hölle!" – „Lasst ab von eurem Irrtum und wendet euch zu Gott!" – „Gott ist allmächtig!"

Die Störenfriede hatten Erfolg, denn sie zogen die Aufmerksamkeit auf sich, das Geschehen auf der Bühne stockte, und Einzelne aus dem Publikum begannen, sich auf Wortgefechte mit ihnen einzulassen, während andere einfach nur pfiffen, „Ruhe" schrien oder „Raus mit dem Pack!" In kürzester Zeit herrschte eine gereizte, ja beinah schon aggressive Stimmung im Theater, und Florus, der hinter der Bühne das Geschehen verfolgte, stöhnte entnervt: „Nicht schon wieder!"

Er schickte zwei Sklaven los, die die Vigilen alarmieren sollten, die bei jeder Theatervorstellung mit ein paar Mann Dienst taten, sich aber, während das Stück lief, draußen die Zeit mit Würfeln vertrieben. Es dauerte nicht lange, und die Ordnungshüter kamen die Treppen hinaufgerannt. Mittlerweile war die Atmosphäre so aufgeheizt, dass Acilius bereits ein Handgemenge befürchtete. Er hielt die Stellung auf der Bühne, und auch die anderen Schauspieler blieben auf Position, als gehe sie der Tumult im Zuschauerraum überhaupt nichts an.

Die Vigilen bahnten sich einen Weg durch die Sitzreihen, bis sie die Unruhestifter erreicht hatten, die sich widerstandslos abführen und nach draußen bringen ließen. Es dauerte noch einen Moment, bis sich die Leute wieder beruhigt hatten, doch Acilius wartete nicht, bis die Letzten auf den hintersten Bänken aufgehört hatten zu flüstern, sondern fuhr einfach da fort, wo er unterbrochen worden war: „Höre also, Qodvoldus, der du die Taufe verlangst, was Jesus Christus unser Herr dir ausrichten lässt."

Hinter der Bühne atmete Florus auf. „Das ging ja gerade nochmal gut", murmelte er, froh, dass das Stück endlich weiterging.

Qodvoldus, der Täufling auf der Bühne, kniete immer noch auf dem rauen Teppich, den Sack über dem Kopf. Der Akolyth mit dem langen blonden Haar trat jetzt direkt vor ihn, was den Nebeneffekt hatte, dass sich sein Phallus genau auf Kinnhöhe des Stupidus befand, grinste und nahm ihm den Sack vom Kopf. Unterdrücktes Gelächter flog durch das Publikum.

„Die Taufe“, fuhr der Bischof mit lauter, drohender Stimme fort, „ist deine Hochzeit, Qodvoldus, und Christus ist dein Bräutigam ...“

Das Grummeln und Kichern auf den Rängen wurde lauter, die Zuschauer stießen sich gegenseitig mit den Ellbogen an, manche deuteten ganz dreist auf das Geschehen.

„Der Ehevertrag wird unterschrieben, wenn du, Qodvoldus, dem Teufel entsagst und Christus dein Jawort gegeben hast.“ Der Bischof reckte die Arme gen Himmel und rief: „Gott der Allmächtige, den wir fürchten und achten, hat dich, o Satan, zur ewigen Verdammnis bestimmt. Durch uns, seine schwachen Diener, befiehlt er dir und allen, die dir hörig sind, jene zu meiden, die mit dem Zeichen des Kreuzes auserwählt sind.“

Der Bischof winkte einem der Presbyter, einem Menschen von herkulischen Maßen, mit Händen, groß wie Bratpfannen. Gleichzeitig blies Acilius seine Backen auf, sie wurden dick und rund und immer noch ein bisschen runder, was umso erstaunlicher war, weil sein Gesicht eigentlich schmal war, fast hager. Acilius, der Bischof, beugte sich mit ausgestrecktem Hals und aufgeblasenen Backen zu dem Knienden – und erhielt von Herkules eine schallende Ohrfeige, so dass die Luft aus seinen Backen wie ein großer Furz entwich. Der Furz war so laut, dass man ihn bis oben in die letzte Bankreihe hörte. Das Publikum grölte und klatschte.

„Wie das stinkt!“, fuhr der Täufling auf. „Ich muss sterben!“

„Weiche, Satan, von diesem Qodvoldus!“, rief der Bischof, schlug über dem Täufling das Kreuz und blies die Backen erneut auf, nur um sofort wieder eine mächtige Ohrfeige zu erhalten, so dass ein weiterer Riesenfurz ertönte, vor dem Satan Reißaus nahm, wie es das Ritual verlangte. Das Ganze wiederholte sich zum dritten Mal, begleitet von begeisterten Selbstversuchen im Publikum, wo sich Sitznachbarn gegenseitig ohrfeigten, um auszuprobieren, ob ihnen derselbe Effekt gelang, und sie dabei feststellen mussten, dass die Produktion eines Mundfurzes mittels mechanischer Einwirkung auf ein Körperteil namens Backe offensichtlich gewisser Übung bedurfte. Man wandte sich also bald wieder dem Geschehen auf der Bühne zu, wo der Bischof, nun wieder aufgerichtet und mit beschwörend gegen Satanas ausgestrecktem Arm, fortfuhr: „Im Namen unseres Herrn, Jesus

Christus, des wahren Gottes, der alle Macht besitzt über Himmel und Erde, befehle ich dir, schamloser, schmutziger, hassenswerter und feindlicher Geist, entferne dich und verschwinde aus dem Angesicht derer, die die heilige Taufe empfangen werden!"

Nach einer Kunstpause ließ Acilius, der Mime, den Arm sinken und wandte sich direkt an den Täufling.

„Sprich mir nach, Qodvoldus: ‚Ich entsage dir, Satan, deinem Gepränge, deinem Dienst und deinen Taten, ich entsage vor allem dem Theater, den Gladiatorenspielen und den Rennen ...'"

Hier ging ein missgünstiges Raunen durch die Menge, Fäuste wurden geschüttelt, es gab Zwischenrufe und laute Buhs.

Der Bischof jedoch ließ sich nicht beirren: „... ‚ich entsage vor allem dem Theater, den Gladiatorenspielen und den Rennen, und ich weihe mich deinem Dienst, oh Christus'."

Ein Zuschauer schrie herüber: „Tu's nicht, Qodvoldus! Tu's nicht! Nächste Woche treten die Blauen gegen die Grünen an. Das darfst du nicht verpassen!" Breites Gelächter antwortete ihm.

Ein anderer rief: „Du wirst die schöne Marcia nie wiedersehen! Du wirst sie nie wieder singen hören. Du wirst sie nie wieder tanzen sehen. Ist es das wert, Qodvoldus?"

Beifall brandete auf, und spontan stimmten ein paar Leute die erste Strophe des allerneuesten Liedes an, mit dem die Schauspielerin bei ihrem letzten Auftritt Furore gemacht hatte und dessen Melodie mittlerweile in der ganzen Stadt gepfiffen und gesummt wurde.

Aber da rückte langsam und bedrohlich das Gefolge des Bischofs näher. Schritt für Schritt kamen Presbyter, Diakone und Altardiener herbei und bildeten einen zum Zuschauerraum hin offenen Halbkreis um den Bischof und den Täufling. Im Chor wiederholten laute, tiefe Männerstimmen die apokalyptischen Worte: „Im Namen unseres Herrn, Jesus Christus, des wahren Gottes, der alle Macht besitzt über Himmel und Erde, befehle ich dir, schamloser, schmutziger, hassenswerter und feindlicher Geist, entferne dich und verschwinde aus dem Angesicht derer, die die heilige Taufe empfangen werden!" Sie übertönten damit die Zwischenrufer und die frivolen Sänger, und als sie fertig waren, trat eine erhitzte Stille ein.

Und in diese Stille hinein wiederholte der Glaubensjünger,

panisch angesichts der Übermacht und des auf seinen Mund gerichteten Phallus, mit sich überschlagender Stimme: „Ich entsage dir, Satan, deinem Gepränge, deinem Dienst und deinen Taten, ich entsage vor allem dem Theater, den Gladiatorenspielen und den Rennen, und ich weihe mich deinem Dienst, oh Christus!“

Der Bischof schlug erneut das Kreuz über ihm. „Lass mich nun fortfahren, Qodvoldus, mit meiner Einweisung in die christliche Ehe, die du eingehen wirst. Die Hochzeitsgeschenke werden ausgetauscht. Christus schenkt dir die Taufe, du schenkst ewigen Gehorsam und Glauben.“

Der blonde Akolyth unterstrich diese Worte, indem er seine Hüften in eindeutiger Weise bewegte, während der Täufling mit vor Schreck weit geöffneten Mund auf den Phallus blickte.

Der Saal geriet erneut in Wallung, erste obszöne Worte wurden gerufen, begleitet von derbem Gelächter. Mehrere Frauen auf den hinteren Rängen kreischten enthemmt.

Doch der Bischof übertönte den Lärm mühelos mit geschulter Bühnenstimme: „Dein Bräutigam Jesus Christus kommt inmitten der Nacht, um die Ehe zu vollziehen!“

Unter dem Beifall des Publikums schob der schöne Blonde seinen ledernen roten Phallus in den Mund des Täuflings, während der Bischof zum Höhepunkt seiner Ausführungen kam: „Der Täufling empfängt die bräutliche Ölung, und sein Brautgewand ist der Herr selbst, der ihn umfängt.“

Die Menge raste vor Gelächter, als der Bischof dem Täufling nun eins mit der Klatsche überzog, so dass er sich erschrocken aus der intimen Stellung löste.

„Das Brautgemach“, herrschte ihn der Bischof an, „ist nicht hier, du Dummkopf, sondern das Taufbecken dort drüben mit dem heiligen Wasser. Die Taufe, du Esel, ist die Stunde, in der die Ehe vollzogen wird – und danach, du Idiot, ist alles anders!“

Er wedelte mit der Klatsche in die Richtung, woraufhin der Blonde den Täufling gleichzeitig mit seinem dunkelhaarigen, muskulösen Kollegen unter den Armen packte und ihn, den stocksteif Stehenden, wie zu Anfang hochhob. Im Gleichschritt marschierten sie zum Taufbecken und die kurze Treppe hinauf, den Glaubensjünger wie eine Puppe zwischen sich geklemmt. Bischof und Gefolge nahten gemessenen Schrittes.

„In die Traufe, in die Traufe“, skandierte die enthemmte Masse, und genau dort hinein stellten sie Qodvoldus. Das Becken war so groß, dass ihm das Wasser bis zum Brustkorb ging. Er rührte sich nicht. Er stand im kalten Wasser und schaute aus großen dunklen Augen ins bis zur Ekstase animierte Publikum.

Acilius warf ihm zuerst einen irritierten, dann einen strengen Blick zu, ohne dabei jedoch seine bischöfliche Haltung, sein einstudiertes weihevolles Gebaren preiszugeben.

Eigentlich hätte der Täufling schreien müssen: „Pfui, wie kalt!" und mit Wasser um sich spritzen, woraufhin ihm der Bischof eins mit der Klatsche übergezogen hätte. Doch Favor, der Mime, der die Rolle des Täuflings spielte, tat nichts dergleichen, sondern stand ganz ruhig und erwartungsvoll im Becken.

Irgendetwas war nicht in Ordnung. Acilius spürte, dass auch die anderen, die hinter ihm standen, nervös wurden. Hatte Favor seinen Text vergessen? Kaum glaubhaft. Er spielte das Stück heute immerhin mindestens zum fünfzehnten Mal!

Acilius überlegte nicht lange. Er stieg die Stufen hoch, legte dem Täufling die Hand auf den Kopf und tauchte ihn unter.

„Du wirst getauft Qodvoldus im Namen des Vaters ..." Prustend kam Favor wieder hoch, nur um gnadenlos wieder unter Wasser gedrückt zu werden. „... des Sohnes ..." Erneut tauchte Favor aus den Fluten, hustend, spuckend. Der Bischof zwang ihn ein drittes Mal in die Tiefe, so dass er kaum Zeit hatte, nach Luft zu schnappen. „... und des Heiligen Geistes. Amen."

Das Publikum liebte die Szene, in der der Arme bei der heiligen Handlung fast ertränkt wurde, und applaudierte begeistert, während das Gefolge des Bischofs nun einen fremdartigen Singsang begann, in drängendem Rhythmus, erst leise, dann anschwellend und bedrohlich, so dass es denen, die empfänglich dafür waren, Schauer über den Rücken jagte, bis sie die Worte deutlicher verstanden und die Ergriffenheit der Spottlust wich:

„Heil dem jungen Christenmann
Betet nun den Esel an
Der für ihn am Kreuze hing
Fische mit dem Schwanze fing
Schafe in die Tempel trieb
Rattenfänger, Hühnerdieb!"

Unter dem Gesang zählte Acilius stumm bis zehn, ehe er Favors Kopf am Ohr aus den Fluten zog.

„Was fällt dir ein“, zischte er dem Täufling zu, ohne dabei groß die Lippen zu bewegen. „Hattest du einen Hänger? Du hast fast die Szene versaut!“

Doch Favor schnappte nur nach Luft und gab keine Antwort. Acilius, der erfahrene Mime, hatte es in seiner Laufbahn schon öfter erlebt, dass ein Schauspieler komplett aus der Rolle fiel; es war ihm sogar selbst einmal, ein einziges Mal passiert, und er wusste, wie sich das anfühlte, diese unendliche Leere im Kopf, dieses schwarze Loch, die völlige Paralyse, alles ist weg: der Text, die Choreographie, ein Moment, der endlos scheint und doch nur Augenblicke dauert. Doch das hier war irgendwie anders. Der Schauspieler, der da im Taufbecken stand, hatte zwar auch diesen abwesenden Blick, den Mimen haben, wenn sie nicht mehr weiterwissen, aber es ging von seinem Gesicht eine Kraft aus, ein Leuchten, als sei seine Lähmung nicht einer plötzlichen Leere, sondern, im Gegenteil, Überfülle zu verdanken.

Acilius spürte, dass das Publikum unruhig wurde, weil das Stück nicht weiterging, und handelte. Er gab den Altardienern, die ratlos dabeistanden, ein Zeichen, und sie holten Favor aus dem Becken. Sobald er mit den Füßen den Boden berührte, riss er sich los, ging bis ganz vorn an die Rampe, stand dort reglos und richtete seinen festen Blick auf die Menge. Das obszöne Lied im Hintergrund verebbte langsam, als versagte den Sängern beim Anblick des jungen Stupidus in seiner klatschnassen Flickentunica, unter der der rot bemalte lederne Phallus wippte und tropfte, einem nach dem anderen die Stimme. Irritiert schauten die Menschen auf den Hanswurst, der so unvermittelt aus der Rolle gefallen war. Die anderen Mimen auf der Bühne waren stehengeblieben, perplex, wie eingefroren in der Bewegung, und sahen zu ihrem Kollegen hinüber.

Lange geschah gar nichts. Und obwohl nichts geschah, legte sich Erwartung um die Menschen, hielt sie fest, hielt sie in Spannung. Zum Schluss war im ganzen Theater kein Laut mehr zu hören, nur von draußen das Bellen eines Hundes und das Tschilpen der Spatzen im Gemäuer.

„Vater unser, der du bist im Himmel, geheiligt werde dein Name, dein Reich komme, dein Wille geschehe, wie im Himmel also auch auf Erden“, begann Qodvoldus leise, und man hörte ihn dank seiner wohlausgebildeten Stimme und der ausgeklügelten Theaterakustik bis hinauf in die letzte Reihe. „Unser täglich Brot gib uns heute und vergib uns unsere Schuld …“

Die Zuschauer, die etwas ganz anderes erwartet hatten, ein Lied oder einen Witz, fingen an zu murmeln.

„… wie auch wir vergeben unseren Schuldigern. Und führe uns nicht in Versuchung, sondern erlöse uns von dem Bösen. Amen“, betete Qodvoldus.

Kopfschüttelnd standen ein paar Leute bereits auf, tippten sich an die Stirn. Die in der ersten Reihe saßen, vermieden es, Qodvoldus anzusehen, und begannen zu tuscheln.

„Friede sei mit euch!“, rief Qodvoldus.

„Du uns auch!“, schallte es böse zurück.

Doch Qodvoldus ließ sich nicht beirren. „Ich habe die heilige Taufe empfangen“, sprach er laut zu der Menge. „Und während ich sie empfing, tat sich der Himmel auf, ich sah Engel, reine, helle Gestalten, umflutet von Licht und Herrlichkeit, und sie öffneten mir das Tor zu Gott, weit, weit stand es offen, und ich sah Ihn, und zu Seiner Rechten saß unser Herr Jesus Christus und streckte segnend die Hand über mich aus. Ich habe die heilige Taufe empfangen“, wiederholte Qodvoldus. „Ich habe meinen Dienst Jesus Christus geweiht. Ich habe dem Satan abgeschworen und dem Theater. Ich bin ein Christ.“

Das Publikum begann laut zu murren, Fäuste wurden geschüttelt. Florus, der das bizarre Geschehen hinter den Kulissen ebenso geschockt verfolgt hatte wie die anderen, fasste sich als Erster. Er klatschte in die Hände. „Abbruch! Sofort Abbruch! Umbau auf die Pantomime. Los, los, macht schon“, bellte Florus seine Befehle. „Beeilt euch!“

Sofort bediente der Sklave, der für die Siparien zuständig war, den Seilzug. In kürzester Zeit verschwanden die Kulissen hinter den schwarzen Vorhängen. Bühnenarbeiter beeilten sich, sie gegen die doppelseitig bemalten und drehbaren Kulissen der Tragödie auszutauschen – Apoll und Daphne –, deren erste Szene im Freien spielte.

Gleichzeitig übten sich die als christliche Würdenträger verkleideten Schauspieler in der Kunst des unbemerkten Abgangs, während der Blonde und der Braungelockte, ganz, als ob es noch zum Stück gehörte, hinter Favor traten, der nicht aufgehört hatte, seine Erweckung herauszuschreien. Die beiden Männer nahmen ihn in die Mitte, hoben ihn hoch und trugen ihren bekehrten Kollegen eilig nach links in die Seitengasse ab. Im Bühnenboden wurde eine Klappe geöffnet, unten setzten Sklaven die Hydraulik in Bewegung, und das Taufbecken senkte sich langsam in die Tiefe, bis es verschwunden war und die Klappe wieder geschlossen wurde.

„Die Musiker sollen sich bereit machen!“, hetzte Florus sein Ensemble derweil. „Wo ist der Chor, verflucht und Donnerkeil! Ruft den Chor ein!“

Friolf, der Tänzer der Pantomime, kam gemessenen Schrittes herbei. Seine Aufgabe war es, gleich sämtliche Rollen nacheinander zu verkörpern, das Gesicht verborgen hinter bemalten Wachsmasken, während der Vorsänger des Chors die Geschichte erzählte, begleitet von dem kleinen Orchester aus Syringen, Becken, Kitharen und Lyren.

„Was ist?“, fragte er verwundert in weichem Ton und mit einem Gesichtsausdruck, als sei er in Gedanken ganz weit weg. „Was ruft man mich schon ein?“

„Wir ziehen die Pantomime vor“, erwiderte Florus hektisch. „Geh und mach dich fertig.“ Er winkte auffordernd Richtung Treppe.

Friolf zog die Augenbrauen hoch, wandte sich ab und entfernte sich gemessenen Schrittes, um in seine Garderobe zu gehen, wo der Ankleider bereits auf ihn wartete.

Florus sah ihm nach und seufzte. Niemand würde Friolf jemals dazu bringen, seinen Körper auf eine Weise zu bewegen, die seinem ästhetischen Anspruch nicht genügte. Sich zu beeilen – wie vulgär ... Acilius‘ Stimme, die jetzt hinter ihm ertönte, lenkte ihn allerdings sofort wieder auf das eigentliche Problem.

„Bist du wahnsinnig geworden?“, herrschte Acilius den Täufling mit unterdrückter Stimme an, kaum dass die Kollegen ihn hinter der Bühne abgesetzt und losgelassen hatten. Er packte ihn an den Schultern und schüttelte ihn. „Favor, antworte mir!“

„Mein Name ist Qodvoldus“, erwiderte der Getaufte. „Was Gott will, geschieht.“ Damit drehte er sich um und ließ den Schauspieldirektor stehen.

Florus trat zu seinem alten Kollegen. „Geh dich umziehen, Acilius“, sagte er. „Dem ist nicht mehr zu helfen.“

„Woher willst du das wissen?“, fragte Acilius erregt.

„Hast du seine Augen gesehen?“ Florus winkte ab. „Es ist sinnlos. Ich kenne das.“

Acilius schaute ihn verwundert an. „Was kennst du?“

„Wie das ist, wenn man sich einbildet, Christ werden zu müssen.“

„Du?“ Acilius war ehrlich schockiert.

Florus zuckte die Achseln. „War selber mal kurz davor.“

„Davon weiß ich ja gar nichts“, sagte Acilius zunehmend entsetzt.

„Damals kannten wir uns noch nicht, mein Freund.“

„Du wolltest dich taufen lassen?“, rief Acilius. „Das glaube ich nicht.“

„Ich hab’s mir dann anders überlegt.“ Florus grinste. „Verliebte mich in einen Schauspieler. Hermius. Er fiel wie ein Geschenk vom Himmel, gerade im richtigen Augenblick. Da war’s vorbei mit Jesus.“

„Ich fasse es nicht“, sagte Acilius. „Du hättest das Theater aufgeben müssen!“

„Und wäre dafür in den Himmel gekommen“, schmunzelte Florus. „Weißt du, es gab einen Moment, da fand ich das ewige Leben verlockender als den Geruch des Theaters. Was ist der Glanz der Bühne gegen das Licht Gottes?“

„Keine Ahnung“, erwiderte Acilius vorsichtig. „Und weshalb hast du dann doch nein gesagt?“

Florus seufzte. „Die christliche Botschaft hat eine immense Kraft, mehr als du dir vorstellen kannst, mein Lieber. Ich war hin- und hergerissen. Aber ...“

„Aber?“

„In den Wochen vor Ostern, als ich mich auf die Taufe vorbereitete, durfte ich nicht mehr ins Theater. Klar, wer Christ wird, schwört dem Theater ab. Und, siehst du, für mich war das Theater seit meiner frühesten Kindheit der Ort allen Glücks. In diesen Wochen der Katechumene hatte ich unendliches Heimweh. Ich hatte eine Sehnsucht nach der Bühne, nach den Mimen, nach der Sprache, der Musik, dass es mich fast umgebracht hat. Sie haben mir gesagt, was ich machen muss, um den Dämon der Theaterleidenschaft aus mir auszutreiben. Ich habe mich geschlagen, ich habe gebetet, bin auf allen Vieren gekrochen, ich habe gefastet. Aber es hat nichts genützt. Ich hatte Visionen, aber alle Bilder, die ich gesehen habe, waren Szenen aus Stücken. Ich wäre beinah verreckt, weil ich es übertrieben habe. Da kamen sie und wollten mich nottaufen. Es war ihnen egal, ob ich sterbe, Hauptsache, getauft. Da ist in meinem Kopf was passiert. Es war ganz merkwürdig. Eben lag ich noch halb verwest da und wartete auf die erste und letzte Ölung, und da beugten sie sich über mich, der Presbyter unten in Bovillae, und die anderen Geistlichen. Sie hatten ganz zufriedene Gesichter, sie schienen es nicht im Mindesten traurig zu finden, dass ich starb. Sie beteten für mich und redeten von Jesus, zu dem ich einkehre, und von den Engeln, die mich tragen würden, und von der Wiederauferstehung, und dann kamen sie zurück auf mein altes Leben und trieben den Theaterteufel ein letztes Mal aus, und als ich endlich wiederholen sollte: ‚Ich entsage dir, Satan, deinem Gepränge, deinem Dienst und deinen Taten …', da bin ich aufgesprungen, obwohl ich eigentlich zu schwach dazu war, und bin rausgelaufen, habe mich rüber ins Theater geschleppt. Auf den Stufen bin ich zusammengebrochen, aber Hermius hat mich aufgesammelt und wieder hergerichtet …"

„Und?", fragte Acilius nach einem Moment des Schweigens. „Hast du es bereut?"

„Nein. Nie."

„Du kannst dich ja noch taufen lassen, kurz bevor du stirbst. So machen es viele. Sogar Kaiser Konstantin …"

„Ich weiß nicht", antwortete Florus. „Ich glaube, ich werde es nicht tun."

„Aber sag mal", begann Acilius, „wenn du dich für das Theater entschieden hast – warum sollte es Favor nicht ebenfalls tun? Er ist ja nicht wirklich getauft. Ich meine … hör mal, Florus … das war ein Schauspiel, kein christlicher Akt!"

„Ich weiß nicht", wiederholte Florus skeptisch.

„Versuchen werde ich's trotzdem, mein Lieber", sagte Acilius und klopfte dem alten Freund auf den Rücken, ehe er, begleitet von einem Sklaven, nach unten in seine Garderobe verschwand.

„Ich bezweifle allerdings, dass du Erfolg haben wirst!", rief ihm Florus nach.

„Wir werden sehen", rief Acilius über die Schulter zurück.

Florus drehte sich um. Der Pantomime war in Kostüm und Maske der Daphne erschienen. Die Musiker und der Chor standen bereit. „Umbau fertig", rief Florus und gab dem Sklaven an der Seilwinde das Zeichen. Die Siparien fielen alle gleichzeitig und gaben den Blick frei auf eine weite Landschaft mit Zypressen und einem Altar, dahinter stieg auf einem Hügel die Stadt empor, perspektivisch perfekt und täuschend echt die Häuser und Tempel, Mauern und Standbilder. Apoll und Daphne, die neue tragische Pantomime, begann. Als Friolf auftrat, gab es sogleich den ersten Applaus. Florus atmete erleichtert auf. Offenbar hatte die Menge den kleinen Zwischenfall verziehen. Doch gleich darauf wurde er nachdenklich. Wenn Favor tatsächlich darauf bestand, Christ geworden zu sein, hatte die Truppe einen Hauptdarsteller weniger. Und das mitten in der Probenphase für zwei neue Stücke, ganz zu schweigen von den Festtagen im Oktober, an denen Spiele gegeben wurden und Stücke zur Aufführung kamen, in denen Favor bereits besetzt war. Der alte Inspizient stützte den Kopf in die Hände und ging im Geist sämtliche Möglichkeiten einer Umbesetzung durch. Doch er gelangte zumindest bei drei Stücken zu der Erkenntnis, dass es in der kleinen Truppe für Favor keinen Ersatz gab. „Lausige Zeiten", seufzte er. „Nichts ist mehr, wie es früher war ... Wieso können uns diese Verrückten nicht einfach in Ruhe lassen?"

II. KAPITEL

Britto, Bischof von Treveris, war bester Laune. Er war gestern Abend nach langer, beschwerlicher Reise von der römischen Synode zurückgekehrt und hatte zum ersten Mal seit Wochen wieder im eigenen Bett genächtigt. Folglich war er ausgeschlafen und erfrischt, dazu kam noch eine Beschwingtheit, die zu den unbedingten Folgen eines ausgedehnten Romaufenthalts gehörte. Dort, umgeben von jener monumentalen Pracht, die Kaiser Konstantin der Mater Roma noch einmal verliehen hatte, konnte sich Britto gemeinsam mit seinen Kollegen an den Fortschritten erfreuen, die die Religion im Zeichen des Einen Gottes, Seines Sohnes und des Heiligen Geistes darin machte, sich diese Stadt und von dort aus den Erdkreis endgültig und unwiderruflich zu unterwerfen. Der Versuch des berühmten Redners Symmachus, Kaiser Gratian zu bewegen, die Maßnahmen zurückzunehmen, mit denen dieser die altrömischen Kulte in die Schranken wies, war gescheitert; die Statue der Victoria blieb aus dem Senatsgebäude verbannt. Die Gesandtschaft des Senators wurde diesmal beim Kaiser nicht einmal vorgelassen, und so blieben die Vestalinnen und römischen Tempel ihrer staatlichen Zuwendungen beraubt, mussten neuerdings Steuern zahlen und ihren ererbten Grundbesitz an den Staat abtreten. Britto schlug das Kreuz und dankte im stillen Gott, dass er Ambrosius, dem großen Bischof von Mediolanum, soviel Einfluss auf den Kaiser verlieh. Allerdings, das musste er zugeben, war es unpraktisch, dass Gratian des Ambrosius wegen gleich in die norditalische Metropole umgezogen war und die hiesige Residenz im Moseltal im Stich gelassen hatte. Der Stadt ging es zwar weiterhin gut, doch der Glanz fehlte, und es war stiller geworden, seit nicht mehr soviel Militär hier stationiert war, ganz zu schweigen von den ständigen Gesandtschaften, die einst kamen und gingen. Auch als Zentrum der Gelehrsamkeit war Treveris wieder in die Provinzialität zurückgesunken. Ausonius, der große Dichter, war mit dem Kaiser gezogen und auch viele andere Rhetoren, Poeten und Philosophen.

Es war noch früh am Morgen, und Britto las, während er die ersten Trauben neuer Ernte als Frühstück zu sich nahm, einige Berichte. Als sein Sekretär zur vorgeschriebenen Zeit erschien, wartete der junge Mann höflich, bis Britto seinen Blick von dem Dokument löste und sich ihm zuwandte.

„Sei mir gegrüßt, Rufinius", sagte der Bischof freundlich. Er hatte ein markantes Gesicht, war schlank und überdurchschnittlich groß, sein dunkles Haar und der kurze, gepflegte Bart waren noch kaum ergraut. Seine Augen waren leicht umschattet vom tiefen Schlaf und den Ermüdungen der langen Reise; dennoch wirkte der ganze Mann energiegeladen und bereit, den Tag zu beginnen. „Was gibt es sonst noch Neues in Treveris, das nicht in jenen Berichten steht?", fragte er den Sekretär, der eine eng mit Tinte beschriebene Holztafel in der Hand hielt.

Rufinius warf einen Blick auf die Liste. „Ein Schauspieler der Theatertruppe des Lucius Acilius Eutyches hat sich, von der Gnade Gottes ergriffen, während einer Vorstellung zum Christentum bekehrt", trug der Sekretär vor.

„Während einer Vorstellung?", fragte der Bischof verwundert.

„Bei der ... der ... der ‚Taufe'", antwortete Rufinius, dem es schwerfiel, das heilige Wort in Verbindung mit dem Theater auszusprechen. „Er kam danach zu uns, und Secundius Securus hat sich um ihn gekümmert. Wenn du ihn sprechen willst ..."

„Später", sagte Britto. „Wie heißt der Schauspieler?"

„Qodvoldus", antwortete der Sekretär.

„Wie?"

„Das ist Dialekt. Eigentlich müsste er Quodvultdeus heißen."

„Und wie hieß er vorher?"

„Favor."

„Also gut", sagte Britto. „Ich werde Ambrosius davon berichten. Er soll entscheiden, ob Qodvoldus noch einmal getauft werden muss. Ansonsten kann Qodvoldus sich natürlich ab sofort als Christ betrachten. Er soll sich von Secundius Securus unterweisen lassen. Wie will er sich unserem Herrn Jesus Christus nützlich erweisen?"

„Er weiß noch nicht viel von unserem Glauben und erwartet deine Anordnungen."

„Sehr schön. Ich nehme an, er hat kein Vermögen?"

„Keinen Cententionalis."

„Dachte ich mir", seufzte der Bischof. „Übrigens, jene Callosia Clamosa – hat sie sich noch einmal gemeldet?"

Rufinius blickte auf die Liste in seiner Hand und fuhr mit dem

Zeigefinger die Zeilen entlang. Dann fand er, was er suchte, und hob den Kopf. „Ja, sie war gestern Mittag hier, aber da warst du noch nicht eingetroffen. Sie ist übrigens die Enkelin jener Callosia Clamosa, die damals Gattin des *Praepositus vinorum* war, als unser erster christlicher Kaiser Konstantin Treveris zu seiner Residenz machte."

„Dann ist sie reich?", fragte Britto.

Rufinius nickte. „Und sehr fromm. Sie hat erneut bekräftigt, dass sie der Kirche ihren gesamten Besitz noch zu Lebzeiten vermachen will. Es handelt sich um ein beträchtliches Vermögen. Häuser, Grundstücke, Bargeld, Schmuck. Soll ich sie benachrichtigen?"

„Hm ... nein – ich werde selbst zu ihr gehen. Heute Nachmittag. Jetzt mach dich bereit zum Diktat. Ich will an Ambrosius schreiben. Wir müssen Gott danken, dass er diesen Schauspieler auf den Weg der Wahrheit geführt hat."

„Es ist das erste Mal, dass hier so etwas passiert, nicht wahr?", fragte der Sekretär, der aus Bergomum stammte, in Bononia ausgebildet war und erst vor einem Jahr zu Bischof Britto in die kaiserliche Residenz an der Mosella gekommen war.

„Ja", erwiderte der Bischof. „Ähnliche Fälle sind mir aus Antiochia und Konstantinopolis bekannt, aber im Westen dürfte es der erste sein. Lobet den Herrn!"

„Ehre sei Gott in der Höhe!", ergänzte der Sekretär. Britto bedeutete ihm, sich zu setzen. Der Bischof selbst diktierte, indem er im Raum auf und ab schritt und seine Worte dabei mit Gesten untermalte, als habe er Publikum. Er begann:

Britto grüßt Ambrosius, Bischof von Mediolanum.

Der Herr sei mit Dir! Ich bin gestern wohlbehalten hier eingetroffen und wurde von zwei Ereignissen überrascht, die zum Ruhm der Christenheit dienen können und die ich Dir nicht vorenthalten will, insbesondere auch deswegen, weil ich im ersten Fall Deinen bischöflichen Rat benötige.

Ein Schauspieler der hiesigen Mimentruppe hatte während eines dieser schändlichen Stücke, die unsere heilige Taufe verspotten und die man, nebenbei gesagt, endlich verbieten sollte, eine Vision. Er glaubt nun, er habe tatsächlich in jenem Augen-

blick die Taufe empfangen und hat demzufolge dem Theater abgeschworen, um ein guter Christ zu werden. Muss er nun noch einmal getauft werden oder kann ich ihn dank seiner Erleuchtung bereits als getauft betrachten? Schreibe mir doch bitte so bald wie möglich, was mit diesem Qodvoldus zu geschehen hat. Ich vertraue Deiner Weisheit, denn niemand ist Jesus Christus näher als Du.

Britto machte eine Pause, um neben dem kleinen, dreifüßigen Tisch stehenzubleiben und ein paar Weintrauben zu pflücken, die er gemächlich nacheinander aß. Dann trank er einen Schluck Wasser, ehe er fortfuhr: „Absatz, neue Zeile". Der Sekretär gehorchte pflichteifrig.

Wie viel Macht die heiligen Vorbilder über uns arme Sünder haben, beweist ein bewegender Vorfall, der sich Ende August in unserer schönen Stadt ereignete. Wie Du weißt, haben sich in der Umgebung einige gottesfürchtige Männer in die Einsamkeit zurückgezogen, um in ununterbrochenem Gebet dem Herrn zu dienen. Neulich aber ergab es sich, dass ein höherer städtischer Beamter, Ponticianus, mit drei Freunden zu einem Spaziergang außerhalb der Stadtmauern aufbrach, um sich nach der Mahlzeit die Füße zu vertreten. Sie kamen an der Hütte eines Anachoreten vorbei, doch der heilige Mann war nicht zu Hause. Ponticianus und einer der Freunde gingen weiter, die beiden anderen Männer aber betraten die Hütte und wunderten sich über die Sauberkeit, die bei aller Ärmlichkeit im Innern herrschte. Dann fiel ihr Blick auf ein Buch, das auf dem Tisch lag, und in dem der Einsiedler offensichtlich gelesen hatte, ehe er ausging. Sie setzten sich, und einer las dem anderen vor, zuerst verwundert, dann staunend, schließlich gefesselt, wie es kein Homer, kein Vergil vermocht hätte. Es handelte sich um das Leben des heiligen Antonius, und wenn ein gottesfürchtiger Mann je mit dem Teufel gerungen hat, dann er! Ergriffen lasen die Freunde von den entsetzlichen Qualen, den tödlichen Versuchungen, der Flamme Satans, die an seinen Fersen emporzüngelte, und davon, wie Antonius sie schließlich austrat. Sie lasen mit klopfendem Herzen von den Gebeten, den Visionen, den Wundertaten des Heiligen Mannes, und als sie am Schluss angelangt waren, erfasste sie der brennende Wunsch, es diesem großen Gottesfürchtigen gleichzutun. Sie beschlossen noch in diesem Moment, die Welt und ihre vergänglichen Werte hinter sich zu lassen und ebenfalls Einsiedler zu werden. Als Ponticianus und der Vierte im Bunde von ihrem Spaziergang zurückkehrten, um die beiden abzuholen, weigerten sie sich. Sie gaben Ponticianus den Auftrag, ihren Besitz der Kirche zu überschreiben und ihren Verlobten von ihrem Entschluss zu berichten. Sie selbst wollten sich taufen lassen und sich danach ebenfalls als Anachoreten in der Umgebung von Treveris niederlassen. Ponticianus versuchte verzweifelt, die Freunde von ihrem Entschluss abzubringen, aber sie blieben fest. Also benachrichtigte Ponticianus die jungen Frauen. Diese, auf wunderbare Weise von ebensolchem Glaubenseifer ergriffen wie ihre Verlobten, weihten sich sofort dem Dienst Jesu Christi; sie ließen sich taufen und gelobten, keinem anderen anzugehören als dem, der für das Leben gekreuzigt wurde.

Ich bin sicher, ehrwürdiger Ambrosius, Du wirst mir zustimmen, dass dies eine außergewöhnlich glückliche Fügung war und wert, in die Annalen dieses Jahres einzugehen.

Gelobt sei Jesus Christus in Ewigkeit. Amen!

Ich erwarte also Deinen Brief und schließe mit den besten Wünschen für Dich.

Er ließ sich den Brief von seinem Sekretär noch einmal vorlesen, war zufrieden und meinte: „Ich hätte noch schreiben sollen, dass ich einen Dankgottesdienst zur Bekehrung der vier ansetzen werde“, sagte er.

„Soll ich es daruntersetzen?“, fragte der Sekretär.

„Ja, füge es hinzu.“

Der Sekretär kritzelte den Nachsatz unten drunter und klappte die zu einem kleinen Buch zusammengebundenen Wachstafeln zusammen.

„Du kannst den Brief später ins Reine schreiben“, sagte Britto. „Ich brauche dich noch, denn ich will die beiden Bekehrten besuchen und bei Callosia Clamosa vorbeischauen.“ Er winkte einem Jungen, der neben der Tür gewartet hatte. Der Knabe kam folgsam heran. „Ruf Pelagius und Vallio, die Presbyter, sowie den Diakon Secundius Securus, sie sollen mich ebenfalls begleiten.“

Eine Stunde später verließen die fünf Geistlichen das bischöfliche Haus, das in einer ruhigen Seitenstraße hinter der Doppelkirche lag. Es herrschte ein für diese Gegend der Gallia Belgica typisches Frühherbstwetter, warm, feucht, fast etwas schwül, und die Rosen dufteten schwer, jedenfalls solange man noch nicht in den Dunstkreis der Garküche gelangt war, die am Ende der Straße, an der Kreuzung mit dem *Cardo maximus*, wässrige Bohnensuppe und Schlimmeres feilbot.

Britto und seine Begleiter waren allerdings noch nicht weiter als bis zum Forum gelangt, als sich etwas entfernt auf der Straße Lärm erhob. Passanten blieben stehen, winkten und riefen, und es dauerte nicht lange, bis der Bischof und sein Gefolge begriffen, wem die Huldigungen galten. Marcia, die Schauspielerin, deren Schönheit berühmt war, deren Lieder in den Straßen gesungen wurden, gab sich die Ehre. Sie saß in einem bequemen Tragsessel, den zwei junge, muskulöse Sklaven in kurzen Tuniken scheinbar mühelos balancierten, und wurde begleitet von zwei Mädchen mit Bändern im Haar und einem blonden Knaben, der als kleiner Amor ausstaffiert war und sich an sie schmiegte. Sie selbst trug eine rosenfarbene Tunica, so einfach im Schnitt wie luxuriös in Stoff und Stickerei; ihre Fußgelenke schmückten filigrane Goldkettchen, ihre Handgelenke goldene Armbänder, die Perlen und Amethyste ihrer Ohrringe waren groß und von auserlesener Qualität. Die Schauspielerin saß elegant und gelassen in ihrem schwebenden Thron, lächelte den Menschen rechts und links der Straße zu, winkte ab und zu freundlich und blieb doch auf geheimnisvolle Weise ganz für sich; niemand wäre auf die Idee gekommen, sich ihr in den Weg zu stellen oder sie gar anzufassen. Es war, als hätte sie das Theater einfach mit der Straße vertauscht, als wäre die Straße der heilige Bühnenraum und sie den Menschen, die sie bewunderten, ihr applaudierten, ihr zuhörten, hier auf dem *Cardo maximus* genau so entrückt wie auf der Bühne. Marcia die Mimin stammte aus Minturnae im Süden Italiens und war mit ihren dunklen, geheimnisvollen Augen und schwarzen Locken auf eine ganz andere Art schön als die einheimischen Frauen. Britto, der die Schauspielerin wohl vom Namen her kannte, sie jedoch noch nie gesehen hatte, blieb stehen und wartete, bis die kleine Gesellschaft herankam. Seine Begleiter wussten nicht, was sie von diesem plötzlichen Interesse halten sollten; man hatte ihnen eingebläut, Mimen und ganz besonders die weibliche Variante für Inkarnationen des Bösen zu halten; sie waren sich ihrer menschlichen Schwäche für das Laster in zahllosen Bußübungen bewusst geworden und taten nun das Einzige, was ihnen im Angesicht des Satans einfiel: sie wandten sich ab und verbargen das Gesicht in den Händen. Der Bischof tat nichts dergleichen. Seine verschreckten Begleiter waren vermutlich nie im Theater gewesen, womit sie sich ja auch nur an die Regeln der Kirche hielten. Hingegen hatte es durchaus eine Zeit gegeben, in der er, Britto, einen guten Teil seiner Freizeit im Theater verbracht und sich nicht wenig darauf eingebildet hatte, auch Stücke, die heute schon längst nicht mehr gespielt wurden, etwa die Komödien eines Plautus und sogar Tragödien der alten Griechen, in ihrer Textfassung studiert zu haben. Es war Teufelszeug, sicherlich, doch konnte man das Böse nicht viel besser bekämpfen, wenn man wusste, wie es aussah, wie es sich anhörte, wie es sprach, sang und tanzte? Konnte man es nicht gar mit seinen eigenen Mitteln schlagen, so man diese zu Ehren Gottes einsetzte? Britto jedenfalls war dankbar für die Sünden seiner Jugend. Sie waren – um in der Sprache der Alten zu bleiben – sein Bad im Styx, das ihn unverwundbar machte. Daher beachtete er das Gebaren der keuschen Gottesdiener an seiner Seite überhaupt nicht, sondern schaute reglos und aufmerksam zu, wie Marcia vorüberschwebte. Sie hielt sich sehr gerade, und was ihn erstaunte, war, dass sie mit niemandem kokettierte. Sie winkte und lächelte, aber ihr Blick schien gerade durch das, was er traf, hindurchzugehen, als ob ihr an den Schmeicheleien nicht das Geringste läge. Erschauernd begriff er: Sie spielte die Göttin, der das Theater geweiht war, und ihre Anmaßung wurde nur noch übertroffen von dem Stil, mit dem sie es tat.

„Wie eitel muss sie sein, dass es ihr gelingt, diese Pose so überzeugend einzunehmen“, murmelte Britto ergrimmt. „*Vanitas vanitatum* ... Alles ist vergänglich. In Jesus allein liegt die Erlösung!“

In diesem Moment wandte Marcia den Kopf und sah den Bischof an. Ihre Blicke trafen sich, und seltsamerweise stand in den Augen beider eine Art Zorn, eine verletzte Verwunderung, ja, eine Herausforderung zum Kampf. Gleich darauf war es vorbei, und die kleine Gesellschaft zog vorüber.

„Ihr könnt euch umdrehen“, sagte der Bischof spöttisch zu den beiden Priestern, dem Diakon und dem Sekretär. „Es war kein Dämon, es war bloß eine Schauspielerin.“

„Vergib uns schwachen Sündern“, erwiderte der, der Vallio hieß, und bekreuzigte sich.

„Schwach seid ihr wahrhaftig“, höhnte der Bischof. „Hättet ihr hingeschaut, hättet ihr etwas überaus Schönes gesehen.“

Die christlichen Würdenträger schwiegen peinlich berührt.

„Wie? Fandet ihr diese Schauspielerin etwa nicht schön?“, fragte Britto, und als keiner antwortete, fuhr er in aufgewühltem Ton fort: „Ich fand sie überaus schön, und ich schäme mich nicht dafür. Denn Gott wird sie einst vor seinen Richterstuhl laden und sie nach ihrem Wert beurteilen, ebenso wie er uns nach dem beurteilen wird, wie wir unseren heiligen Dienst versehen haben. Was glaubt ihr, Brüder, wie viel Zeit diese Frau damit verbringt, sich zu schmücken und vorzubereiten auf das Schauspiel, damit sie so gut wie möglich aussieht auf der Bühne und alle entzückt mit ihrer Kunst? Und hier sind wir, Brüder, und Gott der Allmächtige schenkt uns dereinst himmlische Wonnen und verspricht uns das ewige Leben. Aber wie erweisen wir uns dieser Geschenke würdig? Verwenden wir jeden Augenblick des Tages darauf, unsere Seelen zu schmücken, damit wir Gott mit ihrer Schönheit preisen? Nein, sage ich euch, verglichen mit Marcia sind wir faul und verkommen. Und wie sehr würde es Gott gefallen, wenn diese Marcia alle Zeit, die sie auf ihren Schmuck verwendet, ihm widmen würde, unserem Herrn Jesus Christus? Ich werde für sie beten.“ Damit drehte er sich um und ging voraus. Seine Begleiter wunderten sich einigermaßen über den Vergleich, den der Bischof gezogen hatte. So einleuchtend ihnen schien, was er gesagt hatte, so fühlten sie mehr, als dass sie auf dem Weg zum Haus des Ponticianus durch Nachdenken darauf kommen konnten, etwas überaus Gewagtes in Brittos Worten, etwas, das ihnen mindestens ebenso viel Beklemmung verursachte wie der Anblick der Schauspielerin selbst. „Entweder, es ist ihm eine Vision zuteil geworden“, flüsterte Vallio dem Diakon zu, „oder wir müssen um sein Seelenheil fürchten.“

***

Marcia war schwindlig, aber das flaue Gefühl im Magen, das sie spürte, kam nicht vom Geschaukel des Tragsessels. Nur langsam klärte sich ihr Blick, sie richtete ihren Fokus zuerst auf den breiten Rücken des vorderen Sesselträgers, dann wandte sie ihn nach links, nahm die Häuser längs der Straße wahr, die Menschen, die Einkäufe machten oder sich zu zweit, zu dritt unterhielten, und dann, gegen ihren Willen, drehte sie sich langsam um, schaute über die Schulter zurück zu der Stelle, an der sich die Begegnung ereignet hatte, doch der hochgewachsene attraktive Mann und seine Begleiter waren offensichtlich in eine Nebenstraße eingebogen, denn sie waren nirgendwo mehr zu entdecken. Marcia atmete tief durch. Dieser Blick! Sie konnte nicht deuten, was der Mann gedacht haben mochte, während er sie so intensiv betrachtete. Nur eines begriff sie: dass dieser Blick anders gewesen war als der, den ihr Männer üblicherweise zuwarfen. Und doch – sie war sicher, Begehren darin zu lesen, Bewunderung, aber eben noch etwas anderes, und dieses andere verstörte sie zutiefst.

„Lauf, Dexter", sagte sie zu dem sie geleitenden Knaben, einem etwa zehnjährigen Jungen mit noch kindlichem Gesicht und fröhlichen Locken, der schnell sein Kostüm abstreifte. „Finde heraus, wer der große dunkelhaarige Mann eben war. Aber so, dass er es nicht mitbekommt, kapiert?" Der Junge nickte und wollte losrennen, doch Marcia rief: „Halt, warte!" Dexter kam zurück. „Schau, ob du herausbekommen kannst, ob er verheiratet ist, hörst du?" Dexter konnte ein Kichern nicht unterdrücken, doch Marcia drohte ihm mit einem Finger, und er sauste los. Marcia schnalzte mit den Fingern, um die Aufmerksamkeit ihrer Sesselträger zu erwirken. „Nach Hause", befahl sie. „Und zwar schnell." Die beiden trabten los; es waren Sklaven, die nicht Marcia gehörten, sondern Publius Macedo, der seit zwei Jahren ihr Liebhaber war und ihr nicht nur das bequeme Fortbewegungsmittel zur Verfügung gestellt hatte, sondern auch ein kleines, elegantes Haus nebst dazugehörigem Personal, so wie es sich gehörte.

Nach kurzer Zeit bogen die Sesselträger in die adrette, helle Straße in der Nähe des Theaters ein, wo sich Marcias Zuhause befand. Es war solide gebaut, einstöckig und dank einer funktionierenden Hypokaustheizung auch im Winter ein höchst angenehmer Aufenthaltsort. Marcia, froh, das Geschüttel und Geschwanke des Tragsessels gegen die Standfestigkeit ihrer eigenen Füße eintauschen zu können, ließ sich vom Sitz helfen, ging an dem Sklaven vorbei, der ihr eifrig die Tür geöffnet hatte, und betrat das kleine Atrium mit seinen verputzten Backsteinpfeilern.

Vom Atrium gelangte man entweder in das wohnliche Tablinum, ins Schlafzimmer oder in das hübsch dekorierte Speisezimmer mit seinem bunten Mosaikfußboden, und was das Fehlen eines Gartens mehr als wettmachte, war das Bad, in das sich Marcia nun ohne Umwege begab. Publius Macedo hatte es vor anderthalb Jahren einbauen lassen; der Raum war nicht groß, aber hinter einer Wand befand sich ein moderner Wasserkessel, der wie eine Amphore auf einem Gestell in der Feuerstelle saß, die gleichzeitig die Fußbodenheizung speiste. Zulauf des frischen Wassers und Ablauf des heißen Wassers waren durch raffinierte Technik mit einem Handgriff regelbar.

Sobald Marcia das Badezimmer betrat, empfingen sie wohlige Wärme und Ruhe. Die junge Sklavin, die sie erwartet hatte, schloss die Tür. An einem Kandelaber hingen Lämpchen, die mit duftendem Öl gefüllt waren. Der Fußboden war durch die darunter liegende Hypokaustheizung angenehm warm. Während die gemauerte und mit Marmor ausgelegte Wanne aus einem bronzenen Löwenkopf mit heißem Wasser gefüllt wurde, entkleidete das Mädchen seine Herrin, nahm ihr den Schmuck ab und legte ihn in eine Kassette. Eine andere Sklavin prüfte ab und zu die Temperatur des Wassers, füllte aus einer großen Kanne kühles Wasser nach und mischte beides mit einem überdimensionalen Holzlöffel, bis die richtige Temperatur erreicht war. Ein Zug in der Wand verschloss das Ventil, und der Wasserstrom aus dem bronzenen Löwenmaul versiegte. Jetzt streute eines der Mädchen Rosenblüten auf die Wasseroberfläche, und Marcia tauchte ein in das duftende warme Nass.

„Ah“, seufzte sie, „das tut gut.“ Sie schloss die Augen. „Lasst mich allein“, murmelte sie. „Ich rufe euch, wenn ich euch brauche.“

Die Mädchen verließen leise das Bad, um vor der Tür auf die Befehle ihrer Herrin zu warten.

Marcia gab sich ganz der Stille und Wärme hin, doch schon nach kurzer Zeit schweiften ihre Gedanken wieder zu der Begegnung auf der Straße. Immer noch empfand sie den Blick des Mannes so intensiv, als könne sie ihn auf der Haut spüren. Ein Schauer überlief sie, aber es war ein warmer Schauer, sinnlich und gleichzeitig ein wenig bedrohlich. Ihr Körper reagierte auf das warme, mit ätherischen Ölen angereicherte Wasser mit einer entspannten Erregtheit, die durch die Erinnerung an die dunklen Augen des Fremden noch verstärkt wurde. Wasser plätscherte leise, wenn Marcia ein Knie anzog oder eine Hand auftauchen ließ, um die Zartheit eines Rosenblattes zwischen den Fingern zu spüren. Unwillkürlich seufzte sie und strich mit einer Hand über ihre Brüste, die auf die Berührung sofort reagierten. Lust keimte in ihr auf, eine Lust, wie sie sie seit Monaten, ja vielleicht seit Jahren nicht mehr empfunden hatte. Ein sehnsüchtiges Verlangen, sich hinzugeben, ausgelöst von einem Blick, einer kurzen Begegnung. Sein Haar – ob sich die kurzen dunklen Locken wohl so weich anfühlten, wie sie wirkten? Sein Mund – streng und doch leidenschaftlich? Marcia stöhnte leise, während sie sanft eine Brustknospe massierte und mit der anderen Hand zwischen ihre Beine glitt, wie sie es oft tat, wenn sie badete. Nur dass es heute anders war als sonst; sie glühte und die Befriedigung war heftiger als erwartet, und doch blieb ein vages Unerfülltsein zurück; die unbestimmbare Sehnsucht, die sie seit der Begegnung mit dem Fremden erfüllte, war um keinen Deut schwächer geworden.

Als sie später angekleidet und frisiert ins Tablinum kam, wartete der Junge, den sie losgeschickt hatte, die Identität des Mannes zu klären, bereits auf sie.

„Nun, was hast du herausgefunden, Dexter?“, fragte sie gespannt.

Der Knabe verneigte sich und antwortete: „Es ist Britto, Bischof von Treveris. Seine Begleiter waren die Presbyter Vallio und Pelagius sowie der Diakon Secundius ...“

„Das interessiert mich nicht“, unterbrach ihn Marcia ungeduldig. „Bischof“, wiederholte sie. „Dann ist er also ein Christ?“

„Der oberste Priester“, erklärte Dexter mit niedergeschlagenen Augen leise, weil er weiteren Tadel fürchtete.

Doch Marcia wollte noch mehr wissen. „Sprich lauter! Ist er verheiratet?“

„Der Oberpriester der Christen lebt allein, Herrin.“

„Ach! Ist er verwitwet?“

Der Knabe schüttelte den Kopf. „Nein, ich glaube, Florus hat mal erzählt, dass Christen nicht heiraten sollen oder nur, wenn es gar nicht anders geht.“

„Wenn es gar nicht anders geht? Was meint er damit?"

Dexter grinste. „Ich weiß nicht genau. Florus hat so gemacht." Der Junge formte mit den Fingern eine obszöne Geste.

„Dexter!", rief Marcia, mehr amüsiert als schockiert.

Ermutigt, weil er sah, wie sich ihre Laune hob, bemerkte er altklug: „Ich glaube, Christen sind einfach dumm!"

Marcia gab ihm einen Nasenstüber, doch sie musste lachen. „Nein, dumm ist er sicher nicht", sagte sie und murmelte nachdenklich: „Bischof Britto. Ein Priester ... ein Christ ... und ein Mann!" Sie lächelte und hob energisch das Kinn, ehe sie sich abrupt umwandte und den Raum verließ.

Dexter rannte ihr hinterher und zupfte sie an der Tunica. Marcia hielt inne. „Was ist denn noch?", wollte sie wissen.

„Ich habe mir eine Melodie ausgedacht", verkündete der Kleine stolz. „Darf ich sie dir vorspielen?"

Sie seufzte. Eigentlich stand ihr der Sinn nicht nach kindischen Kompositionsversuchen, aber der Junge hatte ihr gerade einen großen Gefallen getan, und sie war in bester Stimmung. „Warum nicht", gab sie nach und kehrte ins Tablinum zurück. „Spiel!"

Dexter, der seine Flöte immer dabei hatte, holte sie aus ihrem Futteral, stellte sich in Positur, spielte ein paar Töne, um die Finger gelenkig zu machen, und dann verkündete er: „Jetzt geht es los."

Marcia lächelte und hörte zu. Es war eine nette kleine Melodie im Tanzrhythmus, einfach, aber absolut nicht kindisch. Als der Junge geendet hatte und hoffnungsvoll zu ihr aufsah, lobte sie ihn. „Nicht übel, Dexter." Seine Augen strahlten. Dann kam ihr eine Idee. „Hast du sie denn auch notiert?"

Der Knabe sah beschämt zu Boden und sagte leise: „Kann ich doch nicht."

„Na gut", meinte sie. „Hol ein Wachstäfelchen, dann schreiben wir deine Melodie zusammen auf."

Dexter rannte davon und kehrte gleich darauf mit einem Diptychon und einem Griffel zurück.

„Spiel mir die ersten Töne vor", befahl Marcia.

Dexter spielte.

„Und jetzt komm her." Der Junge folgte. „Schau, diese Buchstaben hier stehen für die Töne, die du gespielt hast." Sie schrieb eine griechische Buchstabenfolge auf. „Und nun kommt das

Wichtigste. Deine Töne sind ja nicht alle gleich lang. Deshalb gibt es Zeichen, die du über diese Buchstaben schreibst, um anzudeuten, wie lang der Ton gehalten wird.“ Sie kratzte eine waagerechte Linie über einen der Buchstaben. „So zum Beispiel. Und wenn zwei Töne gebunden werden sollen, machst du einen Bogen unter die Buchstaben. Versuch es mal.“

Dexter nahm den Griffel und kratzte einen Bogen unter zwei Buchstaben.

„Wenn du die Töne jetzt spielst, musst du sie binden“, sagte Marcia.

Dexter spielte die Tonfolge noch einmal, diesmal mit Bindung. „Das gefällt mir aber nicht“, maulte er.

Marcia lachte. „Dann wisch es einfach wieder aus. Aber ich muss dich jetzt mit deiner Komposition alleinlassen, denn ich habe noch andere Dinge zu tun, als dir beizubringen, wie man Töne aufschreibt.“

„Und der Rest der Melodie?“, fragte Dexter enttäuscht.

„Morgen“, versprach Marcia. „Morgen machen wir weiter.“

III. Kapitel

Acilius streifte seine Holzpantinen ab, nahm Anlauf und sprang, indem er sich die große Nase zuhielt, ins kalte Wasser des Frigidariums, obwohl das eigentlich nicht erlaubt war. Als er wieder auftauchte und zum Beckenrand schwamm, sah er auf die Füße und die behaarten dünnen Beine des *Tribunus voluptatum*, Viventius, zuständig für die Spiele und nie abgeneigt, einen geschäftlichen Termin in die Thermen zu verlegen.

„Feigling", rief Acilius ihm zu. „Spring rein!"

„Nein, das werde ich nicht tun", erwiderte Viventius, der um einiges jünger war als der Schauspieldirektor, und ging, so würdevoll es ihm seine Nacktheit gestattete, in Badepantoffeln aus Hirschleder zur Treppe. Dort stellte er die edlen Schlappen, die eine Korksohle besaßen und mit Filz gefüttert waren, sorgsam an den Rand des Beckens und stieg daraufhin zögerlich die Stufen hinunter ins Wasser. „Pfui, ist das kalt", schimpfte er. „Ich werde mich nie daran gewöhnen."

„Aber es ist gut für dich", grinste Acilius.

„Wie kann etwas gut sein, was meine Männlichkeit auf ein Minimum reduziert?", fragte der städtische Beamte pikiert. „Ich glaube jedes Mal, er erholt sich nie wieder."

„Und wirst jedes Mal eines Besseren belehrt", gab Acilius zurück, breitete die Arme aus, hielt sich mit beiden Händen am Beckenrand fest und trat Wasser, um nicht kalt zu werden. Viventius tat es ihm nach. Kurz darauf stiegen sie rasch und leicht fröstelnd aus dem Becken. Um diese frühe Uhrzeit war in den Thermen wenig los. Ein paar einsame nackte Gestalten saßen im Sudatorium und schwitzten, von den drei Masseuren hatte nur einer zu tun, und jedes Geräusch, seien es Schritte oder Stimmen, hallte von den hohen, marmorverkleideten Kuppeln wider. Acilius und sein Begleiter wickelten sich in vorgewärmte Tücher und ließen sich auf den großzügigen Klinen in einem der beheizten Ruheräume nieder. Sie waren allein hier, nur ein Diener wartete auf ein Zeichen, um Erfrischungen zu bringen. „Willst du etwas?", fragte Acilius den Tribun. „Ich lade dich ein."

„Dann etwas Warmes", sagte Viventius. „Ich spüre, dass ich mich erkältet habe."

„Quatsch", meinte Acilius, winkte aber einem Sklaven und

bestellte ein warmes Holunderwasser. „Für mich auch. Kann ja nichts schaden.“ Er machte es sich bequem und genoss das Prickeln in seinen alten Beinen, als sein Körper auf die starken Reize von Kälte und Wärme mit vermehrter Durchblutung reagierte. „Ah, tut das gut“, seufzte er und hob ein Bein, um eine dicke Krampfader zu begutachten. „Stell dir vor, du bist Christ und darfst die Thermen nicht mehr besuchen!“

Viventius kicherte. „Das wäre mein Untergang. Ist es wirklich wahr, dass sie sich nicht waschen?“

„Sie sollen ihren nackten Körper nicht anschauen oder berühren und schon gar nicht den eines anderen. Es ist Sünde, sagen sie, und alles, was sie Sünde nennen, ist verboten.“

„Na, dann werden sie ja bald ausgestorben sein“, scherzte Viventius.

Acilius grinste. „Ich sage dir, ich habe Christen getroffen, die stanken wie ein Eselsfurz.“

„Dann können wir froh sein, dass sie sich hier nicht herumtreiben.“ Viventius kicherte erneut. „Dieser Schauspieler da, dieser Favor ...“

„Der sich jetzt Qodvoldus nennt ...“

„Und daher demnächst ebenfalls stinken wird wie der Furz eines Esels“, ergänzte Viventius, „also, dieser Schauspieler ist laut einem Erlass unseres gnädigen, allzu christlichen Kaisers von seinen Diensten befreit. Der Bischof hat mich bereits letzte Woche informiert; Qodvoldus untersteht ab sofort der Kirche; wir haben keinen Zugriff mehr auf ihn.“

Acilius seufzte. „Hab ich mir fast gedacht. Es ist ein Elend. Früher durften sich Schauspieler allerhöchstens auf dem Sterbebett taufen lassen. Schließlich hatte der Kaiser ein Interesse daran, dass die Spiele stattfanden.“

Viventius nickte. „Seit Gratian unter der Fuchtel dieses Ambrosius steht, wird für die Spiele alles immer schlechter.“

„Dabei gehen die Leute doch ins Theater!“, bemerkte Acilius. „Vorige Woche war es voll. Keine Maus hätte mehr reingepasst. Auch Christen gehen ins Theater ...“

„Und dann gehen sie in die Kirche, werden von ihrem Oberpriester beschimpft und mit Höllenqualen bedroht, bis sie schwören, nie wieder ein Theater zu betreten. Alles wird ihnen verziehen, wenn sie dafür ordentlich was in den Kirchensäckel einbezahlen“, spottete Viventius, doch gleich darauf wurde er ernst. „Aber wir haben wirklich Probleme. Kaum ein Magistrat findet sich noch bereit, Spiele zu finanzieren, abgesehen von den paar, die von Staats wegen noch stattfinden. Kein Mensch mag noch irgendetwas für das Gemeinwesen tun! Je christlicher der Kaiser, desto weniger Bürger haben Lust, eine zivile Laufbahn einzuschlagen. Sie lassen sich lieber taufen, wenden sich vom öffentlichen Leben ab und verwalten stattdessen ihren Gott.“

Acilius lachte, dass es von den Marmorwänden widerhallte. „‚Und verwalten stattdessen ihren Gott‘! Das hast du schön gesagt, Viventius.“

„Ist doch wahr“, schmollte der Tribun geschmeichelt. „Außer den Bäckern, denen es verboten ist, vor ihrem Sterbetag Christen zu werden, den Göttern sei Dank, gibt es kaum noch jemanden, der sich nicht auf diese Weise seinen Pflichten als Bürger entziehen könnte. Und wenn sie dann getauft sind, denken sie nur noch ans Himmelreich. Das Leben hier auf dieser armen, schönen Erde ist ihnen egal. Entweder werden sie gleich Einsiedler und hungern sich zu Tode, oder sie ergattern eines dieser unzähligen Pöstchen, die um die Kirche und den Bischof herum entstanden sind.“

„Und wovon leben sie?“

„Von reichen Witwen. Schenkungen. Die Kirche besitzt mittlerweile einen unermesslichen Reichtum, der sich selbst multipliziert. Landgüter, Stadthäuser, Weinberge, Schiffe, Gold, Edelsteine. Und die Mitglieder der Kirche kümmern sich nur noch darum, diesen Reichtum zu erhalten und immer weiter zu vermehren. Ihre Arbeit fällt für das Gemeinwesen aus. Sie zahlen keine Steuern mehr, sind vom Militärdienst befreit. Die Kirche ist ein Staat im Staat geworden. Und irgendwann, Acilius, irgendwann werden wir einen Staat haben, in dem der Bischof der Kaiser ist und umgekehrt. Einen Gottesstaat, und für unsereinen ist darin kein Platz mehr.“

Acilius schauderte bei dem Gedanken. „Kaiser Valentinian war anders. Er hat die Spiele noch besucht, war im Circus und manchmal auch bei uns. Und unter Julian ...“

„Ich war damals noch zu jung, aber ...“, fiel ihm Viventius ins Wort und schaute sehnsüchtig auf ein Deckenmosaik: Amor auf einem von Delphinen gezogenen Wagen, umgeben von Meeresgetier – unzähligen Fischarten, Muscheln, einem riesigen Oktopus.

„Für drei kurze Jahre ging es uns damals gut", sagte Acilius wehmütig. „Drei kurze Jahre war die Welt wieder in Ordnung, waren die Götter wieder in ihre alten Rechte eingesetzt, die Tempel geöffnet, die Theater bespielt ... Wir dachten damals alle, jetzt bricht eine neue, glückliche Zeit an. Und dann ..."

„Es sollte wohl nicht sein", ergänzte der Tribun. „Du wirst dir trotzdem einen neuen Hauptdarsteller suchen müssen, Acilius."

„Ja, noch spielen wir. Weißt du, Viventius, wir spielen jetzt, seit die Menschheit zurückdenken kann. Seit es Menschen gibt, gibt es Theater. Ich jedenfalls glaube das. Und ich kann mir nicht vorstellen, dass wir jemals aufhören werden."

„Ich weiß nicht", bemerkte Viventius zweifelnd. „In einem christlichen Gottesstaat gäbe es für das Theater keinen Platz. Man würde es einfach verbieten, denke ich."

„Nun, falls das eintreten sollte, dann bitte erst nach meinem Ableben", antwortete der alte Schauspieler und schüttelte sich. „Ich werde nach Mogontiacum reisen. Dort werden sie mir hoffentlich einen ihrer Darsteller abgeben können. Kennst du deinen dortigen Kollegen?"

„Ja. Dillius Vocula. Ich werde dir einen Brief für ihn mitgeben. Wann willst du aufbrechen?"

„Übermorgen." Acilius setzte sich auf den Rand seiner Kline und ließ müde Kopf und Schultern hängen. „Die Zeiten sind hart, Viventius, verdammt hart."

„Wem sagst du das", seufzte der Tribun. Er stand auf. Wo er gelegen hatte, zeigte das rote Polster der Kline einen nassen Fleck. Er wickelte sich aus dem feuchten Tuch und ließ es einfach fallen, wo er stand. Ein Sklave, der gelangweilt an einem Pfeiler gelehnt hatte, kam gemächlichen Schrittes herüber, hob es auf und trug es weg. „Lass uns gehen, Acilius", sagte Viventius. „Mir wird kühl. Ich spüre schon, wie es in der Nase kitzelt."

„Du bist ein Hypochonder, mein Freund", gab der Mime zurück, lächelte und legte Viventius die Hand auf die Schulter. „Aber es ist immer nett, mit dir zu plaudern. Meinen Brief bekomme ich wann?"

„Morgen", versprach der Beamte. „Am Nachmittag kannst du ihn samt Geld abholen lassen."

„Ich danke dir.“

Die beiden Männer gingen in den angenehm temperierten Ankleideraum, und wenig später trennten sie sich am Eingang der prächtigen Säulenhalle, die den Thermen vorgelagert war. Die Sonne schien, es war weniger schwül als am Vortag, und Acilius fühlte sich jetzt doch erfrischt nach dem Bad. Er wählte nicht die lärmende Hauptstraße zurück zum Theater, sondern lief durch schmale Nebenstraßen, bis er das große Gebäude mit schlichtem Atrium erreicht hatte, wo er und seine Truppe ihr Domizil hatten. Es war durch eine Kryptoportikus direkt mit dem Theater verbunden. Dieser unterirdische Gang führte in den Keller des Bühnenhauses, in dem Schneiderei, Kostümfundus, Schreinerei, Schlosserei und das Lager für die Requisiten untergebracht waren. Das unterste Geschoss im Haus selbst beherbergte die Malerwerkstatt, die aus dem Atrium Licht erhielt, und einige Probenräume, von denen es im ersten Stock der weitläufigen Domus weitere gab. Oben im zweiten Stock waren Zimmer für jene Schauspieler, die sich keine eigene Wohnung in einer der treverischen Insulae leisten konnten. Acilius trat ins Atrium, wo sich auf der Balustrade Büsten der großen Mimen aus besseren Zeiten befanden, Kopien von Bildnissen, die in der Säulenhalle des Theaters aufgestellt waren. Acilius nickte den großen Männern und Frauen aus alter Gewohnheit zu und machte, ebenfalls aus Gewohnheit, einmal die Runde in den Proberäumen. Aus einem der ersten Räume drang laut die näselnde Stimme der Tibia. Die Musikerin spielte eine Tonfolge, brach ab und setzte von neuem an, bis die Töne sauber waren. Für einen Außenstehenden mochte es wie nervtötendes Gedudel klingen, immer das Gleiche noch einmal, rauf und runter, und das in dieser Lautstärke, doch Acilius hörte mit anderen Ohren; anders als ein Zuschauer, der nur das fertige Stück sieht, genoss er jeden Augenblick des mühevollen Werdens ebenso wie den der vollendeten Aufführung. Er trat nicht ein, sondern blieb nur in der Tür stehen, beobachtete die Szene kurz und ging dann weiter. Aus dem nächsten Saal kam das Geräusch schleifender Schritte, Rufe, irgendetwas schlug dumpf gegeneinander. Acilius spähte hinein. Zwei Mimen in kurzen Tuniken übten sich in der Parodie eines Kampfes mit hölzernen Kurzschwertern. Sie fochten, stolperten, fielen hintenüber, schlugen Purzelbäume, verteilten, statt weiter zu fechten, Watschen, ehe sie sich mit einer Grimasse daran erinnerten, dass sie ja Schwertkämpfer waren. Die beiden waren so engagiert, dass sie Acilius gar nicht bemerkten. Er lächelte und ging den Korridor entlang zum nächsten Raum. Dort stand Friolf, der erste Tänzer der Pantomimentruppe, auf einem Bein an der Wand; das andere hatte er senkrecht nach oben gestreckt, so dass er sich quasi im vertikalen Spagat befand. Mit beiden Händen umfasste er das Fußgelenk des ausgestreckten Beins und lehnte die Stirn ans Schienbein. So verharrte er, rührte sich nicht, und Acilius schlich sich, um ihn nicht zu stören. Die nächsten beiden Zimmer waren leer, aber es roch in ihnen nach Schweiß, nach Leder, nach Körperöl, und Acilius wusste, dass auch hier vor kurzem noch gearbeitet worden war. Er liebte diesen Geruch, es war der Theatergeruch, Probengeruch, und wie jedesmal machte es ihm sofort Lust, selbst zu spielen.

„Masaxazá-xazemasé-masixazí-xazomasó-masuxazú-xazä-masä-masöxazö-xazümasü-maseixazei-xazeumaseu-masauxazau“, sprach eine angenehme, nicht zu helle Frauenstimme fest, rhythmisch und in atemberaubendem Tempo, und fuhr – vielleicht noch schneller und ohne sich ein einziges Mal zu versprechen – fort: „Glagnalala-gnaglelalé-glagnilalí-gnaglolaló-glagnulalú-gnaglälalä-glagnölalö-gnaglülalü-glagneulaleu-gnagleilalei-glagnaulalau.“

Acilius blieb vor dem Raum stehen, nicht in der Tür, sondern noch im Flur, so dass Marcia ihn nicht sehen konnte, und hörte der Schauspielerin bei ihren Sprechübungen zu. Sie machte das ganze Programm einmal durch. Wenn sie sich doch einmal versprach, fing sie von Neuem an, bis es tadellos funktionierte. Er kannte keinen Schauspieler und noch weniger eine Schauspielerin, die so diszipliniert war wie sie.

„Lunununununuuuun. Lononononnonooon. Lananananaaaan. Lenenenenenenen. Lininininiiiin. Lünününününüüün ...“, tönte es, kurze Betonungen auf den ersten Vokalen, ausgesungen mit voller, wohlklingender Stimme der letzte. Das dauerte eine Weile, und als sie damit fertig war, ging sie nahtlos in einen Text über, den sie in einer Geschwindigkeit sprach, die selbst Acilius erstaunte, und dabei ging ihr keine Silbe verloren:

„Stramm und strahlend vor Streitlust
Strecken die Streiter die Schwerter empor.
Streikend sträubt sich das strauchelnde Streitross,

Striegelnd gestraft mit Peitschenstriemen.
Zum Strome strebt es mit sträubendem Haar.
In gestrecktem Sprung streift es die Sträucher
An des Stromes Strand
Verstrickt sich in den Strängen der streifenden Zügel.
Nicht Streicheln noch Strafen hemmen sein Streben,
In den strudelnden Strom schwimmend streckt sich's,
Und stampfend landet es straff und strahlend
Auf strohiger Streu der Straße."

Es war ein völlig idiotischer Text, aber immerhin sehr brauchbar, um die Aussprache der schwierigen Konsonantengruppe Str zu üben, die Lippen beweglich zu machen und das R zu modellieren.

„Bravo!", lobte Acilius und kam um die Ecke. „Es ist immer eine Wonne, dir zuzuhören."

Marcia lachte ertappt. Sie trug eine schlichte blaue Tunica und war leicht geschminkt, ihre Augen mit Ruß zart umrandet, so dass sie noch größer wirkten, die Lippen mit Rötel verführerisch gefärbt. Ihre Brauen waren in perfekte Form gezupft, und sie hatte ihr schwarzes Haar zu einem lockeren Knoten aufgesteckt. Um diese Tageszeit war kein Schmuck an ihr zu entdecken. Wenn sie lachte, zeigten sich um ihre Augen die ersten Fältchen; ihr Alter war schwer zu schätzen; fest stand nur, dass sie nicht der mädchenhafte Typ war, der ewig jünger wirkt, als er ist. Was ihr aus nächster Nähe jedoch an Jugendlichkeit fehlen mochte, machte ihre Ausstrahlung mehr als wett. Ihre Bewegungen waren graziös, ihre dunklen Augen glänzten angeregt, ihre Lippen waren apart geschwungen. Das leicht Verhaltene, was in ihrer angenehmen, warmen Stimme zum Ausdruck kam, und ihre natürlich wirkende Eleganz gepaart mit vollendeter Kunst in Spiel, Gesang und Tanz, verfehlten ihre Wirkung nie.

„Ich habe eine Überraschung für dich, Acilius", sagte sie. „Vitalis und ich haben ein neues Lied geschrieben. Wenn du willst, singe ich es dir vor."

„Unbedingt", sagte Acilius und kam ins Zimmer. Dexter, der mit einer Flöte in der Hand auf einem Klapphocker gesessen hatte, sprang auf, um Acilius den Platz anzubieten, und der Archimimus ließ sich auf dem Hocker nieder. „Ich bin gespannt", sagte er.

„Es ist noch nicht ganz perfekt, also drück ein paar Augen

– oder besser Ohren – zu.“ Marcia ging zur Tür, steckte den Kopf in den Flur und rief: „Vitalis, wo steckst du?“

„Hier“, kam es aus einem Raum an der gegenüberliegenden Seite des Atriums.

„Komm her und begleite mich! Acilius will unser neues Lied hören!“

Vitalis, ein zierlicher blonder Mann, bartlos, mit rosigem Gesicht und kaum vorhandenen Augenbrauen, erschien kurz darauf und brachte seine Kithara mit. „Dexter“, sagte er zu dem Jungen mit der Flöte, „hast du geübt?“ Der Knabe nickte eifrig. „Na gut, dann zeig es mir“, ermunterte ihn Vitalis und schlug mehrmals eine Saite an. Dexter nahm die Flöte und versuchte, den angestimmten Ton in der Lage seiner Flöte zu treffen. Es gelang ihm nicht gleich, aber Vitalis schlug die Saite so lange, bis ein hörbarer Gleichklang erzielt war. Daraufhin nahm Marcia ihre Klappern und gab den Rhythmus vor. Der Komponist spielte eine kleine Introduktion, die Flöte fiel ein, und dann begann Marcia zu singen, während sie dazu die Klappern tanzen ließ und sich in den Hüften wiegte.

„Schon ein Mädchen von fünfzehn Jahren
Das hab ich am eigenen Leibe erfahren -
Muss die Regeln der Liebe gut kennen
Hier will ich euch alle fünf Typen nennen:
Den Schönen, den Reichen, den Wilden, den Zahmen,
Den Heiratsschwindler mit falschem Namen
Wer die nicht kennt, so hab ich's gefunden
Immer hat sich dem Falschen verbunden
Zur Warnung stelle ich sie euch jetzt vor
Wer mir nicht glaubt, der ist ein Tor.

Der Schöne verlässt sich auf sein Gesicht
Mit dem er so manche von uns besticht
Er schenkt uns ein Lächeln, wir glauben!
Doch haben wir ihn: saure Trauben!
Sein Lächeln ist frei, sein Herz ist gebunden
Er liebt nur sich selbst, so hab ich's gefunden
Drum lasst euch sein Lächeln am Morgen schenken
Für die Liebe müsst ihr an einen anderen denken!

Der Reiche sucht sich die Schönste aus
Er hat das Geld, sie den Applaus
Er schenkt ihr Geschmeide und ein Gespann
Doch wehe der Schönen, die er gewann!
Ist sie erst ehelich ihm verbunden
Wird er ein Geizhals, so hab ich's gefunden
Drum lasst euch sein Gold in Freiheit nur schenken
Für die Liebe müsst ihr an einen anderen denken!

Der Wilde schwört Liebe beim ersten Blick
Er sagt: nur du, du bist mein Geschick!
Glutvoll wirbt er um eure Gunst
Erobert euch endlich in heißester Brunst
Wenn dann vorbei die trunkenen Stunden
Schleicht er sich fort und bleibt auch verschwunden
Drum lasst euch gern einen Blick von ihm schenken
Für die Liebe müsst ihr an einen anderen denken!

Der Zahme wirbt um euch Jahr und Tag
Kein Wetter, bei dem er nicht warten mag
Er bringt euch Ständchen, hält euer Händchen
Wird niemals frech, was für ein Pech!
Sein Umgang sind die moralisch Gesunden
Er sperrt euch ein, so hab ich's gefunden
Drum lasst euch von dem überhaupt nichts schenken
Für die Liebe müsst ihr an einen anderen denken!

Der Heiratsschwindler will euer Geld
Das kriegt er, weil er euch nämlich gefällt
Er sieht gut aus, ist mit Worten begabt
Wofür ihr – wie ich – eine Schwäche habt
Es war alles gut nach eurem Bekunden
Doch dann habt ihr alles herausgefunden
Drum mögt ihr dem Kerl eure Tugend schenken
Für die Liebe müsst ihr an einen anderen denken!“

Während des Vortrags waren die anderen Schauspieler, der Tänzer und die Musikerin aus ihren Zimmern gekommen und hatten sich um die Tür gruppiert, um zuzuhören. Als Marcia geendigt hatte, gab es Gelächter und Applaus.

„Nun, was meinst du?“, fragte sie den Archimimus etwas atemlos.

„Wunderbar“, sagte Acilius. „Aber an welchen sollen die Mädchen denn nun denken?“

„Keine Ahnung.“ Marcia zuckte spöttisch die Achseln. „Die Liste derer, an die eine Frau *nicht* denken soll, lässt sich beliebig erweitern. Was für einen Mann sie dagegen lieben soll? Ich weiß es nicht. Keinen vermutlich. Sie taugen alle nichts. Außer Dexter natürlich“, fügte sie hinzu und strich dem kleinen Flötenspieler zärtlich über den blonden Kopf.

Die Umstehenden lachten. „In welches Stück baue ich das Lied am besten ein?“, überlegte Acilius.

„Überlass das nur mir“, sagte Marcia. „In ein paar Wochen singt es die ganze Stadt!“

„Ziemlich wahrscheinlich“, bemerkte einer der Schwertkämpfer in der kurzen bunten Flickentunica.

„Vielleicht ist es ein bisschen zu melancholisch“, wandte sein Kollege ein.

„Gerade das wollen die Leute doch von einem guten Lied“, konterte Vitalis.

„Ich glaube nicht, dass es wirklich einschlägt“, erwiderte der andere. „Die Melodie ist zu kompliziert.“

„Um was wetten wir?“, rief Vitalis animiert.

Und schon standen sämtliche anwesenden Männer zusammen, um die Wette festzulegen, den Einsatz zu entrichten und ansonsten die Gelegenheit zu einer Pause zu nutzen. Gestikulierend und angeregt diskutierend strömten sie hinaus. Auch die Musikerin verschwand, und wenig später hörte man wieder das Näseln der Tibia von nebenan. Acilius und Marcia blieben allein zurück, wenn man von Dexter absah, der sich wieder auf den Klapphocker gesetzt hatte und begann, seine beinerne Flöte mit einem dünnen Tuch, das er mit einem Stab von unten in die Höhlung einführte, zu trocknen, da sich der feuchte Atem beim Spielen darin niedergeschlagen hatte.

„Unsere Kollegen sind wie Kinder“, sagte Marcia. „Nie erwachsen geworden. Keiner von ihnen.“

„Du etwa?“, neckte sie Acilius gutgelaunt.

„Frauen sind anders.“ Sie wiegte nachdenklich den Kopf. „Manchmal denke ich, Frauen sind niemals wirklich Kinder gewesen.“

„Was für ein düsterer Satz aus dem Mund einer schönen Frau“, erwiderte Acilius charmant.

„Ach, weißt du ...“, begann die Schauspielerin, unterbrach sich aber und schwieg. „Ich ...“, setzte sie dann erneut an, brach jedoch gleich wieder ab.

„Ja?“, fragte Acilius väterlich.

„Nein, lass, ist schon gut“, sagte Marcia, blieb aber zögernd und unschlüssig stehen, wo sie war, als warte sie darauf, dass Acilius weiterfrage.

Acilius betrachtete sie aufmerksam. Irgendetwas an ihr schien anders als sonst. Ihr Gesicht war blass und ernst, an ihrem Hals klopfte eine Vene. Nervös. Erregt. Und da war etwas in ihren Augen. Etwas, das ihm noch nie aufgefallen war. Leidenschaft. Er kannte Marcia seit sechs Jahren und schätzte die Schauspielerin sehr. Sie verfügte über ein natürliches Sprachgefühl und investierte in ihre Rollen alles, was sie an Talent und Kunstfertigkeit besaß. Die Muse hatte ihr die Begabung geschenkt, ihre Figuren zu verkörpern, ohne jene Figuren sein zu müssen. Ihre gespielten Leidenschaften wirkten echt, weil sie diese Echtheit im Spiel erzeugte. Und dadurch war ihre Arbeit konstant brillant. Es erstaunte ihn daher, sie mit einem Mal unsicher zu finden, voller Emotion. Sie schien ihm plötzlich auf seltsame Weise nackt – nicht nackt im Sinne körperlicher Nacktheit, doch entblößt, schutzlos – und weil er sie nur anders kannte, war es ihm unangenehm.

Sein insistierender Blick führte dazu, dass sie sich zusammennahm. Ihr Gesicht, in dem er gerade noch Dinge hatte lesen können, die sie sonst verbarg, verschloss sich, wurde glatt und statuenhaft. Marcia zuckte die Achseln, lächelte und war mit einem Mal wieder ihr altes, kontrolliertes Selbst. „Etwas ganz anderes“, begann sie in leichtem Tonfall. „Was ist eigentlich aus Favor geworden? War das, was er auf der Bühne veranstaltet hat, ein schlechter Scherz, oder meinte er das ernst?“

„Er meinte es todernst“, erwiderte Acilius frustriert. „Favor kommt nicht wieder. Er wird Christ oder ist bereits Christ oder was weiß ich.“

„Dann brauchst du aber schnell Ersatz. Wer soll den Mundus spielen, wenn wir im Oktober den Anubis geben?“, fragte sie.

„Ich weiß, ich weiß. Ich habe mit Viventius gesprochen. Er ist mit mir einer Meinung, dass es das Beste ist, wenn ich nach Mogontiacum reise und von dort einen Schauspieler mitbringe. Hier bei uns in der kaiserlichen Residenz spielen zu dürfen, ist immerhin ein Aufstieg – auch wenn der Kaiser leider abwesend ist. Soviel mir bekannt ist, haben sie da drüben in Mogontiacum durch die Barbareneinfälle schwer gelitten.“

„Und da willst du an die Grenze reisen? Was ist, wenn es gerade jetzt wieder losgeht?“

„Was ist, wenn mir morgen hier in Treveris ein Dachziegel auf den Kopf fällt?“, entgegnete Acilius.

„Recht hast du“, sagte sie. „Wann reist du ab?“

„Morgen bei Sonnenaufgang. Ich nehme Firmus als Schutz mit sowie Dexter.“

„Dexter?“, fragte sie überrascht. „Aber ich bin auf ihn angewiesen!“

Acilius wusste, dass sie den Jungen mochte. Sie musizierte oft mit ihm, weil er gut sang und Flöte spielte. Dexter wiederum schaute sich von ihr die Sprechübungen ab, machte Botengänge für sie und bewunderte sie im Übrigen grenzenlos.

„Ich bin ein alter Mann“, sagte Acilius. „Ich brauche jemanden, der mich bedient.“

„Kann das nicht einer der anderen Sklaven tun? Ich möchte nicht auf den Jungen verzichten.“ Auf ihrer Stirn bildete sich eine Falte.

„Der Weg ist beschwerlich und langweilig“, erwiderte Acilius. „Dexter wird mich aufheitern, wenn ich schlechte Laune habe. Außerdem – willst du ihm die Reise etwa missgönnen?“ Er wandte sich an den Knaben, der aufgehört hatte, seine Flöte zu reinigen und gespannt zuhörte. „Sag, hast du diese Stadt überhaupt schon mal verlassen, Junge?“

Dexter schüttelte stumm den Kopf.

„Na, dann freust du dich bestimmt schon darauf. Oder etwa nicht?“, fragte Acilius und lächelte Dexter zu. Der wandte seinen Blick schüchtern zu Marcia, dann zu Boden. „Doch“, antwortete er leise.

Marcia sah mit wachsendem Zorn auf den Jungen. Es schien,

als wolle sie etwas zu ihm sagen, doch dann wandte sie sich an den Schauspieldirektor: „Und wenn ich dir mitteile, Acilius, dass ich dir das sehr übelnehme?“

„Dann wirst du erkennen, dass mir das nichts ausmacht, Marcia“, gab dieser zurück. „Dexter ist nicht dein Eigentum, auch wenn ich zulasse, dass er fast ausschließlich dir zur Verfügung steht. Ich nehme ihn mit nach Mogontiacum, und Ende der Diskussion.“

„Verstehe ...“ Marcia wirkte, als wolle sie noch etwas erwidern, doch dann drehte sie sich abrupt um und verließ den Raum, ohne Dexter noch einen Blick zuzuwerfen.

Gleich darauf hörte Acilius ihre schnellen Schritte, die von den Wänden des Atriums widerhallten, als sie zur Pforte ging. Dexter nestelte seine Flöte in die Tasche, sprang auf und wollte ihr hinterhersausen, doch Acilius erwischte ihn gerade noch am Tunicazipfel. „Du kommst gleich mit mir, junger Mann. Wir müssen packen.“

IV. Kapitel

Das Fest im Haus des reichen Kaufmanns Publius Macedo hatte bis Tagesanbruch gedauert. Als die letzten Gäste das große, zum Garten hin offene Triklinium verließen, das mit seiner halbrunden Exedra und den roten Klinen eher die Dimension eines Bankettsaals hatte, kroch kühl bereits der Tag herein und mischte sein weißgraues Licht in den schwachen Schein, den die wenigen noch brennenden Öllämpchen an den Kandelabern zu verbreiten suchten.

„Schau mal", sagte Marcia, die bequem neben Macedo auf einer Kline lagerte. Wenig entfernt, grau und schemenhaft, waren auf einer Bank zwei Gestalten erkennbar, ein Mann und eine Frau, die sich lieblos und hastig vereinigten, als gelte es, das Fest mit Gewinn zu beschließen wie ein Kassenbuch, das am Ende ein Plus aufweist, auch wenn es sich nur um ein paar Sesterzen handelt. Der buchhalterische Liebesakt war rasch beendet, der Mann stand auf, strich seine Tunica glatt und eilte durch den Garten davon. Das Mädchen jedoch, eine der obligatorischen jungen Huren, dessen *Leno* sie bei solchen Anlässen wie Macedos Fest als „Schauspielerinnen" vermietete, blieb einfach auf dem Rücken liegen, so wie ihr Galan sie verlassen hatte, mit herabhängenden Armen und hochgeschobenem Kleid. Von einem Moment zum anderen war sie eingeschlafen. Ihr Kopf hing rückwärts, ihr Mund stand offen und sie schnarchte laut. Marcia lachte. Sie hatte mehr Wein getrunken, als sie es gewohnt war, aber das lag nicht an dem gelungenen Fest und auch nicht an ihrem Partner, der nun den Arm um sie legte. Sie fühlte sich rastlos und unzufrieden und konnte nicht sagen, weshalb. Die belanglose Unterhaltung mit Freunden und Bewunderern hatte sie gelangweilt, und der Mann an ihrer Seite, der seit zwei Jahren ihr Liebhaber war, kam ihr fremd vor, so fremd, dass sie seine Berührung in diesem Moment fast unerträglich fand. Publius Macedo war das Glück nicht ganz unverdientermaßen zugestoßen, Marcias Liebhaber sein zu dürfen. Er war Ende dreißig, groß, schlank, blond, und er rasierte sich den Bart entgegen der Mode, weil Marcia es so wollte. Sein beträchtliches Vermögen bestand aus zwei Glasschmelzen, die Fensterglas herstellten; er war intelligent, gebildet und besaß eine Vorliebe für das Theater. Er fungierte als Patron für zwei von Marcias Kollegen – Origo und Gabso, sowie für zwei Statisten, die seine Sklaven waren, und engagierte Mitglieder der Truppe regelmäßig für private Aufführungen, womit er nicht unerheblich zu ihrem Unterhalt beitrug. Seine Frau war wesentlich jünger als er, und er sah zu, dass sie beständig mit einem Kind von ihm schwanger ging. Auf die Geburt bereitete sie sich im Kreise ihrer Verwandten sowie der Hebamme im luxuriösen Landhaus Macedos vor, das etwa zehn Leugen von der Stadt entfernt lag. Nach der Geburt war sie selbstverständlich erholungsbedürftig und blieb, wo sie war. Macedo besuchte sie in regelmäßigen Abständen, nahm seine Kinder zur Kenntnis, von denen zwei als Säuglinge gestorben waren, der Rest sich erwartungsgemäß robust und fröhlich entwickelte, und ansonsten zog er die Gesellschaft Marcias vor.

„Komm ins Bett", sagte er und küsste sie zärtlich aufs Ohrläppchen.

Sie schüttelte den Kopf, doch dann ließ sie sich küssen. Macedo wollte die Spange ihrer Tunica öffnen, doch Marcia legte ihre Hand über seine und stoppte ihn. „Nicht", sagte sie.

„Was ist?", fragte Macedo. „Hat dir der Abend nicht gefallen? Hast du dich nicht amüsiert? Gibt es Leute unter meinen Freunden, die du nie wiedersehen willst? Sag ein Wort, und ich kündige ihnen die Freundschaft."

Sie lächelte. „Witzbold. Nein, ich mag deine Freunde."

„Hättest du es lieber gehabt, wenn ich dich nicht gebeten hätte, für uns zu singen? Ich dachte, es macht dir Spaß."

„Unsinn", erwiderte sie. „Es macht mir Spaß. Obwohl ich vermute, dass ihnen die halbnackten Bauchtänzerinnen aus Gades besser gefallen haben."

„Du kokettierst, meine Liebe", antwortete Macedo, schob ihre schwarzen Locken beiseite und küsste ihren Hals.

Sie ließ es einen Moment zu und entzog sich dann. „Lass!", bat sie. „Bitte."

Macedo richtete sich auf. „Was hast du, Marcia?", fragte er ganz ernst. „Du kommst mir verändert vor."

„Und wie verändert?"

„Fremd. Nachdenklich. Ich dachte gestern Abend zuerst, es sei nur eine Laune ..."

„Jetzt behaupte bloß noch, mein Gesang sei uninspiriert, meine Scherze lasch gewesen", protestierte sie nicht ganz ernsthaft.

Er lachte. „Nein, ganz im Gegenteil, seltsamerweise. Du warst überaus präsent, in Momenten beinah überdreht. Aber ..." Er brach ab.

Sie schwieg und starrte in die Morgendämmerung. Im ersten Licht des Tages wirkte der große, luxuriöse Raum kühl, grau, fremd und gerade deshalb auf merkwürdige Weise anheimelnder, vertrauter als im vollen Glanz der Nacht. Im Garten gaben die Morgenvögel den Ton an, dazu gesellte sich wie ein Continuo das gleichmäßige Schnarchen der jungen Hure auf dem Sofa.

„Was aber?", fragte Marcia.

„Bist du unglücklich?", fragte er. „Kann ich irgendetwas tun, das dich aufheitert? Das dich glücklich macht?" Er zwinkerte.

„Ich bin heiter", widersprach sie. „Ich bin glücklich. Auch wenn ich manchmal melancholisch bin." Sie lachte leise.

„Melancholie ist eine Krankheit und das Gegenteil von Glück", antwortete er streng. „Und das einzige Mittel dagegen ist die Liebe, das weiß jeder." Er wollte sie erneut küssen, doch sie wich ihm aus.

„Die Liebe ist nur ein Moment", belehrte ihn Marcia freundlich. „Übrigens: Schauspieler sind doch oft Melancholiker. Du als Patron solltest das wissen! Wir verbringen die meiste Zeit damit, Illusionen herzustellen, wir führen euch, die ihr ins Theater geht, eurer Leben vor, eure Irrtümer, eure Nöte, eure Lächerlichkeiten, eure Bosheit, und weil wir das tun, haben wir vielleicht selbst kein Leben. Uns zerplatzt die Illusion, wahrhaftig etwas zu erleben, zu empfinden, zu begehren, weil wir uns selber beim Lebensversuch zusehen und erkennen, dass es nur ein Trugbild ist, oder, noch schlimmer: gar nicht mehr zwischen Spiel und Leben unterscheiden können. Auf der Bühne sind wir ‚draußen' – und manchmal auch in der Realität. Wer sollte da nicht zum Melancholiker werden?"

Macedo sah sie nachdenklich an. „Lass das", sagte er dann knapp. „Dieser Ton kleidet dich nicht."

„Ach, wirklich?", gab sie zurück.

„Ja", antwortete er schlicht. „Ebenso wenig, wie es eine schöne Frau kleidet, wenn sie zu viel nachdenkt."

Marcia lachte kurz. „Du meinst, über Dinge, von denen sie sowieso nichts versteht."

„Aber nein", entgegnete er galant. „Es gibt allerdings eine Art des Nachdenkens, die nur scheinbar in die Tiefe führt, in Wahrheit aber reine Sophisterei ist, die sich am Nichts delektiert, was viel einfacher ist, als dem, was ist, nachzuspüren, es zu beschreiben, es zu erfahren. Du bist zu klug, um das nicht zu begreifen." Er nahm ihre Hand. „‚Lass uns leben und lieben', sagt Catull, und er hat recht."

Sie zwang sich zu einem Lächeln und stand auf. „Macedo, du weißt gar nicht, wie recht Catull hat. Aber heute morgen ist mir nach der Poesie des Draußen, und ich werde jetzt gehen."

Er sagte nichts mehr, begleitete sie nur noch höflich ins Atrium und befahl dem Pförtner, Marcias Dienerin und ihre beiden Sesselträger aufzutreiben, die es sich während der feuchtfröhlichen Nacht in welchem Bett auch immer bequem gemacht haben mochten. Marcias Zofe erschien nach kurzem, verschlafen und etwas schuldbewusst. Sie zupfte sofort eilfertig an der Tunica ihrer Herrin herum, deren zarter Stoff Knitter aufwies, doch Marcia stieß sie unwirsch zur Seite. „Lass das", sagte sie. „Das Kleid ist hin, es muss in die Wäsche." Das Mädchen, das die Launen der Schauspielerin gut genug kannte, wartete mit gesenktem Kopf, bis der Pförtner kam und meldete, man habe die Sesselträger erst nicht finden können, jedoch dann einen Tipp bekommen und sie, zusammen mit dem Koch, im Weinkeller entdeckt.

„Und?", fragte Macedo barsch. „Wo bleiben sie?"

„Werden wohl noch eine Weile auf sich warten lassen", antwortete der Pförtner grinsend. „Haben sich besinnungslos gesoffen. Regen sich nicht mehr."

Macedo wollte auffahren, doch Marcia kam ihm zuvor. „Höre, Macedo", sagte sie, „es tut mir leid. Du kannst sie gern prügeln lassen, wenn sie aufwachen, sie gehören ja dir. Schick mir die Rechnung für das, was sie getrunken haben." Es war ihr peinlich, andererseits war es ihr aber auch fast egal; wenn Macedos Koch die Burschen mit in den Weinkeller seines Herrn nahm, traf ihn genauso viel Schuld wie die beiden Sesselträger. Ihr war außerdem klar, dass Macedo dies ebenso sah und dass es ihm mindestens so peinlich war wie ihr. Er ging daher auch nicht auf ihre Worte ein, sondern winkte nur einem Sklaven, der in einer Tür stand. „Hol ...", begann er, doch Marcia unterbrach ihn erneut.

„Lass, mein Lieber. Es ist ein schöner Morgen, ich wohne nicht weit entfernt, und ich kann durchaus zu Fuß gehen." Er wollte protestieren, aber sie hob die Hand. „Nein, keine Widerrede. Ein Spaziergang wird mir guttun."

Macedo verbeugte sich knapp. „Wie du willst", antwortete er.

Das Mädchen legte ihr die Palla um die Schultern, denn es war frisch draußen. Sie schloss den leichten Mantel vorn über der Brust mit einer edelsteinbesetzten Fibel – ein Geschenk Macedos. Marcia lächelte und bot dem Hausherrn die Wange. Er küsste sie kurz, und in der knappen Geste war sein Zorn deutlich spürbar. Keiner von beiden sagte noch etwas. Der Pförtner öffnete die Tür. Marcia trat hinaus auf den Gehsteig unter den Arkaden. Ihr Mädchen folgte ihr, und kurz darauf hörte sie das dumpfe Geräusch, als die Tür geschlossen, das metallene Klacken, als der Schlüssel herumgedreht wurde. Marcia atmete tief durch. Sie fühlte sich plötzlich leicht und frei, befreit von etwas, von dem sie gar nicht gewusst hatte, dass es sie beschwerte. Die leichte Trunkenheit, die frische Luft und das Gefühl der Freiheit bewirkten, dass ihr schwindlig wurde. Ich werde ihn nicht wiedersehen, dachte sie überrascht und bekam Herzklopfen dabei. Es war eine Entscheidung des Augenblicks, aber sie fühlte sich gut an, ließ Mut in ihr Herz strömen, gab ihr Kraft und Selbstvertrauen. Ein Luftzug ließ ihre Palla klaffen und wehte ihr den Saum der Tunica um die Fesseln.

„Komm", sagte sie zu ihrer Dienerin und lächelte. „Gehen wir nach Hause."

Es war noch nicht ganz hell, aber es waren schon ausnehmend viele Menschen unterwegs, alle zu Fuß, Paare, Gruppen von tiefverschleierten Frauen, einzelne Männer, jung und alt. All diese Menschen strebten in eine Richtung – zum nördlichen Ende der Stadt, alle schienen es eilig zu haben, die meisten schwiegen, die, die miteinander redeten, taten es im Flüsterton, als ob das leise Tagesbeginnen der Natur von ihnen fordere, auch ihre Stimmen zu dämpfen.

„Wohin gehen die alle?" Marcia flüsterte automatisch ebenfalls.

Das Mädchen zuckte die Achseln. „Weiß nicht. Vielleicht in die Kirche."

Marcia blieb stehen. Es war nur eine Idee, eine verrückte, dumme Idee, aber sie war unwiderstehlich. Marcia war immer noch leicht beschwipst, die durchfeierte Nacht und der fehlende

Schlaf, die Entscheidung, Macedo nicht wiederzusehen, gaben ihr das Gefühl, über einem Abgrund zu schweben – prickelnde Abenteuerlust erfasste sie, angst- und lustbesetzt zugleich. Es war *Dies Solis*, aber die Christen nannten ihn „*Dies dominica*", Tag des Herrn. Marcia sah den Blick noch genau vor sich, den der Bischof ihr zugeworfen hatte. Sie spürte wie zuvor die Aura sanfter Überlegenheit, mit der der Kirchenmann sich umgab, die Arroganz seiner Güte und darunter das Begehren, die Bewunderung, die sein keusches Gehabe Lügen straften und ihn zu dem machten, was er vor allem anderen immer noch war: ein Mann! Selbst wenn Marcia weniger betrunken gewesen wäre – sie musste Britto wiedersehen.

„Wir gehen nicht nach Hause", verkündete sie entschlossen. „Wir gehen in die Kirche!"

„Bei allen Göttern!", rief das Mädchen unbedacht. „Bitte, tu das nicht."

„Warum nicht?", gab Marcia zurück. „Meine Götter verbieten mir nicht, ins Christenhaus zu gehen."

„Aber ...", beharrte die kleine Dienerin weinerlich.

„Sei still und folge mir, sonst setzt es Hiebe."

Das Mädchen duckte sich und trabte folgsam neben Marcia her, die ihren Schritt beschleunigte. Die Schauspielerin kümmerte sich nicht um die verstohlenen Blicke, die manche der Kirchgänger ihr zuwarfen. Einige mochten sie erkennen, doch sie ließen es sich nicht anmerken. Marcia schlug das breite Ende ihrer Palla hoch und verhüllte ihr Haar. Nur an den weißen, mit Gold bestickten Schuhen und dem dünnen Stoff der eleganten Tunica, die unter dem Mantel hervorschimmerte, konnte man sehen, dass sie nicht für die Straße, noch weniger für den Kirchgang gekleidet war.

Sie hatte keine Ahnung, in welcher der vier großen christlichen Basiliken der Gottesdienst stattfinden würde, und ließ sich mit den Menschen treiben, die an diesem Morgen äußerst zahlreich zur Kirche eilten. Nachdem sie die Vorhalle passiert hatte, folgte Marcia einer Gruppe älterer Frauen durch eine Doppeltür in das Seitenschiff der ersten Basilika und weiter in einen quadratischen, völlig leeren Raum, von dem aus vier Türen abgingen. Die linke war geöffnet. Gleich darauf befand sich Marcia in der Bischofskirche, deren Langhaus ihr nicht viel anders vorkam als die profane Basilika, in der neben dem Forum Geschäfte gemacht wurden. Diese hier war immens hoch, erhellt von großen Fenstern in regelmäßigen Abständen. Marcia nahm an, dass das Fensterglas aus den Manufakturen Macedos stammte, und lächelte. Die Seitenschiffe waren niedrig, düster, säulengetragene Arkaden trennten sie vom Mittelschiff. Die Schritte der Gläubigen hallten auf dem Marmorfußboden mit seinem Muster sich kreuzender schwarzer Linien auf weißem Grund und den eingelegten farbigen Rauten und Kreisen in Grün und Rot. Die Wände trugen ebenfalls einfache geometrische Muster aus Linien und Rechtecken, Rot und Grün auch hier die bevorzugten Farben. Weiter hinten öffnete sich das Kirchenschiff nach drei Seiten in Form eines Kreuzes, doch dorthin konnte niemand gelangen, weil sich mitten in der Vierung ein marmornes Podest mit mehreren flachen Stufen erhob, in dessen Zentrum ein großes schwarzes Kreuz auf einem marmornen Tisch stand. Eingerahmt war es von einem schlichten tempelähnlichen Baldachin auf vier dünnen Säulen; er kam Marcia vor wie eines der hochbeinigen Brunnenhäuschen über einem Quellheiligtum. Sie wurde von den hereindrängenden Menschen nach vorn geschoben und stellte fest, dass sich im Innern der Basilika die Geschlechter schieden, die Frauen links, die Männer rechts, so dass in der Mitte eine Gasse entstand. Marcia, unschlüssig, was sie tun sollte, ließ sich noch ein paar Schritte weiterschieben und entschied dann, dass es das Beste war, im hinteren Teil der Kirche zu bleiben. Ihre Sklavin klammerte sich mittlerweile ungeniert an den Mantel ihrer Herrin. Marcia reihte sich ein und blieb stehen, den Kopf gesenkt, um nicht erkannt zu werden, doch es war vollkommen sinnlos, denn es hatte sich längst herumgesprochen, dass die Schauspielerin in die Kirche gekommen war, und die Leute, je nachdem, wie sie geartet waren, schauten feige aus den Augenwinkeln oder glotzten ganz unverhohlen. Wo sie stand, blieb ein weiter leerer Kreis inmitten all der Frauen; keine der Anwesenden rückte näher als vier, fünf Ellen an die gottlose Mimin heran; Marcia und ihre Sklavin hatten viel Raum für sich in dieser überfüllten Kirche.

Es dauerte noch eine ganze Weile, bis sich alle Gläubigen versammelt hatten an diesem *Dies Solis*, dem die Christen die Sonne genommen hatten, um ihn mit jenem Namen zu nennen, der Zeugnis ihres freiwilligen Sklavendaseins war. Endlich aber gab es vorn beim Podest Bewegung. Einige Geistliche und Altardiener traten auf, zwei von ihnen hielten Weihrauchschalen, die sie mit ausgestreckten Armen vor sich hertrugen, ehe sie sie auf zwei schlanke, gedrechselte und mit glitzerndem Mosaik verzierte Marmorsäulchen stellten. Danach gesellten sie sich zu ihren Kollegen am Fuß des Podiums. Marcia erkannte unter den Geistlichen mindestens zwei wieder, die sie damals auf der Straße gesehen hatte. Gleich musste der Bischof kommen, der gutaussehende Mann mit dem kurzen, gepflegten Bart und den schönen, intensiven Augen. Marcia stand da, wartete und bekam auf einmal Herzklopfen. Es erschien ihr plötzlich vollkommen verrückt, was sie hier tat. Und seit wann mochte sie Männer mit Bart?! Unwillkürlich drehte sie sich um und wollte gehen, doch in der Bewegung sah sie Britto, der – so wie sie es in ihre Sprache übersetzte – aus der Seitengasse kam und die Szene betrat. Es war jetzt ganz still in der großen Kirche, nur das Rascheln von Kleidern war zu hören, ab und zu das Scharren von Füßen auf den Marmorfliesen. Endlos langsam wandte Marcia sich zurück zur „Bühne“ des Altarraumes, und ebenso quälend langsam nahm sie wahr, dass der Bischof den Blicken der Leute gefolgt war. Es gab kein Entkommen, er hatte sie entdeckt. Ohne es zu wollen, setzte Marcia sich in Bewegung. Sie trat in die mittlere Gasse zwischen den sauber getrennten Geschlechtern und ging nach vorn, Schritt für Schritt, zögernd aber beharrlich, bis sie in der ersten Reihe angelangt war. Die Frauen dort drängten sich unruhig zusammen wie Fohlen bei einem Gewitter, um ihr Platz zu machen. Marcia wählte ihren Platz, richtete sich auf, schaute dem Bischof rasch in die Augen, so dass er keine Zeit hatte, ihr auszuweichen, und dann, mit trotzig verhaltener Geste, schob sie ihre Palla zurück und entblößte ihr Haar. Sie hörte, wie die Umstehenden hart die Luft einsogen. Bischof Britto jedoch gönnte ihr keinen zweiten Blick. Er betrat das Podest, wandte sich von den Gläubigen ab zum Altartisch, hob beide Hände zum Himmel und begann das Morgengebet. Es dauerte nicht lange, und seine Gemeinde reagierte auf die eingeübten Worte, den monotonen Singsang, das immer wiederkehrende Ritual wie ein eingespielter Theaterchor. Wechselrede und Wechselgesang lösten sich ab, der Gottesdienst nahm seinen Lauf, und bald schien es, als hätten die

Anwesenden die Schauspielerin vergessen, die sich so dreist in den Vordergrund gedrängt hatte.

Als die einleitenden Gebete beendet waren, wurde jedoch schnell offenbar, dass niemand, und am allerwenigsten Britto, den seltsamen Gast vergessen hatte. Er drehte sich um zu seiner Gemeinde und begann fast übergangslos seine Predigt. „Gott lässt uns nicht ohne Schauspiele“, rief er, und er konnte sehen, wie sich die Blicke aller Anwesenden erneut auf Marcia richteten. In leidenschaftlichem Ton fuhr er fort: „Ist es nicht ein großes Schauspiel, wie der Christ gegen die Sünde kämpft? Gott selber schaut vom Himmel diesem erhabenen Schauspiel zu und feuert die Sieger an. Bei den heidnischen Schauspielen sieht man, wie Jupiter Frauen verführt, bei den christlichen den wahren Gott, der zur Keuschheit mahnt und das Heil lehrt. Dort sieht man Juno als Ehefrau und Schwester Jupiters, hier die heilige Maria, Jungfrau und Mutter zugleich. Dort sieht man den Seiltänzer, hier schreitet Petrus über das Meer.

Ihr, die ihr dieses Gotteshaus heute betreten habt – könnt ihr sagen, ihr seid dem Mimus ferngeblieben? Nein!, rufe ich euch zu. Am Tag der Spiele kommen die Christen nicht nur nicht in die Kirche, ganz gleich, welche hohen Feste gefeiert werden, sondern sie rennen, wenn sie zufällig in der Kirche sind und hören, dass Theater gespielt wird, sofort davon.

‚Der Tor begeht mit lachendem Mund die Schandtat‘, heißt es in der Heiligen Schrift, und Toren und Sünder nenne ich euch, weil ihr die himmlischen Sakramente verspottet, sobald ihr ins Theater geht. – Oder glauben wir etwa mit den Heiden an einen eigenen Gott für Theater und Circus? Jene geben Spiele, weil sie glauben, ihre Götzen hätten Gefallen daran. Wie aber wagen wir es, so zu handeln, da wir doch wissen, dass Gott solches hasst?

Bei Paulus steht: ‚Freuet euch im Herrn, nicht aber freuet euch im Teufel!‘ Und ich sage euch: durch den Mund der Asketen spricht Christus, durch den Mund der Mimen der Teufel, denn Dionysos, der Herr des Theaters, ist ein böser Dämon, ein Teufel, wie alle anderen Götter der Heiden. Das Theater ist also das Eigentum des Teufels. Er hat es selbst erbaut und ausdrücklich erklärt, dass es ihm gehöre.“

Marcia hatte noch nie gehört, dass so über Dionysos gesprochen wurde, und die Blasphemie erschreckte sie. Der Theatergott war ihr heilig, und sie machte unwillkürlich eine Bewegung, doch Britto, der es aus dem Augenwinkel bemerkt hatte, wies mit einer Hand auf sie und fuhr mit donnernder Stimme fort:

„Jetzt sage nur nicht, Marcia: was da geschieht, ist ja nur ein Schauspiel! Dieses Spiel hat schon viele zu Ehebrechern gemacht und ganze Familien ins Unglück gestürzt. Ein Christ will auf dem Markt kein nacktes Weib anschauen, auch nicht einmal zu Hause, sondern nennt das Sünde."

Er beschrieb jetzt mit der Hand einen weiten Bogen, der alle Gläubigen im Kirchenschiff einbezog. „Im Theater aber schaut ihr euch wollüstige, entblößte Leiber an und behauptet: es ist ja nur ein Spiel! Es wäre besser, ihr würdet euer Gesicht mit Kot beschmieren, als so etwas anzuschauen."

Er deutete auf einen Mann in der ersten Reihe. „Was glaubst du, hält deine Frau von dir, wenn du von so einem Schauspiel zurückkehrst, wie soll sie dich empfangen, wie soll sie mit dir reden, wenn sie weiß, dass du der Sklave einer Mimin geworden bist – eines schamlosen Weibes, das unverschleiert geht, sich die Haare aufs Üppigste frisiert, sich schminkt und verführerisch kleidet? Du rennst wieder und wieder ins Theater, und irgendwann willst du nichts mehr von deiner Frau wissen, ihr streitet euch, und deine Familie wird zerstört. Viele Männer sind durch Schauspielerinnen ihren Frauen untreu geworden, viele haben sich durch ihre Besessenheit überhaupt geweigert zu heiraten.

Im Theater hört ihr unverschämte und vulgäre Worte, es wird gelogen, betrogen, gemordet – und ihr lacht und amüsiert euch. Es ist ja nur ein Spiel, sagt ihr. Ich hingegen sage euch: der Christ soll sich nicht verstellen, er soll immer einfach und wahr sein. Und Lachen kommt nicht von Gott, sondern vom Teufel. Dem Christen ziemt unablässiger Ernst sowie Reue und Trauer über seine Sünden und die Verderbtheit der Welt.

Aber – und jetzt merkt genau auf das, was ich sage", rief Bischof Britto seiner Gemeinde zu, „wenn es keine Zuschauer gäbe, gäbe es auch keine Schauspieler, gäbe es kein Theater. Hört das Wort des Apostels, der sagt: ‚Des Todes wert sind nicht nur jene, die solches tun, sondern auch die, die den Tätern zustimmen.' Wer zum Mimus geht, gerät ins Fegefeuer und in die Flammen der Hölle."

Plötzlich meinte Marcia zu verstehen. Er ist eifersüchtig aufs

Theater, dachte sie. Er ist eifersüchtig auf mich, weil die Menschen zu mir kommen, obwohl man es ihnen verboten hat. Sie kommen zu mir und hören sich meine Lieder an, sehen mir zu, jubeln mir zu, und er steht an solchen Tagen allein hier in der Kirche! Am liebsten hätte sie gelacht.

„Jeden, der an jener Unzucht hängt", schwang sich Britto zum Höhepunkt seiner Predigt auf, „müsst ihr also bestrafen und für euren gemeinsamen Feind halten, solange er nicht Buße tut und dem Teufel abschwört. Denn noch, Brüder, noch ist es Zeit zur Umkehr", rief Britto und blickte Marcia dabei einen Moment lang geradewegs in die Augen. „Möge es geschehen, dass durch die Fürbitte der Heiligen die Verworfenen schnell in den Schoß der Kirche zurückkehren; jene aber, die sich dem Satan nicht untertan gemacht haben, mögen noch frommer und heiliger werden, damit wir uns freuen und Gott verherrlicht werde jetzt und immerdar und von Ewigkeit zu Ewigkeit! Amen."

„Amen", wiederholte folgsam die versammelte Christengemeinde. Alle blickten zu Boden, niedergeschmettert durch die Anklage des Bischofs; nur Einzelne wagten es, verstohlen zu Marcia zu schauen.

Der Bischof wandte sich nun zum Altar. Währenddessen trat Secundius Securus, der Diakon, vor die Versammelten und forderte die noch nicht Getauften auf, sich in jenen hinteren Bereich der Kirche zurückzuziehen, der ihnen bestimmt war, während er die Agape-Feier vorbereitete. Marcia hoffte darauf, dass Britto sie noch einmal ansehen würde, doch er kehrte ihr den Rücken zu. Also zog sie sich gemeinsam mit den noch Ungetauften, die sich in wochenlangem Unterricht auf die endgültige Aufnahme in die Christengemeinde vorbereiteten, zurück und verließ, begleitet von ihrer Dienerin, die Kirche. Der Weg durch das Labyrinth des Kirchenkomplexes schien ihr endlos. Als sie endlich in der Vorhalle stand, holte sie tief Atem.

„Puh", sagte sie zu dem Mädchen. „Er hätte Schauspieler werden sollen. Überhaupt erinnert mich das Ganze an eine ziemlich dramatische Aufführung."

Die Sklavin kicherte und wollte etwas erwidern, doch eine Frauenstimme kam ihr zuvor. „Darf ich dich einen Moment sprechen, Marcia?"

Marcia drehte sich überrascht um und sah eine ältere verschleierte Matrone mit vollem, freundlichem Gesicht und wachen Augen. Die Frau war ihr offensichtlich gefolgt. „Willkommen in unserer Kirche!“, sagte sie eifrig.

Marcia neigte leicht den Kopf zum Gruß.

„Mein Name ist Callosia Clamosa“, stellte die Matrone sich vor. „Ich bin Diakonin und betreue die Frauen, die sich der wahren Kirche Gottes zuwenden wollen. Ich unterrichte sie aus der Heiligen Schrift, weihe sie in das Leben unseres Herrn Jesus Christus ein und lehre die Katechumene, die zur Taufe führt. Ich habe dich hereinkommen sehen.“

„Und?“, fragte Marcia.

Callosia Clamosa ließ sich von ihrem herausfordernden Tonfall nicht beirren. „Jesus liebt dich“, sagte sie.

Marcia lachte laut. „Das wage ich zu bezweifeln. Er kennt mich doch gar nicht.“

Callosia Clamosa schaute sie mit dem Blick der Wissenden an und erwiderte milde: „Er kennt dich bis in den letzten Winkel deines Herzens.“

„Wie unangenehm“, scherzte Marcia. „Sag ihm, ich danke ihm für sein Interesse, aber ich bin vergeben.“

Callosia Clamosa fuhr unbeirrt fort: „Es verwirrt dich. Wir alle sind anfangs verwirrt durch die Nähe des Herrn.“

„Ich habe keinen Herrn, und ich danke den Göttern dafür“, entgegnete Marcia schärfer als beabsichtigt. „Guten Tag.“

Die Diakonin lächelte nur. „Gott sei mit dir.“ Damit drehte sie sich um und ging zurück in die Kirche.

Marcia sah ihr nach. „Seltsam“, murmelte sie, verließ kopfschüttelnd die Portikus und trat auf die Straße.

Es versprach ein gewittriger Tag zu werden, die Wolken mit ihren düster grauen Bäuchen und den gelblichen Rändern hingen tief, und die Luft war feucht. Marcia spürte ein leichtes Ziehen in den Schläfen. Kopfschmerzen kündigten sich an. Zu wenig Schlaf, zu viel Alkohol und dann der Weihrauchdunst in der Kirche ... Sie war sicher, dass Britto ihr gegenüber nicht gleichgültig war. Es musste einen Weg geben, ihn einmal allein zu sehen ... mit ihm zu sprechen ...

Noch nie hatte ein Gesicht, ein Blick, sie so tief berührt, sie gleichzeitig zornig gemacht und sanft. Was war das Geheimnis dieses Mannes? Gedankenverloren ging sie nach Hause. Es begann zögerlich zu regnen. Als der Sklave ihr öffnete, begrüßte er sie und sah sich dann suchend um.

„Bist du zu Fuß gekommen, Herrin?“, fragte er.

„Wie du siehst“, erwiderte sie. „Macedo wird die beiden Helden später schicken. Ich werde mir bis dahin eine Bestrafung ausdenken.“

Mit dieser Information ließ sie den alten Mann stehen und begab sich in ihr Schlafzimmer, wo ihre Lieblingssklavin sie bereits erwartete. Die Schuhe konnte sie wegwerfen. Marcia ließ sich entkleiden und setzte sich dann in den Korbstuhl, um sich das Haar lösen und sich abschminken zu lassen.

„Den Spiegel“, befahl sie, und eines der Mädchen beeilte sich, ihr den Bleirahmen, der eine verspiegelte Glasscheibe enthielt, zu präsentieren, damit sie sich betrachten konnte. Marcia warf nur einen kurzen Blick hinein und winkte dann ab. Zu müde wirkten ihre Augen, und die zwei Falten längs der Nasenflügel, die sich seit einiger Zeit andeuteten, schienen an diesem Morgen tiefer, die Lippen blasser als sonst.

Man beginnt zu sehen, dass ich nicht mehr jung bin, dachte Marcia und fuhr mit dem Zeigefinger eine der Linien nach. Wie lange dauert es noch, und sie bieten mir nur noch Rollen im älteren Fach an? Die Schwiegermutter, die Kneipenwirtin, die betrogene Juno?

„Unsinn!“, sagte sie laut, aber als ihre Dienerin erschrocken den Elfenbeinkamm, den sie gerade aus einer Schatulle holen wollte, in diese zurücklegte, fügte sie hinzu: „Nein, Dummerchen, das meinte ich nicht.“

In diesem Moment klopfte es.

„Herein!“, rief Marcia unwirsch und rieb sich die schmerzenden Schläfen. „Was ist denn jetzt noch?“

Ein fremder Knabe trat ein. Er hielt mit beiden Händen ein Kästchen, das er Marcia nun präsentierte. „Dies sendet dir mein Herr Publius Macedo“, sagte er stolz.

Marcia zögerte einen Moment. „Stell es da drüben auf den Tisch“, sagte sie dann.

Der kleine Sklave gehorchte und zog sich dann eilig mit einer Verbeugung zurück.

„Du kannst auch gehen“, befahl sie ihrer Dienerin. Das Mädchen verließ das Zimmer, schloss die Tür und ließ sich wie gewohnt davor nieder, um bereit zu sein, falls Marcia sie benötigte.

Sobald Marcia allein war, öffnete sie das Kästchen. Darin ruhte eine Halskette aus zylindrischen Lapislazuligliedern, die durch kleine Goldkügelchen voneinander getrennt waren. Macedo hatte ihr schon oft Schmuck geschenkt, doch dies hier war das Kostbarste, was sie je bekommen hatte ... Sie nahm die Kette heraus und ließ sie durch ihre Finger gleiten. Die blauen Steine fühlten sich kühl an, die Goldkügelchen reflektierten das Licht. Der Schmuck war wunderschön. Macedo ließ offenbar nicht locker. Er hatte Stil, er hatte Charme und großzügig war er auch. Er war kein übler Kerl und ertrug ihre Launen mit einer Gelassenheit, die sie beeindruckte.

Marcia legte die Kette zurück in das Kästchen und klappte den Deckel zu. Sie fühlte sich plötzlich so müde, so schwer, als seien ihre Glieder aus Blei. Wenn sie Macedo verließ, verlor sie alles. Das Haus, die Sklaven, das Mobiliar ... Welch ein verrückter Einfall, ihm den Laufpass geben zu wollen aus einer Laune heraus! Wegen eines Mannes, der unerreichbar war! Der sie öffentlich beschimpfte! Sie musste unwillkürlich lachen. Sie war doch kein dummes junges Ding mehr. Sie löschte die Lämpchen, schlüpfte unter die Decke und lag mit offenen Augen im Dämmerlicht. Doch die Worte Brittos klangen in ihr nach, sie sah sein Gesicht, seine Bewegungen; die Bilder ließen sich nicht vertreiben, so sehr sie sich auch bemühte, an etwas anderes zu denken. Andere Frauen hätten vielleicht Erleichterung in Tränen gesucht, doch Marcia weinte nie. Irgendwann – es mochte Stunden gedauert haben – siegte die Erschöpfung, und sie fiel in einen unruhigen Schlaf, aus dem sie erst gegen Abend wieder erwachte.

V. Kapitel

Im ersten Licht des Tages hatte Acilius aufbrechen wollen, doch nun hing seit Stunden ein Gewitter über der Stadt, und selbst, als es endlich hätte hell werden müssen, blieb der Himmel wie mit schmutzigen Säcken verhängt, dunkel, schwer und feucht. Ab und zu wetterleuchtete es, ab und zu donnerte es schwach, doch nichts geschah, außer dass ein leichter, kaum spürbarer Südwestwind den Rauch aus den Töpferöfen und den Glasschmelzen vor den Mauern in die Stadt drückte. Acilius fühlte sich alles andere als frisch. Er war es, wie viele alte Menschen, nicht gewohnt, nachts viel zu schlafen; er ging oft, wenn es dunkel wurde, zu Bett, um zwei, drei Stunden später wieder aufzustehen, zu lesen, zu schreiben; die Nacht war ihm unheimlich geworden, und er tat alles, um sie zu vergessen. Dann, wenn sich die Morgenvögel endlich hören ließen, verschlafen, vorsichtig zuerst, wenig später couragiert, schließlich laut genug, dass er ihnen vertraute, dann erst stand er auf von seinem Stuhl mit müdem Rücken, legte sich ins Bett, löschte das Öllämpchen und schlief unruhig, bis ihn ein Diener wie vereinbart zur dritten Morgenstunde weckte. Heute jedoch hatte er vorgehabt, bei Sonnenaufgang aufzubrechen statt schlafenzugehen, und so war er entsprechend gereizt und müde.

„Wir können nicht länger warten, Dexter", sagte er zu dem Jungen, der mit geschnürtem Reisebündel im Schneidersitz auf dem Boden saß und ab und zu gähnte. Bei Acilius' Worten stand er auf. „Hast du Wasser dabei?", fragte Acilius, während er sich sein Bündel umhängte und nach dem Wanderstock griff. Er trug seine Tunica und feste Schnürschuhe, darüber einen kurzen Mantel mit Kapuze.

„Ja", antwortete Dexter, schlug seinen Mantel zurück und wies auf die Tonflasche, die seitlich am Gürtel hing.

„Gut. Dann komm."

Sie verließen das Haus und traten in die ruhige Nebenstraße. Die Luft war kühlfeucht, dabei schwer und satt; es war, als atme man Wassertröpfchen. Hier draußen war es allerdings nicht ganz so dunkel, wie Acilius gedacht hatte. Irgendwo über den schmutzfarbenen Wolken musste es Tag sein. Leute waren auch schon unterwegs, die ersten Händler fegten den Gehsteig unter den Arkaden auf dem *Cardo maximus*, während ihre Sklaven die Fensterläden aufklappten, Tische und Körbe hinaustrugen. Hufschlag knallte auf dem Granitpflaster der Straße, als ein Reiter in schnellem Trab vorbeiritt. Alles war in Düsternis getaucht, aber licht war es dennoch, und es reichte aus, den Arbeitstag zu beginnen. Die beiden Wanderer kamen schließlich an der großen Kirchenanlage vorbei, die mittlerweile außer der quadratischen Bischofskirche noch drei weitere Gotteshäuser umfasste. Schwaches Licht drang aus den Fenstern der vordersten Basilika, dumpfes, rhythmisches Murmeln kam aus dem Bauch des wuchtigen roten Gebäudes: Frühmesse zu Treveris; die Kirche musste voll sein, sonst wären die Stimmen nicht bis auf die Straße zu hören gewesen.

Acilius und der Knabe beschleunigten ihre Schritte und verließen die Stadt durch das gleich anschließende mächtige, von zwei viergeschossigen Türmen flankierte Tor. Rechts und links der Straße standen außerhalb der Stadtmauern noch vereinzelt kleinere Häuser, doch bald reihte sich Grabmonument an Grabmonument, blickten ernste Gesichter, Frauen und Männer, angesehene Bürger dieser Stadt, von ihren steinernen Denkmälern auf die Wanderer, grüßten stumm, und wer wollte, konnte die Inschriften lesen, erfahren, wer hier ruhte, wie er gelebt hatte, welche Ehrungen ihm zuteil geworden waren, was er für die Stadt geleistet hatte. Männer lobten ihre Ehefrauen, ihre Treue, ihre Sparsamkeit, Eltern priesen ihre zu früh verstorbenen Kinder und weihten ihre Seele „*Dis Manibus*“ – den Totengeistern. Verblichene Christen fanden sich längs der Straße kaum; um die Gräber derer zu sehen, die an das Himmelreich glaubten, hätte man zu den neuen Kirchlein außerhalb der Stadtmauern gehen müssen; dort scharten sich die Toten unverbrannt um das Gotteshaus, so nah wie möglich den Reliquien der Märtyrer; von den meisten der im Schoß der Gottesäcker ruhenden Toten blieb der Nachwelt kein Bild, kein Tatenbericht, höchstens vielleicht der Name auf einem Täfelchen; das Heil der in Christus Verstorbenen lag jenseits der Welt; wen hätten sie hier unten noch beeindrucken wollen?

Eine halbe Leuge nachdem sie das Stadttor passiert hatten, versperrte eine kleine Schafherde Acilius und seinem Begleiter den Weg. Vorneweg ging ein junger Bauer, der einen geradezu riesigen Hammel am Nasenring führte. Acilius und Dexter blieb nichts anderes übrig, als der Herde hinterherzutrotten, bis sie eine Weile später nach links auf eine Wiese einbog, wo zweimal im Jahr Viehmarkt abgehalten wurde. In der anhaltenden Düsternis waren die Ziegen, Pferde, Schweine, Rinder und die Körbe mit dem Geflügel von der Straße her nur schwer auszumachen. Die Schwüle und das drohende Gewitter bewirkten, dass die Tiere wie benommen und weniger lärmend als üblich verharrten. Es war, als laste auf allem ein zusätzliches Gewicht oder als sei über jedes Lebewesen eine Hülle gezogen, die die Bewegungen behindert und die Stimme dämpft. Als die Schafherde auf die Wiese getrieben wurde, belebte sich die Szene ein wenig; die Neuankömmlinge machten sich breit, was ein paar Ziegen zum Protest animierte. Ihr Gemecker gab einer Stute Anlass, ihre Nachbarin in den Hals zu zwicken; diese nahm es ihr übel und keilte quiekend. Von gegenüber wieherte interessiert ein Schimmelhengst, stieg und produzierte sich, so dass der fluchende Knecht, der ihn am Halfter hielt, Mühe hatte, ihn zur Räson zu bringen. Gleichzeitig zuckte ein Blitz knisternd quer über den Horizont, Donner folgte, doch dem folgte wiederum nichts. Das Unwetter zog sich wieder in sich selbst zurück, und die Tiere duckten sich nervös.

Acilius streckte eine Hand aus und fing einen Regentropfen auf. Dann einen zweiten. Er wartete, doch es geschah nichts weiter. „Ekelhaft“, knurrte er. „Wahrscheinlich erwischt es uns genau dann, wenn wir auf freiem Feld sind. Da vorne ist Firmus!“ Er winkte.

Der hünenhafte Schauspieler, der mit einem Knüppel bewaffnet war, winkte zurück und wartete, bis die beiden Kollegen herangekommen waren. Hier teilte sich die Straße, nach rechts führte sie über den rauen Bergrücken bis direkt nach Mogontiacum, nach links verlief der bequemere Weg am Fluss entlang bis Noviomagus, von wo aus dem Wanderer, der nach Mogontiacum und nicht nach Confluentes wollte, nichts anderes übrigblieb, als sich dann doch noch durch den unwirtlichen Bergwald zu schlagen. An der Weggabelung befand sich ein kleines Heiligtum des Merkur, nicht viel mehr als eine Doppelherme mit rundem Altar, umgeben von Platanen. Acilius opferte dem Gott der Reisenden ein Schälchen Milch und einen Honigkuchen, dem Dexter sehnsüchtig nachstarrte, und betete gemeinsam mit Florus und dem Jungen um glückliches Gelingen. Danach schritten sie schweigend und rasch ausgreifend nach links, drei Schemen im Zwielicht. Aber sie waren noch keine Stunde gegangen, als die sackbraunen Wolken, wie von unsichtbarer Hand gedrängt, hinter ihnen zurückblieben, Dunkel sich abrupt von Helle schied und sich vor ihnen die Hügel rechts der Mosella als lichte Morgenlandschaft dehnten. Die Luft war hier draußen feucht und frisch, doch die Sonne wärmte bereits; es roch nach Herbstwiesen, Fallobst und Erde; am Straßenrand wucherten Brombeerhecken, die so üppig trugen, dass die naschenden Passanten den berufsmäßigen Sammlern, alten Weibern mit geflochtenen Körben, die Ausbeute nicht schmälerten. Es versprach also wider Erwarten ein angenehmer Reisetag zu werden. Acilius schlug seine Kapuze zurück, was die beiden anderen zum Anlass nahmen, dasselbe zu tun. Sie schwiegen und beschleunigten ihre Schritte nun, da es abwärts ging ins Tal des Erubris, eines Nebenflusses der Mosella. Der Erubris war ein schnelles, steiles Gewässer, an dessen Sonnenhängen weiße Trauben gediehen, die einen hellen, angenehmen Wein hervorbrachten, von dem manche behaupteten, man schmecke in ihm den blauen Schiefer, auf dem er wuchs und der in seinen Reben die Wärme des Tages noch lange nach Anbruch der Dunkelheit speicherte. Die Menschen am Fluss nutzten das starke Gefälle des Erubris, um Steinsägen zu betreiben; als Acilius und seine Begleiter näherkamen, schmerzten ihnen bald die Zähne vom schrillen Kreischen der wassergetriebenen Werkzeuge, die italischen Marmor, aber mehr noch von heimischem Granit zerteilten. Die drei Wanderer überquerten den Erubris auf einer hölzernen Brücke, wo ihnen ein Eseltreiber entgegenkam, der sein Lasttier mit zwei großen Körben bepackt hatte. Statt am anderen Ufer den geraden, aber beschwerlichen Weg den Berg hinauf zu wählen, stiegen sie hinunter ins Mosellatal und folgten den Schleifen des Flusses auf dem bequemen Treidelpfad. Es schien ein warmer, sonniger Frühherbsttag zu werden, und wenn man in seinem Alter schon reisen müsse, bemerkte Acilius, dann solle jede Leuge, die man fortschreitend gewann, auch ein Gewinn für das Auge sein. Die Entfernungen, so führte er aus, schrumpften, wenn der Weg eben, die Landschaft lieblich, das Gespräch entspannt und der Magen befriedigt seien. Es gab in der Tat viel zu sehen, drüben am linken Ufer war die Weinernte in vollem Gang, die steilen Hänge bevölkert mit kiepentragenden Erntehelfern. Schleppkähne zogen vorbei, die Mannschaft selbst eingespannt als Zugtiere, drei muskelbepackte Männer an straff gespannten Tauen. Ab und zu kam ein größeres Schiff, getrieben von Ruderern, beladen mit Fässern, mit Säcken, mit zu Ballen verschnürten Waren, Bug und Heck geschmückt mit langhalsigen Drachenköpfen, seitlich des Bugs das gemalte Auge zur Abwehr jeglichen Unheils, das einen auf dem Wasser befallen konnte. Landhäuser und Weingüter tauchten am Ufer auf, manche nur kleine Höfe auf einem Hügel, manche groß, am Hang gelegen, mit Säulenfront und Turm, einige reich wie Paläste, direkt ans Wasser gebaut mit eigenem Schwimmbad und Fischbecken. In Einbäumen dümpelten anderswo jene Männer auf dem Fluss, die nicht zum Luxus fischten, sondern zum Lebensunterhalt und die ihre von Korken getragenen Netze kontrollierten, ob sich Äsche, Barbe, Forelle oder gar ein Wels darin gefangen hatten. Die Mosella hatte sandige oder felsige Ufer; kein Schilfdickicht, schlammgeboren, hinderte Angler daran, ihren Mittagsfisch bequem auf einem Felsblock sitzend aus dem Fluss zu holen und dem glitschigen Barsch mit einem gezielten Schlag hinter die Kiemen den Garaus zu machen. Im flachen Wasser, dort, wo nicht Felsen, sondern Sand den Zugang ermöglichte, standen in weiten, nahezu mit dem Ellenmaß gegebenen Abständen Reiher, silbrig grau und reglos, der schmale Kopf zwischen die Schultern gesackt, bis einer von ihnen den Schlangenhals ausfuhr, blitzschnell den Schnabel ins Wasser tauchte und mit einem Fischchen, quergeschnappt zappelnd, wieder hervorkam. Schnell war es geschluckt, und dann stand der Vogel wieder unbeweglich, schmal und lauernd.

Acilius und seine Begleiter schafften an diesem Tag über fünfzehn Leugen und schliefen in einem Gasthaus in Ad Decimum, am nächsten Tag waren es nur noch acht bis Noviomagus, einem hübschen, aufstrebenden Vicus, wo die drei Schauspieler dank einer Empfehlung des Viventius im Haus eines Freundes komfortabel übernachteten. Acilius ging ins Bad, danach aßen sie alle drei gut, schliefen in weichen, sauberen Betten und ruhten aus, wohl wissend, dass der strapaziöseste Teil der Reise noch vor ihnen lag. Acilius musste sogar geweckt werden; die Anstrengung des Wanderns – oder war es die frische Luft? – hatte bewirkt, dass er ganz gegen seine Gewohnheit durchgeschlafen hatte.

„Ich kenne auch in Belginum eine gute Herberge“, versicherte er den anderen, als sie bei Sonnenaufgang im Atrium wieder zusammentrafen. „Das heißt, zumindest übermorgen werden wir noch einmal anständig nächtigen.“

„Hauptsache, das Wetter bleibt so gut, dann kann ich auch auf einem Strohsack schlafen“, bemerkte Firmus, der eine Blase an der linken Ferse hatte, die im Bad aufgegangen war, so dass die zarte, neue Haut darunter beim Kontakt mit dem Schuhleder empfindlich wehtat.

„Du hinkst“, fiel Acilius auf.

„Nicht der Rede wert. Nur eine Blase“, erwiderte Firmus.

Der Gastfreund, der die drei verabschiedete, hatte mitgehört und klatschte in die Hände. Ein Diener erschien. „Ein Wundpflaster mit Calendulasalbe für den Herrn. Sofort.“ Der Knabe rannte davon und brachte kurz darauf das Gewünschte. Firmus, der große, muskelbepackte Kerl, musste sich setzen, seinen Schuh ausziehen und sich verarzten lassen. Er sah zu Acilius auf und verzog das Gesicht. „Ich schäme mich. So eine Memme.“

„Unsinn“, erwiderte der Archimimus. „Mein linkes Auge tränt und brennt. Und vom Ledergurt meines Bündels, der in die Schulter schneidet, ist mir gestern ständig der Arm eingeschlafen.“

„Und ich habe Ohrenschmerzen“, verkündete Dexter und nieste.

Alle lachten.

„Das kann ja heiter werden“, sagte Firmus. „Ein Lahmer, ein Blinder und ein Tauber. Ob wir es bis Mogontiacum schaffen, ohne zu sterben?“

„Wenn wir in Belginum sind, haben wir den Aufstieg hinter uns. Und die Wirtin hat ein ausgezeichnetes Rezept für Fischsoße.“

„Prima“, meinte Firmus, der seinen Schuh wieder angezogen hatte. Er erhob sich zu voller Größe und nahm seinen Knüppel. „Na, dann auf nach Belginum!“

Der Aufstieg war nicht steil, aber stetig. Während Acilius sich an diesem und am nächsten Tag tapfer schlug, seine müden Knochen ignorierte und seinen Wanderstab energisch in den Straßenschotter stieß, entwickelte Dexter seine Ohrenschmerzen zu einer fiebrigen Erkältung. Hustend und schniefend stapfte er Firmus und Acilius hinterher. Der Wald schien kein Ende zu nehmen, außerdem war es hier oben kühl, man merkte, dass es auf Oktober zuging. Nur ab und zu begegneten sie einem Eseltreiber oder einem ochsenbespannten Karren, nur manchmal verriet Brandgeruch, dass sich irgendwo abseits der Straße im Dickicht die Hütte eines Köhlers verbarg. Irgendwann hielt Dexter es nicht mehr aus. „Wie weit ist es denn noch?“, fragte er und schnäuzte sich, seinen Missmut unterstreichend, durch die Finger.

Acilius wandte den Kopf, ohne seinen gleichmäßigen Schritt zu verlangsamen. „Nicht mehr weit“, sagte er. „Noch ein, zwei Leugen, dann kommt auf der rechten Seite ein kleiner Tempel, soweit ich mich erinnere. Er ist der Epona geweiht, und weil wir noch ein Stück weit haben bis Mogontiacum, werden wir dort beten. Danach kommt gleich Belginum und damit unsere Herberge. Und nun sei still und reiß dich zusammen!“

Dexter senkte den Kopf, murmelte etwas Unverständliches und trabte den beiden Männern folgsam hinterher. Nicht lange, und er konnte feststellen, dass Acilius die Wahrheit gesagt hatte. Der Wald lichtete sich immer mehr, nach einer Biegung hörte die Steigung plötzlich auf, und bald hatten die drei Wanderer offenes Weide- und Ackerland erreicht. Hier blies ein unerwartet scharfer Wind, aber die Obstwiesen zur Rechten dufteten nach reifen Äpfeln, die Sonne warf ihre Fächerstrahlen durch ein Wolkenloch am Horizont, und es wanderte sich auf einmal leicht und beschwingt, als ebenes Basaltpflaster den Straßenschotter ablöste. Es ging schnurgeradeaus, so dass man die Straße, die sich nun in sanften Wellen dahinzog, soweit die Sehkraft reichte, verfolgen konnte.

„Siehst du da vorn, Dexter?“, rief Acilius und deutete in die Richtung. „Da kannst du den Wachtturm sehen. Und gleich dahinter ist der Tempel.“

Es dauerte dann doch noch eine halbe Stunde, bis sie den Wachtturm passierten, weil auch das, was dem Auge beim Wandern Nähe vorgaukelt, von den Füßen mühsam erlaufen werden will. Ein Stück entfernt erblickten sie den kleinen gallischen Tempel, der Pferdegöttin Epona geweiht, die wie Merkur über das Wohl der Reisenden wacht. Er bestand aus einem quadratischen zweistöckigen Gebäude mit Giebeldach, das an allen vier Seiten von einer niedrigen ziegelgedeckten Vorhalle umgeben war, getragen von schlichten Pfeilern mit ebenso schlichten Würfelkapitellen aus hellem Kalksandstein. Acilius und seine Begleiter griffen unwillkürlich schneller aus, doch plötzlich blieb Firmus abrupt stehen. „Schau mal", murmelte er und wies auf den Tempel. „Da stimmt was nicht." Er blickte sich um, doch der Wachtposten auf dem Umgang des Turms stand reglos, Helm, Brustpanzer, Speer, und schien das, was Firmus sah, entweder nicht wahrzunehmen oder schon zu kennen, so dass es ihn nicht mehr interessierte.

Die Mauern des Tempels waren rußgeschwärzt, desgleichen die Dachsparren, deren Ziegelschutz teilweise geborsten und abgestürzt war. Der Dachstuhl gähnte offen und gab den Blick auf die inneren Giebelmauern frei, die breite Schmauchspuren trugen. Noch einmal blickte Florus sich um. Der Wachtposten stand unbeweglich, er war offenbar allein. Wenn es hier brandschatzende und plündernde Germanen gab, so wusste er nichts davon oder sie waren längst weitergezogen. Firmus entschied, dass er der Lethargie des Wachtpostens vertrauen konnte und ging auf den Tempel zu. Acilius und Dexter folgten ihm.

„Der Altar ist umgestoßen worden", sagte Acilius, als er vor dem Tempel stand. „Barbaren!"

„Seltsam", meinte Firmus. „Ich weiß, dass die Germanen unsere Tempel plündern. Aber die Altäre lassen sie normalerweise stehen."

„Weshalb?", wollte Dexter wissen.

„Zuviel Respekt vor den Göttern", schmunzelte Acilius. „Man kann ja nie wissen ... Sie verehren Epona auch, bloß unter anderem Namen."

Die beiden Männer sahen sich an und jeder von ihnen spürte, was der andere spürte. Ein Schauer, Vorbote der Furcht, überlief sie. „Es gibt Dinge, die darf man nicht tun", flüsterte Acilius. „Es bringt Unheil, dieses Unheil auch nur zu sehen." Er schüttelte den Kopf und wandte sich ab.

„Meinst du nicht, es wäre besser, umzukehren?", fragte Firmus, der seinem Kollegen zurück zur Straße folgte. „Das hier ist kein gutes Zeichen."

„Umkehren?", wiederholte Acilius. „Nein. Selbst wenn ich das wollte – wir haben keine Wahl. Wir müssen nach Mogontiacum, und jetzt gehen wir halt, ohne die Göttin um Schutz gebeten zu haben." Damit setzte er sich energisch in Bewegung. Firmus folgte ihm, und Dexter, der um die Tempelruine herumgestrichen war, kam angerannt, als er sah, dass es weiterging. Nach einer Weile erkannten sie bereits die ersten Häuser von Belginum. Es handelte sich um einen kleinen geschäftigen Vicus, der von den Reisenden lebte, von Händlern, Soldaten und Magistraten, die vom Rhenus nach Treveris wollten und umgekehrt. Es gab Pferdewechsel und Postreiter, Hufschmied und Sattler, eine Taverne, die auch durchgelegene, verwanzte Betten vermietete und wo die Bedienung sich für wenig Geld mit aufs Zimmer nehmen ließ. Wer es sich leisten konnte, bevorzugte die Herberge „Bei den drei Ulmen", deren Wirtin für anständige Kost und saubere Logis sorgte.

Jedenfalls war dies die Erinnerung, die Acilius an Belginum besaß, wobei diese Erinnerung einige Jahre alt war und, wie sich herausstellte, in einigen Punkten der Korrektur bedurfte.

Das Erste, was ihm auffiel, war gar nichts Sichtbares, Greifbares. Es war mehr eine Stimmung, die ihn erfasste, als er versuchte, den Ort nicht nur mit den Füßen, sondern auch mit den Sinnen zu betreten. Er wollte anhand der Farbe eines Hauses, an die er sich erinnerte, anhand des Geruchs, der Geräusche, die jedem Ort eigen sind und die ihn von anderen Orten unterscheiden, ein Gefühl für den Vicus wachrufen, und es gelang ihm auch, nur dass das, was er sah, hörte, roch, auf seltsame Weise düsterer, gedämpfter, muffiger schien als das, woran er sich erinnerte. Er hätte es nicht erklären, nicht genau beschreiben können, was es war, und doch war es da, eine Art Klammheit, ein langsam sich in die Glieder schleichendes Frösteln. Die Kehle wurde ihm eng, und er ging unwillkürlich zögernder vorwärts. Die Leute auf der Straße musterten die drei Wanderer verstohlen, ohne zu grüßen. Der Hufschmied in seiner Lederschürze, der einen massigen Ackergaul in der Gasse stehen hatte und ihm gerade eine eiserne Hipposandale anpasste, blickte kurz über die Schulter zu Acilius hinüber, ehe er sich wieder seiner Arbeit zuwandte.

„Wo ist die Herberge, von der du erzählt hast?", fragte Firmus leise.

„Am anderen Ende des Vicus", antwortete Acilius. „Ein großes rotes Haus mit drei Ulmen. Im Sommer haben sie Bänke draußen. Es gibt auch einen Brunnen. Sehr hübsch."

„Ich finde es hier eher ungemütlich", bekannte Firmus.

„Ich auch“, meldete sich Dexter und hustete.

„Die Leute schauen einem nicht ins Gesicht“, fügte Firmus hinzu. „Man sollte meinen, es wären verkappte Hinterwäldler und nicht Bewohner einer Durchgangsstation, die Fremde gewöhnt sind.“

Acilius war zwar ungefähr derselben Ansicht wie der Freund, doch er wollte es nicht zugeben.

„Hinterwäldler oder nicht – ‚Bei den drei Ulmen‘ wird dich mit Belginum versöhnen.“

Firmus sagte nichts mehr und ging neben Acilius die Straße entlang, die ihm endlos schien, endloser als der gesamte Aufstieg von Noviomagus. Irgendwann teilte sie sich an einem Haus, das spitz in die Weggabelung hineingebaut war.

„Wohin?“, fragte er.

„Nach links“, sagte Acilius.

Sie wandten sich nach links, waren aber noch keine zwanzig Schritte gegangen, als aus einer Seitengasse ein merkwürdiger Singsang ertönte, dunkel, drängend, fremd wie aus der Gruft. Der Gesang eilte den Sängern voraus, die erst nach einem Moment sichtbar wurden, als sie in die Hauptstraße einbogen. Es handelte sich um eine Gruppe barfüßiger Anachoreten in mottenzerfressenen Fellmänteln, mit Stricken als Gürtel. Die Männer hatten kahlgeschorene Köpfe, auf denen frische Kränze aus stachligem Weißdorn saßen, dessen Dornen die Kopfhaut ritzten, so dass dünne rote Rinnsale übers Gesicht in die Bärte und den Nacken hinunter liefen. Vorneweg schritt einer ohne Dornenkrone, der Vorsänger. Er hielt mit beiden Händen ein Kreuz fest umklammert und streckte die Arme so hoch wie möglich, damit die, die ihm folgten, es sehen konnten. Sie hielten ihre Blicke tatsächlich so starr auf dieses Kreuz gerichtet, dass sie nicht achtgaben, ob sie in eine Pfütze traten, in Pferdeäpfel oder auf einen scharfkantigen Stein.

Acilius und seine Begleiter blieben stehen, bis die Prozession vorüber war.

„Was tun die?“, wollte Dexter wissen.

„Sie büßen“, antwortete Acilius.

„Wofür?“

„Für ihre Sünden.“

Dexter zog die Stirn in Falten. „Was sind Sünden?“

Acilius zuckte die Achseln. „Ach, frag mich was Leichteres. Fast alles, glaube ich. Essen, trinken, lachen, ins Theater gehen, Mädchen küssen ..."

Dexter wurde rot. „Und was haben sie auf dem Kopf? Warum bluten sie?"

„Weil der Gott, den sie verehren, so ein Ding auf dem Kopf hatte und geblutet hat. Er ist gekreuzigt worden, und alle, die an ihn glauben, bemühen sich, so viel zu leiden wie er, damit sie in den Himmel kommen."

„Warum wollen sie in den Himmel kommen?", bohrte Dexter weiter.

„Du stellst Fragen", knurrte Acilius. „Weil sie dann unsterblich sind."

„Dann will ich auch in den Himmel!", rief Dexter.

Firmus lachte auf.

„Aber das sind doch nur Lügen", sagte Acilius streng. „Niemand kommt in den Himmel, und niemand ist unsterblich."

„Und wenn doch?", beharrte der Junge.

„Du, ich verpasse dir gleich ein paar Ohrfeigen, wenn du weiter so frech fragst", sagte Acilius ungehalten, weil er am Ende seiner Weisheit war. „Willst du wirklich mit stachligem Gestrüpp auf dem Kopf herumlaufen und bluten?"

Dexter blickte sich nach den Christen um, die singend und büßend dem Kreuz folgten. Dann schüttelte er den Kopf. „N... nein", sagte er zögernd.

Acilius ließ es ihm durchgehen, seufzte aber innerlich. „Kommt", forderte er. „Lasst diese Irren ziehen. Ich will was zu essen, ein Fußbad und ein Bett."

Die drei Ulmen standen würdig da, stumm und gelassen. Acilius ging zur Herberge hinüber, einem großen, verputzten und rotgetünchten Haus, dessen Tür abweisend geschlossen war. Das Schild an der Hauswand, auf dem der Name „Bei den drei Ulmen" die Reisenden in großen, sorgfältig gemalten Lettern einlud, war verwittert, die Farbe blätterte ab.

Acilius drückte gegen die Tür, aber sie öffnete sich nicht. Er zog am Türknauf, aber sie kam ihm auch nicht entgegen. Die Tür war zu. Abgeschlossen. Er klopfte. Als sich nichts rührte, klopfte er erneut. Endlich wurde von drinnen ein kleines Fensterchen neben dem Eingang geöffnet. Das magere Gesicht eines bärtigen Mannes erschien.

„Was willst du?“, fragte er mit der Stimme eines Menschen, dem dieses Organ nur noch eingeschränkt zur Verfügung steht.

„Herberge“, antwortete Acilius. „Für drei Leute.“

„Seid ihr Brüder in Jesus Christus, dann seid willkommen und teilt mit uns das Brot des Herrn“, krächzte der Mann. „Seid ihr Heiden, schert euch zum Satan.“ Er musterte die beiden Männer, die vor ihm standen, kurz, blickte zu dem Sklavenjungen hinunter, merkte, dass Acilius mit einer Antwort zögerte und bekreuzigte sich, ehe er mit einem Laut des Unwillens das Fensterchen zuschlug. Acilius stand einen Moment verblüfft da, starrte auf den verschlossenen Fensterladen und rührte sich erst, als ihm Firmus auf die Schulter tippte.

„Da drüben winkt jemand“, sagte Firmus.

Auf der Straße hatte eine alte Frau angehalten, die auf einem kleinen Karren saß, vor den eine Ziege gespannt war. Der Karren hatte ein Butterfass und ein Reisigbündel geladen – mehr passte auch nicht drauf. Acilius ging zu ihr hinüber. Firmus und Dexter trotteten ihm hinterher. Der Blick der Alten flog neugierig über die drei Reisenden.

„Sucht ihr eine Herberge?“, fragte die Frau. Sie hatte eine interessante Stimme, es klang, als sei jeder Ton, den ihre Kehle hervorbrachte, gebrochen, so dass mehrere Töne gleichzeitig erklangen, wenn sie sprach.

Acilius nickte. „Wir wollten Bei den drei Ulmen einkehren.“

„Bei den Christen? Das könnt ihr vergessen.“ Leiser fuhr sie fort: „Über diesen Ort ist ein großes Unglück gekommen, aber sie nennen es Gnade und Glück.“ Sie schaute sich misstrauisch um und flüsterte: „Man muss vorsichtig sein in diesen Zeiten.“

„Ich kannte die Herberge von früher“, sagte Acilius. „Die Wirtin ...“

„Oh, ja, die Wirtin!“ Die Alte schüttelte die Faust. „Damit hat das ganze Unglück angefangen.“ Wieder warf sie einen hastigen Blick über die Schulter. „Kommt näher“, sagte sie. „Ich darf nicht so laut sprechen.“

Acilius und seine Begleiter kamen näher und beugten sich vor.

„Die Wirtin, die du ja kennst, war eine rechtschaffene Frau. Ich will nichts gegen sie sagen. Aber dann, vor drei Jahren ungefähr, starb ihr Mann." Sie machte eine vielsagende Pause.

„Und?", fragte Acilius. „Was geschah?"

„Es kam ein Anachoret vorbei und hat sie bekehrt. Aber das wäre ja noch nicht das Schlimmste gewesen. Sie wurde furchtbar fromm und betete ununterbrochen, na gut, ihre Sache. Gekocht hat sie immer noch passabel genug. Doch – jetzt passt auf – sie war ja schon über fünfzig, nicht wahr, da hat sie doch tatsächlich angefangen, Milch zu geben wie ein blutjunges Weib nach der ersten Geburt. Ihr ahnt ja gar nicht, wie schnell sich das rumgesprochen hat. Von überallher kamen Weiber, die nicht schwanger werden konnten. Sie hat ihre Milch verkauft in Eimern an diese Pilger – soviel Milch kann die gar nicht gehabt haben, wenn ihr mich fragt! Das Milchwunder von Belginum hieß es nur noch. Und dann, eines Nachts, ist sie plötzlich gestorben. Keiner weiß, woran. In ihrem Testament hat sie den Christen ihr Haus vermacht." Sie schaute aus glänzenden Augen zu Acilius auf. „So, nun hast du die Geschichte gehört und weißt den Grund, weshalb für euresgleichen Bei den drei Ulmen kein Platz mehr ist."

Acilius zuckte die Achseln. „Eines der Wirtshäuser wird wohl zwei Betten und einen Strohsack freihaben." Er kratzte sich automatisch, weil er an die Wanzen dachte.

„Wenn ihr wollt, könnt ihr zu mir kommen", sagte die Alte und nahm die Zügel wieder auf. Ihre Ziege ruckte ungeduldig mit dem Kopf. „Zwei Leugen von hier liegt auf der rechten Seite ein Bauernhof. Ihr müsst von der Hauptstraße aus noch ein Stück gehen, kurz vorher kommt ihr an einem Leugenstein vorbei, ihr könnt die Abzweigung nicht verfehlen. Meine Schwiegertochter kocht gut genug für so verwöhnte Zungen wie eure, und wenn ihr in gutem Heu in der Scheune schlafen wollt, so seid ihr morgen ausgeruht und weder von Wanzen verstochen noch von Flöhen gepiesackt. Und kosten tut es euch die Hälfte von dem, was ihr Bei den drei Ulmen bezahlt hättet."

Acilius schluckte. Die Hälfte von dem, was er Bei den drei Ulmen für ein ausgezeichnetes Essen, ein warmes Fußbad und zwei saubere Betten bezahlt hätte, war für Hausmannskost und ein Bett im Heu ziemlich viel Geld. Und dann noch zwei Leugen und eine unbestimmte Entfernung feldwegs weiterlaufen. Ohne Garantie, dass die Alte tatsächlich die Wahrheit sagte, was die

Kochkünste ihrer Schwiegertochter anging. Er sah Firmus fragend an.

Doch der nickte erstaunlicherweise. „Nichts wie raus aus Belginum“, sagte er. „Etwas Besseres als Christen und Wanzen finden wir überall.“

Die Alte lachte ihr mehrstimmiges Lachen und wippte über der Ziege kurz mit der Peitsche. Der Karren ruckte an. „Nicht vergessen: am Leugenstein rechts“, rief sie über die Schulter, ehe sie auf ihrem zweirädrigen Gefährt davonzuckelte.

„Ich verreise nie wieder!“, schwor Acilius, als er seine schmerzenden alten Knochen wieder in Bewegung setzte.

„Ich auch nicht!“, rief Dexter und sprang voraus.

„Vorlauter Bengel“, murmelte Acilius.

„Wie viele Tage noch bis Mogontiacum?“, fragte Dexter.

„Die nächste Station ist Dumnissus, danach, wenn wir durchhalten, schaffen wir es bis Bingium, und von dort ist es noch ein Tagesmarsch bis in die Stadt. Also drei Tage, wenn alles gutgeht, sonst vier.“

„Und dort ...“, begann Firmus, doch Acilius ergänzte intuitiv: „... dort wohnen wir bei Dillius Vocula, dem *Tribunus voluptatum* höchstpersönlich.“

VI. Kapitel

Marcia lag mit geschlossenen Augen auf dem Bauch. Sie war nackt, und auf ihrem Gesicht lag eine Maske aus frischem Teig. Wärme und der Duft von Rosenöl und frischer Bierhefe umhüllten sie, während sie von Aprilia, einer alterslosen, vierschrötigen Sklavin mit kundigen Händen, kräftig massiert wurde. Aprilia war eine Heilkundige, deren Herr es ihr gelegentlich gestattete, auf eigene Rechnung zu arbeiten, wofür er eine Provision kassierte.

„Du hast zugenommen", bemerkte die Masseurin und walkte den Rücken der Schauspielerin bis hinunter zu den Hüften, die der Anlass für jenen demütigenden Kommentar gewesen waren.

„Ich weiß", seufzte Marcia, die Mühe hatte, die Lippen zu bewegen, da die Maske langsam trocknete. „Ich kriege es wieder runter."

„In deinem Alter muss man aufpassen", fuhr Aprilia, die sich offenbar einer besonderen Vertrauensstellung bewusst war, ungerührt fort. „Von zwei Pfunden, die du zunimmst, bleibt eines hängen. Ich kann dir etwas Koloquinte besorgen, wenn du willst ... "

„Sei still, Aprilia", fuhr Marcia auf. „Noch bin ich kein altes Weib, das Abführmittel nehmen muss!"

„Wehret den Anfängen", gab Aprilia zurück. „Dafür sind deine Beine bestens in Schuss. Ich sehe, du hast meine neue Enthaarungscreme ausprobiert. Ich habe das Rezept aus Tarsos leicht abgeändert, weil mir eine Zutat fehlte, aber es funktioniert offensichtlich. Seidenweich!"

„Schmeicheleien nützen dir jetzt auch nichts mehr", grummelte Marcia, doch die Masseurin begann mit soviel Geschick, die Waden und dann die Füße ihrer Kundin zu kneten, dass die beleidigte Diva die Augen schloss und sich entspannte. Es stimmte. Sie hatte zugenommen. Sie naschte zu oft, als könne Essen die Unruhe vertreiben, die sie seit der Begegnung mit Britto erfüllte. Zehn Tage genügten, und die Wirkung zeigte sich so deutlich, dass Aprilia es bemerkte. Es wurde Zeit, dass Acilius wiederkam. Zeit für Proben, für Arbeit, für Ablenkung.

„Hast du heute einen Auftritt?", fragte Aprilia, „Oder weshalb lässt du erst eine Woche nichts von dir hören, und dann muss es hopplahopp gehen? Du kannst froh sein, dass ich Zeit hatte."

„Ich singe heute Abend auf einem Fest“, antwortete Marica, doch da die Gesichtsmaske immer fester wurde, klangen ihre Worte zunehmend undeutlich.

„Wie bitte?“

Marica hob leicht den Kopf und wiederholte mühsam: „Ein Fest. Privat. Musik gegen Geld, das Übliche.“

„Du scheinst nicht besonders enthusiastisch zu sein“, bemerkte die vertraute Sklavin.

„Bin nicht in Stimmung“, murmelte Marcia.

„Das merke ich.“ Aprilia nahm ein Fläschchen, gab ein wenig von der darin enthaltenen Tinktur in ihre Hände und verrieb sie auf dem Rücken der Schauspielerin.

„Huch, ist das kühl!“, beschwerte sich Marcia.

„Es wird dir Energie geben“, sagte Aprilia und beendete ihre Behandlung mit einem Klaps. „Fertig“, verkündete sie.

Als Marcia sich nicht rührte, trat Aprilia neben das Kopfende der Liege und sah auf die Schauspielerin hinunter. „Was ist los?“, fragte die Ältere.

Marcia drehte sich um und setzte sich auf. Zwischen ihren Augenbrauen standen zwei Sorgenfalten, die Maske zeigte erste Risse. „Nichts“, lächelte sie dann, und ihre Stirn glättete sich. „Ich habe nur nachgedacht.“ Marcia sah, dass eines der Mädchen bereits wartete, und nickte der Masseurin zu. „Danke, Aprilia. Wir sehen uns bald wieder. Ich lasse dir Bescheid geben.“ Zu dem Mädchen gewandt, fügte sie hinzu: „Du kannst anfangen.“

Sie ließ sich die Maske vorsichtig abnehmen, dann das Gesicht mit ihrer Lieblingscreme „Isis“ pflegen und ging dann rundum sauber und duftend in ihr Schlafzimmer, um sich ankleiden zu lassen.

Als sie wenig später in ihrem Korbstuhl saß und sich die Stirnfransen mit dem heißen Welleneisen zu koketten Kringeln formen ließ, erschien einer ihrer Sklaven und sagte: „Da draußen ist eine Frau, die dich sprechen will, Herrin.“

„Kenne ich sie?“

„Sie heißt Callosia Clamosa“, erwiderte er. „Sie sagt, es sei wichtig.“

Marcia musste einen Moment überlegen. Sie wusste, sie hatte diesen Namen schon einmal gehört. Dann fiel es ihr ein. Die christliche Matrone! Was konnte sie wollen? Hatte Britto sie geschickt? Für einen kurzen Moment keimte Hoffnung in ihr auf, bekam sie Herzklopfen, spürte sie, wie ihre Hände feucht wurden. Konnte es sein, dass ...? „Bring sie herein“, befahl sie. Als er den Raum verlassen hatte, hätte sie ihren Befehl am liebsten rückgängig gemacht. „Warte!“, rief sie dem Sklaven hinterher, doch der war anscheinend bereits außer Hörweite. Also ließ sie ihre Neugier siegen.

Wenig später erschien die Matrone, auf dem vollen, angenehmen Gesicht ein mildes Lächeln. „Ich grüße dich, Marcia. Sei mir nicht böse, dass ich unangemeldet zu dir komme“, sagte Callosia Clamosa. „Ich werde dich nicht lange aufhalten.“

Als Marcia schwieg, fuhr sie nach einem Moment fort: „Möchtest du nicht wissen, weshalb ich gekommen bin?“ Neugierig schaute sie sich in dem duftgeschwängerten Schlafzimmer um und musterte die kleinen Tiegel und Fläschchen mit Marcias sündhaft teuren Hautcremes und Parfüms.

„Schickt dich Bischof Britto?“, fragte Marcia unüberlegt und bereute es sofort.

Callosia Clamosa schien überrascht von der Frage. Sie zögerte einen winzigen Augenblick, dann sagte sie: „Nein. Ich hatte den Wunsch, dich wiederzusehen.“

„Weshalb?“, fragte Marcia.

„Als ich dich in der Kirche sah, wusste ich, dass die Hand Jesu deine Seele berührt hat. Du bist zu ihm gekommen wie einst Maria Magdalena zu ihm kam, weil der Geist des Herrn sie erleuchtet hatte. Sie ist ihm gefolgt, sie war diejenige, die er am meisten liebte unter seinen Jüngern, und sie ist diejenige, der die Gnade zuteil wurde, ihn lebendig zu sehen, nachdem er gekreuzigt und begraben wurde. Sie ist die Trägerin der Hoffnung auf Erlösung.“

Marcia, die keine Ahnung hatte, wer Maria Magdalena war, machte eine abwehrende Handbewegung und erhob sich aus ihrem Sessel. Sie unterdrückte ein Lächeln. „Ich glaube, du irrst dich. Meine Gründe, in die Kirche zu gehen, waren andere als du vermutest.“

„Andere?“ Die Matrone musterte sie fragend. „Darf ich mir erlauben ...“

„Nein, darfst du nicht.“

Callosia Clamosa lächelte entschuldigend. „Verzeih, ich wollte nicht aufdringlich sein. Das Haus Gottes darf jeder betreten, der möchte, aus welchem Grund auch immer. Es ist ein heiliger Ort, und da der Geist des Herrn in ihm anwesend ist, wirkt er auf dich, sogar wenn du es nicht wahrnimmst. Doch Jesus hat die Macht, Herzen zu öffnen, das solltest du nie vergessen. Da ich dies selbst erfahren habe und weiß, wie mächtig die Gefühle sind, die die Nähe Gottes in uns auslöst, wollte ich dir meine Dienste anbieten."

„Deine Dienste?"

„Dir helfen zu verstehen, was mit dir geschieht, wenn du dich der wahren Religion öffnest."

„Ich weiß nicht, wovon du redest", erwiderte Marcia halb amüsiert, halb verwirrt.

„Hör mich doch einen Moment an, Marcia", insistierte die Diakonin. „Vielleicht habe ich ja mich geirrt und dein Besuch im Gotteshaus war ..."

„Eine Laune", soufflierte ihr Marcia. „Nichts als eine Laune."

„Du hast mich gefragt, ob mich unser Bischof geschickt hat", sagte Callosia unbeirrt. „Ja, sage ich jetzt, Bischof Britto schickt mich zu dir, denn er ist der Sachwalter Jesu auf dieser Welt, und im Namen Jesu komme ich zu dir."

Die Schauspielerin schüttelte unwillig den Kopf. „Schickt Britto dich nun oder nicht?", wollte sie wissen. Sie begann sich zu langweilen.

Die Matrone sah sie aufmerksam an und schwieg einen Moment. Dann lächelte sie und sagte: „Ich verstehe. Möchtest du mit ihm persönlich sprechen, Marcia? Ich könnte dir eine Audienz bei ihm verschaffen."

Marcia zögerte. „Ich glaube nicht ..."

„Ich war einst wie du", unterbrach sie Callosia. „Schön, erfolgreich, unbekümmert um mein Seelenheil, ich lebte in den Tag hinein, versah meine Geschäfte und betete zu den alten Göttern, weil ich nichts anderes kannte. Ich lebte wie ein Tier, denn was sind die natürlichen Beschäftigungen des Menschen – essen, trinken, schlafen, sich vermehren – anderes als tierische Beschäftigungen? Ich gestehe dir auch, dass ich nicht aus eigener Einsicht mein früheres Leben geändert habe. Die neue Einsicht kam zu mir von Gott, der etwas in meiner Veranlagung gesehen hat, das seiner Gaben würdig ist. Und dieser Strahl seiner Weisheit und Güte kam zu mir durch unseren Bischof. Er ist ein großer, ein heiliger Mann. Ich kann also durchaus verstehen, dass du eher geneigt bist, seinen Worten zuzuhören als meinen, bin ich doch weniger gebildet als du und nicht sehr redegewandt."

Marcia atmete tief durch. Ihr Kopf war angefüllt mit seltsamen Worten, einer fremden Sprachmelodie, bizarren Verknüpfungen von Gedanken, die eine eigene Logik zu ergeben schienen. Seelenheil, Gnade, Geist des Herrn, lebendig geworden, nachdem er gekreuzigt wurde ... Sie schüttelte sich, als könne sie diesen Wirrwarr auf diese Weise in Ordnung rütteln. Es half nichts. Natürlich wollte sie mit Britto reden. Aber weder über Gnade noch über Seelenheil. Nicht den Bischof wollte sie sprechen, sondern den Mann. Doch wenn Callosia Clamosa ihr den Weg zeigte, den sie gehen musste, um zu ihm zu gelangen, dann ... Ihr Blick fiel auf die Sklavin, die demütig wartend neben dem dreifüßigen Tisch stand, auf dem Schminke, Kamm und Spiegel lagen und auf ihren Einsatz warteten. Vitalis würde gleich kommen. Er hatte vor dem Konzert noch eine Probe angesetzt; sie musste sich ankleiden und fertig frisieren lassen und dann einsingen.

„Ich habe keine Zeit mehr", sagte sie zu Callosia Clamosa. „Wenn ich mit Bischof Britto sprechen möchte, werde ich es dich wissen lassen. Gib meinem Pförtner deine Adresse."

Die Matrone nickte. „Das werde ich tun, Schwester. Der Herr sei mit dir." Damit verließ sie das Zimmer.

Marcia stand einen Moment stumm und mit gesenktem Kopf da, ihre langen Locken fielen ihr vor die Augen, und sie schob sie nicht beiseite. Der Besuch hatte sie erschöpft, ohne dass sie sagen konnte, weshalb. Diese Frau hatte etwas an sich, das sie anzog und abstieß zugleich. Etwas Neues, von dem sie nicht wusste, ob es gut oder schlecht war. Sie spürte die Wärme, die von der anderen ausging, gleichzeitig lähmte etwas ihre Glieder, füllte ihren Geist mit einer unendlichen Müdigkeit.

In der Tür erschien ein Knabe und blieb unschlüssig stehen, als sie ihn nicht gleich bemerkte. Er kannte sich in diesem Haushalt noch nicht sehr gut aus, und er fühlte wohl, dass Marcia ihn nicht besonders mochte. Sie war Acilius keineswegs dankbar, dass er ihr den Jungen als Ersatz für Dexter geschickt hatte, aber immerhin war er besser als nichts.

„Was ist jetzt schon wieder?", herrschte sie ihn an.

„Vitalis ist da“, berichtete er.

Sie richtete sich auf und straffte ihre Schultern. „Sag ihm, er soll im Tablinum warten. Ich bin gleich fertig.“ Dann setzte sie sich in den Korbstuhl und wandte sich an ihre Sklavin, die immer noch neben dem Frisiertisch stand. „Mach weiter. Und beeil dich. Aber pass auf, dass du mir nicht an den Haaren reißt wie beim letzten Mal!“

Als sie eine Weile später im Tablinum erschien, fand sie Vitalis, der versonnen an den Saiten seiner Kithara zupfte, anscheinend ohne dass es eine Melodie ergab. Er spielte immer wieder den gleichen Ton, dann einen zweiten, dann einen kurzen Lauf, brach ab und setzte wieder von neuem an, diesmal in einer anderen Tonart, mit einer anderen Betonung. Er war so vertieft in das, was wohl einmal eine neue Komposition werden sollte, dass er Marcia nicht hörte.

Sie blieb einen Moment stehen, sah ihm zu und räusperte sich schließlich.

Vitalis blickte von seinem Instrument auf. „Salve, Marcia“, sagte er. „Schön siehst du aus.“

Marcia winkte lässig ab. „Ja, die Kleine hat sich ausnahmsweise Mühe gegeben. Ich bin aber noch nicht eingesungen.“

Vitalis zupfte an einer Saite. „Dann tun wir es zusammen. Mir schadet ein bisschen Singen auch nichts.“

Kurz darauf begannen sie mit den Übungen, die unerlässlich waren, um die Stimme warm und geschmeidig zu machen und den Atem zu trainieren. Ab und zu korrigierte Vitalis seine Kollegin auf sanfte, aber unnachgiebige Weise. Bald war Marcia soweit, mit der eigentlichen Probe zu beginnen. Doch nachdem sie die ersten Lieder durchgespielt und gesungen hatten, unterbrach Vitalis und fragte: „Bedrückt dich etwas, Marcia? Deine Stimme klingt nicht frei. Du forcierst ab und zu.“

Sie sah ihn an, dann schüttelte sie den Kopf. „Es ist nichts, Vitalis. Wirklich. Das Einzige ...“

„Ja?“, fragte er.

„Ach, es ist lächerlich. Mir fehlt wohl bloß unsere Flöte heute.“ Sie senkte den Kopf, hob ihn aber gleich darauf wieder und sah Vitalis in die Augen.

„Ja, unser Dexter ist kein schlechter Musiker“, gab Vitalis zu und schlug ein paar Töne an. „Nicht nur das", sprudelte es aus Marcia heraus. „Er kann auch komponieren, und er lernt, die Töne zu notieren!"

„Tatsächlich? Wo hat er denn das gelernt?" Vitalis blickte sie prüfend an. „Ich frage mich, warum du soviel in den Jungen investierst, Marcia. Rentiert sich das?"

Marcia zuckte die Achseln. „Muss man alles danach beurteilen, was es nützt? Vielleicht mag ich den Kleinen einfach."

Vitalis grinste. „Weil er dich anbetet wie eine Göttin." Er zwinkerte ihr zu.

„Du bist ja nur neidisch", wehrte Marcia ab, aber sie lächelte. Vitalis konnte sie nichts übelnehmen.

Entschieden griff der Kitharöde wieder in die Saiten, und Marcia konzentrierte sich auf die Probe. Sie gingen das Programm, das sie an diesem Abend vortragen würden, einmal durch. Als sie fertig waren, fragte Marcia: „Sag mal, wo findet die Veranstaltung eigentlich statt?"

„Bei Totia, dem Decurio. Dort haben wir vor zwei Jahren schon einmal gespielt, weißt du noch?"

Marcia nickte. „Doch", antwortete sie, „ich erinnere mich." Dort hatte sie Macedo kennengelernt. Vermutlich würde er heute Abend auch dort sein. Der Gedanke bereitete ihr Unbehagen, obwohl sie nicht genau wusste, weshalb. Sie hatte ihn seit dem Fest bei ihm zu Hause noch nicht wieder gesehen, und ihr war klar, dass er ihr noch grollte – trotz des üppigen Geschenks. Wenn sie ihn als Liebhaber behalten wollte und damit auch das Haus, ihre Diener, dann musste sie ihre Pflichten als seine Geliebte erfüllen. Das war ihr bisher auch nie schwergefallen. Doch jetzt verursachte ihr der Gedanke an seine Umarmungen leichte Übelkeit.

Sei nicht sentimental, beschimpfte sie sich im Stillen. Es hat dir nie etwas ausgemacht. Warum sollte das plötzlich anders sein?

Aber wenn sie nur einen Moment die Augen schloss, wusste sie genau, weshalb es nun anders war. Sie sah das Gesicht Brittos vor sich, seinen festen Blick, hörte seine Stimme, erinnerte die Art wie er ging und sich bewegte, und der Ekel vor Macedos Berührungen wurde so stark, dass sie Vitalis am liebsten gesagt hätte: „Nimm Origo oder was weiß ich wen, aber ich gehe nicht mit."

Vitalis' Stimme schreckte sie aus ihren Gedanken. Er hatte mit ihr gesprochen, ohne dass sie mitbekommen hätte, was er sagte. Jetzt wandte sie sich ihm zu. „Entschuldige, Vitalis. Ich habe nicht zugehört. Bitte ..."

„Ich habe nur gefragt, ob du vielleicht Lust hast, das neue Lied sozusagen als Probe heute Abend vorzutragen. Wir könnten sehen, wie die Leute es aufnehmen, ob es ihnen gefällt."

Marcia überlegte kurz. „Einerseits eine gute Idee. Andererseits ..."

Vitalis entrollte ein gebrauchtes Stück Pergament, das noch die Tintenspuren ehemaliger und jetzt gelöschter Beschriftung trug. Darüber hatte er sorgfältig den Liedtext geschrieben. „Das ist es."

„Du hast es schon notiert?", fragte Marcia.

„Ja, warum nicht?"

„Ich ... ich finde irgendwie, der erste Teil stimmt noch nicht." Marcia nahm das Blatt, das beidseitig mit Tinte beschrieben war, und las die erste Strophe laut vor. „Hast du es gemerkt? Die letzten drei Zeilen sind nicht gut. ‚Immer hat sich dem Falschen verbunden' passt nicht zum Rhythmus. Und ‚zur Warnung' funktioniert auch nicht richtig."

„Jetzt, wo du es sagst, fällt es mir auch auf", erwiderte Vitalis.

„Solange es nicht perfekt ist, möchte ich es nicht vortragen", sagte Marcia. „Lass mich mal überlegen ..."

„Na, dann los", meinte Vitalis und nahm ein Wachstäfelchen, das neben ihm auf einem kleinen dreifüßigen Tisch lag, dazu einen Griffel. „Was gemeint ist mit ‚immer hat sich dem Falschen verbunden', passt ja vom Inhalt her genau. Aber du hast Recht, es klingt einfach scheußlich."

„Wie wär's mit: ‚Wer die nicht kennt, so hab ich's gefunden / ward in der Liebe oft geschunden'", schlug Marcia vor.

Vitalis grinste. „Gar nicht so übel. Aber dann müsste es ‚oftmals' heißen, damit der Rhythmus wieder stimmt."

„Na, ich weiß nicht", lachte Marcia zweifelnd.

„Gefunden, verbunden, geschunden, gesunden ...", murmelte Vitalis vor sich hin und drehte den Griffel zwischen den Fingern.

„Stunden, Pfunden, Runden, munden ... Was hältst du von munden?"

„Munden?", wiederholte Vitalis nachdenklich. „‚Wer die nicht kennt, so hab ich's gefunden / lässt sich immer den Falschen munden'..." Er schüttelte den Kopf. „,Lässt doch immer den Falschen sich munden' ... Schon besser!" Vitalis kritzelte den Vers in das Wachs. Dann sah er auf. „Noch nicht genial, aber so geht es erstmal. Bleiben immer noch die letzten beiden Zeilen. Aber ich glaube, wenn wir uns jetzt nicht auf den Weg machen, kommen wir zu spät." Damit erhob er sich, packte Notizen und Instrument ein und folgte Marcia zum Ausgang, wo ihre Sklavin bereits mit der Palla wartete.

Es war später Nachmittag, als sie zu fünft auf die Straße traten. Einer der Sklaven, der normalerweise als Sesselträger fungierte, hatte eine Laterne dabei, die für den Heimweg benötigt wurde, ein Knabe, den Vitalis mitgebracht hatte, trug dessen Kithara, und Marcia wurde von ihrer Dienerin begleitet, die die Klappern in einem Stoffbeutel verwahrte. Die Luft war kühl, aber es wehte kaum Wind, so dass der kleine Spaziergang zum Haus des Totia in der Nähe des Forums auf angenehme Weise erfrischend war.

Das Haus war relativ groß, zweistöckig, und der Eingang wurde von zwei schlanken Granitsäulen flankiert, die ein kleiner Giebel krönte. Seltsamerweise jedoch waren die Säulen nicht mit Girlanden umwickelt, brannten in den Halterungen an der Hauswand keine Fackeln, um die Gäste der Feier zu begrüßen. Die massive Tür mit dem polierten bronzenen Türklopfer war geschlossen, die Luke des Pförtners daneben ebenfalls. Es waren weder Stimmen zu hören noch Musik, niemand außer Marica und Vitalis wartete auf Einlass, niemand näherte sich auch nur andeutungsweise vom Ende der Straße.

„Seltsam", sagte Vitalis und betätigte den Türklopfer zweimal.

Sie warteten einen Augenblick. Nichts rührte sich.

Vitalis klopfte erneut, diesmal nachdrücklicher.

„Hast du dich im Tag geirrt?", fragte Marcia. „Oder im Haus? Wohnt Totia tatsächlich hier?"

Vitalis klopfte noch einmal. Das Geräusch dröhnte durch die stille Straße. Endlich hörten sie von drinnen Schritte, gleich darauf wurde der hölzerne Laden hinter dem vergitterten Fensterchen der Pförtnerloge geöffnet, und der Kopf eines jungen Mannes erschien.

„Was wollt ihr?", fragte er.

„Ist dies das Haus des Totia?", erkundigte sich Vitalis.

„Ja“, antwortete der junge Mann knapp.

„Wir sind bestellt, um bei seiner Geburtstagsfeier zu spielen“, fuhr Vitalis fort.

„Die Feierlichkeiten wurden aus gegebenem Anlass kurzfristig abgesagt“, wurde er beschieden.

„Abgesagt?“, fragte Vitalis. „Ist jemand erkrankt? Oder etwa verstorben?“

„Nichts dergleichen“, kam es barsch zurück.

„Aber weshalb ...?“

„Man hat offenbar vergessen, euch Bescheid zu sagen“, erwiderte der Mann. „Es gibt keine Feier. Dies hier ist ein christliches Haus. Für euresgleichen gibt es hier nichts zu tun.“ Damit schloss er das Fenster mit Nachdruck.

Marcia und Vitalis standen vor der Tür, die Blicke immer noch auf die kleine vergitterte Öffnung gerichtet, hinter der der junge Mann verschwunden war.

„Verrückt“, flüsterte Marcia und zog ihre Palla enger um sich, weil sie plötzlich fröstelte.

„‚Dies hier ist ein christliches Haus‘“, wiederholte Vitalis kopfschüttelnd.

„Sie haben einfach vergessen, uns zu informieren!“, rief Marcia heftig. „Das ist eine Frechheit. Sie müssen uns bezahlen!“ Schon hob sie die Hand, um den Türklopfer zu betätigen, doch Vitalis legte ihr eine Hand auf den Arm und hielt sie zurück. „Lass es gut sein, Marcia“, sagte er. „Es hat keinen Sinn, sich aufzuregen. Glaub mir: Hier gibt es für uns definitiv nichts mehr zu holen.“

„Bist du sicher?“, fragte sie, immer noch verstört.

„Ganz sicher“, erwiderte er. „Komm, lass uns nach Hause gehen.“

„Na gut“, lenkte sie ein. „Wenn du meinst. Aber ich finde ...“

„Marcia.“ Vitalis nahm sie sanft am Arm und lenkte sie in die Richtung, aus der sie gekommen waren. Schweigend, verwirrt und etwas betreten gingen sie eine Weile nebeneinander her.

Endlich, als sie fast die Kreuzung von *Decumanus* und *Cardo maximus* erreicht hatten, wo sich ihre Wege trennen würden, bemerkte Marcia: „Wir leben in einer merkwürdigen Zeit, findest du nicht?“

Vitalis nickte, aber er lächelte, als er erwiderte: „Wie pflegt unser guter alter Florus immer zu sagen?“

„Lausige Zeiten“, zitierte Marcia und musste wider Willen lachen.

„Genau“, stimmte Vitalis zu. „Salve, Marcia.“

„Salve, Vitalis. Und denk dran – wir müssen uns noch einmal treffen, um das Lied zu vollenden!“

Er nickte und winkte zum Abschied, ehe er die Kreuzung überquerte und den *Decumanus maximus* entlang in Richtung seiner Insula eilte, während Marcia, von ihrer Sklavin und dem Laternenträger begleitet, nach Hause ging.

VII. Kapitel

Dillius Vocula, ein hochgewachsener Mann mit einem Löwenkopf voller blonder Locken, Armbewegungen von ausufernder Herzlichkeit und einer Neigung zu verbalen Übertreibungen, empfing Acilius und seine Begleiter mit einem strahlenden Lächeln, das auch dann nicht verschwand, als er den Brief seines treverischen Kollegen Viventius gelesen hatte.

„So, so, einen Anubis braucht ihr, einen Täufling, einen, der alles kann, den Stupidus und den Liebhaber, einen mit Talent und Erfahrung, und das sofort, und ihr bezahlt dafür“, dröhnte Vocula heiter. „Da hätte ich was für euch ...“

„Ja?“ Acilius hob erfreut den Kopf.

„... aber leider, leider brauche ich ihn selbst, es wäre so, als würdet ihr mir eure Marcia geben, und die ist nun etwas ganz Besonderes, wie ich neidlos zugebe – unsere Latina ist auch nicht schlecht, aber an das Format einer Marcia reicht sie bei weitem nicht heran – und genau so ist es umgekehrt mit unserem Quintinus, denn er spielt den jungen Liebhaber ebenso gut wie den Stupidus, er kann singen, er extemporiert wie kein Zweiter, er sieht gut aus, ist der Schwarm aller Frauen ...“ Er brach plötzlich ab und schüttelte den Kopf. „Ich kann euch Quintinus nicht geben, das seht ihr wohl ein, Schauspielerinnen gibt es viel zu viele, brauchbare und weniger brauchbare – die brauchbaren ergattern kleine Rollen oder verdingen sich auf Festen als Nackttänzerinnen, die weniger brauchbaren ... na ja, das muss ich euch nicht erklären. Aber gute Schauspieler sind rar, es gibt viel mehr Rollen für Männer als für Frauen, das alte Lied, und ...“, hier schüttelte er noch einmal den Kopf, „ich kann euch Quintinus nicht geben.“

„Dann einen anderen“, drängte Acilius. „Bis wir Ende Oktober den Anubis spielen, ist genug Zeit zu proben. Irgendeinen wirst du doch entbehren können.“

„Irgendeinen sicherlich“, erwiderte Vocula. „Aber willst du irgendeinen?“

„Natürlich nicht“, knurrte Acilius. „Ich kann keinen Anfänger brauchen, aber einer über fünfunddreißig taugt mir auch nicht. Beides habe ich in Treveris, und wenn ich zu Hause jemanden gehabt hätte, aus dem sich ein Anubis machen lässt oder ein

Paris oder eine männliche Luna, dann hätte ich mich mit ihm befasst, statt die Strapaze einer Reise nach Mogontiacum auf mich zu nehmen."

Vocula legte Acilius eine große Hand auf die Schulter und sah freundlich zu ihm herab. „Ich verstehe dein Problem", sagte er. „Wir geben morgen ‚Die drei gefoppten, hungrigen Herkulesse'. Unser Stadtpräfekt hat Geburtstag und spendiert einen Tag auf dem Theater. Früher gab es aus solchen Anlässen mindestens drei Tage, an denen wir gespielt hätten."

„Am Theater wird immer zuerst gespart", murmelte Firmus.

„Wem sagst du das", bestätigte Vocula, aber er strahlte dabei, als sei es etwas besonders Erfreuliches. „Ich schlage vor, ihr bezieht eure Zimmer, nehmt ein Bad, erholt euch von der Reise, esst mit mir zu Abend, und morgen schaut ihr euch das Stück an. Wenn euch einer der Mimen gefällt – abgesehen von Quintinus natürlich – werde ich euch Gelegenheit geben, mit ihm ein Stündchen oder so zu arbeiten. Dann sehen wir weiter."

Acilius und Firmus blieb nichts anderes übrig, als das Angebot zu akzeptieren. Erschöpft von der Reise und enttäuscht von dem Gespräch gingen sie auf ihre Zimmer, und nachdem sie sich im Privatbad des *Tribunus voluptatum* erfrischt hatten, beschlossen sie, den Nachmittag zu einem Stadtbummel zu nutzen.

Mogontiacum war eine überfüllte Garnisonsstadt, die Häuser dichtgedrängt; auf dem Berg über der Stadt thronte das Kastell, das die Stadt am Rhenus als Grenzfeste auswies. Es wimmelte von Menschen aller Regionen des arg geschrumpften Römischen Reiches, dazwischen erfolgreich integrierte Germanen – oft war der harte, fremde Klang ihrer Sprachen zu hören; drüben über dem Rhenus war zwar Feindesland, aber in Friedenszeiten herrschte ein reger Austausch; es gab genügend Germanen, die das Leben in einer intakten römischen Stadt ihren heruntergekommenen, immer von Überfällen bedrohten und durch keine gut ausgebildeten Soldaten mehr geschützten Ortschaften vorzogen. Der Durchgangsverkehr brachte Waren und Reisende, die aus Mediolanum oder Sirmium kamen und weiter nach Colonia wollten oder über Treveris nach Lutetia. Acilius, Firmus und Dexter wanderten ziellos durch die Straßen, bis sie durch Zufall an den Rhenus gerieten. Staunend beobachtete Dexter das Treiben auf dem breiten Fluss. Es war ein windiger, sonniger Herbsttag, das Wasser funkelte, die Welt schien plötzlich offener, weiter als daheim im Tal der Mosella.

„Was ist da drüben?“, wollte Dexter wissen und hüpfte auf und ab.

„Ausland“, antwortete Acilius. „Der Rhenus ist die Grenze zwischen dem Römischen Reich und Germanien.“ Er wies nach links. „Siehst du dort drüben die Stadt auf der anderen Seite des Rhenus? Die heißt Aqua Mattiacorum. Sie gehörte auch mal uns. Jetzt liegt sie in Feindesland.“

„Warum?“, fragte Dexter.

„Weil die Germanen sie uns abgenommen haben. Sie haben auch Mogontiacum verwüstet, es ist noch gar nicht lange her. Aber die Flussgrenze halten wir noch.“

Sie wanderten zurück in die Innenstadt und waren schon so weit, dass sie wieder zurück in ihr Domizil gehen wollten, ermüdet und hungrig, als Firmus plötzlich stehenblieb und sich reckte, so dass er noch ein wenig größer wurde als er schon war und über die Köpfe der Leute hinwegschauen konnte. „Schau mal, da vorn haben sie eine Bühne aufgebaut.“ Dexter, der zwar nichts sah, aber die Hammerschläge hörte, strebte bereits in Richtung des schlichten Bretterbodens auf einem einfachen Holzgerüst, das die Verbreiterung der Ladefläche eines Karrens bildete, wie ihn fahrende Komödiantentruppen benutzten. Zwei Männer waren dabei, letzte Hand an die provisorische Bühne zu legen, indem sie ein *Aulaeum* aufspannten – einen in der Mitte geteilten Vorhang, der nicht besonders kunstfertig mit Säulen und Nischen bemalt war und der die provisorische Bühne nach hinten abschloss. Dann stellten sie als einzige Requisiten eine Art schmalen Paravent senkrecht zum Publikum auf die Bühne, daneben auf die linke Seite einen Klapphocker. Die beiden Pferde, die den Karren gezogen hatten, waren ausgespannt worden und vergruben ihre Nasen in umgehängten Säcken mit Gerste. Ehe das Aulaeum ganz zugezogen wurde, konnte man hinter dem Wagen eine hübsche Frau erkennen, die auf einem Hocker saß und sich schminkte. Ein Junge hielt ihr den Spiegel, so dass sie sehen konnte, was sie tat – das Gesicht weiß, Lippen und Wangen rot, die Augen mit Ruß umrandet – Toilette der Venus als Karikatur, dachte Acilius bissig. Er musterte die Vorbereitungen kurz, dann hielt er seinen Kollegen am Ärmel fest. „Lass, Firmus“, sagte er. „Das taugt doch nichts. Hinterher ärgern wir uns, dass wir uns sowas angeschaut haben.“

„Wir können ja gehen, wenn es uns nicht gefällt“, erwiderte Firmus.

„Ich will zuschauen!“, rief Dexter, fing einen strengen Blick von Acilius auf und fügte demütig, jedoch mit einer Spur von Trotz hinzu: „Wenn du nichts dagegen hast.“

In diesem Augenblick teilte sich das *Aulaeum*, und zwei Kinder, ein Knabe und ein Mädchen, traten auf und begannen mit dem Prolog in jenem ungelenken Schulaufsageton, der die Betonungen immer gleich setzt und den einzelnen Worten mehr Beachtung zu schenken scheint als dem Satzrhythmus. Acilius wurde von den Leuten, die sich hinter ihm drängten, nach vorn geschoben. Der kleine Platz war mittlerweile voller Menschen, und es kamen aus den Seitengassen immer noch mehr hinzu. Acilius, Florus und Dexter standen nahezu direkt vor der Bretterbühne, und wenn sie jetzt noch hätten gehen wollen, hätten sie sich mühsam einen Weg durch die Menge bahnen müssen. Acilius seufzte und ergab sich in sein Schicksal. Dexter, der mit dem Kopf kaum über den Bühnenboden reichte, reckte den Hals und stellte sich auf die Zehenspitzen. Als ihm das zu unbequem wurde, folgte er nach einem misstrauischen Seitenblick auf Firmus, dessen Pranken weit reichten, dem Beispiel der anderen Jungs, die vorn auf den unteren Querbalken des Brettergerüsts gestiegen waren und jetzt grinsend mit den Ellbogen halb auf der Bühne lümmelten.

Der kurze Prolog endete mit dem Wunsch, dass die Zuschauer neben herzlichem Beifall auch die eine oder andere Münze in den Topf der Truppe spenden sollten, wenn ihnen das Stück – die Geschichte vom Engel Gabriel und der schönen Albana – gefallen habe. Die beiden Kinder traten ab, und kurz darauf erschien die Mimin, züchtig in die Stola der Matrone gekleidet, den Kopf bedeckt, das Tuch tief ins Gesicht gezogen. Sie sah sich mehrmals hastig um und kniete sich dann auf die eine Seite des Paravents. Gelächter rann durch das Publikum, als sich der Vorhang erneut teilte und ein kahlgeschorener Asket auftrat, dessen Leibesumfang unter dem Fellmantel fast so immens war wie der Phallus, der aus dem Schlitz des Gewandes hervorragte. Er nahm würdevoll auf dem Hocker Platz und wandte das Ohr dem Paravent zu, hinter dem die schöne Matrone kniete.

„Bruder Senilius Sacratus“, begann die Matrone, „ich bin zu dir gekommen, weil der Ruf deiner Heiligkeit und Keuschheit so groß ist, dass alle meine Freundinnen ebenfalls zu dir gehen, um sich Rat zu holen.“

Bruder Senilius Sacratus beugte sich näher zur „Wand“. „Dann sage mir doch, Albana, ob du einen Geliebten hast. Dein Mann ist Kaufmann und monatelang auf See. Du musst doch einsam sein. Also, gestehe: Lebst du in sündiger Umarmung?“

Bei diesen Worten fuhr die Matrone empört auf und schlug ihre Kopfbedeckung zurück. Das hübsche, geschminkte Gesicht der Komödiantin wurde sichtbar, dazu ihr kunstvoll arrangiertes rotes Haar, das gut eine Perücke sein mochte. „Was denkst du, Bruder Senilius Sacratus“, fauchte sie. „Hast du denn keine Augen im Kopf? Scheint dir meine Schönheit so banal wie die aller anderen? Ich könnte viele Männer haben, aber ich bin wählerisch. Ja, wie viele kennst du denn, deren Schönheit wie die meinige auch im Paradies noch dieselbe bliebe?“

Bruder Senilius grinste breit ins Publikum, umfasste seinen Phallus und fuhr mit der Hand ein paar Mal an ihm auf und ab. Zu Albana jedoch sagte er: „Schäm dich, Albana, der Herr achtet irdische Schönheit gering. Du hast die schwere Sünde der Eitelkeit begangen, und ich erlege dir Buße auf. Du sollst dich acht Tage nicht waschen, du sollst deine Schminke wegwerfen, deine Seidenkleider verbrennen, du sollst vier Tage fasten und vier Nächte wachen und beten.“

Dame Albana sprang erbost auf. „Du Idiot von einem Anachoreten!“, schimpfte sie, stieß den Paravent um und ohrfeigte den heiligen Mann kräftig. Dann rauschte sie ab. Bruder Senilius Sacratus jedoch lachte, rieb sich die Hände und folgte ihr.

Ein kurzer Umbau sah das Verschwinden des Paravents und des Hockers, stattdessen brachten zwei junge Männer eine zerschlissene Kline und stellten sie in die Mitte der Bühne. Albana, ohne ihren Mantel, in gelber Tunica, kam und drapierte sich elegant auf das Sofa mit allen Anzeichen von Langeweile. Sie schaute missmutig ins Publikum und sah deshalb nicht, wie Bruder Senilius Sacratus Kopf und – unvermeidlich – den Phallus durch den Vorhangspalt steckte. Gelächter im Publikum. Senilius räusperte sich und trat ein. Albana wies mit dramatischer Geste zur „Tür“. „Hinaus!“, rief sie. „Mir aus den Augen!“

Bruder Senilius jedoch fiel vor ihr auf die Knie. „Domina, ich bitte dich, verzeih mir, was ich zu dir gesagt habe, als du zur Beichte kamst. In der nächsten Nacht bin ich zur Strafe so verprügelt worden, dass ich mich kaum rühren kann."

Albana ließ den Arm sinken. „So?", fragte sie spitz. „Und wer hat dich gezüchtigt?"

„Das will ich dir sagen. Ich betete wie immer des Nachts, als ich plötzlich einen hellen Schein in meiner Zelle sah, und ehe ich noch recht begriff, dass da ein überirdisch schöner Jüngling stand, hatte er schon seinen Knüppel gehoben und begonnen, es mir tüchtig zu geben. Als ich ihn nachher fragte, weshalb er das getan habe, antwortete er: ‚Weil du so vermessen warst, abfällig über die himmlische Schönheit der göttlichen Albana zu reden. Denn ich liebe Albana nächst Gott mehr als alles auf der Welt.' Nun fragte ich ihn, wer er sei, und da antwortete er: ‚Ich bin der Engel Gabriel.' Und da fiel ich auf die Knie und bat um Verzeihung, die er mir nur gewähren wollte, wenn ich zu dir ginge und deine Vergebung erlangte. Wenn du mir nicht vergibst, so wird er jede Nacht wiederkommen und mich irgendwann zu Tode prügeln."

Geschmeichelt lächelte Albana und erhob sich grazil. „Ich habe dir ja gesagt, dass meine Schönheit nicht von dieser Welt ist, und da du es jetzt begriffen hast, will ich dir verzeihen. Aber hat denn der Engel Gabriel noch etwas gesagt?"

Bruder Senilius stand ebenfalls auf und legte den Finger an die Lippen. „Psst, Domina, dass nur ja niemand davon erfährt, was ich dir noch anvertraue."

Sie kam ganz nah zu ihm und neigte ihren Kopf so, dass seine Lippen fast ihr Ohr berührten. „Der Engel Gabriel hat mir nämlich gesagt, ich solle dir sagen, du hättest ihm so gefallen, dass er dich gern einmal des Nachts besuchen und ein Weilchen bei dir bleiben würde, aber weil er ja nicht in der Gestalt eines Engels kommen könne, so sollst du ihm mitteilen lassen, wann und in welcher Gestalt er dich denn mit seinem Besuch beehren dürfe."

„Wie reizend", lachte Domina Albana kokett. „Ich bin sehr erfreut, dass der Engel Gabriel mich besuchen möchte. Er darf zu jeder Stunde kommen, und er soll mich allein in meinem Zimmer finden."

„Ich werde es mit ihm vereinbaren, ganz wie du es verlangst.

Aber nun tu auch du mir einen großen Gefallen, Albana, und fordere vom Engel Gabriel, dass er in meiner Gestalt zu dir kommt, denn wenn er das tut, so nimmt er mir die Seele aus dem Leib, und solange er bei dir ist, so lange wäre meine Seele im Paradies."

„So sei es", antwortete Albana hoheitsvoll und wies ihm die Tür. „Ich will den Engel Gabriel heute Nacht erwarten."

Während die nächste Szene begann, in der Bruder Senilius Sacratus in weißem Engelsgewand zu der Dame kam und sich mit ihr in eindeutiger Umarmung auf dem Sofa wälzte, stieß Acilius seinen Kollegen an. „Das ist der Anubis auf christlich", flüsterte er. „Geniale Idee."

„Und die beiden spielen ausgezeichnet", flüsterte Firmus zurück.

„Sie ist nicht mein Fall", erwiderte Acilius nachdenklich. „Aber er ist gut. Nicht das übliche Kaliber, das man auf einem Thespiskarren erwarten würde."

Firmus sah ihn an. „Denkst du, was ich denke?"

Acilius grinste. „Ich denke noch gar nichts. Schauen wir uns das Ding bis zum Ende an. Dann sehen wir weiter."

Auf der provisorischen Bühne nahm die Geschichte vom Engel Gabriel und der dummen Gans Albana ihren Lauf, ganz analog jener Komödie „Anubis", die auf den Bühnen des Römischen Reichs seit der Zeit des Kaisers Tiberius gespielt wurde. Ein findiger Komödienschreiber hatte einen wahren Vorfall genommen und daraus ein Erfolgsstück gemacht. Eine junge Dame der römischen Gesellschaft, die gleichzeitig Isis-Priesterin ist, wird von einem jungen Mann begehrt, den sie aber nicht erhört. Also erfindet er die Geschichte, dass der Gott Anubis in sie verliebt sei. Das dumme Ding glaubt es ihm sofort und lässt sich auf ein Stelldichein mit dem Gott ein. Natürlich fliegt das Ganze auf, die junge Frau hat den Spott, der Mann wird hingerichtet, der Isis-Tempel auf Befehl des Kaisers geschleift. Auch Bruder Senilius Sacratus in Mogontiacum erging es nicht gut. Als sein Verhältnis mit der schönen Albana am Ende des Stückes aufflog, prügelten ihn die beiden Statisten, die vorhin die Bühne zusammengebaut hatten, windelweich, angefeuert vom Publikum mit Pfiffen, Rufen und lautem Beifall.

Acilius und Firmus warteten geduldig, bis sich nach dem Ende des Schauspiels die Leute zerstreut hatten. Als die beiden Statisten begannen, die Bühne abzuräumen und zurück in einen Karren zu verwandeln, ging Acilius mit seinem Kollegen hinter das Gefährt, wo die beiden Hauptakteure dabei waren, sich abzuschminken. Die Schauspielerin, die die Albana gewesen war, saß da, ohne Perücke – sie hatte dunkelblondes Haar –, aber noch vollständig geschminkt, und zählte die Tageseinnahmen. Sie sah Acilius nicht, weil sie ihm den Rücken zuwandte.

„Miserabel", sagte sie zu ihrem Kollegen, der den Fellmantel und den Phallus abgelegt hatte und nun den wattierten Wanst abschnallte. Der Mann war nicht mehr ganz jung, eher Ende als Mitte zwanzig, er war durchschnittlich groß, schlank, aber nicht muskulös, und Acilius stellte überrascht fest, dass er hier, in seinem Naturzustand, auf seltsame Weise kleiner wirkte als auf der Bühne, dazu weich, fast weiblich, während er als Bruder Senilius durchaus als viril und potent durchging. Er hatte volle Lippen und schmale, intensive Augen mit langen dunklen Wimpern. Acilius kannte das Phänomen, dass manche Schauspieler auf der Bühne komplett andere Typen verkörperten als im wirklichen Leben. Dies hier schien so ein Fall zu sein.

„Darf ich einen Augenblick stören?", fragte er. Die Frau drehte abrupt ihren Kopf und musterte die Störenfriede verärgert. Der Mann jedoch lächelte.

„Was gibt's?", fragte er, während er Öl im Gesicht verrieb, um die Schminke zu lösen, die er dann mit einem Tuch abwischte.

„Wir sind Kollegen", begann Acilius. „Aus Treveris."

Der Mann schaute ihn aufmerksam an. Acilius stellte fest, dass der Eindruck von Weichheit, fast Weiblichkeit, auch wieder täuschte. Es war etwas Schillerndes, nicht eindeutig Festlegbares an diesem Menschen; er war markant und männlich im einen Moment, im nächsten schienen die Konturen zu verschwimmen, auch schien er ständig sein Alter zu wechseln, mal wollte sich Acilius auf dreißig festlegen, mal kam es ihm vor, dass der Mann doch jünger sein musste. Da er schwieg, fuhr Acilius fort: „Ihr ... ihr habt den Anubis bearbeitet. Es hat mir gut gefallen."

„*Ich* habe ihn bearbeitet", stellte der Mann selbstbewusst klar. „Was kann ich für euch tun? Wollt ihr das Stück kaufen?", fragte er und beendete die Abschminksitzung, indem er mit einem frischen Tuch die letzten Ölspuren auf Stirn und Kinn beseitigte.

Seine Partnerin ignorierte die Besucher und begann ebenfalls damit, sich die Maske abzunehmen.

Firmus schnaubte ungläubig über die Dreistigkeit des Wanderschauspielers, doch Acilius stieg auf die Taktik ein und kam gleich zur Sache. „Wir suchen Ersatz für einen Schauspieler, der Christ geworden ist."

„Und?", fragte der Mann zurück.

„Du scheinst eine gute Ausbildung zu haben. Das hat man gleich gesehen", meinte Acilius.

„Seid ihr eine Wandertruppe?", wollte der Mime wissen.

Acilius schüttelte den Kopf. „Wir bespielen das Theater in Treveris", sagte er gewichtig. „Mein Name ist Lucius Acilius Eutyches. Ich leite die Truppe als Archimimus. Das hier ist Firmus, einer unserer Schauspieler." Dexter überging er vorerst noch.

„Gaudentius", stellte der Mann sich vor. „Ich stamme aus Noviodunum ..." Er sah die fragenden Blicke der beiden Männer und ergänzte lächelnd: „Eine hübsche kleine Stadt im Westen Galliens, in der es sich hervorragend leben und Theater spielen ließ – bis der zornige Asket über uns kam."

„Der zornige Asket?", fragte Firmus stirnrunzelnd.

„Martin von Caesarodunum", antwortete Gaudentius. „Er kam über uns wie ein schwerer Sturm, knickte die Haine der Götter und predigte Hass auf alles, was nicht seinem Christengott dienen wollte. In der Nähe von Noviodunum befand sich ein Vicus mit einem Heiligtum des Lenus-Mars – sehr alt, sehr reich. Martin legte Feuer und bearbeitete den Altar mit der Axt, bis die Leute aus dem Vicus ihn packten und so verprügelten, dass er fliehen musste. Nach ein paar Tagen kam er mit zwei bärenstarken Bewaffneten wieder. Er nannte sie die Engel des Herrn." Gaudentius lachte spöttisch. „Sie hielten die Bauern in Schach, und Martin zerstörte den Tempel, das Gottesbild, den Altar, alles! Danach hatten die Menschen solche Angst vor ihm, dass sich nahezu die ganze Stadt taufen ließ. Ein Bischof wurde eingesetzt, die Tempel erhielten kein Geld mehr, das Theater, an dem ich jahrelang gespielt habe, wurde geschlossen. Das Übliche halt. Als mein Patron starb, wurde ich freigelassen, seine Witwe wurde umgehend Christin, und ohne Protektion musste ich mich eben selbständig machen. Seitdem bin ich unterwegs." Gaudentius hatte all dies erzählt, ohne dass das Lächeln sein Gesicht verließ, doch in seiner Stimme schwang Bitterkeit.

Acilius nickte. „Verstehe.“

„Das ist alles, was es über mich zu sagen gibt“, fügte Gaudentius hinzu.

Acilius überlegte einen Moment schweigend, dann sagte er: „Ich will es kurz machen. Wir brauchen jemanden, der Erfahrung hat, nicht nur Talent. Wir geben Ende Oktober den Anubis, dazu die Taufe sowie das Testament des Jupiter. Ich würde dich gern engagieren und bin bereit, deiner Truppe eine entsprechende Ablöse zu zahlen sowie ihr den Jungen hier zu überlassen.“ Er schob Dexter nach vorn. Der Junge, der erst in diesem Moment von seinem Schicksal erfuhr, machte sich ganz steif. Er sah zu Acilius auf, die Augen groß und erschrocken. Doch der alte Mime ignorierte ihn und fuhr fort: „Dexter hat Talent, ist klug und bereits ein ziemlich guter kleiner Akrobat.“ Er gab Dexter einen Schubs, und als der Knabe nicht reagierte, bückte er sich und zischte ihm zu: „Mach, oder du wirst deines Lebens nicht mehr froh!“ Dexter zuckte zusammen und lief los, sprang ein paar Saltos, schlug Rad, lief auf den Händen vorwärts und rückwärts, holte schließlich aus der Tasche fünf kleine Bälle und begann, mit ihnen zu jonglieren. Nach einem Augenblick rief Acilius: „Genug, Dexter. Komm wieder her.“ Der Knabe gehorchte. Blass und mit Tränen in den Augen stellte er sich folgsam neben seinen Herrn.

„Kommt nicht in Frage“, sagte die Frau scharf, die aufgestanden war und neben Gaudentius trat. „Was glaubt ihr, wer ihr seid?“, rief sie empört. „Kommt einfach her, winkt mit eurem Geldsack und zerstört meine Existenz, ihr Schweine!“ Sie packte Gaudentius am Arm. „Du wirst nicht gehen. Du wirst mich hier nicht sitzenlassen mit diesem armseligen Komödiantenpack. Hörst du? Du wirst mich nicht sitzenlassen!“

Der Mann schüttelte ihre Hand ab. „Beruhige dich, Sabina.“

„Ich habe keine Position frei, die sie besetzen könnte“, wandte Acilius ein. Er hob die Hände. „So leid es mir tut ...“

„Dann spar dir deinen Atem und zieh Leine“, keifte Sabina. „Ich gehe nicht in die Gosse, nur weil so ein Drecksack mir meine Existenzgrundlage wegnimmt!“

„Ich habe keine Arbeit für dich“, sagte Acilius hart. „Du bekommst Geld und Dexter.“

„Ich pfeife auf dein Geld. Und was soll ich mit dem Kind? Ich hab schon zwei, du Klugscheißer.“

„Was zahlst du?“, wollte Gaudentius wissen.

Acilius überlegte kurz. Da er davon ausgegangen war, einen Schauspieler des Theaters von Mogontiacum bezahlen zu müssen, war der Betrag, den er dabeihatte, nicht unbedeutend. Wenn er Sabina ein Drittel davon gab ... Er nannte die Summe und sah, wie die Augen der Frau kurz aufleuchteten. Doch dann fauchte sie: „Das bringt mir keinen Ersatz für den da“, und deutete auf ihren Partner.

Gaudentius beugte sich zu Acilius. „Gebt mir eine Weile Bedenkzeit. Wie lange bleibt ihr in Mogontiacum?“

„Wir reisen morgen ab“, antwortete Acilius, obwohl das nicht ganz der Wahrheit entsprach, denn er wollte ja eigentlich noch ein Schauspiel besuchen.

„Wo wohnt ihr?“

„Im Haus von Dillius Vocula, dem *Tribunus voluptatum.*“

„Gut“, sagte Gaudentius. „Ihr hört von mir.“

„Nichts werdet ihr hören, verflucht nochmal!“, rief Sabina. „Nichts, gar nichts, habt ihr verstanden?“

Acilius würdigte sie keiner Antwort und ging, gefolgt von Firmus und Dexter, der den ganzen restlichen Tag schwieg, zurück in das Haus ihres Gastgebers. Unterwegs fragte Firmus seinen Archimimus: „Was ist, wenn er zusagt und wir morgen im Theater jemand Besseren finden?“

„Wir finden niemand Besseren, Firmus“, erwiderte Acilius. Gaudentius ist gut, und er hat den Engel Gabriel.“

Firmus lachte. „Du bist scharf auf das Stück?“

„Allerdings. Wir spielen es anstatt des Anubis. Nicht nur mit vier Personen wie hier. Mit großer Besetzung. Das wird ein Riesenerfolg.“

„Du hast dich ja richtig verguckt“, sagte Firmus grinsend. „Was wird Florus dazu sagen?“

Acilius lachte. „Der wird ihn lieben! Aber im Ernst, er gefällt mir wirklich. Ich glaube, mit ihm kann man arbeiten.“

„Wird er auch Marcia gefallen? Sie muss auch mit ihm arbeiten.“

„Ich fürchte, er wird Marcia nur zu gut gefallen“, erwiderte Acilius ahnungsvoll.

Am nächsten Morgen kam tatsächlich der halbwüchsige Junge vorbei, der den Prolog gegeben hatte, mit der Botschaft, dass der

Handel perfekt sei, sofern die Herren noch Interesse hätten. Sie hatten, und der Knabe führte sie zu einer Kneipe, wo Gaudentius und Sabina sie erwarteten. Beide wirkten erschöpft und grüßten nicht. Gaudentius hatte ein Veilchen, und Sabina saß verheult mit gesenktem Kopf auf einer Bank. Sie nahm wortlos das Geld entgegen, stand auf, packte Dexter grob am Arm und zog ihn zum Ausgang. Dort drehte sie sich noch einmal zu Gaudentius um. „Ich verfluche dich, du Dreckskerl!“, zischte sie. „Möge dir die Stimme versagen!“ Sie schob Dexter auf die Straße, doch der Junge riss sich los und kam noch einmal zurück. Im Türrahmen blieb er stehen, eine kleine, schmächtige Gestalt im kurzen Kapuzenmantel, und sah Acilius an. Es war ein stummer, fragender Kinderblick, ohne Vorwurf, ohne Angst. Acilius wich dem Blick aus, und nach einem Moment wandte Dexter sich ab und trat an die Seite Sabinas, die schmalen Schultern gestrafft, den Kopf hocherhoben. Sie gingen zusammen weg, beide mit demselben etwas steifen, zögernden Schritt, als vermaßen sie jede Fußlänge einzeln, die sie sich von den zurückbleibenden Männern entfernten; als gäbe es ein Maß des Abschieds, eine Erinnerung der Fußsohlen an jede Bodenberührung, die die Distanz zum anderen erweitert.

VIII. Kapitel

Ein Schrei gellte durch die Nacht. „Nein!“, brüllte Britto, Bischof von Treveris, und wand sich verzweifelt, als das Ungeheuer ihn mit rhythmischen Schluckbewegungen einsaugte; er steckte bis zu den Hüften im Maul der Schlange, spürte die warmen, glitschigen Muskeln ihres Schlundes um seinen nackten Leib kontrahieren; er lag rücklings, dem Vieh ausgeliefert, und starrte entsetzt nach oben – dort, über seinem Gesicht, über seinem im Schrei aufgerissenen Mund, hingen drohend zwei riesige Brüste, ungeheuerliche Gebilde; sie näherten sich, während der Schlangenschlund in konvulsischen Zuckungen an seinem Unterleib zerrte; die rosa Fleischberge mit den monströsen Brustwarzen senkten sich auf sein Gesicht, begruben es, nahmen ihm die Luft; er schleuderte den Kopf hin und her, aber es nützte nichts, sie erstickten seine Schreie, erstickten ihn; er rang nach Luft, wo keine war, schlug mit den Armen ins Leere, würgte, zuckte; es war, als zöge sich sein Körper in einem einzigen, wahnwitzigen Spasmus zusammen, und dann, dann war es plötzlich vorbei.

Keuchend fuhr Britto im Bett auf. Sein Körper fühlte sich schlaff an, ja, er fühlte ihn kaum. Nur sein eigener Schrei hallte noch in seinen Ohren wider, doch als er sich hilflos im Dunkeln zu orientieren versuchte und lauschte, ob irgendjemand käme, blieb alles still. Vielleicht hatte er nur im Traum geschrien, vielleicht war auch der Schrei eine Halluzination gewesen wie die Schlange, die ihn in sich hineinsaugte, wie die Brüste, die ihn erstickten. Britto brauchte nicht hinzufassen, er wusste, dass sein Hemd nass war, befleckt wie jede Nacht, seit Marcia in der Kirche gewesen war.

Es war stockdunkel im Zimmer, noch lange nicht Morgen. Zwischenzeit, Zeit der Dämonen, der einsamste Moment der Nacht, in dem aufzuwachen selbst einen starken Geist wie Britto an Gott zweifeln ließ. Verloren, beschämt und zitternd saß der Bischof in seinem Bett und wusste, dass er etwas unternehmen musste, wenn er nicht verrückt werden wollte. Schüchtern bekreuzigte er sich und begann flüsternd zu beten. Doch nach einer Weile brach er ab, setzte sich auf den Bettrand und klatschte in die Hände, was zunächst misslang. Seine Hände waren schlaff, fast taub, und er brauchte mehrere Anläufe, ehe er so etwas wie ein

Geräusch mit den Handflächen zustande brachte. Er hätte rufen können, aber er fürchtete sich vor seiner eigenen Stimme.

Ein Kratzen an der Tür. Dann erschien ein verschlafener Diener mit einem Öllämpchen. Der schwache Lichtschein bewirkte, dass Britto sich fasste. Da war ein Mensch in der Nacht. Ein Licht. Er war nicht mehr allein. Bald würde es Morgen werden.

„Bring Wasser“, sagte er mit brüchiger Stimme. „Ich will mich waschen. Und was zu trinken.“

Der junge Mann brachte das Verlangte. Britto nahm den Becher mit Wasser, trank ihn in einem Zug leer. Danach wusch er sich über der Schüssel Gesicht, Hände und Arme. Als er daranging, die Spuren des nächtlichen Malheurs zu beseitigen, wandte er seinen Blick nach oben und betete laut. Schließlich trocknete er sich ab und ließ sich beim Ankleiden helfen.

„Mach Licht im Studierzimmer“, befahl er. „Ich will in der Heiligen Schrift lesen.“

Das tat er, bis es hell wurde. Er las von allen Versuchungen, denen Jesus in der Wüste ausgesetzt war, er weinte ein bisschen, und als sein Sekretär erschien, fühlte er sich bereits besser, wenn auch die Unruhe nicht gewichen war.

„Was bringst du?“, fragte Britto, der sah, dass der Sekretär eine Pergamentrolle in der Hand hielt.

„Post aus Mediolanum“, erwiderte dieser. „Es wird die Antwort des höchst heiligen Bischofs Ambrosius auf dein Schreiben sein.“

Britto atmete auf. „Lies mir den Brief vor.“

Der Sekretär entrollte das Schreiben und begann zu lesen.

Ambrosius, Bischof von Mediolanum, grüßt Britto, Bischof von Treveris.

Mit Erstaunen und Freude habe ich Deinen Brief empfangen. Gott wirkt Wunder über Wunder, und wir müssen Ihm täglich danken, dass Er uns Sünder so reich beschenkt.

Was Qodvoldus betrifft, so ist meine Meinung, dass er wahrhaft getauft ist, auch wenn ich weiß, dass es andere gibt, die ihn erst zur Katechumene schicken würden. Ich glaube aber, dass es gerade in unserer Zeit wichtig ist, den Heiden vorzuführen, wie stark Gottes Wirken ist und dass sie ihm nicht entkommen werden, weil sie der Heilige Geist gerade dann erfasst, wenn sie es am wenigsten erwarten. Stelle ihn jedoch in deinen Predigten ruhig als Beispiel lebendigen Glaubens hin. Ihm wiederum muss christliche Demut gepredigt werden, denn er gehört (unter uns) zu einer rückfallgefährdeten Gruppe und bedarf erhöhter Aufmerksamkeit. Im Übrigen wirst Du nach Deiner Weisheit verfahren.

Ich teile dir noch mit, dass unser allerchristlichster Kaiser die Kirche stärken will, wo er nur kann. Er wird im kommenden Jahr ein Dekret erlassen, das den Abfall vom Glauben konkret bestraft, wie es bereits im Osten des Reiches üblich ist. Denn die verbreitete Praxis, bloß zu mahnen, wenn Christen die Tempel der Ungläubigen aufsuchen, weil sie sich neben der Gnade des wahren Gottes auch die Hilfe der Götzen versprechen, muss ein Ende finden. Viele derjenigen, die erst vor kurzem zum wahren Glauben übergetreten sind, tun sich schwer, mit alten Gewohnheiten zu brechen. Ohne Strafen geht es nicht. Das Gleiche gilt für jegliche Zauberei und anderen Aberglauben und ganz besonders für die vielfältigen Häresien, deren Lehren geradewegs ins Verderben führen. Gratianus will daher auch jenen, die zu den Juden, den Manichäern, den Gnostikern und den Arianern überlaufen, verbieten, ein Testament zu machen. So können sie von Staats wegen als Straftäter verfolgt werden, weil sie sich gegen die staatskonforme Religion gewandt haben! Ich denke, Du wirst dieses Vorgehen ebenso begrüßen wie ich.

Bruder, die Zeit ist gekommen, in unseren Predigten deutliche Worte zu finden gegen die Ungläubigen. Scheue Dich nicht, die Monstrositäten des Götzendienstes anzuprangern und die wahren Christen zum Kampf gegen das Heidentum anzustacheln. Mögen die Tempel fallen, die Götzen zerschellen, die Haine brennen und diese Toren begreifen, dass es keinen Weg zum Heil gibt als den unseres Herrn Jesus Christus. Amen.

Dieses „Amen“ sprach der Sekretär laut und triumphierend, und fügte hinzu: „Gelobt sei Jesus Christus!“, ehe er den Brief wieder faltete.

„Amen“, wiederholte der Bischof. „Ein ermutigendes Schreiben“, fügte er hinzu. „Ambrosius hat Recht. Die wahre Religion wird siegen. Er ist ein großer Mann.“

„Ein Heiliger“, ergänzte der Sekretär diensteifrig. „Ich habe leider auch eine schlechte Nachricht für dich“, sagte er dann vorsichtig.

„Und die wäre?“ Britto rieb sich die Stirn. Der Horror der vergangenen Nächte äußerte sich in starken Kopfschmerzen. Er wäre gern einfach wieder ins Bett gegangen, doch diesen Luxus konnte er sich nicht erlauben. Außerdem hatte er einen Entschluss gefasst, und dessen Ausführung ließ sich – das hatte die letzte Nacht bewiesen – nicht aufschieben.

„Man will nicht verkaufen“, berichtete der Sekretär.

Britto wusste sofort, wovon die Rede war. Er hatte aus Rom Reliquien des Heiligen Laurentius mitgebracht, einen Schädelknochensplitter und ein Fingerglied, und ein Martyrium dafür gestiftet. Das Grundstück, auf dem der Schrein zur Zeit errichtet wurde, gehörte der Kirche, doch Britto hatte sich in den Kopf gesetzt, der Kapelle, einem Kuppelbau auf griechischem Kreuz, auch eine großzügige Vorhalle zu gewähren. Leider war das Grundstück nicht groß genug, und so hatte der Bischof dem Eigentümer des Nachbarhauses eine Nachricht zukommen lassen mit dem Inhalt, dass er das Haus erwerben wolle.

„Er muss!“, rief Britto empört. „Er muss einfach verkaufen! Diese elende Bruchbude von einem Haus. Er soll froh sein, dass ich ihm überhaupt Geld dafür biete! Was ist sein Preis?“

„Er hat keinen Preis genannt“, erwiderte der Sekretär kleinlaut. „Er sagte, er werde nicht verkaufen, Punkt.“

„Was, Punkt!“, fuhr der Bischof auf. „Jedes Haus ist verkäuflich. Jeder Mensch hat seinen Preis. Geh hin und verhandle erneut.“

Der Sekretär schaute betreten. „Es hat keinen Sinn“, sagte er. „Er wird mir den Hund auf den Hals hetzen, wenn ich noch einmal komme.“

„Was für eine Nacht!“, seufzte der Bischof. „Was für ein Morgen! Nichts als Unannehmlichkeiten. Ich werde dir etwas sagen“, wandte er sich aufgebracht an seinen Sekretär, der devot und gleichzeitig neugierig den bischöflichen Grimm über sich ergehen ließ. „Ich sage dir nämlich“, fuhr Britto fort, „dass ich diese Stadt für eine Weile verlassen werde, die mich anwidert in ihrer Verkommenheit. Ich muss fasten und beten, und ich will niemanden von euch sehen, hörst du, niemanden!“

„Aber ... aber womit haben wir deinen Zorn auf uns gezogen?“, fragte Rufinius verstört. „Sag es uns, damit wir Buße tun und dich versöhnen können."

„Ihr habt gar nichts getan", knurrte der Bischof. „Ich bin der größte Sünder von euch allen."

Der Sekretär bekreuzigte sich verwirrt, aber der Bischof ignorierte ihn. „Draußen vor den Toren", seufzte er, „lebt ein heiliger Mann, ein Anachoret, der, wie du weißt, bereits viele Ungläubige zum wahren Glauben geführt hat. Bei ihm werde ich Trost und Hilfe suchen, barfuß und demütig."

Wenige Stunden später verließ Britto sein Haus. Er hatte seine Kleider gegen eine Tunica aus grobem Leinen getauscht, er ging tatsächlich barfuß, und er hatte weder etwas zu essen noch eine Lederflasche dabei. Es regnete leicht; es war kühl, feucht und windig, und außerhalb der Stadtmauern roch es nach fallendem Laub und faulendem Gras. Britto kannte den Weg zur Hütte des Einsiedlers seit seinem Besuch dort im September – es war der Tag gewesen, an dem ihm Marcia das erste Mal begegnet war.

Er fand den Anachoreten zu Hause, und als der Alte ihn hereingebeten hatte, anscheinend ohne ihn zu erkennen, fiel der Bischof auf die Knie und begann zu weinen. Der Alte ließ ihn eine Weile dort liegen und schluchzen.

Endlich fragte er: „Bruder, was fehlt dir?"

Der Bischof richtete sich auf, blieb aber auf den Knien liegen.

„Ich bin vom Bösen besessen, von einer Dämonin in Menschengestalt, ich bin verloren, jede Nacht versuchen mich die Mächte der Finsternis, ich beflecke meinen Körper. Ich bin Britto, Bischof von Treveris, aber ich bin der Sündigste von allen, ich habe geschworen, Sklave des Herrn zu sein und Jesus Christus zu dienen, doch ich bin der Sklave einer Mimin und diene ihr."

„Willst du es mir erzählen?", fragte der Einsiedler.

Britto nickte.

„Fasse dich, Bruder. Gott ist mit dir. Er sendet dir die Versuchung nicht umsonst. Lass uns zuerst beten."

Sie beteten gemeinsam, danach hörte der Eremit sich die Geschichte des Bischofs an. Als dieser fertig war, schwieg der alte Mann eine Weile. Er war klein, vertrocknet, sein Haar steingrau und lang, es ging in den langen Bart über, so dass man nicht hätte sagen können, wo Haar, wo Bart begannen. Seine Hände und Füße waren schwarz und knotig, im Mund fehlten ihm zwei Schneidezähne, einer oben, einer unten, so dass er etwas zischte, wenn er sprach. Alles an ihm erzählte von Entbehrung, von Hunger, von rauer Witterung, vom Alleinsein. Nur seine Augen, obwohl tief eingefallen, wirkten frisch, verrieten Energie, Intelligenz und Leben.

„Höre, Bruder, was du tun sollst", begann er endlich.

Britto hob den Kopf und sah ihn an wie ein Kind, das auf gute Worte hofft.

„Bleib ein paar Tage hier bei mir. Wir werden gemeinsam fasten und beten. Ich werde dich exorzieren, und gemeinsam werden wir den Dämon besiegen."

Britto rutschte auf den Knien nach vorn und umklammerte die Beine des Alten. „Danke. Ich danke dir, Bruder."

„Friede sei mit dir", sagte der Asket und schlug das Kreuz über dem Bischof. „Richte dich auf, sammle dich, wende dein Herz zu Gott und bekreuzige dich."

Der Bischof begriff, dass der heilige Mann keine Zeit zu verschwenden gedachte und mit dem Exorzieren beginnen wollte. Er tat also, was ihm befohlen worden war.

„Sprich mir nach", befahl der Alte sodann.

„Der Herr ist mein Licht und mein Heil:
Vor wem sollte ich mich fürchten?
Der Herr ist die Kraft meines Lebens:
Vor wem sollte mir bangen?"

Britto sprach die Worte nach. Er kannte den Psalm und wusste, dass er beim Exorzieren verwendet wurde. Bald sprach er die Worte gleichzeitig mit dem Anachoreten, und dieser, als er es merkte, schwieg und ließ Britto die restlichen Verse alleine sprechen:

„Vernimm, o Herr, mein lautes Rufen;
sei mir gnädig und erhöre mich!
Mein Herz denkt an dein Wort: ‚Sucht mein Angesicht!'
Dein Angesicht, Herr, will ich suchen.
Verbirg nicht dein Gesicht vor mir;
weise deinen Knecht im Zorn nicht ab!
Du wurdest meine Hilfe. Verstoß mich nicht,
verlass mich nicht,
du Gott meines Heiles!
Wenn mich auch Vater und Mutter verlassen,
der Herr nimmt mich auf.

Zeige mir, Herr, deinen Weg,
leite mich auf ebener Bahn trotz meiner Feinde!
Gib mich nicht meinen gierigen Gegnern preis;
denn falsche Zeugen stehen gegen mich auf und wüten.
Ich aber bin gewiss zu schauen
die Güte des Herrn im Land der Lebenden."

Und der Anachoret sprach den letzten Vers: „Hoffe auf den Herrn und sei stark! Hab festen Mut und hoffe auf den Herrn!"

Britto wiederholte: „Ich hoffe auf den Herrn und bin stark. Ich habe festen Mut und hoffe auf den Herrn."

„Bete zu ihm!"

Britto betete stumm mit erhobenen Händen, während der Alte sprach: „Gesegnet sei Gott, der will, dass alle Menschen erlöst werden und die Wahrheit erkennen, jetzt und allezeit in Ewigkeit, Amen."

„Amen", wiederholte der Bischof.

Sie verbrachten den Rest des Tages mit Beten, lasen sich gegenseitig aus der Heiligen Schrift vor, tranken Wasser, das der Alte in einem Krug von einer nahegelegenen Quelle holte, aßen nichts und sangen dafür viele und heilige Gesänge. Sie wachten und beteten die Nacht durch, gingen im ersten Licht des Tages zur Quelle, wuschen sich Gesicht, Hände und Arme, sangen zur Morgenandacht, und danach fragte der heilige Mann den Bischof: „Fühlst du dich besser?"

Britto zögerte, dann antwortete er wahrheitsgemäß: „Nein."

„Hast du an sie gedacht?", fragte er Alte.

Britto nickte.

Der Anachoret nahm das Kreuz aus Eisen, das er an einem Lederband um den Hals trug, hob es, bedeutete Britto, darauf zu schauen, und rief mit lauter Stimme:

„Sieh das Kreuz des Herrn!
Fliehet, ihr feindlichen Mächte!
Gesiegt hat der Löwe aus Juda,
die Wurzel Davids!
Halleluja!"

Britto war bei diesen Worten zu Boden gesunken. Er kauerte sich auf die Erde, seine Schultern zuckten; sein Schluchzen wurde heftiger, bis er sich wand, die Fingernägel in den Lehmboden grub und heulte und krampfte. Ein Gefühl, so stark und heftig, dass es ihn innerlich fast zerriss, drängte in wilden, unartikulierten Lauten aus ihm heraus, während der Anachoret sich über ihn beugte und zischte: „Dein Kampf gegen den Teufel ist ein Kampf gegen Dämonen. Du bist ein Mensch, aber du kämpfst gegen Geister. Dir hilft kein Schutz aus Eisen, nur Gott und dein Glauben an Jesus Christus können dir helfen. Sie sind dein Schwert und dein Panzer. Nimm das Schwert des Glaubens und schick den Teufel zur Hölle!"

Dann begann der heilige Mann zu singen, und der Anfall des Bischofs ging langsam vorüber. Später konnte sich Britto an nichts mehr erinnern; er wusste nicht, wie er die vorangegangene Stunde verbracht hatte, wusste nichts von seiner Erniedrigung, seinem Geheul, seiner Angst. Nur sein Körper, der sich seltsam leer und entspannt anfühlte, verriet ihm, dass etwas mit ihm geschehen war.

Er aß drei Tage und drei Nächte nicht und schlief auch nicht, sondern sang, betete, las und ließ sich mit Worten exorzieren, deren Rhythmus machte, dass sich sein Geist in der Sprache verlor. Er fand sich gewiegt wie ein Kind durch die heiligen Verse, geriet in einen schwebenden, glücklichen Zustand, er schien körperlos zu werden, leicht, er spürte weder Hunger noch Durst noch irgendein anderes Verlangen.

In der vierten Nacht, mitten im Gebet, brach er zusammen. Er fiel einfach hin, wo er stand, auf den Boden aus gestampftem Lehm in der engen Hütte, und rührte sich nicht mehr, eine Nacht, einen Tag und noch eine Nacht lang. Der Anachoret, zufrieden mit seinem Werk, ließ ihn liegen und ging seinen Geschäften nach.

Am übernächsten Morgen saß der Alte auf seinem wackligen Hocker am Tisch und las mit zusammengekniffenen Augen, weil seine Sehkraft nicht mehr die beste war, als er ein Stöhnen hörte. Britto wälzte sich auf den Rücken, stöhnte noch einmal, weil jede Bewegung seines steifen Körpers wehtat, und schlug die Augen auf. „Wasser", krächzte er.

Der Einsiedler stand auf, füllte einen Becher mit Wasser aus dem Krug und beugte sich zu Britto. Er half ihm, sich ein wenig aufzurichten. Britto nahm den Becher und trank hastig, in kurzen Schlucken, bis der Becher leer war. Dann ließ er sich zurücksinken, blieb einfach liegen, mit halb vom Körper weggestreckten Armen und geöffneten Beinen. Er lag da, schaute an die Decke und sagte: „Ich habe einen Traum gehabt. Immer wieder denselben Traum. Ich habe geträumt, ich bin in der Kirche und halte Predigt. Aber auf dem Altartisch, da saß eine schwarze Taube, dreckig, verkrüppelt, mich ekelte vor ihr. Immer wieder flog sie auf, kam auf mich zu, wollte sich auf meinen Kopf setzen, immer wieder scheuchte ich das Vieh weg; es stank entsetzlich. Endlich, als der Diakon die noch nicht Getauften aufforderte, sich in den hinteren Teil der Kirche zurückzuziehen, und ich die Agape-Feier vorbereitete, flog die Taube davon. Ich fühlte mich grenzenlos erleichtert, wusch Gesicht und Hände und wurde doch den Gestank nicht los. Beim nächsten Gottesdienst geschah genau dasselbe wieder. Ich wusste mir vor Ekel kaum zu helfen, als das kranke, hässliche Vieh um mich herumflatterte, die Keime des Todes verschleudernd. Doch dann, eines Tages – ich wollte gerade das Gotteshaus verlassen –, da kam mir die schwarze Taube in der Vorhalle entgegen, sie flog geradewegs auf mich zu, aber statt meinem ersten Impuls zu folgen, der mir befahl, ihr auszuweichen, packte ich sie diesmal und schleuderte sie in den Brunnen im Peristyl. Und siehe da, als sie wieder auftauchte, war die Taube von reinem Weiß, ihre Füße waren nicht mehr verkrüppelt, sondern rosig und ebenmäßig, ihre Augen waren nicht mehr krank und trüb, sondern sie strahlten. Die Taube flog auf, stieg höher und höher, bis sie schließlich in der Weite des Himmels verschwand."

Der Alte hatte ihm schweigend und mit ausdrucksloser Miene zugehört. Schließlich sagte er: „Gott hat dir ein Zeichen gesandt. Lass uns beten."

Britto erhob sich mühsam. „Ja, lass uns beten", antwortete er. „Wir müssen dem Herrn für meine Errettung danken."

Der Anachoret schüttelte den Kopf. „Ich spreche noch nicht von Errettung, Bruder. Du sollst noch nicht wieder in deine Welt zurückkehren. Bleib noch einige Tage bei mir, lerne, wieder Nahrung zu dir zu nehmen, denn dein Amt verbietet dir eine Lebensweise, wie ich sie bevorzuge. Bleib bei mir, lass uns beten und das Leben des heiligen Antonius studieren, lass uns über heilige Dinge sprechen und dich stärken im Geist und im Körper. Ich sage dir, wenn ich glaube, dass du zurück in die Stadt kehren sollst."

Britto, dessen erster Impuls gewesen war, sofort nach Treveris zurückzukehren, zögerte. „Ich …“, begann er.

„Es ist nur ein Angebot“, sagte der Alte und sah dem Bischof ernst in die Augen. „Du bist frei zu tun und zu lassen, was du willst.“

Britto neigte den Kopf. „Ich danke dir für alles, was du getan hast, aber nein, ich kann nicht länger bleiben. Es warten so viele Geschäfte auf mich. Ich habe meine Gemeinde schon zu lange im Stich gelassen.“

IX. Kapitel

„Haben wir irgendwo Flügel?", fragte Acilius. Er war gestern in Begleitung von Firmus und Gaudentius von seiner Reise zurückgekehrt, hatte wenig geschlafen und war trotzdem energiegeladen aufgewacht, begierig, den neuen Schauspieler mit dem Theater von Treveris und seinen Kollegen vertraut zu machen. Zunächst aber wandte er sich den praktischen Dingen zu, die das geplante Stück, den „Engel Gabriel", betrafen.

„Flügel?", wiederholte Florus, dem die Frage gegolten hatte. Keine Ahnung. Bestimmt", antwortete er und wandte sich an einen der Knaben, der gelangweilt, Nägel kauend auf dem Boden hockte. „Geh und hol mir die Requisite", befahl Florus. Der Knabe sprang auf und sauste los. Wenig später erschien „die Requisite", zwei Männer, einer jung, der andere mittleren Alters, der ältere klein, der junge groß. Sie trugen ähnliche Tuniken, ähnliche Schuhe, hatten beflissene Mienen und bewegten sich mehr oder weniger synchron, wie sie auch meistens zu zweit auftraten, einer nie ohne den anderen, eifrig lächelnd und, wenn sie nicht gerade etwas gefragt wurden, worauf meist der Ältere antwortete, ständig miteinander flüsternd, als ob sie die wichtigsten Geheimnisse teilten – dabei ging es ausschließlich um die Aufgabe, die ihnen oblag, um die kostbaren Schätze, die sie im Keller horteten, vom Wachstäfelchen mit Griffel bis zum Fass des Weinhändlers, von der Keule des Herkules bis zum Bogen des Amor, von der Grabstele aus bemaltem Holz, die von weitem nicht vom Original aus Marmor zu unterscheiden war, bis zum ägyptischen Rückenkratzer aus Ebenholz.

„Haben wir Flügel?", fragte Florus die beiden, und beide nickten gleichzeitig, eifrig und lächelnd. „Kann ich sie sehen?", fuhr Florus fort, was ein weiteres lächelndes Nicken zur Folge hatte, woraufhin die Requisiteure sich synchron umdrehten, um in ihrem Fundus auf die Suche nach dem Verlangten zu gehen. Eine Weile später erschienen sie wieder, jeder mit einem Paar kunstvoll gefertigter Flügel zum Umschnallen in den Händen. Das eine Paar war rosa, das andere am Ansatz hellblau, die Schwingen dagegen schwanenweiß. Stolz präsentierten sie ihre Trophäen Florus. Der betrachtete die Flügelpaare kritisch und schüttelte dann den Kopf. „Zu klein", sagte er bedauernd.

„Wir haben die hier für den ‚Verprügelten Amor' benutzt", erläuterte der Ältere und hob das rosa Paar. „Und das andere für ‚Amor und Psyche'."

„Aber jetzt brauchen wir eins für den Engel Gabriel, einen erwachsenen Mann", verkündete Florus. „Wie viel Zeit benötigt ihr dafür?"

„Kommt drauf an, wie schnell wir die Federn bekommen", erwiderte der Requisiteur. „Reine Arbeitszeit drei Tage."

Florus überlegte. „Heute haben wir den zweiten Tag nach den Nonen. Am dritten Tag nach den Iden will ich die Flügel fertig sehen. Das Geschirr muss Gaudentius hier passen." Er wies auf den Schauspieler, der neben ihm stand.

Die beiden Requisiteure sahen sich an, dann vermaßen sie den Neuen mit den Augen, ehe sie eifrig lächelnd zu Florus nickten, sich synchron umdrehten und, beständig miteinander flüsternd, in ihren Katakomben verschwanden.

„Gut, das hätten wir also", sagte Acilius. Er klatschte in die Hände, woraufhin der Knabe von vorhin strammstand, aufmerksam den kleinen Kopf gereckt. „In einer Stunde will ich alle Beteiligten auf der Probebühne sehen", befahl der Impresario. „Sag den Kollegen Bescheid, hörst du?" Der Junge nickte und rannte los. Ein paar der Schauspieler waren schon im Gebäude, aber der Rest befand sich zu Hause oder auf dem Forum, und das hieß, er musste sich beeilen, um sie alle rechtzeitig zusammenzutrommeln.

Die Probebühne, ein langgestreckter Raum von etwa zehn Schritt Breite und acht Schritt Tiefe, befand sich im ersten Stock des Theatergebäudes, über dem Fundus, der Schneiderei und den Werkstätten, wo die Masken für die Pantomime hergestellt und repariert wurden und die Künstler vor allem damit beschäftigt waren, Perücken für den Mimus zu knüpfen.

Acilius und Gaudentius waren die Letzten, die kamen. Noch in der Tür hörten sie, wie einer der Schauspieler einen Witz erzählte: „Ein Scholasticus wollte sehen, ob es ihm gut stände, wenn er schliefe. Da stellte er sich vor den Spiegel und schloss die Augen."

Alles lachte. Ein junger Mann mit kurzen braunen Haaren und rötlichem Fünftagebart sagte: „Das war kein Scholasticus, das war Tertius, der eitle Gockel. Der läuft seit neuestem immer mit leicht nach links geneigtem Kopf rum, weil er glaubt, dadurch besonders intelligent auszusehen."

Gelächter belohnte seine Bemerkung, die selbstverständlich einem nichtanwesenden Kollegen galt, doch gleich darauf trat eine ernüchterte Stille ein, als man den Archimimus und Gaudentius bemerkte.

Gaudentius kannte einige schon vom Sehen, man hatte sich flüchtig auf dem Gang gegrüßt oder war sich kurz vorgestellt worden. Für die heutige Probe waren nur diejenigen geladen, die Sprechrollen hatten; die Statisten brauchte man noch nicht. Er sah in erwartungsvolle, dabei distanzierte Gesichter; man taxierte einander ohne Feindseligkeit, aber auch ohne Wärme.

„Ich möchte euch euren neuen Kollegen Gaudentius vorstellen", begann Acilius. „Er kommt aus Noviodunum in Westgallien, wo er am Theater engagiert war. Ich freue mich besonders darüber, dass wir nicht nur einen erfahrenen neuen Kollegen gewinnen konnten, sondern einen, der auch als Mimograph tätig ist. Daher werden wir den Anubis in einer neuen Fassung spielen, die Gaudentius eingerichtet hat. Und weil er derjenige ist, der das Stück am besten kennt, wird er es auch inszenieren." Er wandte sich an Gaudentius. „Sei so gut und sage ein paar Worte zu dem Stück, ehe wir die Rollen verteilen."

Gaudentius trat vor. In den Mienen der Schauspieler hatte sich nichts verändert. Sie warteten ab, unentschieden, lauernd, und er wusste, dass sich in diesen kurzen Augenblicken entscheiden würde, ob man ihn wohlwollend aufnahm, ob man ihn zappeln ließ oder ob man ihn sogar vehement ablehnte.

„Danke, Acilius", sagte er. „Ich freue mich sehr, in der kaiserlichen Residenz weilen zu dürfen, ich freue mich auf die Arbeit mit euch allen. Acilius hat in meinem Lebenslauf aber höflicherweise eine Kleinigkeit unterschlagen, die ich hier nachreichen möchte. Ich war zwar Schauspieler am Theater von Noviodunum, doch dieses Theater gibt es seit acht Jahren nicht mehr. Die Stadt wurde vollständig christianisiert. Um zu überleben, habe ich seitdem als Wanderschauspieler gearbeitet, landauf, landab, zuletzt in Mogontiacum. Es war keine leichte Zeit, denn ich hatte keinen Patron mehr ...", er hob Daumen und Zeigefinger und rieb sie aneinander, „... aber auch niemanden, der mir sagte, was ich zu tun oder zu lassen hätte.“ Nun wackelte er mahnend mit dem Zeigefinger. Einzelne Zuhörer grinsten. „Also begann ich eigene Stücke zu verfassen und auszuprobieren. Dieses hier“, er holte eine Schriftrolle aus einem Bündel, das er mitgebracht hatte, „heißt ‚Der Engel Gabriel‘ und basiert auf dem guten alten Anubis, bloß, dass die Verführte eine Christin ist und der Gott ein christlicher Engel. Es wurde bisher überall sehr gut aufgenommen, und Acilius meint, dass es auch hier, in großer Besetzung, zum Dauerbrenner werden könnte. Ich werde das Stück bei Acilius hinterlegen. Jeder von euch soll es lesen, sich seine Rolle ausschreiben und einigermaßen vorbereitet auf die Proben kommen. Möchtest du gleich die Besetzung ansagen?“, fragte Gaudentius den Archimimus.

Acilius nickte. „Gaudentius wird den Engel Gabriel beziehungsweise den Mönch Senilius Sacratus spielen, ich selbst übernehme die Rolle des Richters.“ Mit lauter, deutlicher Stimme, verkündete er dann: „Apronius, Ehemann der Domina Albana: Gabso.“

Ein älterer Schauspieler mit schütterem blonden Haar und trockenem Gesicht, das um die Augen voller Lachfalten war, kam zu Gaudentius und schüttelte ihm kräftig die Hand. „Hast hoffentlich nicht vor, selber Christ zu werden“, dröhnte er. „Deinen Vorgänger hat’s erwischt.“

Gaudentius lachte. „Keine Sorge, ich bleibe euch erhalten.“

„Was bist du für einer, wenn ich fragen darf?“, fuhr der Schauspieler mit dem germanischen Namen fort.

Gaudentius zögerte kurz, dann sagte er: „Ich bete zu Mithras, dem felsgeborenen Gott, der über den Kosmos herrscht und die Himmelsachsen bewegt, Zeitalter für Zeitalter.“

Gabso nickte und reichte ihm erneut die Hand. „Bruder. Du kannst mit mir in die Loge kommen. Welchen Rang hast du?“

„Corvus“, antwortete Gaudentius. „Ich bin noch relativ neu.“

Acilius, der das Privatgespräch ungeduldig verfolgt hatte, mischte sich ein: „Später, Gabso. Lass uns weitermachen.“ Der Schauspieler trat zurück, nicht ohne Gaudentius noch ein Zeichen zu geben, dass man reden müsse. Acilius setzte seine Auflistung fort: „Soccus, Diener des Senilius Sacratus: Hieronymius.“

Hieronymius nickte nur, ohne Gaudentius zu grüßen oder auch nur in die Augen zu sehen.

Acilius fuhr fort: „Domina Albana, Geliebte des Senilius Sacratus sowie des Engels Gabriel: Marcia.“

Marcia, die sich bisher im Hintergrund gehalten hatte, kam nach vorn. „Willkommen bei unserer Truppe", sagte sie freundlich.

Er suchte ihren Blick, aber sie schien unverbindlich durch ihn hindurchzusehen. „Danke", antwortete er und lächelte höflich. In ihrer Reserviertheit schien nichts Feindseliges zu liegen. Sie war eben die anerkannte Diva.

„Wenn ihr gestattet", wandte sie sich an die Runde, „möchte ich den Text gern als Erste einsehen. Ich komme nachher bei dir vorbei, Acilius." Es war klar, dass sie keinen Widerspruch erwartete, und es meldete sich auch niemand zu Wort.

„Ancilla, Zofe der Domina Albana: Origo", trompetete Acilius nun.

Eine sehr junge Frau, fast noch ein Mädchen, mit tiefschwarzem glattem Haar und hellblauen Augen, eilte auf Gaudentius zu und lächelte ihn fröhlich an. „Wie nett, dich kennenzulernen", sagte sie mit frischer Stimme und gepflegter Aussprache. „Wir waren alle so gespannt darauf, wen Acilius aus Mogontiacum mitbringen würde."

Gaudentius lächelte. An Origo war alles rund: das Gesicht, die Augen, die Schultern, die Hüften, selbst die Hände. Ihre Bewegungen waren so flink wie ihre Blicke, die lebhaft hin- und hergingen, niemanden in der Runde ausließen, als fordere sie die Umstehenden beständig auf, bei dem Spiel, das sie mit der Person trieb, mit der sie gerade sprach, das Publikum zu geben.

„Nun, jetzt bin ich da", erwiderte er.

Origo sah anbetend zu Gaudentius auf. Sie legte ihm die freie Hand auf den Arm. „Gefällt es dir ein bisschen?", schnurrte sie.

Acilius seufzte im Stillen. Origo volle Fahrt voraus! Er nahm an, dass es keine Woche dauern würde, bis sie mit Gaudentius eine Affäre hatte. Doch da verrechnete er sich um sieben Tage.

Der Schauspieldirektor unterbrach das Geplänkel, indem er die übrigen Darsteller aufrief, denn es gab noch einige kleinere Rollen zu verteilen, und nachdem alle Bescheid wussten, erläuterte Gaudentius die einzelnen Szenen. „Das Stück hat fünf Aufzüge", begann er. „Der erste spielt in der Kirche. Die verheiratete Albana kommt zu Bruder Senilius Sacratus, einem Säufer, Fresser und Hurenbock, der es durch Beredsamkeit in der Stadt geschafft hat, wie ein Heiliger verehrt zu werden. Er fragt Albana, ob sie einen Liebhaber habe ..."

Während Gaudentius den Inhalt resümierte, blickte er in die Runde. Obwohl die Stimmung kühl war, spürte er, dass die Kollegen ihm aufmerksam zuhörten. Er konnte förmlich sehen, wie hinter ihrer Stirn die Bilder abliefen. Es ging ihnen wie ihm selbst: Jeder imaginierte sich bereits in seiner Rolle, sah sich in roh angerissenen Szenen agieren, sah Gesten, Blicke, stellte sich vielleicht sogar schon Reaktionen des Publikums auf eine gelungen extemporierte Replik, eine komische Sentenz vor.

„... Fünfter Aufzug: Prozess gegen Senilius Sacratus, bei dem alle seine Schandtaten ans Licht kommen. Große Spott- und Prügelszene. Ende", schloss Gaudentius. „Ich bin offen für Improvisationen; nehmt meinen Text als Leitfaden. Ich bin gespannt, was ihr daraus macht."

„Mir gefällt das Stück", sagte Marcia lächelnd zu Gaudentius. „Bekomme ich übrigens ein Lied?"

Gaudentius erwiderte ihren Blick. Jetzt, da sie lächelte, begriff er, weshalb Acilius auf der Reise von Mogontiacum nach Treveris so von ihr geschwärmt hatte. Sie war wirklich schön. Nicht mehr ganz jung, aber ihr Lächeln verwandelte ihr ganzes Gesicht, gab ihr etwas flirrend Sinnliches. „Du bekommst mindestens drei Lieder", versicherte er und musste sich räuspern, weil ihm plötzlich die Kehle ganz trocken war. Er war sich im Klaren darüber, dass die Kollegen sich vermutlich bestens amüsierten, ironische Blicke flogen, Hieronymius flüsterte seinem Nachbarn grinsend etwas ins Ohr. Gaudentius tat, als bemerke er es nicht. „Ich habe schon mit Vitalis geredet", sagte er zu Marcia. „Sprecht euch am besten direkt ab."

„Mache ich. Danke", sagte sie, immer noch lächelnd. „Wann proben wir szenisch?"

Gaudentius blickte in die Runde. „Da Marcia als Erste ihre Rolle ausschreiben will, fange ich nachher mit ihrer und meiner Szene in der Kirche an. Morgen dann eventuell dazu Origo und Hieronymius. Hat sonst noch jemand Fragen? Nein? Dann machen wir erstmal Mittagspause."

Die Schauspieler zerstreuten sich. Acilius blieb mit Gaudentius allein zurück. „Und?", fragte Acilius den jungen Kollegen. „Bist du zufrieden?"

Gaudentius nickte. „Es ist eine Wohltat, mal wieder mit erfahrenen Kollegen zu arbeiten. Ich werde dich nicht enttäuschen."

Acilius klopfte ihm zustimmend auf die Schulter. Damit ging auch er. Gaudentius blieb noch einen Moment nachdenklich in dem kahlen Raum stehen, als sei er noch nicht richtig angekommen. Gerade noch in Mogontiacum bei einer Wandertruppe, jetzt allein verantwortlich für ein Stück auf großer Bühne in der kaiserlichen Residenz Treveris. Allein. Automatisch fasste er sich ans Auge. Es war über eine Woche her, seit Sabina ihm das Veilchen verpasst hatte, aber immer noch war oberhalb des linken Wangenknochens ein kleiner blauer Fleck zu sehen. Er schüttelte den Kopf. Er hatte sich nichts vorzuwerfen. Sie war entschädigt worden. Ihre Kinder waren nicht von ihm. Sie war zäh, und wenn sie einigermaßen wirtschaftete, würde sie durchkommen, auch ohne ihn. Sie war auch vorher ohne ihn zurechtgekommen. Und doch – sie hatten gut zusammengearbeitet. Er hatte sie gemocht. Sie war ein Stück weit sein Leben geworden, der Karren seine Heimat. Was jetzt kam – wer konnte es wissen? Gedankenverloren blieb er stehen, wo er war, stützte sich mit einer Hand an der Wand ab und ließ es zu, diesem Moment zwischen Vergangenheit und Zukunft Raum zu geben, ihn zu spüren als eine große Leere, die Leere zwischen Ende und Neubeginn.

Acilius stand mit Florus im Atrium und erzählte ein wenig von der Reise. Die beiden lachten gerade über etwas, als Marcia aus der Tür eines Übungsraums kam. Sie trug ihre Palla und hatte ihre Dienerin bei sich. Ohne eine Gesprächspause der Männer abzuwarten, fragte sie zornbebend: „Acilius, wo ist Dexter? Niemand kann mir sagen, wo er steckt."

„Er ist nicht wieder mitgekommen", erwiderte Acilius bedauernd.

„Warum?" Nun klang ihre Stimme erschrocken. „Ist ihm etwas zugestoßen?" Sie fasste Acilius am Ärmel. „Bitte ..."

„Nein, Marcia, es ging ihm gut, als wir ihn verlassen haben."

„Ihr habt ihn verlassen?" Sie verstand nicht. „Hat er sich schlecht benommen?"

„Er war nicht böse, im Gegenteil, er hat uns einen Dienst erwiesen. Dexter ist in Mogontiacum geblieben, als Pfand für Gaudentius", erklärte Acilius.

„Als Pfand?", fuhr sie auf. „Aber du hattest doch Geld dabei für die Ablöse! Das Geld plus Dexter wäre ein wahrhaft stolzer Preis für einen wandernden Schauspieler wie Gaudentius!"

„Eben“, erwiderte Acilius ruhig. „Seine Partnerin wollte ihn nicht gehen lassen. Ich konnte ihr natürlich nicht das ganze Geld geben – wie hätte ich das Viventius erklären sollen? Daher bekam sie Dexter.“

„Das hast du von Anfang an geplant!“, rief sie aufgebracht. „Du hast mir nicht die Wahrheit gesagt, Acilius. Du hast mir vorgemacht, Dexter solle dich unterwegs unterhalten, dabei wolltest du ihn verhökern. Und das, obwohl du genau wusstest, dass ich ihn brauche!“

„Nein, Marcia, du irrst dich. Ich habe es nicht geplant. Es hat sich einfach so ergeben.“

„Du hättest dieser Frau überhaupt nichts geben müssen. Weder Geld noch Dexter!“, fauchte Marcia. „Gaudentius wäre auch so mitgekommen. Schließlich hast du ihn von der Straße geholt.“

„Sabina, seine Partnerin, habe ich jedoch nicht von der Straße geholt, und das hat sie sich zu Recht teuer bezahlen lassen. Sie hat ihren Beschützer, ihren Versorger verloren. Hättest du es lieber gehabt, dass sie verhungert? Dexter ist ein begabter kleiner Akrobat. Er unterhält die Leute mit seinen Späßen, mit seiner Musik. Das bringt oft mehr Geld ein als eine kleines Schauspiel.“

„Es wäre mir gleichgültig, wenn sie verhungert. Und dir doch auch, Acilius! Nicht gleichgültig ist mir jedoch, dass du den Jungen weggegeben hast. Meinen Dexter ...“ Ihre Stimme wurde rau, und sie schluckte. „Das verzeihe ich dir nie, Acilius.“ Damit wandte sie sich ab und eilte davon.

Acilius und Florus schauten sich betreten an.

„Sie hing sehr an dem Jungen, warum auch immer“, sagte Florus. „Hättest du nicht ... ?“

„Nein, hätte ich nicht“, antwortete Acilius hart. „Um ehrlich zu sein, als ich ihn dieser Sabina überließ, habe ich nicht daran gedacht, dass Marcia so vernarrt in den Jungen ist.“

„Vielleicht war es ein Fehler, ihn nicht wieder mit nach Hause zu nehmen“, meinte Florus leise.

Acilius schüttelte den Kopf und seufzte. „Sie wird drüber hinwegkommen. Es ist doch nur ein Sklave, keine große Sache.“

Florus war skeptisch. „Ich wünschte, du hättest es nicht getan. Ich spüre, dass es etwas bedeutet. Und zwar nichts Gutes.“

Acilius verdrehte die Augen. „Was bist du für ein Schwarzseher, Florus! Was soll es denn bedeuten? Ich hatte keine andere Wahl und damit Schluss der Diskussion."

„Wie du meinst, Acilius." Florus seufzte. „L...", begann er, doch Acilius kam ihm zuvor.

„Lausige Zeiten, ja ja, ich weiß, mein Lieber." Und damit trennte sich der Archimimus von seinem alten Freund und ging hinunter in die Werkstätten, um die Kulissen für den „Engel Gabriel" zu besprechen.

Gaudentius, der immer noch tief in Gedanken auf der Probebühne stand, eine Hand gegen die Wand gestützt, tauchte nur langsam aus seiner Versunkenheit auf. Er brauchte einen Augenblick, um sich zu sammeln, dann löste er sich aus seiner Position und verließ den Raum. Er ging durch die Kryptoportikus hinüber ins Haus, wo er vorübergehend im oberen Stock ein Zimmer bezogen hatte. Das Zimmer hatte ein schönes großes Fenster zum Atrium, aber der Raum selbst war klein, es gab nur ein Bett, eine Truhe, einen dreibeinigen Tisch und einen Klappstuhl. Gaudentius trat ein, machte die Tür hinter sich zu, öffnete das Fenster, klappte die äußeren Läden auf und machte die inneren wieder zu, so dass durch das durchbrochene Muster Licht ins Zimmer fiel. Dann ließ er sich, angezogen wie er war, aufs Bett fallen. Ein neuer Anfang. Ein neues Leben. Er starrte an die rotgetünchte Decke. Eine Wohnung finden. Ein Stück inszenieren. Theater spielen. Ich habe nochmal verdammt Glück gehabt, dachte er, drehte sich auf die Seite und schloss die Augen.

In diesem Moment klopfte es an die Tür.

Gaudentius wälzte sich zurück und setzte sich auf. „Was ist?", rief er mürrisch.

Die Tür wurde geöffnet, und Origo schlüpfte ins Zimmer. Sie lächelte Gaudentius kurz zu, während sie die Tür verriegelte. Dann ging sie zum Fenster, öffnete es, klappte die äußeren Läden soweit zu, dass niemand hereinschauen konnte, aber dennoch ein wenig Licht vorhanden war, schloss die inneren Flügel wieder, und als sie diese Dinge getan hatte, ganz selbstverständlich und zielstrebig, als täte sie genau dies jeden Nachmittag, trat sie auf Gaudentius zu, der immer noch überrascht und nicht besonders erfreut auf der Bettkante saß. Sie nestelte ein winziges Glasfläschen mit weißblauem Schlierenmuster vom Gürtel und stellte es auf den dreibeinigen Holztisch neben dem Bett. Sie löste ihren Gürtel und ließ ihn fallen. Sie griff hinauf zur linken Schulter und ließ erst die eine Spange aufspringen, die ihre Tunica dort zusammenhielt, dann tat sie dasselbe auf der anderen Seite. Das Gewand fiel fast lautlos zu Boden und gab ihre üppigen Brüste frei. Gaudentius rührte sich nicht. Er sah ihr zu, sah ohne sichtbare Gemütsregung, wie sie sich vor ihm auszog, und erst, als sie mit kokettem Hüftschwung ihren nackten Körper in Bewegung versetzte, kam Leben in ihn. „Ich ...", begann er, doch da war sie schon bei ihm und drückte ihn mit mehr Kraft, als er bei ihr vermutet hatte, zurück in die Kissen. Gleich darauf kniete sie über ihm. Ihre blauen Augen wirkten im Dämmerlicht dunkler, aber er nahm dennoch wahr, wie sie strahlten. „Du bist so schön", flüsterte sie und begann, ihn auszuziehen. Sie streichelte seine Arme, seine Brust. „Deine Haut ist so zart." Sie beugte sich vor und küsste ihn auf den Mund, auf die Augen. „Du hast Wimpern wie ein Mädchen, so lang und dicht", kicherte sie.

Er fasste sie an den Armen und richtete sich auf. Sie kniete auf seinen Oberschenkeln, nicht im Mindesten verlegen. „Und wenn du damit sagen willst, ich vögle wie ein Eunuch, dann irrst du dich", knurrte er, mittlerweile entschlossen, zu nehmen, was sie ihm so bereitwillig anbot. Daraufhin kicherte sie noch mehr, doch wenn er gedacht hatte, er könne nun die Führung übernehmen, so täuschte er sich. Origo war trotz ihrer Jugend eine verspielte kleine Erfahrene, und sie sah zu, dass sie auf ihre Kosten kam, ehe sie nach dem Glasfläschchen griff, das reines Salböl enthielt, und ihm damit klarmachte, welche Art der Vereinigung sie bevorzugte, um einer Schwangerschaft zu entgehen.

Eine Weile später lagen sie entspannt nebeneinander auf dem schmalen Bett.

„Tust du das immer, wenn ein neuer Kollege kommt?", fragte Gaudentius und strich ihr zart über die Wange bis hinunter zum Hals und weiter bis zu ihrer Brust, wo er mit dem Finger ihre Brustwarze umkreiste und, wie um seiner Frage Nachdruck zu verleihen, einen Punkt auf die dunkle Knospe setzte.

„Für was hältst du mich", schmollte sie. „Ich hatte vor dir, warte ..." Sie zählte an den Fingern ab. „Zwei, drei, vier – nein, sagen wir, dreieinhalb Liebhaber. Aber du ... ich weiß nicht." Sie brach ab und wandte ihm ihr Gesicht ganz zu. „Du bist etwas

Besonderes. Ich kann mich einfach nicht beherrschen. Ich muss dich einfach immerzu anschauen und schön finden und anfassen. Als ich dich heute auf der Probe das erste Mal gesehen habe, da habe ich ... Ich weiß nicht. Du kannst mich wegschicken, wenn du willst, aber das wird nichts daran ändern, dass ich dich liebe."

Er lachte und legte ihr einen Finger auf die Lippen. „Nicht so schnell, Origo. Sag, wie alt bist du?"

„Neunzehn. Und du?"

„Achtundzwanzig."

Sie sah ihn an, schwieg, sah ihn weiter an. Lange. Endlich lächelte sie. „Du bist so schön", sagte sie in kindlichem Ton.

Gaudentius lachte laut. „Zarte Haut, Wimpern wie ein Mädchen. Jetzt sag nur noch, ich solle am besten Frauenkleider tragen."

„Ich mag Männer in Frauenkleidern", antwortete sie ganz ernsthaft. „Früher, ganz früher, haben Männer in den Theaterstücken auch die Frauenrollen gespielt. Sie haben Masken getragen und Frauenkleider angehabt. Heute tun das nur noch die Pantomimen. Ich schaue mir gern eine Pantomime an. Es ist eine so andere Welt als unsere. Bei uns Schauspielern ist alles derb, halt wie im richtigen Leben. In der Pantomime ist alles entrückt, schwebend, Musik und Tanz – ein Traum. Wenn ich nochmal geboren werde, möchte ich Tänzer werden."

„Bist du schon lange hier am Theater?", fragte Gaudentius.

Sie nickte. „Ewig. Seit meiner Geburt. Meine Eltern waren Schauspieler. Meinen Vater kenne ich nicht. Er ist abgehauen, als ich noch ganz klein war. Acilius hat mal durchblicken lassen, er habe einen Kollegen erstochen. Aus Eifersucht. Kein Mensch weiß, wo er ist, ob er noch lebt oder tot ist. Mich interessiert es nicht. Meine Mutter war das, was Marcia heute ist. Die Prima Domina. Aber sie ist an einer Zwillingsgeburt gestorben. Schon lange her. Ich bin ein Ziehkind von Acilius und Florus."

„Sind die beiden zusammen?"

„Auf jeden Fall waren sie es früher mal. Jetzt hat zumindest jeder von ihnen sein eigenes Domizil. Ich habe immer hier in diesem Gebäude gelebt, erst ganz unterm Dach, später in diesem Zimmer hier, das du jetzt bewohnst. Mittlerweile habe ich zwei Räume ganz für mich. Wirst du dir eine Wohnung suchen?"

„So bald wie möglich", sagte Gaudentius. „Gabso meinte, er könne mir behilflich sein."

„Gabso ist ein Schwätzer", meinte Origo und zog die Stirn in Falten. „Glaub immer nur die Hälfte von dem, was er sagt. Er ist Germane."

Gaudentius musste über die Ernsthaftigkeit ihres Schlusses lachen. „Vielen Dank für all diese Informationen", sagte er.

„Du wirst sie brauchen", erwiderte sie sachlich. „Nimm dich vor Hieronymius in acht. Er ist wütend auf Acilius, weil er dachte, er wird Nachfolger von Favor. Das ist der, der Christ geworden ist und uns verlassen hat. Aber Hieronymius ... ich will nichts Schlechtes über ihn sagen, aber er ist ... nun, er ist einfach nur ein mittelmäßiger Schauspieler. Das heißt, nein, das stimmt nicht. Er passt für alles Derbe, für den Diener, den Boten, den Stammler, den Haudrauf und so weiter. Und er ist gut, wenn er einen guten Partner hat. Er kann nämlich nur mäßig improvisieren. Er braucht jemanden, der ihm die Stichworte gibt. Allerdings glaubt er von sich, er sei genial ..." Sie schwieg einen Moment.

„Es war nicht zu übersehen, dass er mich nicht mochte", bemerkte Gaudentius. „Aber das gibt es immer, wenn man neu irgendwo hinkommt. Ich bin gespannt, wie er auf der Szene ist."

Origo sah zu ihm auf. „Sei trotzdem vorsichtig."

„Das ist nicht meine Art", erwiderte er leichthin. „Ich habe festgestellt, dass Offenheit und Sympathie besser sind. Was ist mit Marcia, da wir schon mal dabei sind?"

„Mit Marcia?", wiederholte sie spröde. „Was soll mit ihr sein?"

Er küsste Origo auf die Nasenspitze. „Nicht eifersüchtig sein. Erzähl mir was von Marcia."

Origo stützte sich auf einen Ellbogen und legte den Kopf in den Nacken, so dass ihr glattes schwarzes Haar, das sich gelöst hatte, über die Bettkante bis fast auf den Boden fiel. Sie starrte an die Decke. „Marcia. Divina Marcia", sagte sie in gespielt schmachtendem Tonfall. „Der Stern am Bühnenhimmel. Der Traum aller Männer." Origo verließ ihre Pose, setzte sich ruckartig auf und schlang die Arme um die angezogenen Knie. „Marcia ist eine gute Schauspielerin", sagte sie nüchtern. „Sie arbeitet hart. Du wirst feststellen, dass sie in den Proben nicht locker lässt. Sie will immer nochmal, bis es sitzt. Vor der Vorstellung, besonders vor der allerersten, ist sie entsetzlich nervös. Manchmal muss sie sich sogar übergeben. Auf der Bühne, während der Vorstellung, merkt man von all der Nervosität und Plackerei dann nichts mehr. Da ist es pure Leichtigkeit, verschwenderischer Witz, als käme alles von selbst."

„Ist sie dein Vorbild?", fragte Gaudentius sanft.

Origo blickte beiseite. „Sie beherrscht ihr Handwerk, aber ... sie ist mir zu kalt", gestand sie. „Sie hat wenig mit uns anderen Kollegen zu tun. Sie hält sich meist abseits. Ihre Liebhaber sind reich und verheiratet. Wir wissen eigentlich kaum etwas von ihr."

„Sie ist nicht von hier, oder?"

Origo schüttelte den Kopf. „Nein. Acilius hat mir mal erzählt, sie sei in Minturnae geboren. Das ist irgendwo im Süden Italiens. Sie selbst sagt immer nur, sie sei aus Rom. Als sie hierher kam, war ich erst zwölf. Damals, am Anfang, hat sie viel von Rom erzählt. Von der riesigen Stadt, dem Licht, der Wärme, den vielen Bühnen, der Liebe der Römer zum Theater. Wenn man sie von Rom erzählen hörte, konnte man glauben, es seien die elysischen Gefilde. Ich glaube, sie hatte ziemlich Heimweh. Sie hat immer gefroren."

„Warum ist sie dann nach Treveris gekommen?"

„Ach, ich weiß nicht. Ich habe Acilius mal gefragt. Er meinte, in Rom habe sie nur kleine Rollen gespielt und sie sei mit einem kaiserlichen Beamten liiert gewesen, der sie mitgenommen habe, als Gratianus nach seinem Rombesuch zurück nach Treveris ging."

„Wie alt ist sie?", wollte Gaudentius wissen.

„Keine Ahnung. Das wird wohl nie jemand erfahren." Origo schwieg. Gaudentius wartete noch eine Weile, doch offensichtlich hatte seine junge Gefährtin keine Lust mehr, sich über Marcia zu verbreiten. Sie saß nachdenklich da, die Arme immer noch um die Knie geschlungen, und starrte vor sich hin. Gaudentius setzte sich auf die Bettkante und griff nach seiner Tunica. Draußen auf dem Gang waren Stimmen zu hören. Das Gebäude belebte sich nach der Mittagspause. Aus dem unteren Stockwerk tönten Flötenklänge, immer wieder dieselben Läufe. Es mussten mehrere Instrumente sein, denn es klang scheußlich kakofon. Offenbar hatten zwei oder drei Musiker gleichzeitig angefangen zu üben.

„Ich muss zur Probe", sagte Gaudentius, stand auf und begann, sich anzuziehen.

Origo sah zu ihm auf. „Bist du verliebt in Marcia?", fragte sie.

Gaudentius lachte. „Ich bin in überhaupt niemanden verliebt", antwortete er.

„Möchtest du mich wiedersehen?"

Er streifte seine Tunica über und gürtete sich. „Ich werde dich jeden Tag sehen, Origo", gab er zurück.

„Nein, das meinte ich nicht", fuhr sie auf, doch ihre Stimme war ganz leise.

Er kam zu ihr, sah auf sie hinunter und musste lächeln, weil er daran dachte, wie stürmisch und freizügig sie diesen Raum betreten hatte, um ihn zu verführen, und wie sie jetzt da saß, jung und schüchtern, als habe sie das erste Mal mit einem Mann das Bett geteilt. „Schau mich an", forderte er. Sie hob folgsam den Kopf. „Ja, ich will dich wiedersehen, Kleine", sagte er. „Aber das nächste Mal bestimme ich den Zeitpunkt. Verstanden?"

Sie nickte und hatte plötzlich Tränen in den Augen. Unvermittelt sprang sie auf und fiel ihm um den Hals. „Du bist so schön", flüsterte sie und schluchzte ein bisschen.

„Verrücktes Ding", sagte er zärtlich und küsste sie. „Zieh dich an und warte, bis da draußen keiner mehr rumläuft, ehe du gehst." Damit ging er zur Tür, entriegelte sie und verließ das Zimmer Richtung Probebühne.

Im Untergeschoss, kurz, ehe er die Kryptoportikus erreichte, wäre er fast mit Marcia zusammengestoßen, als er um die Ecke bog. Sie erschrak, denn sie hatte ihn nicht gehört, weil sie immer noch so wütend und traurig war, dass sie um sich herum kaum etwas wahrnahm.

„Entschuldige", sagte Gaudentius und ließ ihr den Vortritt.

Sie rauschte vorbei, kein Wort an den neuen Kollegen richtend. Sie war kurz zu Hause gewesen, um zu essen. Danach war sie ins Theater zurückgeeilt, weil sie sich umziehen wollte, denn bei einer Probe trug sie, abergläubisch wie sie war, immer eine ganz bestimmte Tunica, ein altes, mehrfach geflicktes Ding, das sie in ihrem Ankleideraum aufbewahrte und von dem sie glaubte, dass es ein Talisman sei – zum Gelingen einer Produktion unerlässlich. Die Wut über Acilius' Verrat, wie sie es nannte, war noch zu präsent, als dass sie Gaudentius gegenüber hätte höflich sein können. Schließlich war er der Grund, weshalb Dexter jetzt nicht mehr bei ihr war. Sie hatte nicht die geringste Lust, mit einem fahrenden Komödianten ein neues Stück zu erarbeiten. Gaudentius hatte heute Morgen keinen schlechten Eindruck auf sie gemacht – seine Stimme klang angenehm, er schien Humor zu haben, und was er sagte, verriet Wachheit, Intelligenz und eine große Leidenschaft für seinen Beruf. Doch das war vor ihrem Gespräch mit Acilius gewesen. Sie fand Gaudentius nicht attraktiv; er hatte etwas irritierend Weiches in seinen Gesichtszügen, und Marcia konnte ihm nicht verzeihen, um welchen Preis er hergekommen war. Sie ging also vor ihm her, und erst, als sie die Probebühne erreicht hatte, blieb sie vor der Tür stehen, drehte sich um und sagte, als habe sie Gaudentius gerade erst entdeckt: „Oh, entschuldige. Wie unhöflich von mir. Ich war so in Gedanken."

„Kein Problem", erwiderte er lächelnd. „Ich war froh, dir einfach folgen zu können, denn ich verlaufe mich ständig in diesem Theater."

„Das gibt sich bald", erwiderte sie knapp.

Sie betraten Seite an Seite den Probenraum. Die Requisite hatte freundlicherweise für den Klappstuhl und die Trennwand gesorgt, hinter der das erste Gespräch zwischen Albana und dem lüsternen Senilius Sacratus stattfinden sollte. Ansonsten war der Raum leer. Die Nachmittagssonne fiel schräg durch die Fenster und gab weiches Arbeitslicht. Marcia legte ihren Umhang ab und schritt mehrmals quer durch den Raum, als wolle sie ihn mit Körper und Geist vermessen, in Besitz nehmen. Und wie immer stellte sich hier sogleich die Lust an der Arbeit ein, die Neugier auf die Figur, die sie zu spielen hatte. Marcia spürte, wie der Groll von ihr abfiel und die Spielfreude die Oberhand gewann. Wenn Gaudentius derjenige war, mit dem sie jetzt zu arbeiten hatte, nun, dann würde sie es tun. Marcia hob die Textrolle. „Ich habe übrigens ein paar Ideen. Wollen wir sie gleich besprechen oder im Verlauf der Probe, wenn wir an die Stellen kommen?"

Gaudentius hatte sie beobachtet. Ihm war ihre Reserviertheit nicht entgangen, darunter meinte er, sogar etwas wie Wut zu spüren. Wut auf ihn? Welchen Grund konnte er ihr gegeben haben? Er war ihr neu, fremd, vielleicht nicht einmal sonderlich sympathisch. Doch Wut? Origo fiel ihm ein. Hatte das kleine Miststück etwa bereits mit ihrer Eroberung geprahlt? Aber selbst wenn – was konnte Marcia deswegen in Wut versetzen? Er bildete sich nicht ein, ein Mann zu sein, in den sich Frauen beim ersten Anblick verliebten, von Origo einmal abgesehen ... Wie er es auch drehte und wendete – er fand keine Erklärung. Deshalb war er umso dankbarer, als Marcias Stimmung umschlug, nachdem sie den Raum betreten hatte. Manchmal waren Frauen einfach rätselhaft, damit musste man sich abfinden. „Ich denke, wir besprechen deine Vorschläge gleich“, sagte er, seine Chance ergreifend. „Wir haben Zeit, kein Kollege wartet darauf, an die Reihe zu kommen. Das sollten wir nutzen.“

x. Kapitel

Geheilt von den Dämonen, dafür abgemagert und mit wackligen Knien, wanderte Britto, Bischof von Treveris, schließlich wieder zurück in die Stadt. Er wusste nicht genau, wie viele Tage vergangen waren, seit er sich in die Obhut des Alten begeben hatte. Jedenfalls musste es eine ganze Weile geregnet haben, denn die Straße war schlammig, und die Bäume hatten bereits einen Teil ihrer Blätter verloren. Der Tag war heiter und windig und auch nicht sonderlich kalt. Klar zeichnete sich die Silhouette der Stadt vor Britto ab, die festen Mauern, einzelne Insulae, die höher gebaut waren als der Rest der Häuser, der obere Teil des Asklepius-Tempels auf dem Forum, der auf einem hohen Fundament stand, und ganz weit hinten, im Norden, die vier Türme der großen Bischofskirche. Der Wind zerrte an der schmutzigen Tunica des Bischofs, weicher Lehm quoll bei jedem Schritt zwischen seinen Zehen hervor, doch es dauerte nicht lange, bis er die gepflasterte Straße erreichte, auf der viel Leben war, Menschen zu Fuß, auf Eseln reitend, in Ziegenkarren, Männer, Frauen, Kinder, Bürger und Sklaven, Bauern, Tagelöhner, Fischer, dazwischen fliegende Händler, die Gebäckkringel mit Mohn an langen Holzstangen feilboten, dazu Honigkuchen und Cervisia. Er betrat die Stadt durch die *Porta media*, und als er den *Cardo maximus* entlangging, sah er, dass die Leute zu Dutzenden in eine bestimmte Richtung strömten. Ganz Treveris schien auf den Beinen zu sein, überall waren lebhafte Stimmen zu hören, Gelächter, derbe Witze, man hatte sich schön gemacht, trug geputzte Schuhe und weiße Tunicen, warme wollene Mäntel; die einfachen Frauen und Mägde hatten sich an neuen Frisuren versucht und zeigten sie auch, die Matronen hatten zwar sittsam die Stola über den Kopf gezogen, aber sich Augen und Lippen geschminkt. Man ging ins Theater, die Spiele waren eröffnet, die Augen der Menschen glänzten erwartungsvoll; ein Pfiff gellte über die Straße; drei junge Männer machten einem Mädchen ein Kompliment; zwar ignorierte es den Pfiff, die Rufe in gespielter Schamhaftigkeit, aber man würde sich auf den hinteren Rängen bestimmt wiedersehen ...

Britto blieb stehen. Sein Herz klopfte. Er sah auf seine Hände. Sie zitterten. Jetzt, jetzt musste sich beweisen, ob Exorzismus,

Fasten und Beten geholfen hatten. Jetzt kam der Augenblick der Wahrheit. Dort, hinter diesen Mauern, war Marcia. Dort im Theater spielte der Theaterdämon sein Stück, spielte die Verkörperung der Sinnenlust mit den Gefühlen der Menschen.

Britto stand da und lauschte in sich hinein. Er wartete auf die vertraute Erregung, die Sehnsucht, jenes demütigende Gefühl, das sich Liebe nannte, auch Lust, auch Leidenschaft. Er war bereit, sich auf den Boden zu werfen und Dreck zu fressen, wenn es wiederkam, er war bereit, sich, wenn es sein musste, zu Tode zu hungern, um den Dämonen ein Schnippchen zu schlagen. Er stand da, wartete, sah die fröhlichen Menschen, die in Erwartung des Schauspiels ins Theater strömten, er hörte ihre Stimmen, ihre Schritte; es erfasste ihn ein heiliger Zorn auf die Unseligen, die ihren Gott verrieten, indem sie sich dem Mimus an den Hals warfen, denn er gab sich nicht der Illusion hin, dass es nur Heiden waren, die an diesem Tag die Spiele besuchten – dazu waren es zu viele; ein Theater mit mehr als viertausend Plätzen bekam man nicht mit Ungläubigen voll, und voll würde es werden, soviel war sicher.

Der Zorn war die eine Emotion, die ihn erfasste, doch er wartete auf das andere, das, was ihn auf eine Stufe stellte, nein, niedriger noch als jene, die ihre Seelen Gott geweiht hatten und sich nun dem Bösen verschrieben, niedriger als seine armselige, schwache Gemeinde, die ins Theater strebte. Er hätte ihr Vorbild sein sollen und hatte sich mehr als alle anderen in den Schmutz ziehen lassen von einer schauspielernden Dirne.

Nichts jedoch geschah. Alles in ihm blieb ruhig, gelassen, fast kalt. Er konnte seinen Blick auf das große Theatergebäude richten, und nichts regte sich in ihm; er spürte nicht einmal Verachtung, nur Mitleid, tiefes Mitgefühl mit der Verdammten, der schwarzen, kranken Taube. Er war geheilt.

Beflügelt eilte der Bischof nach Hause, wo ihn sein Sekretär empfing. Der junge Mann ließ sich nicht anmerken, wie erschrocken er über den Anblick des verhärmten, abgemagerten Mannes war, der vor Dreck starrte, dessen Augen fiebrig glänzten, dessen Bart das Gesicht überwucherte, dessen Füße blutig und dessen Hände vor Kälte blau waren.

„Gibt es etwas Neues?“, fragte Britto geschäftsmäßig. Der Sekretär hatte erwartet, dass der Bischof sich sofort zurückziehen würde, um sich auszuruhen, aber dieser schien an Ruhe überhaupt nicht zu denken. „Habe ich Post?"

„Das kaiserliche Dekret, von dem Ambrosius gesprochen hat, ist endlich eingetroffen", berichtete der Sekretär. „Nebst der Liste aller Verhaltensweisen, die zur Apostasie gerechnet werden und zur Exkommunikation führen."

„Gut. Und sonst?"

Der Sekretär straffte seine Schultern und verkündete: „Ein Wunder ist geschehen!"

„Ein Wunder?", wiederholte der Bischof.

„Vor zwei Nächten ist das Haus, das du kaufen wolltest, bis auf die Grundmauern niedergebrannt", berichtete der Sekretär triumphierend. „Es ist kein As mehr wert. Der Eigentümer hat sich aufgrund des wunderbaren Geschehens zum Christentum bekehrt und will nun selbst dem Heiligen Laurentius eine Portikus an der Stelle bauen, an der sein Haus stand."

„Ehre sei Gott in der Höhe", rief Bischof Britto. „Oh, Herr, dein Wirken ist voller Gnade für uns arme Sünder."

„Amen", ergänzte der Sekretär. „So hat der Heilige, der auf dem Eisenrost verbrannte, durch Feuer kundgetan, dass er Anspruch auf jenen Grund und Boden erhebt."

„So ist es", bestätigte der Bischof und wandte sich ab. Er nahm einen schmalen Pergamentcodex vom Tisch, öffnete ihn und begann zu lesen. Dabei bemerkte er, dass seine Augen brannten. Er blinzelte verwundert. Es war ihm bisher gar nicht aufgefallen, aber nun, da er es einmal gespürt hatte, fühlte sich jeder Lidschlag an, als wäre Sand dazwischen.

Der Sekretär räusperte sich.

„Was noch?", fragte der Bischof und rieb die Augen, was es nicht besser machte.

„Ich will dir nicht verschweigen, dass der Nachbar, dessen angrenzendes Haus bei dem Brand Schaden erlitten hat, dreist behauptet, es seien nachts mehrere dunkle Gestalten um das Gebäude geschlichen, und kurz darauf seien Flammen aus den Fenstern geschlagen."

„Und?", fragte Britto.

„Befragt, konnte er nichts beweisen", ergänzte der Sekretär.

„Wie auch?", bemerkte der Bischof fast gereizt. War er eben noch voller Schwung gewesen, energiegeladen, bereit, seine

Tätigkeiten wieder aufzunehmen, so fühlte er sich auf einmal völlig erschöpft, verhungert und elend. Erstaunt stellte er fest, dass sein ganzer Körper wehtat, als habe ihn jemand verprügelt. Dazu kam eine plötzliche Müdigkeit, die seine Bewegungen verlangsamte und ihm die Zunge schwer werden ließ. „Was Gott will, geschieht", murmelte er. „Lass mich nun. Ich muss ..." Er brach ab, aber der Sekretär nickte eilig und zog sich zurück. Britto setzte sich auf einen Klappstuhl, stützte den Kopf in die Hände und schloss die Augen. Sie brannten in geschlossenem Zustand nicht ganz so sehr. Trotzdem öffnete er sie gleich darauf wieder, nahm die Hände vom Gesicht, deren Innenseite den tagelang gewucherten Bart spürten, der ehemals kurz und gepflegt, jetzt filzig und schmutzig war. Britto schaute sich seine Hände an. Sie waren verschrammt, die Nägel lang und dreckig, wenn sie nicht abgebrochen waren. Er streckte ein Bein aus und betrachtete seinen Fuß. Er war geschwollen, am Knöchel eine verkrustete Wunde, die Zehen hatten sich der Kälte wegen verkrümmt, waren blaurot, mit Nägeln wie Krallen. Und plötzlich roch Britto, dass er stank. Er stank nach allen Dämonen, die der Eremit ihm ausgetrieben hatte, er stank nach Angstschweiß, Urin und der Erde, auf der er tagelang gelegen hatte. Ihn ekelte vor sich selbst. Er stand auf, weil er seine Diener rufen wollte, doch dann, gegen seinen Willen, sank er wieder auf den Klapphocker und vergrub erneut das Gesicht in den Händen. Er fühlte sich zutiefst verloren, einsam, enttäuscht. Hastig versuchte er, dieses Gefühl zu vertreiben. Es gab keinen Grund, verloren, einsam und enttäuscht zu sein. Der Sieg war errungen, der Dämon vertrieben. Die Leere, die er spürte, war die Leere nach der überstandenen Gefahr, die Erschöpfung nach dem Kampf, nicht die Leere des Mangels. Er war müde, nicht traurig. Das war es. Britto zögerte kurz, dann stand er auf, entkleidete sich und fiel, schmutzig wie er war, ins Bett. Es war mitten am Tag, die Sonne schien durchs Fenster, aber er war nicht in der Lage, noch einmal aufzustehen, um die Läden zu schließen. Er lag da, fühlte sich schwer, obwohl er mindestens zehn Pfund verloren hatte, er spürte, wie er sank, tiefer und tiefer, obwohl die Matratze hart war und er leicht; er war bereit zu schlafen, aber eine unbestimmte Furcht hielt ihn davon ab, sich hinzugeben; er wälzte sich mühsam auf die Seite, weg vom Licht; da spürte er, wie es ihn anfasste, was auch immer es war, es wälzte sich über seine Schulter, kam näher und näher, drückte ihn nieder und flüsterte schließlich in sein Ohr: „Sie ist zu dir gekommen, Britto, in dein Haus. Du hättest heute die Gelegenheit gehabt, zu ihr zu gehen, in ihr Haus, denn das Theater ist ihr Haus, ihre Heimat, so wie deine Heimat die Kirche ist. Sag, Britto, warum gehst du nicht zu ihr, so wie sie zu dir gekommen ist?"

Britto schrie laut auf, es klang wie das heisere Brüllen des Stiers auf der Weide. Er schnellte aus dem Bett in einer Drehung, die ihm fast das Kreuz brach, gab gurgelnde, unartikulierte Laute von sich, während er sich zu Boden warf, den Kopf gegen die Fliesen hieb, bis er Blut sah. Er zitterte am ganzen Körper, und als seine Diener herbeiliefen, um ihm zu helfen, kauerte er sich zusammen und fing an zu weinen. Ratlos und ängstlich standen sie herum, sahen zu, wie er schluchzte und krampfte. Jedesmal, wenn Krämpfe und Schluchzen ein wenig nachließen, schöpften sie Hoffnung, jedesmal wurde die Hoffnung enttäuscht, weil es wieder von vorn losging, heftiger noch als zuvor. Doch wie der Sturm, der am Meer die Brandung keuchen macht, irgendwann verebbt und die See flacher atmen lässt, wurde das Schluchzen des Bischofs nach und nach schwächer, ließen die Spasmen nach, entspannte sich der Körper. Es war vorbei. Britto hob den Kopf. Blut aus der Stirnwunde lief ihm übers Gesicht.

„Einen Arzt", rief der Verwalter und schickte einen Diener fort.

Die Stimme des vertrauten Menschen brach den Bann nun vollkommen. Britto richtete sich auf, ließ sich beim Aufstehen helfen. Er setzte sich aufs Bett. Ein Diener stillte das Blut der Wunde, wischte ihm das Gesicht mit einem feuchten Tuch ab, sah seinen Herrn genauer an, schüttelte den Kopf, wusste nicht wo anfangen, wischte notdürftig Schmutz und Schweiß von Brittos Gliedern.

Der Arzt kam wenig später, reinigte die Wunde, sah, dass es nicht schlimm war, betupfte die Stelle mit einer Salbe und sagte: „Du wirst Kopfschmerzen bekommen, soviel ist sicher. Bleib im Bett bis morgen. Morgen früh komme ich zu dir und schaue, wie es dir geht. Iss etwas, nicht zu reichlich, aber immerhin genug, dass du satt wirst. Du siehst nicht besonders wohl aus."

Der Bischof kannte den respektlosen Umgangston dieses

Arztes und schätzte ihn unter anderem deswegen. Er war ein Stück Wirklichkeit, wie der Hausverwalter, die Diener, das Bett und das Sonnenlicht. Es erinnerte ihn daran, dass er Mensch war, ein kleiner, sündiger Mensch mit wenig Kraft, kein Heiliger wie der Alte da draußen vor den Toren von Treveris.

„Ich werde tun, was du sagst", erwiderte Britto, zum Arzt gewandt. „Geht nun alle, ich will beten." Die anderen verließen das Zimmer. Britto blieb erneut allein zurück. Es war still, die Sonne schien immer noch herein, die Wunde an der Stirn pochte ein wenig, und ein leichtes Ziehen unter der Schädeldecke verriet, dass der Arzt recht behalten würde. Britto sprach ein kurzes Gebet und legte sich dann wieder ins Bett. Doch er fand keine Ruhe. Das Blut rauschte in seinen Ohren, Schauer überliefen seinen Körper, und manchmal zuckten seine Beine unkontrolliert. Unruhig warf er sich im Bett hin und her, bis er es nicht mehr aushielt und etwas tat, das gegen seinen Glauben, gegen seinen Willen, gegen seine Moral war. Er zog die dreckige Tunica wieder an, sparte sich Schuhe, vermied auf dem Weg nach draußen, irgendeinem seiner Getreuen zu begegnen, und eilte ins Theater.

XI. Kapitel

„Ein Scholasticus legt sich zu Hause die Rüstung eines Gladiators an und übt fechten. Da meldet ihm jemand die Ankunft des Vaters. Er wirft das Schwert weg, aber da steht der Vater schon im Zimmer. Der Scholasticus greift sich ein Buch und bemerkt zu spät, dass er ja noch den Schutzkorb vor dem Gesicht hat."

Marcia saß in der Maske und ließ sich schminken, hatte also Zeit, sich das Gespräch draußen auf dem Gang anzuhören. Eben gerade war sie noch schnell beim Tempel der *Venus genetrix* gewesen, der das Theater geweiht war, und hatte sie um Beistand gebeten, weil sie vor einer Premiere immer überaus nervös war. Diesmal hatte sie der Göttin nicht nur ein Trankopfer gebracht, sondern ihr auch ein Geschenk gelobt, eine kleine silberne Statuette, die sie neulich bei einem Devotionalienhändler gesehen hatte. Bis jetzt hatte es allerdings noch nicht geholfen – wenn sie sich nicht sehr konzentrierte, begannen ihre Knie zu zittern. Doch war sie professionell genug, stillzusitzen und die gewohnte Prozedur über sich ergehen zu lassen. Ihr war flau im Magen, und sie hoffte inständig, dass es ihr erspart blieb, sich übergeben zu müssen, wie es manchmal geschah, wenn die Bühnenangst die Oberhand gewann. Trotzdem musste sie bei dem Witz unwillkürlich lächeln, obwohl es Hieronymius war, der ihn erzählt hatte. Sein Begleiter, den sie an der Stimme nicht erkannte, lachte laut.

Es war noch eine Weile hin bis zur Aufführung des „Engel Gabriel", und wer von den Schauspielern schon geschminkt war und sein Kostüm trug, vertrieb sich die Zeit je nach Nervosität mit Textrepetieren, stumm herumsitzen oder eben mit Witzeerzählen.

„Oder kennst du den?", fragte Hieronymius und fuhr, ohne die Antwort seines Kollegen abzuwarten, fort: „Zu einem Seher kommt im Ausland einer, der wissen will, wie es zu Hause steht. Der Seher antwortet: ‚Alle sind gesund, auch dein Vater.' Der Mann sagt: ‚Mein Vater ist aber schon seit zehn Jahren tot.' Antwortet der Seher: ‚Man sieht, du weißt nicht, wer dein Vater ist.'"

Wiederum belohnte lautes Gelächter den Witz. Marcia kräuselte die Nase – schade, den kannte sie schon. Der Sklave, der sie gerade schminkte, runzelte die Stirn und tupfte noch einmal Bleiweiß auf ihre Nase. Er schien von den Gesprächen auf dem Flur völlig unberührt. Ernsthaft und konzentriert ging er seiner Arbeit nach, verteilte das Bleiweiß nun auch auf dem Hals, färbte Wangen und Lippen mit roter Farbpaste, umrandete die Augen der Schauspielerin dick mit Ruß. Marcia saß nun ganz gerade und still, kaum dass sie einmal blinzelte, obwohl es endlos lange dauerte. Ihr Haar war bereits in Strähnen aufgeteilt und eng am Kopf in kleinen Schnecken festgesteckt worden. Zuletzt kam die kunstvoll geknüpfte blonde Perücke, wurde zurechtgerückt und dann noch einmal nachfrisiert.

Draußen ging das Gespräch weiter. Die beiden Männer im Flur hatten entweder vergessen, dass sie direkt neben Marcias Ankleideraum standen, oder es war ihnen egal. Theaterräume hatten überall Ohren, weil überall Menschen waren, die in diesen Räumen bei geöffneten Türen ihrer Arbeit nachgingen; es gab so viele Winkel und Ecken, alles wurde von allen gehört oder gesehen, und wenn es einmal ein wirkliches Geheimnis gab, konnte man davon ausgehen, dass es der Pförtner zuerst wusste. Also war es auch allen entweder gleichgültig, wo sie etwas erzählten, vor allen Dingen, wenn es sich um Klatsch und Tratsch handelte, oder sie suchten sich für ihre Äußerungen, die jemand Speziellen treffen sollten, ganz gezielt einen Ort, von dem sie wussten, dass dort nichts verborgen blieb. Nur wer wirklich konsequent schwieg, konnte sicher sein, dass er nichts verriet, niemanden verletzte oder beleidigte, selbst Lob war ja eine Sache, die oft versteckte Gemeinheit enthielt, also schwieg der Weise auch hier; nur war das Theater ja per se ein Ort der Rede, nicht des Schweigens, und so war immer und zu jeder Zeit alles über alle halböffentlich oder öffentlich im Umlauf.

„Hast du gehört ...“, begann Hieronymius, „dass Acilius nach der Winterpause den ‚Hypochonder‘ auf den Spielplan setzen will?“

„Den ‚Hypochonder‘?“, wiederholte der Mann, dessen Stimme Marcia jetzt als die des eitlen Tertius identifizierte. „Wann gab es den hier zum letzten Mal?“

„Weiß nicht. War vor meiner Zeit“, erwiderte Hieronymius. „Und rate mal, wer die Ehefrau des ‚eingebildet Kranken‘ spielen soll.“

Tertius flüsterte etwas, das Marcia nicht verstand.

„Genau", rief Hieronymius triumphierend.

„Nein, wirklich?", tat der andere erstaunt.

„Ganz im Ernst. Marcia wechselt ins Mütterfach."

Beide lachten laut.

Marcia war auf ihrem Stuhl unmerklich zusammengezuckt und hatte dabei dem Friseur eine Locke aus den Fingern gezogen. Der Sklave wickelte sich die Locke erneut um den Finger und steckte sie fest. Ein ungeschriebenes Gesetz unter Schauspielern hieß: einstecken, sich nichts anmerken lassen und sich zu passender Gelegenheit revanchieren. Also hielt Marcia still und hörte den beiden draußen auf dem Gang weiter zu.

„Aber wird sie das tun?", fragte Tertius.

„Es wird ihr nichts anderes übrigbleiben. Die Konkurrenz schläft nicht."

„Wie alt ist Marcia eigentlich?"

„Weiß keiner, aber offensichtlich hält Acilius sie für alt genug, die Frau des ‚krankhaft Eingebildeten' zu spielen."

Tertius ging auf das Wortspiel nicht ein, vielleicht hatte er es auch gar nicht verstanden. Stattdessen meinte er: „Es ist allerdings seine zweite Frau, und sie ist viel jünger."

„Stimmt", bestätigte Hieronymius. „Doch auch eine Stiefmutter ist eine Mutter ... Übrigens: was hältst du von dem Neuen? Von Gaudentius?"

„Ganz in Ordnung, oder?"

Hieronymius schnaubte verächtlich. „Er ist ein Schleimscheißer. Kriecht Acilius in den Hintern, und der merkt es nicht mal. Da kommt so ein hergelaufener Schmierenkomödiant, kann nichts, hat keine Referenzen, nichts. Und unser Schauspieldirektor träumt davon, dass er sein Nachfolger wird."

„Meinst du, Acilius denkt ans Aufhören?"

„Klar. Vielleicht nicht übermorgen, aber in ein, zwei Jahren bestimmt. Er ist fast achtundsechzig!"

„Wirklich? Das sieht man ihm nicht an."

„Das stimmt allerdings. Manche alten Mimen werden ja seltsam, irgendwie matt im Kopf, vergessen ständig ihren Text, oder sie kriegen ganz merkwürdige Allüren, verlieren vor jeder Premiere die Stimme, so dass alle schon Angst haben, man müsste umbesetzen, nur um dann, am Tag der Eröffnung, auf der Bühne zu brüllen wie ein Löwe. Mein alter Schauspieldirektor in Verona war so ein Typ. Aber ist ja egal. Gaudentius ist ein Schmarotzer, wenn du mich fragst, und er hat es außerdem auf Marcia abgesehen."

„Ich dachte, er hätte was mit Origo."

Hieronymius lachte hämisch. „Die hat sich ihm an den Hals geworfen, aber er will sie loswerden." Übertrieben deklamierte er: „Ihm steht der Sinn nach Höherem. Den Alten hat er schon rumgekriegt, jetzt braucht er bloß noch die Gunst der Prima Domina, dann sitzt er fest im Sattel."

Tertius lachte anzüglich, brach jedoch ab, als vom anderen Ende des Ganges her Schritte hörbar wurden.

„Was gibt es zu lachen?", fragte Origo fröhlich.

„Hieronymius erzählt einen Witz nach dem anderen", gab Tertius zurück. „Aber ich kenne auch einen: Ein Scholasticus trifft einen Mann und sagt zu ihm: Der Sklave, den du mir verkauft hast, ist gestorben. Sowas! sagt der andere. Solange er bei mir war, hat er das nicht getan!"

Origo kicherte, bog um die Ecke und kam in die Maske, wo der Friseur gerade letzte Hand an Marcias Frisur legte. Die beiden Männer im Flur entfernten sich.

„Du siehst aber hübsch aus", sagte Origo zu ihrer Kollegin. Und zu dem Sklaven gewandt: „Diesmal wirst du dir auch bei mir etwas Mühe geben, hast du verstanden?"

Der Friseur lächelte charmant. „Du wirst hinreißend aussehen, Origo, ich habe etwas Neues für dich kreiert."

„Und hinterher sehe ich aus, als hätte ich ein Vogelnest auf dem Kopf", maulte sie. „Bei dieser Rolle ..."

„Aber nein", beschwichtigte der Künstler. „Du wirst typgerecht, aber wunderschön aussehen."

„Typgerecht", schmollte Origo. „Das heißt, wie eine zänkische Jungfer ohne Hirn."

„Es kommt nur darauf an, wie du es spielst", bemerkte Marcia, ohne den Kopf zu wenden.

Origo erwiderte nichts. Sie hatte eine zänkische Jungfer ohne Hirn zu spielen, und die konnte sie kaum spielen wie das zarte Liebchen des reichen Jünglings. Sie würde also das Biest spielen, so gut sie es konnte, doch dabei wollte sie als Kompensation wenigstens so gut aussehen wie möglich.

In der Tür erschien eine Sklavin, die Ankleiderin Marcias. „Zeit fürs Kostüm“, verkündete sie. „Seid ihr fertig?“

Der Friseur zupfte noch ein paarmal an Marcias Frisur herum, dann trat er zurück und betrachtete sein Werk. „Perfekt“, hauchte er.

Ein Knabe sprang vom Boden auf, wo er gesessen hatte, und hielt Marcia den Handspiegel hin. Sie betrachtete sich eingehend, wandte den Kopf nach rechts, nach links, studierte das Arrangement. „Nicht schlecht“, sagte sie dann und stand auf.

„Nicht schlecht!?“, protestierte der Künstler gekränkt.

„Das genaue Gegenteil von schlecht“, lobte Marcia, strich ihm leicht über die Wange und verließ den Raum, doch schon nach wenigen Schritten merkte sie, wie die aufsteigende Übelkeit sie schwindlig machte. Sie griff nach der Hand der Ankleiderin. „Ich brauche frische Luft“, sagte sie. „Bring mich ins Atrium.“ Die Ältere, der die Zustände Marcias vertraut waren, stützte die Schauspielerin mit festem Griff und begleitete sie durch die Kryptoportikus in den Hof. Dort ging Marcia eine Weile rastlos auf und ab und atmete dabei immer wieder tief durch, ohne dass sich der Druck, der auf ihrer Brust lag, dadurch gelöst hätte. Im Gegenteil, immer weniger Luft schien in ihre Lungen zu gelangen. Sie fühlte sich schwindliger denn je und setzte sich schließlich nach Atem ringend auf eine marmorne Bank. Die Ankleiderin trat hinter sie, legte ihr die Hände auf die Schultern und begann, sie leicht zu massieren.

„Ruhig, ganz ruhig“, murmelte die Sklavin. „Atme in deine Hände.“

Marcia tat es. Sie bildete mit den Händen eine Höhle und hielt sie sich vors Gesicht. Es war kühl im Hof, und der warme Atem, der sich in den Handflächen fing, tat gut im Gesicht, auf das er zurückströmte. Langsam ging der Schwindel vorbei. Die erfahrenen Hände der Sklavin bewirkten, dass sich Marcia etwas entspannte. Die Übelkeit ließ nach. Doch sie wusste, dass es kurz vor Beginn der Vorstellung noch einmal zurückkehren würde.

Sie begannen pünktlich. Acilius, der den Prolog zu halten hatte, trat auf die Bühne und überflog dabei das weite Halbrund der Cavea. Die unteren Plätze, den städtischen Honoratioren vorbehalten, waren gut besetzt, allen voran Viventius, der *Tribunus voluptatum.* Die Reihen der betuchten Bürger, des Stadtadels und der Gutsbesitzer dagegen waren arg licht, was am Wetter liegen mochte, denn obwohl die Sonne weiterhin schien, blies ein scharfer Herbstwind, und es wurde langsam kühl. Die Herrschaften wollten sich offensichtlich keinen Schnupfen holen – allerdings hätte es doch genügt, sich ein Sitzkissen und, wenn nötig, einen vorgewärmten Backstein mitzubringen! Dafür waren die oberen Ränge wieder voll wie üblich.

Acilius trat an die Rampe, wartete gelassen, bis sich das Stimmengewirr gelegt hatte, und begann:

„Als Erstes hört den Inhalt der
Tragödie. Holla! Ich sehe eure Stirn
gerunzelt – etwa weil es hieß: ‚Tragödie'?
Ich bin euch gut, ich ändere es gleich
Das Stück lass ich nach Wunsch mit gleichem Text
Komödie werden aus Tragödie!
Und wenn es euch gefallen hat, was wir
euch zeigen, dann spendet reichlich uns Applaus.
Doch wisst ihr wohl, es werden angezeigt,
verurteilt und bestraft Claqueure, ebenso
die, die erschleichen für die Künstler Prämien.
Wer Auftrag gab, dass man ihm Beifall spendet,
Intrigen spinnt, dass andre nicht gefallen,
der soll es spüren am Kostüm und an
dem eignen Fell. Mit Tugend siegt die Kunst,
nicht durch Betrug und Schiebung!"

Marcia stand neben Florus und wartete. Ihre Hände waren schweißnass, ihr Kopf fühlte sich leer an, ihr Mund war trocken, und wenn sie die Zunge bewegte, schmeckte sie bereits die widerliche Flüssigkeit, die unaufhaltsam in ihrem Innern emporstieg und fast ihre Kehle erreicht hatte. Ihre Beine zitterten, ein Schritt, und sie würde fallen. Unter ihrer Schminke war sie leichenblass. Der Text, den sie so perfekt konnte, schien von schwarzen Abgründen ihres Gedächtnisses verschluckt. Sie wusste nicht mehr eine Zeile.

Acilius gab soeben in Prosa einen kurzen Abriss des Stückes, verbeugte sich, empfing freundlichen Beifall, und gerade, als Marcia das Gefühl hatte, sie müsse sich nun endgültig übergeben, machte Acilius die Bühne frei. Es war ihr Auftritt, und ein

Ruck ging durch ihren Körper, Kraft, von der sie nicht wusste, woher sie kam, floss in ihre Beine, ihr Herzschlag beschleunigte sich, um gleich darauf, als sie die Bühne betrat, ganz ruhig zu werden. Schon nach wenigen Augenblicken auf der Bühne war da kein Zittern mehr, die Übelkeit war verschwunden, der Text lag klar auf ihrer Zunge. Marcia war in ihrem Element, und als bald darauf Bruder Senilius Sacratus auftrat, merkte sie, dass auch Gaudentius auf der Bühne ein Anderer war. Es fühlte sich gut an, mit ihm zu spielen, er nahm die Dialoge wunderbar ab von ihr, war schlagfertig in seinen Improvisationen und gewann die Herzen des Publikums offenbar beim ersten Mal.

Das Stück nahm seinen Lauf, und Acilius, der entsetzlich nervös neben Florus hinter dem Siparium stand, merkte bald, dass das Publikum mitging; es gab gleich zu Anfang sogar ein oder zweimal Szenenapplaus, und als Marcia den ersten Aufzug mit einem Lied beendete, atmete er erleichtert auf. „Sie mögen es", flüsterte er Florus zu. „Sie singen mit!"

Das taten sie spätestens, nachdem Marcia den Refrain das dritte Mal wiederholt hatte.

„Liebe ist das höchste Gut,
Und wer das nicht glauben tut,
Dem schickt Amor einen Schuss,
Dass er bald dran glauben muss!"

Es war, zugegebenermaßen, ein äußerst simpler Text, aber eingängig, und die Melodie baute auf einem bekannten Volkslied auf. Rhythmisches Klatschen begleitete den Refrain, und der Szenenwechsel wäre wohl untergegangen, wenn Marcia sich nicht plötzlich umgedreht, nach oben zum Bühnenhaus gestarrt, und mit einem erschrockenen Laut die Hand vor den Mund geschlagen hätte.

Dort oben, im ersten Stock, über dem Vorhang, war zwischen den Säulen ein nackter Knabe als Cupido erschienen. Er schwang sich auf die Brüstung, beugte sich waghalsig vor, so dass man die lächerlich kleinen Amorettenflügel sah, die er trug, und zielte mit einem ebenso lächerlich kleinen rosafarbenen Bogen. Als er sicher war, dass im Publikum niemand mehr war, der ihn nicht gesehen hätte, spannte er den Bogen und schoss seine Miniaturpfeile ab. Der erste traf Marcia, die sich aufseufzend in theatralischer Pose aufs Sofa gleiten ließ. Der zweite traf die gerade eintretende Dienerin, die nicht minder theatralisch, jedoch wesentlich unbeholfener in die Arme des in diesem Moment hinter ihr auftretenden Hieronymius alias Soccus fiel. Er fing sie zwar auf, hielt sie aber fest wie einen Sack, der ihm zu entgleiten drohte, und zog eine angewiderte Grimasse.

„Allmächtiger!", rief Ancilla lustvoll. Soccus hielt sie unter den Achseln gepackt, und sie hing fast am Boden mit gespreizten, stramm ausgestreckten Beinen. „Mir ist, als hätte mich was durchbohrt! Machst du mir das?"

„Was mache ich?", fragte Soccus barsch zurück. „Ich halt' dich fest, obwohl du so viel wiegst wie eine Muttersau."

Ancilla strahlte ihn an. „Also bist du es!"

„Ich bin was?"

„Der in mir ist!"

„Ich in dir?" Zum Publikum: „Ich kann sie kaum noch halten."

„Ich spür dich doch!"

„Ich spüre nichts", gab Soccus zurück.

„Du bist doch drinnen!"

Soccus zum Publikum: „Ich wünschte, ich wäre drinnen, aber nicht in der da!" Er ließ Ancilla einfach fallen, so dass sie hart auf ihr Hinterteil plumpste, und ging an ihr vorbei zu Marcia. „Ich hätte da einen Auftrag zu erledigen", begann er in demütig gebückter Haltung. „Mein Herr, der Engel Gabriel, will wissen, wann er kommen darf."

Marcia fasste sich an die Schläfen wie jemand, der extreme Kopfschmerzen hat. „Nicht so laut", hauchte sie und fügte gierig hinzu: „Er soll sofort kommen!"

Auf dieses Stichwort hin erschien Bruder Senilius Sacratus alias Engel Gabriel alias Gaudentius, der sich in den christlichen Engel verwandelt hatte, mit großen weißen Flügeln, in weißem Priestergewand, und mit ragendem Phallus. Er winkte seinen Diener beiseite und trat zu Marcia ans Sofa. Sie richtete sich halb auf und ergriff seine Hand.

„Ach, du bist's", schwärmte sie.

„Ja, ich bin's", erwiderte er.

„Komm", forderte sie ihn auf und klopfte einladend aufs Sofa.

„Erlaube, dass ich mich für die Dauer meines Besuchs bei dir dieser Schwingen entledige. Sie sind mir lästig, wenn du mich umarmst."

„Mach schnell", sagte die lüsterne Albana. „Jeder Augenblick, den du nicht bei mir bist, ist ein verlorener."

Der Engel winkte seinem Diener, der herüberkam und die Flügel, die eine raffinierte Steckvorrichtung besaßen, einfach wie Kiele aus dem Fleisch einer Gans zog und sie zur Seite legte.

„Komm!", rief Domina Albana noch einmal, und Bruder Senilius kam.

„Bin ich schön?", fragte sie, als er neben ihr lag.

„Oh, ja", antwortete er und wollte sie küssen.

„Wie schön?"

Er richtete sich wieder auf. „Wunderschön", sagte er ungeduldig und beugte sich wieder vor.

„Schöner als die Jungfrau Maria?"

„Du bist fromm wie sie", antwortete Bruder Senilius Sacratus genervt, „und das zu deinen sieben Schönheiten ..."

Das war eine freie Improvisation, die ihm in diesem Moment eingefallen war, aber Marcia griff das Thema sofort auf. Sie zwinkerte ihm zu, und er lächelte unmerklich.

„Sieben Schönheiten haben alle!", maulte sie.

Er verdrehte die Augen Richtung Publikum, erwiderte aber charmant: „Verzeih mir, Albana, ich habe mich bloß versprochen. Du kannst die Zahl ruhig mit sich selbst multiplizieren."

„Mit sich selbst ... mit sich selbst ...", wiederholte sie verwirrt und begann, an den Fingern abzuzählen. „Also, das sind dann ... warte ... das sind dann ... aber das sind dann ja ganz, ganz viele", rief sie enthusiastisch.

Der Engel Gabriel richtete sich auf und sprach, in Abwandlung des berühmten Pauluswortes, zum Publikum das flehende Gebet: „*Mulier taceat in lecto*!"

Britto lachte.

Als er es merkte, schlug er entsetzt die Hand vor den Mund, senkte den Kopf und spähte vorsichtig nach links und rechts, ob es jemand bemerkt hatte. Doch die anderen Zuschauer lachten noch viel lauter als er und kümmerten sich nicht um den verwahrlosten Mann, der am Rand saß und das Geschehen auf der Bühne bisher nur stumm verfolgt hatte.

In seinen Predigten hatte er es oft beschworen – nun hatte Britto selbst am eigenen Leib erfahren, welche Macht das Theater besaß. Gelächter war des Teufels, und dazu noch über einen verballhornten Ausspruch des heiligen Paulus ... Am liebsten wäre er aufgesprungen und gegangen, doch er wollte kein Aufsehen erregen.

Während das Liebespaar auf dem Sofa in eindeutiger Pose verharrte, sozusagen als lebendes Bild, war Ancilla zu Soccus getreten.

„Hör mal", begann sie, „wenn du der Diener eines Erzengels bist, dann bist du doch bestimmt auch was ... was ganz Heiliges. Ein Kehrbub oder so."

Soccus warf sich in die Brust. „Ein Cherub, dumme Gans, genau, das bin ich!"

„Sag ich doch, ein Kehrbub! Dann bist du wohl auch heilig?"

„Sehr heilig."

„Wie heilig?", insistierte sie.

Eine kurze Pause entstand. „Hast du was zu essen?", fragte der Diener schließlich.

Sie ignorierte seine Frage, weil sie eigentlich noch nicht dran gewesen wäre. Hieronymius hatte oft Schwierigkeiten mit dem Text, und wenn ihm der nächste Satz nicht einfiel, sprang er einfach auf den, der ihm in den Sinn kam. „Und wenn du so heilig bist, bist du dann auch ... materiell?" Sie berührte ihn vorsichtig, Soccus wich hastig zurück.

„Sehr materiell", erwiderte er. „Ich will was trinken."

Origo alias Ancilla gab es auf. Der Dialog wäre noch länger gewesen, doch anscheinend hatte Hieronymius entweder keine Lust oder er wusste nicht weiter. Sie kam ihm hinterher, trat vor ihn. „Willst du einen Kuss von mir?" Sie näherte sich seinem Gesicht.

Er fuhr zurück. „Pfui, du stinkst. Du hast Zwiebeln gegessen!"

„Und du Meerrettich", gab sie ungerührt zurück. „Nun sage, wer von uns mehr stinkt." Damit packte sie ihn am Kragen, küsste ihn, und während er um sich schlug und erstickt protestierte, gingen sie, ineinander verknäult, ab. Gleich darauf kam Ancilla wieder auf die Bühne geschossen. „Herrin, dein Ehemann ist zurück! Er kann jeden Moment das Haus betreten! Rasch, beeilt euch!"

Bruder Senilius Sacratus stieß die schöne Albana unsanft von sich und sprang ganz unengelhaft auf. „Soccus!", kommandierte er. „Die Flügel!"

Der Diener erschien, steckte die Flügel an ihren Platz, und die beiden machten sich über die Seitenbühne davon.

Ancilla und ihre Herrin stürzten hinterher und taten, als blickten sie aus dem Fenster. „Schade", sagte Ancilla. „Ich hab gedacht, ich seh ihn fliegen."

Das war das Stichwort für Apronius alias Gabso, den Ehemann der Domina Albana. Im Reisemantel betrat er die Bühne und breitete die Arme aus. „Geliebte Frau. Ich bin wieder da!"

Damit begann der dritte Aufzug. Acilius nickte hinter der Bühne zufrieden. „Es läuft", sagte er. „Die Leute amüsieren sich."

„Wir haben noch drei Aufzüge vor uns", bemerkte Florus. „Und es könnte regnen."

„Regnen? Bei der Sonne? Bei dem Wind? Du bist ein alter Pessimist, mein Lieber."

„In meinem linken Knie sticht es seit heute Morgen. Und du weißt, dass das ein untrügliches Zeichen für einen Wetterumschwung ist", entgegnete der Inspizient.

Und tatsächlich, während der Gerichtsszene des vierten Teils, bewölkte sich der Himmel, der Wind ließ nach, und am Beginn des fünften Aufzugs begann es zu regnen.

„Nun, was sagst du jetzt", grinste Florus.

„Ich sage, dass ich nicht verstehe, wie du dich freuen kannst. Wir müssen abbrechen."

„Ach was. Die paar Tropfen."

Aber es blieb nicht bei den paar Tropfen. Es dauerte nicht lange, und die paar Tropfen wurden erst zu Nieselregen, dann schließlich, mitten in der Szene, als es ans Verprügeln des Engels Gabriel ging, fing es ohne Vorwarnung an zu gießen. Die Zuschauer, von denen einige sich bereits in den Treppenaufgängen untergestellt hatten, weil sie hofften, es würde wieder aufhören, verließen nun in Scharen ihre Sitzplätze und strömten nach draußen, um sich unter den Arkaden vor dem Regen in Sicherheit zu bringen. Bühnenarbeiter und die beiden Requisiteure räumten die Bühne leer und brachten die Sachen ins Trockene. Die Schauspieler und Musiker versammelten sich auf der Hinterbühne. Marcia und Origo zitterten in ihren dünnen Kleidern.

„Geht in eure Ankleidezimmer und zieht euch was Warmes an", sagte Acilius. „Wir warten ab, ob der Regen aufhört, dann machen wir weiter."

„Meine Frisur ist hin", bemerkte Marcia. „Ich muss in die Maske."

Gaudentius warf ihr einen Blick zu. An ihrer Perücke war nicht das kleinste Härchen verrutscht. Die blonden kurzen Locken, die in die Stirn gekämmt waren, ringelten sich etwas feucht, aber das wirkte eher noch aparter als zuvor. „Lass doch“, sagte er und lächelte ihr zu. „Das sieht sehr sinnlich aus.“

Sie hob das Kinn, sah ihm hochmütig in die Augen, öffnete den Mund zu einer Bemerkung und schloss ihn wieder. Sie erinnerte sich nur zu genau an das Gespräch, das Hieronymius mit Tertius vor der Maske geführt hatte. Bisher war ihr nicht aufgefallen, dass Gaudentius sich, wie Hieronymius behauptete, um sie bemühte. Es war, soweit sie sich erinnern konnte, das erste Mal, dass er ihr ein direktes Kompliment machte – und dazu noch vor den Kollegen. Also mochte etwas dran sein an dem Gerücht. Sie beschloss, die Bemerkung zu ignorieren, drehte sich auf dem Absatz um und rauschte davon. Origo, deren Frisur sich im Gegensatz zu Marcias tatsächlich in einem etwas derangierten Zustand befand, blieb wo sie war und wartete darauf, dass Gaudentius in sein Ankleidezimmer ging. Das tat er auch, allerdings in Begleitung von Gabso, so dass sie ihm nicht folgen konnte und mit Hieronymius plötzlich allein dastand. Der Schauspieler lächelte sie verführerisch an und beugte sich zu ihr. Sie hatte schon zuvor während der Szenen gerochen, dass er getrunken hatte. Nun roch sie es noch deutlicher. Sie wich zurück, doch Hieronymius fasste ihre Hand und legte ihr seine andere unters Kinn. Er kam immer näher. Sie wand sich in seinem Griff, aber er ließ nicht locker. Sein alkoholisierter Atem ekelte sie, die Gier in seinen Augen machte ihr Angst. Er lachte leise, kam noch näher, und gerade, als sie glaubte, er werde sie küssen, wandte er den Kopf zur Seite und flüsterte ihr ins Ohr: „Deine Frisur sieht übrigens aus wie die einer Vogelscheuche, mein Schatz.“

Origo keuchte entsetzt. „Du Arschloch!“, rief sie wütend und riss sich los. Sie rannte den Flur entlang zur Treppe, die zur Maske im Untergeschoss führte. Im Abgang hörte sie Hieronymius triumphierend lachen. Zu allem Überfluss begegnete ihr auch noch Viventius. Mit einer Hand raffte sie ihr Kleid, mit der anderen hielt sie beschämt ihren sich auflösenden Haarknoten fest. Sie hastete grußlos an dem städtischen Beamten vorbei.

Viventius verpasste auch Hieronymius, der gerade beschlossen hatte, noch irgendwo einen Schluck zu Trinken aufzutreiben, und traf hinter der Bühne nurmehr auf Vitalis, der es sich auf dem Hocker von Florus hinter dem Vorhang bequem gemacht hatte. Der Musiker stand höflich auf, als sein Arbeitgeber herankam.

„Wo sind Acilius und Florus?“, wollte der Tribun wissen.

„Oben, nach dem Wetter schauen“, antwortete Vitalis.

„Es hört bald wieder auf zu regnen“, sagte Viventius. „Es ist nur ein Schauer.“

„Grauenvolles Klima“, konstatierte Vitalis. „Übrigens, was heute Abend betrifft ...“

„Erwarte ich dich pünktlich“, unterbrach ihn Viventius. „Deine Anwesenheit bei meiner kleinen Feier ist, wie du weißt, unerlässlich.“

„Selbstverständlich“, seufzte Vitalis. „Selbstverständlich.“

Viventius ließ ihn stehen und begab sich auf die Suche nach dem Schauspieldirektor.

Acilius stand neben Florus an einem der rückwärtigen Fenster im zweiten Stock des Bühnenhauses und schaute besorgt in den Himmel. „Es ist jedes Jahr dasselbe Ende Oktober. Erst sieht es so aus, als hätten wir Glück mit dem Wetter, und dann fängt es mitten in der ersten Vorstellung an zu regnen.“

„Morgen wird es besser“, verkündete Viventius, der zu den beiden Alten trat.

„Salve, Viventius“, begrüßte ihn Acilius. „Morgen ist morgen. Wir spielen aber heute.“

„Geduld, es hört bald auf“, tröstete ihn der *Tribunus voluptatum*.

„Florus ist schuld. Sein Knie ist schuld“, beschwerte sich Acilius. „Wenn es nicht wehtäte, würde es nicht regnen.“

„Du verdrehst die Tatsachen, mein Lieber“, entgegnete Florus und lachte.

„Weil ich so frustriert bin“, gab Acilius zu. „Selbst wenn es aufhört zu regnen, werden die Ränge halbleer bleiben.“

„Oder halbvoll, ganz wie man es nimmt“, konterte Viventius.

„Ich hasse Optimisten“, erwiderte Acilius herzhaft.

Alle drei lachten und standen dann einfach schweigend da, starrten in den Regen und warteten. Von hier oben hatte man einen schönen Blick über die Stadt und ihre nassen, glänzenden Dächer. Es herrschte ein zinnfarbenes Schauerlicht, die Wolken hatten schwarze Bäuche, waren klar konturiert, und an den Rändern sah man, dass darüber die Sonne schien. Man konnte durch den Regenschleier sogar bis zur Mosellabrücke schauen. Und siehe da, bald klarte der Himmel etwas auf, die dicken dunklen Cumulus-Wolken trennten sich voneinander, ließen die Sonne durch, und wenn es auch noch tröpfelte, so war doch ein Ende des nassen Vorgangs abzusehen.

Acilius' Miene hellte sich ebenfalls auf. „Meinst du, wir können es wagen?", fragte er Florus.

„Wir können nicht nur, wir müssen", gab der Inspizient zurück. „Lass uns rüber auf die andere Seite gehen. Ich bin sicher, die Leute kommen schon wieder rein."

Sie verließen ihren Fensterplatz an der Stadtseite, überquerten den Korridor und traten hinter die Säulen im oberen Stockwerk des Bühnenhauses. Von dort spähten sie in die halbrunde Cavea. Tatsächlich – das Publikum strömte zurück auf seine Bänke. Zum ersten Mal seit Stunden entspannte sich die Miene des alten Schauspielers. Acilius lächelte glücklich. „Wir machen weiter!", rief er. Er schlug Viventius begeistert auf die Schulter.

„Habe ich euch doch gesagt", gab der Beamte belustigt zurück. „Zurück auf die Bühne mit euch! Und heute Abend sehen wir uns zu einem guten Schoppen Wein. Noch einmal viel Erfolg!"

Die drei Männer verließen ihren Aussichtspunkt und begaben sich wieder an ihre Plätze. Florus vertrieb Vitalis von seinem Stuhl, der holte Hieronymius herbei, Acilius repetierte flüsternd den Text, den er als Richter gleich zu sprechen hatte, und Viventius nahm wieder in der ersten Reihe Platz. Marcia war neu frisiert und trug das Ersatzkostüm, das Chaos auf Origos Kopf war beseitigt, Gaudentius war bester Laune, und Gabso, der sich in der Garderobe mit dem Kollegen, der ja wie er Mithras-Myste war, angeregt über astrologische Probleme unterhalten hatte, spielte den gehörnten Ehemann, der sein Recht verlangt und auch bekommt, mit einer solchen Verve, dass er Szenenapplaus für seine Extempora bekam. Der Engel Gabriel wurde verurteilt und dem Gespött preisgegeben, und das Stück ging ins Finale mit einem von Marcia gesungenen Lied, das ein fröhliches Quartett, begleitet von Flöten, Tambour, Tibia und Kithara beschloss, untermalt vom rhythmischen Klatschen des Publikums.

Florus empfing die Kollegen, als alles vorbei war, hinter dem Vorhang. „Gratuliere", sagte er zu Gaudentius und umarmte ihn.

Danach wartete Gaudentius, bis alle sich gegenseitig gratuliert hatten. Er selbst erhielt Glückwünsche von Acilius, Origo und Gabso. Marcia und Hieronymius ignorierten ihn. „Ihr seid ein wunderbares Ensemble“, sagte er und fügte offen hinzu: „Ich bin froh, bei euch sein zu dürfen.“ Origo hatte seine Hand nicht losgelassen. Sie spürte, dass sein ehrliches Bekenntnis den anderen etwas peinlich war. Niemand erwiderte das Kompliment, und sie traute sich nicht, selbst etwas zu sagen. Acilius überbrückte das kurze Schweigen. „Wir sehen uns alle später bei Viventius“, verkündete er. „Geht euch umziehen. Für heute danke ich euch. Betrinkt euch nachher nicht zu sehr, denn ihr müsst auch morgen spielen!“

***

Nicht alle waren wieder zurück ins Theater geströmt, als es aufhörte zu regnen. Einer war gegangen. Britto. Er hatte genug gesehen und gehört. Das Stück war eine Unverschämtheit, aber das kümmerte ihn nicht besonders, denn was hatte das Theater anderes zu bieten als Unverschämtheit und Blasphemie? Was ihn beunruhigte, war etwas ganz anderes. Draußen auf der Straße war Marcia eine Diva, die sich feiern ließ. In der Kirche war sie eine Provokation. Doch nun hatte er sie zum ersten Mal in ihrem Element gesehen: Eine Schauspielerin, die ihre Kunst vollendet beherrschte. Das verriet ihr doppelbödiges, nie nur auf Effekt berechnetes Spiel, das verrieten ihre treffsicheren Improvisationen. Sie war nicht nur schön, sie war musikalisch, beweglich, witzig – und intelligent. Er musste widerwillig anerkennen, dass sie ihm geistig ebenbürtig war, und gerade das ängstigte ihn noch mehr, als sein spontanes Gelächter es vorhin getan hatte. Er stöhnte auf. Marcia war gefährlicher für seinen Seelenfrieden als er angenommen hatte, aber weil er eine Kämpfernatur war, nahm er die Herausforderung an. Wenn es ihm gelang, diese Frau zum wahren Glauben zu bekehren, wog das tausend andere Bekehrte auf. Und wenn er dazu ihrer Anziehungskraft, mit der sie ihn gefangen nahm, widerstehen musste, dann war das nur eine weitere Prüfung des Herrn. Mit neuem Mut eilte er nach Hause. Dort rief er seine Diener, ließ sich waschen, rasieren, das Haar schneiden und maniküren, bis er sich endlich wieder als zivilisierter

Mensch fühlte. An diesem Abend betete er voller Inbrunst für Marcias Errettung: „Herrgott, lass die schwarze Taube dein Licht schauen und schenke ihr Erlösung ...“

XII. Kapitel

Marcia war etwas überdreht und bester Stimmung, wie immer nach einer gelungenen Aufführung. Sie ging nach unten in ihre Garderobe und ließ sich abschminken und die Perücke abnehmen. Es dauerte eine Weile, bis das Mädchen sämtliche Haarkringel gelöst hatte, die der Friseur zuvor an Marcias Kopf festgesteckt hatte, damit unter der blonden Perücke ihr schwarzes Haar nicht zu sehen war. Danach lockte sich Marcias ohnehin gewellte Haarpracht wild um ihren Kopf.

„Das müssen wir bändigen", sagte die Schauspielerin.

„Wie hättest du dein Haar gern?", fragte die Sklavin. „So wie heute Morgen oder ..."

„Griechisch", beschloss Marcia spontan. Sie nahm sich vor, nachher bei Viventius ein Kleid im Stil eines klassischen Chitons zu tragen. Es war eine Mode, die in Rom immer wiederkehrte oder nie ganz verschwand; hier in der Gallia Belgica hingegen war es zumindest ungewöhnlich, aber Marcia hatte Lust, sich zu verkleiden; war ein Fest bei Viventius ja doch nichts anderes als die Fortsetzung des Spiels auf der Bühne. So nahm sie sich die Freiheit zur Kostümierung. Im Übrigen konnte sie nachher den Lapislazuli-Schmuck, den Macedo ihr geschenkt hatte, das erste Mal tragen.

Als habe ihr Entschluss, den Schmuck zu tragen, ihn auf den Plan gerufen, erwartete sie Macedo, als sie nach Hause zurückkehrte. Der alte Sklave, der ihn kannte, hatte ihn hereingelassen und ins Tablinum geführt. Es passte Marcia nicht, dass er ohne Verabredung erschienen war, doch das konnte sie ihn nicht spüren lassen. Daher begrüßte sie ihn mit einem Kuss auf den Mund.

„Wie nett", sagte sie und löste sich aus seinem Griff, denn Macedo, als er den Kuss erwiderte, machte ohne Umschweife deutlich, weshalb er gekommen war. „Warst du in der Vorstellung?", erkundigte sie sich.

„Was für eine Frage", gab er sanft zurück und hielt Marcia am Handgelenk fest. „Du warst wunderbar."

Sie lächelte. „Danke. Es war ein hartes Stück Arbeit, in so kurzer Zeit ein neues Stück auf die Bühne zu stellen. Obwohl es natürlich auf dem Anubis beruht ..."

Macedo hatte jedoch keine Lust, sich über das Stück zu unterhalten. Er zog Marcia zu sich heran, legte einen Finger unter ihr Kinn und zwang sie, zu ihm aufzusehen. „Du siehst hinreißend aus, wenn du gespielt hast, Marcia“, flüsterte er. „Deine Augen glänzen, deine Wangen sind gerötet, deine Lippen ...“ Er beugte sich vor, um sie zu küssen, und sie ließ es geschehen, nur um sich, als er seinen Griff um ihr Handgelenk löste und sie in die Arme nehmen wollte, kokett außer Reichweite zu bringen. Sie sah, dass Macedos Miene sich verfinsterte.

„Was ist los?“, fragte er. „Hast du nicht mal eine Stunde Zeit für mich? Wir haben uns lange nicht gesehen, Marcia.“

Sie kam auf ihn zu. „Mein Lieber, du kommst etwas ungelegen ...“

„Seit wann kommt Publius Macedo ungelegen?“, fuhr er auf. „Ich ...“

„Nein, nein“, beschwichtigte sie ihn lächelnd und legte ihm eine Hand auf den Arm. „So meinte ich das nicht. Ich bin nur schon fertig frisiert und wollte mich jetzt umziehen für das Fest. Wäre es nicht sehr unhöflich, wenn ich zu spät zu unserem *Tribunus voluptatum* käme?“

„Das ist mir völlig egal“, murmelte er und riss Marcia erneut in seine Arme. „Deine Frisur und dein Kleid und Viventius sind mir völlig egal.“ Er vergrub das Gesicht in ihrem Haar und begann, kleine Küsse auf ihrer Schläfe, ihrem Ohrläppchen, ihrer Wange, ihrem Hals zu verteilen. „Du warst vorhin mit diesem Gaudentius so wild, so leidenschaftlich auf der Bühne“, flüsterte er. „Das hat mich eifersüchtig gemacht.“

Marcia lachte. „Es ist doch nur ein Schauspiel, Macedo.“ Im gleichen Moment erinnerte sie sich daran, dass neulich irgendjemand prophezeit hatte, sie würde genau diesen Satz sagen.

„Aber es wirkte verflucht echt“, erwiderte er hart, hob den Kopf und sah ihr in die Augen. „Und es hat mich verrückt nach dir gemacht.“ Er beugte sich zu ihr und küsste sie tief und verlangend. Marcia ließ es geschehen, sie ließ auch geschehen, dass er sie ins Schlafzimmer führte, wo das Mädchen sie beide entkleidete und sie daraufhin allein ließ.

Macedo, nackt und erregt, legte sich aufs Bett und sah Marcia an, die mitten im Zimmer stand. Ihre weiße Haut schimmerte im Zwielicht.

„Dreh dich, meine Schöne", forderte Macedo. „Zeig dich mir, wie Phryne sich ihren Richtern zeigte."

Marcia drehte sich langsam um ihre eigene Achse, wobei sie mehrmals die Pose wechselte, mal spielte sie die keusche Venus, die ihre Brüste und ihre Scham bedeckt, mal ahmte sie die Liebesgöttin nach, die ihre Sandalen löst, mal hob sie die Arme und tanzte wie eine Bacchantin mit Tamburin. Macedo sah ihr zu und ließ dabei die Hand an seinem Phallus auf und ab gleiten. Endlich hielt er es nicht mehr aus.

„Komm her", sagte er heiser und streckte eine Hand nach Marcia aus. Sie kam zu ihm, und Macedo zog sie auf sich ...

Später, als er gegangen war und sie sich gewaschen hatte, war ihre euphorische Stimmung, die sie nach der gelungenen Aufführung erfüllt hatte, längst verflogen. Müde war sie. Immerhin, das zeigte ihr ein Blick in den Spiegel, hatte ihre Frisur nicht gelitten. Sie ließ sich ankleiden, doch als es darum ging, den Schmuck auszuwählen, zögerte sie. Sie nahm das Kästchen, klappte den Deckel auf und betrachtete Macedos kostbare Halskette aus zylindrischen Lapislazuligliedern, getrennt durch kleine goldene Kügelchen. „Nein", sagte sie entschlossen und klappte den Deckel wieder zu. „Gib mir die Kette mit dem Smaragd", sagte sie zu ihrer Sklavin.

Das Mädchen stellte die kleine Schatulle weg und holte stattdessen aus dem Schmuckreservoir der Schauspielerin eines ihrer Lieblingsstücke – eine filigrane Kette aus Golddraht mit facettierten Almandin-Perlen und einer Smaragdperle in der Mitte. Sie legte Marcia den Halsschmuck an und hielt ihr den Spiegel hin, damit sie sich betrachten konnte.

Marcia nickte. „Das ist besser. Jetzt lass uns gehen. Ich bin schon viel zu spät dran."

Und sie war tatsächlich die Letzte der Geladenen, die eintraf. Der *Tribunus voluptatum* besaß in unmittelbarer Nachbarschaft des großen Prokuratoren-Palastes ein eigenes Haus; für einen Junggesellen vielleicht etwas überdimensioniert und so verschwenderisch ausgestattet, dass man es fast geschmacklos nennen konnte. Die Geschmacklosigkeit beispielsweise der Klinen allerdings, mit ihren vergoldeten Löwenfüßen, ihrer Überbreite, ihren ausladenden gepolsterten Voluten an den Kopfenden und dem himmelblauen Bezug, beinhaltete den Vorzug der Bequemlichkeit, und wenn sich das Auge – was rasch geschah – an die Buntheit der Wandbilder aus eingelegtem Marmor mit den vier Jahreszeiten, die rot und golden bemalte Kassettendecke und die farbig inkrustierten Marmorplatten der dreifüßigen Tische gewöhnt hatte, gab es nichts, was am Service, der Qualität des Weins und der Speisen, der Musik oder der Raumtemperatur auszusetzen gewesen wäre.

Alle Kollegen waren bereits gelagert, als der *Nomenklator*, den der Hausherr sich zu dieser Gelegenheit nicht nehmen lassen wollte, Marcia ankündigte. Viventius hatte die traditionelle, hufeisenförmige Anordnung der Klinen gewählt und die Gäste nach herkömmlicher Art verteilt. Er selbst besetzte auf dem *Lectus imus* den ersten Platz und wurde flankiert von Acilius auf dem äußeren Platz der mittleren Kline, wie es seinem Rang zukam. Neben Acilius lagerten Florus und Firmus. Auf dem *Lectus summus* räkelte sich Origo in einem neuen blauen Kleid, das perfekt zu ihren Augen passte und das Marcia noch nie an ihr gesehen hatte. Sie wurde eingerahmt von Gabso und Hieronymius, der gerade einen seiner Witze zum Besten gab. Neben Acilius lag Gaudentius; der Platz, der dort neben ihm noch frei war, gebührte Marcia, und der Diener beeilte sich, ihr die blütenweiße Mappa zu reichen. Als sie sich eingerichtet hatte, setzte Hieronymius bereits zum nächsten Witz an: „Ein Fauler leiht einem anderen Faulen einen Denar. Als sie sich wiedertreffen, fordert er den Denar zurück. Sagt der andere: Klar, streck deine Hand aus, löse meine Geldbörse von meinem Gürtel und nimm den Denar heraus. Sagt der erste: Geh weiter, du schuldest mir nichts mehr."

Marcia hörte Gaudentius neben sich lachen und warf ihm einen Blick zu. Er fing ihn auf, lächelte und wollte etwas sagen, doch diesen Augenblick wählte Viventius, um die Aufmerksamkeit auf sich zu lenken. „Ich bitte um Ruhe", rief er, und die Gespräche verstummten.

„Ich will es kurz machen", begann der *Tribunus voluptatum*, „ihr habt gearbeitet und seid hungrig; ich grüße euch, danke euch, beglückwünsche euch zu der gelungenen Vorstellung und darf euch versichern, dass ihr es nicht bereuen werdet, heute Abend meine Gäste zu sein. Mein Koch hat sich selbst übertroffen, und mein Mundschenk wird euch zur Feier des Tages mit Falerner verwöhnen ..." – hier gab es einige „Oho" von Seiten der anwesenden Männer – „... und ein wenig später am Abend habe ich eine Überraschung für euch." Er klatschte in die Hände, und das Trio erschien, zwei Flötistinnen und Vitalis mit seiner Kithara. Sie besetzten ein kleines Podest gegenüber den hufeisenförmig angeordneten Klinen und begannen zu spielen, leichte, unterhaltsame Tafelmusik, während mehrere Sklaven mit Schüsseln und Handtüchern erschienen, um den Gästen die Hände mit kristallklarem Quellwasser zu reinigen, ehe die Vorspeise aufgetragen und die Becher mit gewürztem Wein aus dem großen silbernen Krater gefüllt wurden, der auf einem großen Tisch im Vorraum stand, vom Mundschenk, jederzeit auf das richtige Mischungsverhältnis bedacht, eifersüchtig gehütet.

Marcia fand bald heraus, dass Gaudentius ein unterhaltsamer Gesprächspartner war. Er plauderte über seine ersten Eindrücke von Treveris, lobte die Vorzüge des Mosellatals, die liebliche Landschaft, das sanfte Klima, die vorzüglichen Trauben, und ließ durch nichts erkennen, dass er mehr als ein kollegiales Interesse an Marcia besaß. Sie war sich bewusst, dass Origo sie beide stets im Auge behielt. Irgendwann – Marcia hatte ein gefülltes Wachtelei auf dem Löffel und wollte es gerade verspeisen, sagte Gaudentius: „Man hat mir erzählt, du habest, ehe du nach Treveris kamst, in Rom gespielt."

Marcia warf ihm einen Blick zu. „Und was hat dir Origo sonst noch erzählt?", fragte sie zurück.

Er lachte. „Nicht viel mehr", erwiderte er. „Aber es interessiert mich. Ich bin nie südlicher als Borbetomagus gekommen."

„Borbetomagus?", fragte Marcia lächelnd. „Wo ist das denn?"

„Ein Kastell am Rhenus, südlich von Mogontiacum. Wir sind als Wandertruppe immer am Fluss auf- und abwärts gezogen, von einem Ort zum nächsten. Die Leute kannten uns schon – was nicht heißt, dass sie uns dadurch mehr Geld in den Topf geworfen hätten ..."

„Es war sicher eine harte Schule", antwortete Marcia. Dann fiel ihr Dexter wieder ein, und sie verstummte. Wo mochte der Kleine jetzt wohl sein? Unterwegs auf irgendeiner Straße, vielleicht Richtung Borbetomagus? Dort würde er seine Kunststücke vorführen und die Schauspieler auf der Flöte begleiten. Am Abend dann, wenn die Münzen gezählt waren, eine warme Mahlzeit. Oder eben auch nicht. Marcia trank einen Schluck Wein aus ihrem Becher aus grünem Glas. Als ein Sklave ihr das nächste Gericht – Täubchen im Teigmantel – servieren wollte, lehnte sie ab.

„Du musst davon probieren", drängte Gaudentius, dem durchaus aufgefallen war, dass sich die Laune der Schauspielerin eingetrübt hatte. Er bedeutete dem Sklaven, das köstlich duftende Geflügel, dessen zartes Fleisch in knusprigem Teig langsam gebacken worden war, zu zerlegen, und reichte Marcia dann ein Stück. „Hier, versuch es", forderte er sie auf. „Es schmeckt wunderbar."

Seine Begeisterung war ansteckend. „Na gut", sagte sie und wollte nach dem Fleischstück greifen, doch Gaudentius zog seine Hand zurück.

„Mund auf, Augen zu", befahl er lächelnd.

Marcia schüttelte den Kopf. Dabei umspielten die schwarzen Locken, die sie für den festlichen Anlass in griechischem Stil hatte frisieren lassen, kokett ihr Gesicht.

„Bitte", lockte er schmeichelnd. „Es ist doch nur ein Spiel."

Sie seufzte, gab aber nach, schloss die Augen und öffnete ihren Mund. Gleich darauf spürte sie das Stück von dem Täubchen, das Gaudentius ausgewählt hatte, zwischen den Lippen. Sie öffnete die Augen und begann zu kauen. „Köstlich", sagte sie und warf einen Blick zu Origo, die den Vorgang mit finsterer Miene beobachtet hatte.

„Mehr?", fragte Gaudentius.

„Mmh", antwortete Marcia, und das Spiel ging weiter. Ab und zu trank sie Wein, und als ihr Becher leer war, ließ Gaudentius ihn sofort wieder füllen.

„Nicht so rasch", protestierte sie.

„Wir feiern unseren Erfolg, Marcia", erwiderte er charmant, „der zum größten Teil dein Erfolg ist. Da darf ein Schluck Wein nicht fehlen."

„Schmeichler", gab sie zurück, wischte ihre Hände an der Mappa ab und ließ es zu, dass ihr der neue Becher gereicht wurde.

„Bei Hieronymius sieht man im Gesicht genau, was er gegessen hat", flüsterte Gaudentius ihr ins Ohr, obwohl es gar nicht nötig gewesen wäre, leise zu sein, denn der Stimmenpegel im Saal war hoch, und die Musik tat ihr Übriges, ein vertrauliches Gespräch von nebeneinandersitzenden Gästen zu befördern.

Marcia lachte. „Er benutzt seine Mappa auch nicht, um sich den Mund abzuwischen ..."

„Sondern?"

„Um sich so viel wie möglich von den Speisen darin einzupacken und mit nach Hause zu nehmen", klärte sie ihn auf. „Hieronymius ist der größte Schnorrer, den ich kenne. Manchmal verkauft er am nächsten Tag sogar etwas von seiner Beute an seine Kollegen, die nicht eingeladen waren."

„Tatsächlich?", tat Gaudentius verwundert und grinste. „So hätte ich ihn gar nicht eingeschätzt."

„Ach, nein?", erwiderte sie lächelnd. Sie sah, dass Origo mittlerweile eine tiefe Zornesfalte zwischen den Brauen trug. Ihre Mundwinkel waren schmollend herabgezogen, und es sah aus, als würde sie gleich anfangen zu weinen. Als Hieronymius etwas zu ihr sagte – bestimmt eine seiner üblichen Anzüglichkeiten –, zischte sie ihm etwas ins Ohr, das ihn laut auflachen ließ. Daraufhin versank Origo wieder in ihr düsteres Brüten und starrte unverhohlen zu Marcia und Gaudentius hinüber.

„Was ist nun mit Rom?", nahm Gaudentius den Faden von vorhin wieder auf.

„Was soll damit sein?", fragte sie zurück.

„Wie lebt es sich dort? Wie arbeitet es sich dort?"

Marcia trank einen Schluck Wein und sah Gaudentius kurz und forschend in die Augen. „Warum willst du das wissen?", fragte sie.

„Weil man mir berichtet hat, es sei die Stadt des Theaters."

„Das stimmt", sagte Marcia.

„Und?"

„Was und?"

„Erzähl mir mehr", forderte Gaudentius sie neugierig auf. „Wie ist das Wetter dort? Wie schmeckt das Essen? Wie groß ist das Theater?"

Sie lachte. „Welches meinst du? In Rom gibt es allein drei große Theater, das Theater des Pompeius, das Theater des Marcellus, und das älteste ist das des Balbus. Es gibt Paläste, in deren Odeion Liederabende stattfinden, es gibt Privathäuser mit eigenen Bühnen. Jeder, der Geld und einen Namen hat, hält sich ein oder zwei Schauspieler oder sogar eine ganze Truppe." Sie schüttelte den Kopf. „Was das Wetter betrifft ... so etwas wie heute wäre dort nicht passiert, nicht um diese Jahreszeit. Und – nichts gegen Täubchen, aber hast du schon mal Pfau gegessen? Oder frischen Oktopus oder ..."

„Wärst du gern dort geblieben?", fragte Gaudentius direkt. Als Marcia ärgerlich auffahren wollte, hob er beschwichtigend eine Hand. „Also ja. Nicht böse sein ..."

„Ich bin aber böse", gab sie zurück, drehte sich weg von ihm und rief einen Sklaven, um sich Wein nachschenken zu lassen. Diesen Zeitpunkt nutzte Acilius, um Gaudentius etwas zu fragen, das Marcia nur undeutlich hören konnte, da das Stimmengewirr und die Musik zu laut waren. Sie blieb für einen Augenblick sich selbst überlassen und ließ ihren Blick in die Runde schweifen. Gabso hatte sich der unglücklichen Origo angenommen und sie wenigstens soweit von Marcia und Gaudentius abgelenkt, dass sie etwas aß und ihm auf seine Fragen immerhin antwortete. Firmus und Hieronymius steckten die Köpfe zusammen und amüsierten sich prächtig – vermutlich auf Kosten Abwesender. Da sich Acilius gerade mit Gaudentius unterhielt, wandte sich der Hausherr an Florus. Der nickte, woraufhin Viventius einem Sklaven winkte, der den nächsten Gang auftrug, sorgfältig zerlegter und soweit möglich bereits von Gräten befreiter Flussbarsch mit einer pikanten Soße aus Wein, Honig und Rosinen. Marcia sah, dass Origo wieder herüberschaute, und schickte ihr ein freundliches Lächeln, was von der Jüngeren quittiert wurde, indem sie trotzig das Kinn vorschob und betont zur Seite blickte.

Selbst schuld, dachte Marcia und nahm eine kleine Schüssel mit dem Fischgericht entgegen, dazu weiches Brot, das sie in die Soße tauchte. Gerade als sie das getränkte Stück Brot in den Mund schob, wandte sich ihr Gaudentius wieder zu und flüsterte ihr ins Ohr: „Lass uns im Frühjahr zusammen nach Rom gehen."

Sie verschluckte sich und hustete. Gaudentius nahm ihren Becher vom Tisch und hielt ihn ihr hin. „Trink."

Sie trank, hustete noch einmal, schluckte, trank erneut, und als sie ihre Stimme wiederfand, sagte sie scharf:„Lass das! Wenn dich jemand hört!"

„Aber es hört mich niemand", gab er lächelnd zurück. „Iss deinen Fisch."

„Ich tue, was mir passt“, fuhr sie ihn an.

„Du wolltest ihn doch gerade essen“, sagte er freundlich.

„Du drehst mir die Worte im Munde herum!“

„Ach was, ich improvisiere nur“, grinste Gaudentius. „Das magst du doch ...“

„Ich habe keine Lust auf deine Scherze.“ Sie drohte ihm mit dem Finger.

„Was hast du gegen Rom?“, fragte er mit Unschuldsmiene. „Ich dachte, es hätte dir dort gefallen.“

„Hör zu“, sagte sie ernsthaft und atmete tief durch. „ Wer Rom verlässt, steigt ab. Ich bin seit sieben Jahren nicht mehr da gewesen. Es ist einfach, von dort fortzugehen, aber sehr schwer, es wieder zu erobern. Du weißt nicht, wovon du redest. Und ich habe nicht den geringsten Grund, das Theater von Treveris im Stich zu lassen.“

„Doch, mich“, entgegnete Gaudentius. „Wir wären ein gutes Gespann und überall erfolgreich.“

„Ich weiß nicht, was für ein Spiel du spielst“, sagte Marcia leise und verärgert, „aber ich weiß, dass es mir nicht gefällt. Was willst du?“

„Dich“, antwortete er schlicht.

In diesem Moment klatschte Viventius in die Hände. „Bitte um Ruhe!“, rief er. „Bitte um eure Aufmerksamkeit.“

Alle verstummten, außer Hieronymius, der gerade einen Witz erzählte, so dass die Pointe allein im Raum stehenblieb: „... als er in den Brunnen schaut, sagt er zu seinem Spiegelbild: Mein Freund sagt, du sollst das Goldstück wieder hergeben.“

Es entstand eine kurze, peinliche Stille, die Viventius schließlich überging. „Freunde“, begann er, und seine Wangen glühten vom Essen, vom Wein und der angeregten Unterhaltung, die er mit Acilius geführt hatte. „Freunde, ich habe eine Überraschung für euch.“ Er gab dem *Nomenklator* einen Wink, und der rief pflichtgemäß in den Saal: „Bassilla, Freigelassene des Viventius, Mimin, Sängerin, Tänzerin!“

Die so Vorgestellte betrat den Raum – nein, sie schwebte. Als sie das Podest, auf dem die Musiker standen, erreicht hatte, blieb sie stehen und verbeugte sich graziös.

„Dreh dich“, forderte Viventius sie auf.

Bassilla drehte sich, so dass die Anwesenden sie eingehend

betrachten konnten. Sie war blutjung, keine fünfzehn, schätzte Marcia, und eine schlanke, großgewachsene Schönheit mit blasser, durchscheinender Haut, hellblondem, glattem Haar und den größten, leicht umschatteten Augen, die sie jemals gesehen hatte. Diese Augen beherrschten das schmale Gesicht, aber sie beherrschten mit kühlem, taxierendem Blick auch ihre Umgebung. Bassilla mochte jung sein, doch sie verriet nicht die kleinste Unsicherheit oder Nervosität.

„Bassilla wird im ‚Hypochonder' die Tochter spielen", verkündete Viventius stolz.

Marcia wurde blass. Also stimmte es, was Hieronymius gesagt hatte. Acilius hatte den ‚Hypochonder' auf den Spielplan gesetzt. Wenn Bassilla die Tochter spielte, konnte das nur heißen, dass sie selbst die Stiefmutter geben musste. Sie hatte den gehässigen Ton noch im Ohr, mit dem Hieronymius diesen Umstand kommentiert hatte: „Auch eine Stiefmutter ist eine Mutter. Marcia wechselt ins Mütterfach." Wut keimte in ihr auf. Wut auf Acilius und auf sich selbst, gemischt mit einer Enttäuschung, die tiefer ging als die Enttäuschung über das, was sie Acilius' ‚Verrat' nannte. Und nun verriet er sie schon wieder. Sie lachte auf, bitter, frustriert, und es war ihr egal, dass die anderen es hörten. Blicke flogen zu ihr, doch da fuhr Viventius schon fort: „Und nun wird euch Bassilla eine Probe ihres Gesangstalents geben." Er winkte Vitalis, und der schlug mehrmals eine Saite an, um der Sängerin den Ton zu geben. Dann begann er mit der Introduktion. Marcia verschlug es den Atem, als sie die Melodie erkannte. Fast wäre sie aufgesprungen, doch sie bezwang sich, hielt die Demütigung noch einen Moment länger aus, wie um sich zu vergewissern, dass es tatsächlich ihr Lied war, ihr neues Lied, das Lied, das Vitalis für sie geschrieben hatte, für sie und für niemand anderen! Sie fing einen Blick von Origo auf und erschrak über das, was sie in den Augen der Kollegin las. Origo schien von einem Moment zum anderen wie ausgewechselt. Ihre Wangen glühten, und sie lächelte triumphierend.

Bassilla, die ein schlichtes Kleid trug, dessen Stoff aber so dünn war, dass sich ihre perfekte Figur darunter klar abzeichnete, hatte ein Paar Klappern mitgebracht und übernahm den Rhythmus. Dann begann sie zu singen:

„Schon ein Mädchen von fünfzehn Jahren
Das hab ich am eigenen Leibe erfahren -
Muss die Regeln der Liebe gut kennen
Hier will ich euch alle fünf Typen nennen:
Den Schönen, den Reichen, den Wilden, den Zahmen,
Den Heiratsschwindler mit falschem Namen
Wer die nicht kennt, so hab ich's gefunden
Vergeudet der Jugend herrlichste Stunden
Drum lasst euch mein Lied zur Warnung gefallen
Gefällt es euch, so nützt es allen."

Da war sie – die perfekte Strophe, nach der sie neulich noch vergeblich mit Vitalis gesucht hatte. Und nun klangen die Worte aus einem fremden Mund, tönte das Lied – ihr Lied – aus einer fremden, verhassten Kehle!

„Der Schöne verlässt sich auf sein Gesicht
Mit dem er so manche von uns besticht
Er schenkt uns ein Lächeln, wir glauben!
Doch haben wir ihn – saure Trauben!
Sein Lächeln ist frei, sein Herz ist gebunden
Er liebt nur sich selbst, so hab ich's gefunden
Drum lasst euch sein Lächeln am Morgen gern schenken
Für die Liebe müsst ihr an einen anderen denken! ..."

Bassillas Stimme war gut ausgebildet und hatte einen leichten Hauch, den sie an den entsprechenden Stellen gezielt einsetzte. Sie war schon jetzt eine Augen- und Ohrenweide, und was ihr an Erfahrung noch fehlen mochte, machte sie durch die Magie ihres Blicks mehr als wett.

„Der Wilde schwört Liebe beim ersten Blick
Er sagt: nur du, du bist mein Geschick!
Glutvoll wirbt er um eure Gunst
Erobert euch endlich in heißester Brunst
Wenn dann vorbei die trunkenen Stunden ..."

An dieser Stelle war es mit Marcias Selbstbeherrschung vorbei. Sie sprang auf, gleichgültig gegen das Scheppern der Schüssel, die auf dem Boden zerbrach. Die Musik, der Gesang, erstarben. Sie hörte jemanden unterdrückt lachen. Es musste Hieronymius gewesen sein. Marcia knüllte ihre schmutzige Mappa zusammen. Mit zwei Schritten war sie bei Acilius und warf ihm die Serviette ins Gesicht. „Genug!", schrie sie ihn an. „Was glaubst du, wer du bist?

Wie kommst du dazu, diese hergelaufene Amateurin mein Lied singen zu lassen, noch ehe ich es auf die Bühne gebracht habe! Ich verlange eine Entschuldigung für diese Unverschämtheit!"

Acilius blickte zu Boden, Viventius blickte irritiert zu ihr auf, offensichtlich begriff er nicht ganz. Hieronymius nutzte den Moment angespannter Stille, um leise, jedoch unüberhörbar, zu Gabso zu sagen: „Die Kleine ist immerhin tatsächlich ein Mädchen von fünfzehn Jahren – ganz im Gegensatz zu ..."

Acilius hob bedauernd die Schultern. „Marcia, ich hatte weder von Bassilla Kenntnis, noch davon, dass sie dein Lied singen würde. Viventius hat mir nur etwas von einer Überraschung erzählt."

Marcia schnaubte empört und ging auf Vitalis zu, der automatisch wie schützend seine Kithara vor sich hielt. „Du verdammter Idiot!", beschimpfte sie ihn. „Du vermaledeiter Mistkerl! Du jedenfalls hast genau gewusst, was du tust!" Sie packte Bassilla am Arm und zog sie hinüber zu den Klinen. „Ich werde keinesfalls die Mutter dieser aufstiegsgeilen Schlampe hier spielen, hörst du, Acilius! Denk drüber nach! Wer füllt euch denn euer Provinztheater, wenn nicht ich! Wessen Lieder singen die Leute auf der Straße! Denk drüber nach!" Damit drehte sie ab und stürmte aus dem Saal. Die Zurückbleibenden schwiegen betreten, nur Bassilla stand gelassen einen Augenblick da, ehe sie zu Vitalis ging und ihm etwas zuflüsterte. Er schaute zuerst unsicher zu Acilius hinüber, doch der flüsterte mit seinem Arbeitgeber. Also nickte Vitalis, verständigte sich mit dem Mädchen, und gleich darauf begannen sie mit einem fröhlichen, allen bekannten Lied aus einem alten Mimus des Laberius. Die Gäste des Viventius nahmen es zum Anlass, sich wieder dem Wein und ihren Nachbarn zuzuwenden. Langsam füllte sich der Saal wieder mit Stimmen.

Viventius, als ob der Vorfall von eben nicht stattgefunden habe, wandte sich bestens gelaunt an Acilius. „Es sieht so aus, als käme der Kaiser wieder nach Treveris", bemerkte er und wippte mit einer Fußspitze im Takt der Musik. „Ich habe es aus zuverlässiger Quelle. Wer weiß, vielleicht kehrt bald Leben und Glanz in unsere Stadt zurück!" Er hatte, während er sprach, Bassilla nicht ein einziges Mal aus den Augen gelassen. Sie tanzte gerade grazil zu einer Flötenmelodie. „Sie ist ein Wunder!", schwärmte Viventius übergangslos. „Ein wahres Wunder. Ich habe sie freigelassen, aber sie verdankt mir alles. Sie ist treu. Sie wird der neue Stern am Bühnenhimmel von Treveris."

„Und Marcia?", schob Acilius ein.

„Ach, Marcia ..." Der *Tribunus voluptatum* besah sich die Ringe an seinen Fingern. „Sie wird sich beruhigen. Vitalis schreibt ihr ein neues Lied, sie hat Erfolg damit, und dann geht das Leben weiter. Wir haben jetzt sieben Jahre lang Marcia. Es wird Zeit, dass wir den Leuten etwas Neues bieten. Bassilla hat das Zeug zum Erfolg. Selbst die Christen werden in Scharen unser Theater stürmen."

Acilius, der die Meinung des Tribuns nicht ganz teilte, entschied, dass es fürs Erste besser sei, das Thema zu beenden. „Das glaube ich auch", erwiderte er deshalb nur höflich, winkte einem Sklaven, ließ sich Wein nachschenken und richtete das Wort an Gaudentius, gerade, als dieser beschlossen hatte, Marcia zu folgen. Nun blieb ihm nichts anderes übrig, als dazubleiben und mit dem Schauspieldirektor Konversation zu treiben. Niemand erwähnte Marcia an diesem Abend mehr, niemand machte auch nur die kleinste Bemerkung über den peinlichen Vorfall. Nur daran, dass es nicht so spät wie üblich wurde, als sich die Gesellschaft auflöste, mochte man erkennen, dass es so etwas wie eine Irritation gegeben hatte. Gaudentius verabschiedete sich als Erster und eilte auf die Straße. Aus einem Impuls heraus schlug er die Richtung zu Marcias Haus ein, doch er war noch keine zwanzig Schritt gegangen, als jemand hinter ihm herlief. Kurz darauf spürte er, wie sich eine kühle, kleine Hand in seine schob. Origo. „Du gehst in die falsche Richtung", sagte sie kichernd. „Bist du so betrunken?"

XIII. Kapitel

Sie träumte, sie käme in eine Stadt am Meer, unregelmäßige, durchlöcherte Felsspitzen, die wie zerborstene Türme aus der grünen See ragten, dahinter Häuser aus braungrauem Peperin, ihres Verputzes, ihres Marmorschmucks entkleidet. Sie wanderte durch die Straßen und gelangte zu einer Stelle, die wie ein mit Wasser gefüllter Graben war; wenn sie die Stadt weiter erkunden wollte, musste sie ins Wasser steigen. An beiden Ufern waren Menschen, aber sie redete mit niemandem; die Männer und Frauen sprachen nicht miteinander und nicht mit ihr, und sie schienen zurückzuweichen, wenn sie ihnen nahe kam. Als sie im Wasser stand bis ungefähr zur Brust, sah sie viele Wasserschildkröten um sich herum, schwarz und gelb und mit keilförmigem Kopf und roten Streifen auf der Wange. Sie fürchtete sich ein bisschen, aber die Schildkröten ließen sie in Ruhe, tauchten weg, wenn sie näherkam. Am anderen Ufer stieg sie aus dem Wasser. Sie war seltsamerweise gar nicht nass. Die Sonne schien, aber es war weder Hitze noch Kälte zu spüren; der Himmel war klar, doch nicht wie eine Schönwetterklarheit, sondern wie eine gleichförmige abstrakte Helligkeit, von der sie wusste, dass sie sich niemals änderte. Sie erreichte eine enge Gasse, die sich zu einem Platz öffnete, auf dem die marmornen Säulenstümpfe eines zerstörten Tempels standen. Daneben ein großes Haus, doch als sie genau hinsah, war es nur eine Fassade, dahinter nichts. Sie bemerkte, dass alle Häuser nur Fassaden waren. Sie begann sich zu fürchten und suchte die Hauptstraße, um zum Stadttor zu gelangen. Als sie die Straße erreichte, die nicht gepflastert war, sondern ausgewaschen, uneben, teils gefüllt mit Schotter, sah sie einen Leichenzug. Männer trugen eine Totenbahre, aber immer, wenn sie versuchte, den Leichnam zu sehen, schien es, als wüchsen die Arme der Männer in die Höhe oder als wären es Riesen, so dass sich der Körper ihren Blicken entzog. Doch auch ohne zu sehen wusste sie, dass der Leichnam auf der Bahre eine Frau war, und diese Frau trug ihr Gesicht. Den Trägern folgten schwarzgekleidete Menschen mit leerem Blick. Keine Stimmen. Keine Schritte. Kein Geräusch. Angsterfüllt schaute sie sich um. Hinter ihr lagen die zerklüfteten hohen Felsen am Meer, lag die tote Stadt. Da kam ein riesiger Schwarm weißer Tauben angeflogen, und vier winzige Tauben flogen zu ihr und drängten sich in ihre Hand. Sie sagte zu ihnen: Bei mir könnt ihr nicht bleiben, und öffnete die Hand. Sie flogen weg, und Marcia erwachte mit einem Ruck. Ihr Herz raste. Sie setzte sich benommen auf und starrte auf ihre Hand, in der sie immer noch die weichen Federn zu spüren meinte. Nur langsam kehrte ihr Geist in die Realität zurück. Sie hatte geträumt. Nichts weiter. Nur ein Albtraum nach einer Nacht, in der sie ohnehin kaum geschlafen hatte. Die Ereignisse des vergangenen Abends fielen ihr wieder ein, und die Wut von gestern war die Wut von heute. Sie fühlte sich im Recht, sie fühlte sich verletzt und beleidigt, sie hasste dieses Geschöpf, das Viventius hatte drillen lassen, bis es – noch ein halbes Kind – funktionierte wie die fleischgewordene Perfektion. Wie kühl diese Bassilla gewirkt hatte. Wie selbstsicher. Marcia wurde plötzlich bewusst, dass ihr Zornesausbruch und ihr hysterischer Abgang dagegen alles andere als professionell gewirkt haben mussten. Ich habe mich hinreißen lassen, dachte sie beschämt, ernüchtert. Ich habe vor einer Amateurin die Kontrolle verloren, wie konnte das passieren? Sie war wütend auf sich selbst.

Es war noch nicht hell draußen; ihre Sklavinnen schliefen, im Haus war alles ruhig. Marcia ließ sich zurück in die Kissen sinken. Die Vorstellung begann zur fünften Stunde. Ankleide- und Schminkzeit machten es nötig, zur vierten Stunde im Theater zu sein – spätestens. Ihr Verlangen danach, die Kollegen zu sehen, war sehr gering. Doch an Acilius und die anderen wollte sie jetzt nicht denken. Stattdessen stand sie auf, weckte ihre Sklavinnen und ging ins Bad. Dort ließ sie sich waschen, einölen und danach frisieren, wobei sie an diesem Tag darauf verzichtete, sich schminken zu lassen, denn erstens musste sie in wenigen Stunden sowieso in die Maske, und zweitens gebot die Pietät, es bei dem Gang, den sie nun unternehmen wollte, zu unterlassen. Nachdem sie angekleidet war, befahl sie ihrer Dienerin: „Hol Weihrauchkörner und Wein und sag den Sesselträgern, sie sollen sich bereitmachen. Du begleitest mich zum Tempel."

Wenig später, bei Tagesanbruch, ließ Marcia sich ins Tempeltal bringen, das im Südosten lag, nicht weit von der größten Thermenanlage der Stadt entfernt. Die Sonne war bereits aufgegangen, und als sie die Umfriedung des heiligen Tals erreichte, schimmerten die Dächer der unzähligen kleinen und größeren

Tempel im Frühlicht. Von einigen Altären stieg Rauch auf; dort hatten die Priester bereits Opfer gebracht und gebetet – zu Aveta oder Merkur, zu Ritona oder Apollo Grannus, zu Mars oder der dreigestaltigen Hekate.

Marcia allerdings ließ sich vor dem Eingangstor zum Tempeltal absetzen und ging zu Fuß weiter, bis sie den kleinen Schrein der Fortuna erreicht hatte, ein schmales Gebäude mit niedrigem Giebel ohne Vorhalle. Der steinerne Altar davor zeigte das Relief der Göttin, und auf diesem Altar glomm bereits eine Schale mit Weihrauch; ein dünner Rauchfaden stieg zum Himmel. Marcia brachte Wein als Trankopfer dar und streute Weihrauch in die Schale. Dann hob sie die Hände zum Gebet und begann:

„O Göttin, die du machtvoll Sterbliche vom Staub erhebst
Und bald in einen Leichenzug
ihr stolzes Gepränge verwandelst,
Höre mich an.
Höre mich, große Göttin Fortuna, höre mich, ich rufe dich unter diesem Namen und unter jenen, mit denen du sonst genannt werden magst.
Nimm mein Opfer an, ich bitte dich, o Göttin,
Schau mit Wohlwollen auf mich und meine geringe Gabe,
Bald schon will ich dir geben, was ich an Schätzen habe,
Denn dir gehört mein Gut, mächtige Göttin,
Wenn du machst, dass die, die mich gedemütigt haben,
Bestraft werden. Steh, große Göttin, mir bei.“

Marcia ließ die Hände sinken und verharrte noch einen Moment, den Blick auf die Rauchfahne gerichtet, die ab und zu vom Wind erfasst wurde und zerstob, dann jedoch wieder, weil das Tempeltal von Mauern und hohen Bäumen geschützt wurde, ungestört geradewegs gen Himmel stieg und sich in der klaren Morgenluft verlor. Auf den Wegen zwischen den Tempeln waren Priester mit verhüllten Häuptern unterwegs, um einen Altar nicht weit von dem Schrein der Fortuna entfernt standen Gläubige schweigend, wie es geboten war, während der Priester Speisenopfer brachte und dann die Formeln des Gebetes sprach, darauf bedacht, keine Zeile zu vergessen und kein Wort falsch auszusprechen, damit die Gottheit nicht übelnahm.

Marcia fühlte sich etwas erleichtert nach ihrem Gebet an die Göttin des guten Gelingens. Sie verließ das ehrwürdige Tempeltal, nahm in ihrem Tragsessel Platz und kehrte zurück in die Innenstadt. Allerdings ließ sie sich nicht nach Hause, sondern direkt ins Theater bringen. Dort suchte sie nach Acilius und fand ihn hinter der Bühne, wo er zwei Sklaven Anweisungen gab.

„Kann ich dich einen Moment sprechen, Acilius?", fragte Marcia, die zu ihm getreten war.

Acilius drehte sich um. „Marcia", sagte er. „Sei mir gegrüßt. Natürlich habe ich Zeit für dich."

Es war ihm anzumerken, dass ihm das gestrige Geschehen noch allzu deutlich vor Augen stand. Marcia musste im Stillen fast lächeln, so verlegen wirkte der alte Mann. Beinahe hatte sie ihm schon verziehen. Aber sie wollte Klarheit. Also folgte sie ihm in den hinteren Teil des Bühnenhauses, wo sie ungestört waren. Dort angekommen, sagte Acilius sofort: „Es tut mir leid, Marcia, was gestern passiert ist. Ich hatte keine Ahnung, weder von Bassilla noch von deinem Lied. Diese ‚Überraschung' ist Viventius absolut gelungen", fügte er sarkastisch hinzu.

Marcia sah ihn forschend an und fragte sich, ob sie ihm glauben konnte. „Du hättest etwas unternehmen können, Acilius", erwiderte sie. „Als sie anfing zu singen, hättest du abbrechen können."

„Hätte ich?", fragte Acilius zurück. „Wenn der *Tribunus voluptatum* mit stolzgeschwellter Brust sein neues Geschöpf vorführt?"

„Ja, ich weiß", lenkte Marcia ein. „Aber ..."

„Er hat es sich in den Kopf gesetzt, Bassilla auf der großen Bühne zu sehen, und ich bitte dich, den Zwischenfall von gestern zu vergessen. Das eine ist, dass wir eine neue Schauspielerin in der Truppe haben. Das andere ist, dass dein Lied selbstverständlich dein Lied ist und bleiben wird. So etwas wie gestern wird es in Zukunft nicht mehr geben. Weißt du was, du kannst es gleich heute singen!"

„Bassilla wird im ‚Hypochonder' die Tochter spielen", sagte Marcia.

„Ja, das wird sie."

„Und ich spiele ihre Mutter?"

„Ihre Stiefmutter", korrigierte Acilius.

„Na und?", gab sie zurück.

Acilius zögerte, dann fragte er sanft: „Warum nicht, Marcia?

Es ist eine Rolle für eine junge, schöne Frau. Eine sehr gute Rolle sogar, vielseitig, wie geschaffen für deine Wandlungsfähigkeit."

„Du musst mir keinen Honig um den Mund schmieren, Acilius", gab Marcia zurück. „Ich weiß, dass es eine gute Rolle ist. Aber ..."

„Dich stört die ‚Mutter'?"

Marcia nickte.

„Seit wann hast du dich je darum gekümmert, was die Leute, was die Kollegen tratschen?", sagte Acilius und hoffte inständig, den richtigen Punkt getroffen zu haben. „Warum sich die Blöße geben und zugeben, dass es dir etwas ausmacht – was es meiner Meinung nach überhaupt nicht müsste. Warum glauben, dass du dir etwas vergibst? Nimm es doch sportlich, Marcia. Zeig ihnen, was du aus dieser Rolle zu machen verstehst. Je mehr Lust du am Spiel zeigst, desto stummer werden deine Feinde."

Sie sah ihn nachdenklich an. Sie schätzte seine Erfahrung, und sie wusste, dass er wiederum sie als Schauspielerin schätzte. Dennoch konnte sie nicht genau einordnen, ob das, was er ihr riet, purer Eigennutz war oder die Wahrheit. Wahrscheinlich eine Mischung aus beidem. Es klang vernünftig, was er vorschlug, und es war sicher die klügere Haltung im Vergleich zu ihrer öffentlich zur Schau getragenen Wut.

„Es bleibt mir wohl nichts anderes übrig", konstatierte sie schließlich. Doch dann lächelte sie und hob kampfbereit das Kinn. „Also gut, Acilius. Nehmen wir es sportlich! Heute hört die ganze Stadt mein Lied, und zwar von der großen Bühne!"

Und mit dieser Haltung ging sie in die Vorstellung. Sie fühlte sich angespornt und freute sich auf ihren Auftritt, so dass selbst ihre Nervosität geringer war als sonst. Vitalis, mit dem sie, bereits voll kostümiert, noch ein Hühnchen gerupft hatte, gab sich schuldbewusst und war nur zu gern bereit, seinen Fehler wiedergutzumachen. Sie probten das neue Lied bis kurz vor Beginn der Vorstellung und legten die Stelle im Stück fest, an der Marcia es singen sollte.

„Die männliche Luna" wurde ein voller Erfolg, denn Marcia spielte mit einem kämpferischen Schwung, der ihr mehrmals Szenenapplaus einbrachte, und als sie das Lied zum ersten Mal vorgetragen hatte, wollte der Beifall nicht enden, so dass sie es ein zweites Mal sang.

Erhitzt und strahlend kam sie danach hinter die Bühne. Acilius empfing sie und umarmte sie. „Gratuliere, Marcia. Du warst großartig. Das war ein großer Tag!"

Die Kolleginnen und Kollegen, die in der Nähe standen, darunter auch Origo und Gaudentius, applaudierten. Marcia ignorierte sie vollständig und lächelte Acilius an. „Danke, mein Lieber", sagte sie und entschwebte in ihre Garderobe.

Ich habe es ihnen gezeigt, dachte sie, während sie die Treppe hinuntereilte. Mit Fortunas Hilfe habe ich es ihnen gezeigt!

Während sie sich abschminken und neu frisieren ließ, kam ihr ein Gedanke. *„Carpe diem"*, flüsterte sie und bedeutete dem Mädchen zum Abschluss, ihr den Spiegel zu reichen. Was sie sah, stimmte sie höchst zufrieden. Ich war nie schöner, dachte sie. Jünger vielleicht, pah, aber niemals schöner. Pflücke den Tag!

Zu Hause befahl sie dem Knaben: „Geh zu Callosia Clamosa. Wo sie wohnt, sagt dir Mavillo. Sag ihr, sie soll für mich eine Audienz bei Bischof Britto vereinbaren. Sofort!" Damit entließ sie den Jungen, der davoneilte, um den Auftrag zu erledigen. Sie selbst blieb zurück, wusste nichts mit ihrer Zeit anzufangen, wanderte ziellos und traumverloren in ihren Räumen herum und sank zuletzt auf eine Kline im Tablinum, wo sie lag wie eine gelangweilte Venus, sinnlichen Gedanken nachhängend, ab und zu seufzend, ab und zu hochfahrend, weil sie meinte gehört zu haben, dass der Knabe zurückkam. Wenn alles ruhig blieb, ließ sie den Kopf wieder in den Nacken sinken und träumte weiter.

***

Britto, als er die Nachricht empfing, die Callosia Clamosa ihm persönlich überbrachte, errötete zuerst, dann wurde er blass, dann räusperte er sich und fragte in unverbindlichem Ton: „Hat sie dir mitgeteilt, was ihr Anliegen ist?"

„Nein, mein Bischof", erwiderte Callosia. „Sie sagt nur, es eile."

Britto überlegte fieberhaft. War es möglich, dass Marcia die Taufe wollte? Nein, dachte er kopfschüttelnd. Gott wirkt zwar Wunder, aber so schnell ...? Andererseits: wer war er, das zu beurteilen? Er hatte in der vergangenen Nacht lange und aufrichtig für die Schauspielerin gebetet, war frühmorgens friedlich eingeschlafen und fühlte sich bereits viel kräftiger als gestern.

„Ich werde prüfen, wann ich Zeit für sie habe“, sagte er zu der Diakonin.

Um keinen Preis wollte er ihr zeigen, wie sehr ihn das Anliegen Marcias aufwühlte und wie sehr es ihn drängte, mit ihr zu sprechen. Hatte sie ihn etwa gestern im Theater erkannt? Unmöglich. Sein Herz klopfte. Der Traum von der schwarzen Taube fiel ihm auf einmal wieder ein. Er glaubte an die Vorbedeutung von Träumen, und er wusste, dass der heilige Mann draußen vor den Toren von Treveris es ebenfalls tat.

Callosia Clamosa nickte und erwiderte: „Gut, mein Bischof. Ich werde es ihr ausrichten.“ Sie wandte sich um und wollte gehen, doch als sie den Raum schon fast verlassen hatte, rief Britto ihr hinterher: „Warte!“

Sie kam zurück, einen fragenden Blick im Gesicht.

„Ich befürchte, dass sich der Geist dieser Frau dem Wort Gottes wieder verschließt, lässt man sie zu lange im Ungewissen“, hörte Britto sich selber sagen. „Ich werde meinen Sekretär befragen, ob es noch heute eine Möglichkeit gibt, sie zu empfangen.“ Damit begab er sich ins Nebenzimmer, wo Rufinius am Tisch saß und schrieb. Er flüsterte kurz mit ihm, so dass Callosia nicht hören konnte, was gesprochen wurde. Dann kehrte er zurück.

„Höre“, begann er. „Es ist mir gelungen, heute Nachmittag eine Stunde für deine Klientin zu reservieren. Teile ihr mit, sie solle sich zur neunten Stunde bei mir einfinden.“

„Deine Güte ist groß, mein Bischof“, erwiderte die Matrone hochachtungsvoll.

Britto winkte ab. „Gelobt sei Jesus Christus.“

„In Ewigkeit, Amen“, ergänzte Callosia und ging, um ihren Auftrag auszuführen.

***

Marcia lag auf ihrer Kline im Tablinum, summte eine Melodie und wippte mit dem Fuß dazu und hatte den Knaben nicht gehört, als er ins Zimmer trat. „Herrin“, begann er, und die Schauspielerin zuckte erschrocken zusammen.

„Was fällt dir ein!“, fuhr sie ihn an. „Weißt du nicht, was sich gehört?“

„Verzeih“, erwiderte er demütig.

„Und“, sagte Marcia ungeduldig, da er verschüchtert schwieg. „Was hast du zu melden?“

„Der Bischof lässt dir mitteilen, dass er dich zur neunten Stunde in seinem Haus erwartet“, berichtete der Junge eilig, den Blick nach wie vor auf den Boden geheftet.

„Kannst du das nicht gleich sagen!“, rief Marcia und sprang auf. Sie klatschte in die Hände, und ihre Lieblingssklavin erschien. „Ich muss mich fertigmachen, und zwar schnell. Es ist schon spät!“ Damit rauschte sie aus dem Tablinum, eilte ins Schlafzimmer und setzte sich in den hochlehnigen Korbstuhl, um sich schminken zu lassen, denn sie hatte nach der Vorstellung nicht einmal Lippenrot aufgetragen. Doch als das Mädchen fertig war und ihr den Spiegel reichte, betrachtete sich Marcia eine ganze Weile unschlüssig. Sie wandte den Kopf hin und her, um sich im Halbprofil zu studieren, sie hob das Kinn, um zu sehen, ob die Haut schön straff war, sie lächelte und überprüfte, ob ihre Zähne sauber waren. Dann befahl sie ihrer Sklavin, den Spiegel wegzulegen und sagte entschlossen: „Nimm das Zeug wieder runter.“

Als sie wieder abgeschminkt war, schaute sie erneut in den Spiegel und bereute ihren übereilten Entschluss fast. Doch sie hatte nicht mehr viel Zeit, und so wies sie das Mädchen nur an, ihr ein wenig Rötel auf die Lippen zu legen. Wenig später verließ sie in Begleitung des Knaben das Haus. Der Junge geleitete sie zur Domus des Bischofs, die der großen Doppelkirche benachbart lag. Marcia wurde gemeldet und eingelassen. Sie wusste nicht genau, was sie erwartet hatte; das Haus dieses christlichen Priesters jedenfalls war eine merkwürdige Mischung aus Weitläufigkeit und Kargheit. Der üppige Bilderschmuck städtischer Häuser wohlhabender Herren fehlte völlig; der Fußboden war sauber, aber aus schlichten Ziegeln, und es schien nur wenige Diener zu geben. Nur die Rosen im Atrium, von denen selbst jetzt im Spätherbst noch einzelne blühten, milderten die Strenge des Ambientes. Britto empfing die Schauspielerin im Kreise einiger Geistlicher, darunter auch der Diakon Secundius Securus, den Marcia bereits vom Sehen kannte. Sie trat schwungvoll auf die Gruppe zu und sah den Bischof herausfordernd an. „Ich grüße dich und danke dir, dass du Zeit für mich hast“, begann sie. „Ich möchte mit dir sprechen“, sagte sie und maß den Diakon und die übrigen Begleiter des Bischofs mit hochmütigem Blick. „Allein“, fügte sie hinzu.

„Was immer du mir zu sagen hast, kann jeder der hier Anwesenden hören“, entgegnete Britto höflich.

„Und wenn ich nicht möchte, dass die hier Anwesenden meine Worte hören?“, fragte sie zurück. „Wenn das, was ich zu sagen habe, nur für dich bestimmt ist und für niemanden sonst?“

Britto zögerte einen winzigen Moment. Dann jedoch sagte er fest: „Ich bin als Bischof hier, höre dich als Bischof an. Dies ist meine öffentliche Funktion, und in dieser Funktion habe ich vor niemandem Geheimnisse.“

Jetzt war es an Marcia, zu zögern. Sie blickte zu Boden. Doch dann sagte sie mit sanftem Augenaufschlag: „Fürchtest du dich so sehr vor mir?“

Britto schwieg einen Moment, als suche er nach Worten.

„Wie sehr musst du dich fürchten“, fuhr Marcia fort, wie in Gedanken. „Denn wenn du Vertrauen zu dir selbst hättest, bräuchtest du den Beistand deiner Mitstreiter nicht.“

Der Bischof wollte etwas erwidern, doch Marcia hob die Hand. „Und wenn du dich nicht fürchtest – wer befiehlt dir, mir den Respekt zu verweigern, da ich dich um ein Gespräch unter vier Augen bitte?“

Der Diakon, der Sekretär und die übrigen Geistlichen bemühten sich angestrengt, ihre Neugier nicht zu verraten und sahen entweder verlegen zu Boden oder in Richtung Fenster. Einer hüstelte hinter vorgehaltener Hand. Marcia ließ ihren Blick über die Gruppe schweifen und fixierte dann Britto. Der wich ihrem Blick aus.

„Nun?“, fragte sie.

Britto wandte sich an seine Begleiter. „Geht“, befahl er. „Nur Rufinius soll bleiben. Bist du zufrieden?“, fragte er Marcia.

Sie lächelte und neigte dankbar den Kopf. „Zufriedener jedenfalls als zuvor.“

Der Diakon und die übrigen Geistlichen verließen den Raum und schlossen die große Tür hinter sich. Und da Rufinius als glänzender Vertreter seiner Profession die Kunst beherrschte, sich bei körperlicher Anwesenheit gleichsam unsichtbar zu machen, herrschte sofort eine andere Atmosphäre im Raum. Eine gespannte Stille trat ein, und Marcia nutzte den Moment, um ihre Kopfbedeckung zurückzuschieben und ihr Haar zu richten. Sie war sich bewusst, dass Britto sie unverwandt ansah, doch als sie den Blick hob, um seinen Augen zu begegnen, las sie darin ein Gefühl, das sie nicht kannte. Dann erst bemerkte sie die Wunde auf seiner Stirn.

„Du bist verletzt", sagte sie mitfühlend.

„Nichts von Bedeutung", erwiderte Britto.

„Du siehst verändert aus", bemerkte sie. „Warst du krank?"

Er schüttelte den Kopf. „Ich ... habe die ganze Nacht für dich gebetet", sagte er schließlich, unbewusst lächelnd.

Wieder schwiegen sie, sahen einander nur an, als würden sie Frieden in dem Anblick finden.

„Bist du gekommen, weil du die Taufe möchtest?", fragte der Bischof schließlich.

„Nein", sagte Marcia überrascht. „Ich wollte dich wiedersehen."

„Marcia", begann der Bischof und räusperte sich. „Dir muss doch völlig klar sein, dass deine Gefühle fehlgeleitet sind. Ich ..."

„Sind sie das?", fragte sie kokett. „Hat Bischof Britto den Mann in sich etwa vergessen? Verbietet dir dein Gott zu lieben?"

„Die christliche Liebe ist von anderer Art als jene, die du meinst. Jesus, Gottes Sohn, der die Liebe kennt wie kein anderer zuvor, lehrt die Liebe zu unserem Nächsten, die Liebe zu unseren Feinden, die Liebe zu Gott. Du bist meine Nächste, und ich liebe dich also. Das fleischliche Begehren aber ist Sünde, wer ihm verfällt, ist verdammt."

Marcia schüttelte erstaunt den Kopf. „Das verstehe ich nicht. Liebe ist ein Geschenk der Götter, in ihr liegt alles begründet, was schön und lebendig ist. Wer sollte so etwas zurückweisen?"

„Du kennst nur die eine Art der Liebe", entgegnete Britto melancholisch. „Was du schön nennst, ist in Wahrheit hässlich, weil es verfällt. Was du lebendig nennst, ist in Wahrheit tot, weil es sterben muss. Die Welt ist ein Zyklus von Werden und Vergehen, von Hoffnung und Enttäuschung. Jesus Christus, der für uns gekreuzigt wurde und am dritten Tag auferstanden ist, hat diesen Kreislauf des Todes durchbrochen. Wer sich in seinem Namen taufen lässt und ihm sein Leben weiht, wird nicht sterben, sondern leben. Seine unsterbliche Seele wird in die Gefilde der Seligen eintreten, und am Jüngsten Tag, wenn Gott Gericht über uns hält, werden die wahren Christen, so sagt es das Evangelium, im Fleische auferstehen ..."

Sie war enttäuscht und ging darauf nicht ein. „Du sprichst mit mir von Dingen, die ich nicht kenne, die mich nicht interessieren." Und heftiger setzte sie hinzu: „Rede mit mir wie ein Mann mit einer Frau, wie ein Mensch mit einem Menschen!"

Britto schwieg kurz, ehe er fortfuhr: „Paulus sagt, die Menschen sollen sich ehelich miteinander verbinden, wenn ihre Natur es verlangt. Aber derjenige, der wie ich enthaltsam lebt, der dient Gott mehr. Es gibt Eunuchen von Geburt an, es gibt Eunuchen, die dazu gemacht werden, und es gibt Eunuchen, die sich aus freiem Willen dafür entschieden haben."

„Und du hast dich dafür entschieden?", fragte Marcia ungläubig.

„Ja, das habe ich. Ich kannte die irdische Liebe, als ich noch jung war, und ich habe mich für die himmlische Liebe entschieden, weil sie allein glücklich macht. Eine Frau zu lieben, kann die Hölle sein. Jesus zu lieben heißt, das Heil erfahren. Meine Religion verbietet mir nicht, zu heiraten. Aber ich habe mich für den anderen Weg entschieden. Und was dich betrifft ..."

„Sag es!", fuhr Marcia auf. „Sag es nur: Marcia, die infame Mimin, die Tochter eines Freigelassenen, Marcia, die schon viele Männer hatte! Du magst mich verachten", rief sie verletzt. „Aber gib zu, gib endlich zu, dass du mich begehrst, dass du Zärtlichkeit für mich empfindest, dass du meine Nähe ebenso suchen möchtest wie ich deine! Ich mag nichts von deinem Glauben wissen und von Himmel und Verdammnis, aber ich weiß, was deine Blicke, was dein Körper mir sagen!"

Britto schwieg. Auch Marcia schwieg aufgebracht. Ihre Brust hob und senkte sich mit jedem Atemzug.

Als Britto endlich wieder sprach, war die Anspannung in seiner Stimme deutlich wahrnehmbar. „Hör mir einen Moment zu, Marcia", sagte er. „Ich möchte dir etwas erzählen." Sie sah erwartungsvoll zu ihm auf, doch das, was nun kam, war etwas völlig anderes als das, was sie erwartet hatte.

„Christus gelangte einst auf einen Platz, wo sich viele Leute versammelt hatten", sprach Britto. „Man brachte eine junge Frau in Fesseln herbei und wollte sie steinigen. Jesus aber stellte sich vor die Menge und fragte, was die Frau getan habe. Sie ist eine Ehebrecherin, riefen die Leute. Sie muss sterben. Jesus schaute den Menschen ins Gesicht und sagte: Wer von euch ohne Sünde ist, der werfe den ersten Stein."

Marcia schwieg. Dass er den Spieß umdrehte, darauf war sie nicht vorbereitet.

„Die Gesellschaft, in der du lebst, verachtet dich, Marcia. Die Menschen jubeln dir zu, weil du dich auf der Bühne zur Schau stellst, aber sie gewähren dir nicht die Rechte einer Bürgerin. Sie singen deine Lieder, aber sie denken von dir wie von einer Hure. Männer verlieben sich in dich, weil sie glauben, dass du so bist, wie du es ihnen auf der Bühne vorspielst. Sag es mir, Marcia. Hast du dich nie gefragt, ob diese Männer nicht ein ganz falsches Bild von dir haben, von jener Frau, die du wirklich bist? Von jener Frau ohne Schminke, ohne Kostüm, ohne herausfordernde Blicke und Gebärden?“

Marcia hielt seinem Blick zuerst stand, doch dann schlug sie die Augen nieder. Jedes Wort schmerzte.

„Jesus verachtet dich nicht, und ich verachte dich ebenfalls nicht“, sprach Britto mit sanfter werdender Stimme. „Die Gemeinschaft der Christen ist eine Gemeinschaft der Nächstenliebe und des Glaubens an die Unsterblichkeit und die Allmacht Gottes. Die Taufe gibt dir Zugang zu dieser Gemeinschaft der Freien und Gleichen. Niemand unter uns fragt nach deinem Stand, deinem Geschlecht, deinem Beruf. Der Glaube an Gott und Jesus Christus, seinen eingeborenen Sohn, genügt, um dazuzugehören, nicht mehr ausgeschlossen zu sein. Er gibt allen, die draußen sind, eine Heimat. Auch dir, Marcia. Wer wartet auf dich, wenn du nach Hause kommst? Der Glaube gibt dir einen Ort, an dem du ganz du selbst sein kannst. Du brauchst dich nicht mehr zu verstellen. Jesus liebt dich, wie du bist. Vor ihm brauchst du nicht zu posieren. Glaube heißt: wahr sein. Gottes Gnade fängt dich auf, wenn du dich fallen lässt, seine Liebe kleidet dich, wenn du dich nackt fühlst. Wenn du dich Gott hingibst, wirst du befreit. Indem du seine Liebe erwiderst, fallen die Fesseln von dir ab. Er ist die Wahrheit und das Leben.“

Er kam auf Marcia zu und berührte ihren Arm. Die plötzliche Nähe machte, dass sie zusammenzuckte, und Britto zog seine Hand sofort zurück.

„Komm, ich möchte dir etwas zeigen“, forderte er sie auf und ging voraus. Sie folgte ihm einen Flur entlang und durch eine Tür. Schon als sie sich dem Ende des Korridors näherten, hörte Marcia den Gesang. Gleich darauf befanden sie sich auf der Galerie eines

Peristylhofs, und hier waren die Männerstimmen noch deutlicher zu hören. Der Chor musste sich in den gegenüberliegenden Räumen befinden, doch die Melodie erfüllte das ganze Geviert, gesteigert von der akustischen Wirkung des Innenhofes.

„Hörst du es?“, fragte Britto, der mit Marcia an die Balustrade der Galerie getreten war. Er lächelte. „Wir singen auch, weißt du. Wir singen keine Lieder, die Gott verspotten wie am Theater“, sagte er offen, und Marcia schämte sich einen kurzen Augenblick, ohne zu wissen, warum. „Wir preisen Gott in unseren Hymnen. Auch wir haben Musik.“ Er lauschte dem Chor einen Moment, dann sang er leise mit. Er hatte eine tiefe, warme Stimme, und Marcia mit ihrer musikalischen Erfahrung merkte bald, dass hier kein Laie sang, sondern jemand, der ebenso tief in der Musik verwurzelt war wie sie selbst. Britto sang die letzten Strophen des Hymnus:

„Wesensgleich dem ewigen Vater,
rüste dich mit dem Siegerkreuz über das Fleisch,
die Schwachheit unseres Leibes
stärkend mit immerwährender Kraft.

Schon erglänzt deine Krippe
ein nie da gewesenes Licht haucht die Nacht aus,
das keine Nacht auslöschen soll
und das in beständigem Glauben leuchte.“

Der Schluss des Lobliedes verklang im Peristyl. „Geh jetzt nach Hause, Marcia“, sagte der Bischof weich. „Geh nach Hause und denk über das nach, was ich dir gesagt habe.“ Er zögerte einen Augenblick, dann legte er ihr die Hände auf die Schultern, beugte sich zu ihr und küsste sie zart auf die Stirn. Marcia hielt den Atem an. Sie spürte, das war der Moment des Abschieds, und die Endgültigkeit der Trennung ließ eine Woge der Verzweiflung durch ihren Körper strömen. Ohne zu wissen, was sie tat, nahm sie das Gesicht des Bischofs in beide Hände und presste ihre Lippen zum Abschied auf seinen Mund. Sie spürte, wie der Überrumpelte sich zurückziehen wollte, doch dann, wie von einer magischen Kraft bezwungen, ließ er Marcia gewähren, ließ zu, dass ihr Kuss tiefer wurde, verlangender, und gab sich schließlich ihrem wilden Drängen hin. Sie seufzten und versanken in der Umarmung. Erst das Räuspern von Rufinius, der ihnen gefolgt war, ließ Britto wieder zu sich kommen. Er löste sich abrupt von ihr und wandte sich ab, den Kopf gesenkt, die Faust auf seine Lippen gepresst. Seine Schultern zuckten. Er weinte.

Marcia kam zu ihm und wollte ihm eine Hand auf den Arm legen, aber er schüttelte sie ab. „Es tut mir leid ...", sagte sie leise.

„Geh", sagte er gepresst. „Verlass dieses Haus, ich bitte dich." Er hob den Kopf, die kurze Schwäche war vorbei.

Sie schaute ihn nur an.

„Geh", sagte er rau. „Zwischen uns wird niemals etwas sein, Marcia. Das, was ich dir gesagt habe, gilt, auch wenn du für einen Moment geglaubt haben magst ..."

„Aber ... du willst mich doch!", protestierte sie schwach.

„Ja, Marcia. Ich will dich. Aber ich habe Gott gelobt, ihm zu dienen in Abstinenz, und ich werde mein Gelübde nicht brechen. Verlange das nicht von mir. Meine Liebe wird dich begleiten, aber es wird eine keusche Liebe sein. Und denke immer daran: Das Haus Gottes kann auch dein Haus werden, du kannst Brüder und Schwestern finden in unserer Gemeinschaft, du kannst Frieden finden und Glück. Geh jetzt, Schauspielerin, gehorche meiner Bitte. Wenn du mir in Zukunft etwas zu sagen hast, teile es Callosia Clamosa mit. Sie ist eine kluge Frau." Damit drehte er sich um und ging die Galerie entlang in die entgegengesetzte Richtung, und kurz darauf war Marcia allein. Sie stand da, ohne Tränen, ohne etwas zu denken. Die Männerstimmen im Hof waren verstummt, und auch Marcia war verstummt. Nicht nur, dass sie kein Wort hervorgebracht hätte. Sie war auch innerlich verstummt, alles in ihr schwieg, es war aber auch im Peristyl so still, dass sie als einziges Geräusch das Rauschen des Blutes in ihren Ohren vernahm. Für den Bruchteil eines Augenblicks hatte sie das Gefühl, etwas zöge ihr den Boden unter den Füßen weg. Ihr wurde schwarz vor Augen, sie schwankte, suchte mit der Hand nach Halt an der Brüstung der Galerie, sie spürte ihre Beine nicht mehr, doch seltsamerweise ging der Moment vorüber; nach und nach sah sie wieder klar, stand fest, bewegte ihre Arme, wandte sich mechanisch um, ging steif und mit hocherhobenem Kopf zur Tür, und wie eine Halluzination hörte sie plötzlich die gehässige Stimme Hieronymius': „Noch ein schwacher Abgang, Marcia. Man wird dich das nächste Mal auspfeifen, auspfeifen werden sie dich." Sein betrunkenes, bösartiges Gelächter hallte als Erinnerung in ihren Ohren wider, während sie das Haus des Bischofs verließ. Ohne zu wissen, was sie tat, ging sie durch die Abenddämmerung nach Hause, sah Straßen, Häuser, Menschen, doch sie sah sie nicht, sie hörte Stimmen, Schritte, das Rauschen des Windes, doch sie hörte nichts.

***

Britto wurde nach dem Besuch Marcias von einer seltsamen Unrast befallen, und um sie zu bekämpfen, vergrub er sich während der nächsten Tage gänzlich in der Arbeit. Er war ein leidenschaftlicher Mann, und er widmete diese Gabe von nun an noch ausschließlicher dem Kampf der wahren Religion gegen den Unglauben. So entwarf für den nächsten *Dies dominica* eine flammende Predigt, die er Rufinius, seinem diskreten Sekretär mit lauter Stimme diktierte, und während er sprach, ging er wie gewohnt im Raum auf und ab.

„Brüder und Schwestern,
nah ist der Tag, an dem unser allerheiligster Kaiser, Flavius Gratianus, wieder in dieser Stadt weilen wird. Und so will ich schon heute das Wort an ihn richten wie einen Brief, den ich in eure Herzen schreibe, damit ihr ihn, wenn es an der Zeit ist, überbringen möget ... Nur wenig fehlt noch daran, allerheiligster Kaiser, dass dank deiner Gesetze der Teufel ganz und gar zu Boden gestreckt daliegt, dass die verhängnisvolle Götzenanbetung vergeht. Die schädliche Kraft dieses Giftes ist geschwunden, und von Tag zu Tag erlischt der Grundbestand dieser gottlosen Begierde. Richte auf das Banner des Glaubens, denn die Vernichtung des Götzendienstes und die Zerstörung der heidnischen Tempel hat die gnädige Majestät Christi deinen Händen vorbehalten. Er hat den geistigen Übeln widerstanden, du hast die irdischen Übel besiegt. Frohlocke voller Freude über den Untergang der heidnischen Macht, frohlocke zuversichtlich!

Dir, allerheiligster Kaiser, wird die Verpflichtung zufallen, die Anbetung von Bildern zu bestrafen, und es wird dir auch durch das Gesetz des höchsten Gottes geboten, dass deine Strenge den Götzendienst auf jede erdenkliche Weise verfolge. Höre, was Gott in Bezug auf diesen Frevel befiehlt. Denn es steht geschrieben: Wenn dein Bruder oder dein Sohn oder deine Gattin heimlich sagt: Lass uns gehen und anderen Göttern, den Göttern der Heiden dienen, so sollst du nicht beistimmen und nicht hören, und dein Auge soll ihn nicht schonen, und du sollst es nicht geheim halten.

Entferne unbedenklich, allerheiligster Kaiser, den Schmuck der Tempel! Diese Götter möge das Feuer der Münze oder die Flamme der Erzhütten schmelzen; alle Weihgeschenke verwende zu deinem Nutzen und mache sie zu deinem Eigentum! Nach der Vernichtung der Tempel wirst du dank der Kraft Gottes zu Größerem fortgeschritten sein.

Den Lohn der Barmherzigkeit gewährt dir Gott, allerheiligster Kaiser, wenn du auf seine Stimme hörst und seine Gebote hältst. Tu also, was er gebietet.

Denn, Brüder und Schwestern, ich sage euch: Das nimmt Gott gerne an, das führt die Menschen zum Weg des Heils, wenn ihr die Irrtümer von euch werft und schlicht und gläubig Gottes Gnade schöpft.“

Er las den Entwurf, redigierte noch eine Weile daran herum, war hochzufrieden und befahl seinem Sekretär. „Schreib das ins Reine.“ Rufinius nahm die Wachstafeln und ging nach nebenan, um den Text der Predigt mit Feder und Tinte auf Pergament zu übertragen. Britto streckte sich, rollte die Schultern und lockerte seine verkrampften Finger, ehe er sich zum letzten Gebet des Tages, dem Lucernarium, in die Kirche begab.

XIV. Kapitel

In der Nacht zum elften November brannte der altehrwürdige Tempel der Ritona im Altbachtal, und bis die Vigilen erschienen, die das Feuer mit dem Wasser des benachbarten Quellheiligtums des Apollo-Grannus bekämpfen sollten, hatte der Wind die Flammen längst durch das Dach getrieben; Ziegel platzten, Sparren krachten, und niemand kam wegen der enormen Hitzeentwicklung näher an das Gebäude heran. Eine Weile sah es sogar so aus, als ob umherfliegende brennende Holzstücke auch andere Tempel in Brand setzen würden, doch dies immerhin verhinderten die Feuerwehrleute, indem sie die neuen Brandherde löschten, wenn sie schon das Haus der breithüftigen Göttin nicht retten konnten. Der Wind zerrte an den Kleidern und pfiff kalt um die Ohren. Es war spät, schwarz und ungemütlich. Trotzdem hatten sich Leute versammelt und begafften die Mühen der *Cohors vigilis*. Die Priester der übrigen Tempel, die in einem Gebäude am Rand des heiligen Tals untergebracht waren, standen frierend und verängstigt herum. Alle diskutierten und gestikulierten im zuckenden Schein der Flammen – unförmige Schemen, deren feiste Gesichter ab und zu für einen Augenblick wie fratzenhafte Theatermasken aufglänzten, wenn der Wind das Feuer von neuem anfachte oder ein Balken zu Boden krachte und die aufstiebenden Funken die Nacht erhellten. Der Priester der Ritona fehlte.

Einige Tage später durchschritt Gaudentius an der Seite von Gabso die heilige Pforte zum Tempeltal. „Man hat den Priester vorgestern in der Cella gefunden – eine völlig verkohlte Leiche“, berichtete Gabso bedrückt. Vor ihnen öffnete sich eine beschauliche Oase, bunte Eichen- und Platanenhaine mit Altären aus Kalksandstein, dazwischen kleine und kleinste Tempel und Schreine, keltischen und römischen Gottheiten geweiht, mindestens fünfzig an der Zahl. Ganz am Ende des Tals lagen die Überreste des längst aufgegebenen Kulttheaters, in dem einst Spiele zu Ehren der keltischen Gottheiten veranstaltet worden waren. Von dem Theater waren oberirdisch nur noch Reste aus *Opus caementitium* zu sehen; man hatte es über anderthalb Jahrhunderte hinweg geplündert, seine Steine zu Kalk gebrannt oder herausgehauen und für Neubauten an Ort und Stelle verwendet. Eines dieser Häuser hatte Martius Martialis gebaut; seine Nachkommen bewohnten es immer noch, und dieser Martius hatte die unzerstörten Gewölbe unter der Erde genutzt, um dort seinem Gott Mithras einen Tempel zu weihen. Martius besaß den Rang eines Paters, und er selbst hatte einst in einem Raum seines Hauses neue Glaubensbrüder unterrichtet, die in die Mysterien des felsgeborenen Gottes eingeweiht werden wollten, der den Kosmos regiert und macht, dass die Weltzeitalter einander ablösen. Diese Schule gab es noch immer, und sie war das Ziel von Gabso und seinem Schauspielerkollegen.

„Man weiß nichts", fuhr Gabso fort, als sie die Brandruine des Ritona-Tempels passierten. „Weder, ob es Brandstiftung war, noch, ob der Priester, vom Feuer überrascht, es nicht mehr nach draußen schaffte oder ob ihn jemand erschlagen oder gefesselt hat, um ihn den Flammen zu überlassen."

Gaudentius wies auf den Tempel und blieb stehen.

„Der Altar ist umgestürzt worden!"

„Das Bild zerhackt", fügte Gabso hinzu.

„Die Engel des Martinus", murmelte Gaudentius mehr zu sich selbst.

„Man ergeht sich in Mutmaßungen", schimpfte Gabso, „und traut sich nicht, den naheliegenden Schluss zu ziehen, oder man will es gar nicht. Schau mal." Er wies auf einen kleinen Bau nur wenig entfernt vom Tempel, der aus unverputzten Schieferblöcken bestand. Sein niedriges Giebeldach war leicht beschädigt. „Das ist das Schatzhaus der Ritona", erklärte Gabso. „Es hat doch kaum was abbekommen bei dem Brand, oder? Trotzdem ist es leergeräumt. Kostbare Weihgefäße, bronzene Statuetten, silberne Votivbleche – alles weg."

„Aber soweit ich sehe, ist die Tür doch intakt!", bemerkte Gaudentius.

„Sicher. Den Schlüssel haben sie dem Priester wohl vorher abgenommen."

„Alles redet davon, dass der allerchristlichste Kaiser bald zurück nach Treveris kommt", bemerkte Gaudentius nachdenklich und setzte sich wieder in Bewegung. „Vielleicht will sich jemand profilieren? Es ist ja nicht das erste Mal, dass so etwas passiert ..."

„Hier in Treveris war lange Zeit Ruhe", unterbrach ihn Gabso. „Sieht so aus, als wäre es damit nun vorbei. Lausige Zeiten."

„Nichts ist mehr, wie es früher war", zitierte Gaudentius. Beide Männer lachten. Sie waren beim Haus des Martius Martialis angelangt und stiegen nun die Stufen zum Mithräum hinab. Es roch leicht gruftig, feucht und staubig zugleich, gemischt mit dem intensiv-erdigen Duft, den der Novemberwind hereinblies. Ein paar gelbe Platanenblätter wehten hinter ihnen her. Auf der ausgetretenen Kalksteintreppe begegnete ihnen ein junger Myste, der vom Unterricht kam. „Habt ihr schon gehört!", rief er. „Der Priester ..."

„Ja, haben wir", erwiderte Gabso. „Wir lassen uns von den paar Verrückten nicht unterkriegen. Mithras wird uns beistehen."

„Wo doch sogar der Stadtpräfekt einer von uns ist", fügte Gaudentius hinzu. „Wir sind sicher."

Der junge Mann sah ehrfürchtig zu den beiden Älteren auf. „Ich glaube fest daran", sagte er schüchtern und eilte davon.

Gabso und Gaudentius gingen die Treppe hinunter bis zum Ende. Dort zweigte ein Gang ab, der rechts zum Heiligtum führte, an der Opfergrube vorbei. Links ging es zum Unterrichtsraum, und dorthin begaben sich die beiden Schauspieler.

In den Hallen des Gottes, der als Stiertöter das Schwert führte, herrschte ein militärisch-zackiger Ton. Nachdem kilikische Piraten den Kult des Mithras von Tarsos aus über das gesamte Mittelmeer verbreitet hatten, waren die im ganzen Römischen Reich eingesetzten Legionäre bevorzugt zu seinen Anhängern geworden. Für niemanden in der Armee stellte es ein Problem dar, seinem gewohnten Gottesdienst nachzugehen, auch wenn man ihn etwa vom Hadrianswall im Norden Britanniens nach Kypros ans östliche Ende des Mare Nostrum versetzt hätte.

Gabso war bereits ein „Leo" und verabschiedete sich mit anderen seines Ranges zur Lektüre. Außer Gaudentius waren nun im Klassenraum noch vier andere „Raben" anwesend, Mysten, die wie er am untersten Ende der siebenstufigen Rangskala standen, angewiesen auf Unterricht, der einmal die Woche, jeweils am *Dies Saturnis*, hier stattfand. Ihre Initiation hatte in einer simplen Mutprobe bestanden – sie mussten sich nackt ausziehen, die Hände wurden ihnen zusammengebunden, und sie mussten die Arme über den Kopf heben, während ein Perses mit Pfeil und Bogen auf sie zielte. Hinter ihnen stand der Mystagoge mit einem

Becher in der linken Hand, die Rechte zum Schwur erhoben, und sprach laut eine magische Formel. Hinterher durften sie aus dem Becher trinken, und danach präsentierte man ihnen eine Krone mit Strahlenkranz, die sie, wie man es sie gelehrt hatte, ablehnten mit den Worten: „Ich weise diese Krone zurück, denn Mithras ist meine Krone!“ Seitdem durften sie sich „Corvus“ nennen, wobei ihnen Mysten der nächsthöheren Ränge, „Crypticus“ und „Miles“, versicherten, dass es so locker bei den nächsten Weihungen nicht zugehen würde. Die Soldaten wiesen bei dieser Gelegenheit stolz auf das Brandzeichen auf ihrer Stirn, ein Sonnensymbol, das Mithras darstellte, der die unbesiegbare Sonne besiegt hatte und so selbst zur unbesiegbaren Sonne geworden war.

Die heute Anwesenden waren unterschiedlichen Alters, einer war jünger als Gaudentius, noch ein halber Junge, die anderen aber um einiges älter, zwei Soldaten darunter, mit Narben im Gesicht.

Die schreckt auch ein Brandzeichen nicht, dachte Gaudentius gerade, als auch schon der Magister erschien, ein kleines Männchen mit heller, durchdringender Stimme.

„Heil sei Mithras, dem Herrn des Kosmos“, begrüßte er die Anwesenden und befahl, nachdem sie seinen Gruß erwidert hatten: „Setzen!“

Die Schüler setzten sich folgsam auf ihre Bänke.

„Lasst uns beten“, kommandierte der Magister, und alle standen wieder auf. Laut und als ob er Anklage erhebe gegen alle Ungläubigen, fuhr er fort: „Das antwortet den Fragenden, die nach Gottes Wesen forschen, Gott:

Aus sich selbst geboren, von niemandem erzogen,
mutterlos, unerschütterbar,
Ort ohne Namen, vielnamig, feuerbeheimatet,
so ist Gott; ihr seid Teil Gottes, seiner Engel.“

Die Schüler wiederholten: „So ist Gott; wir sind Teil Gottes, seiner Engel.“

„Setzen!“, bellte der Magister, und alle setzten sich ruckartig.

„Gaudentius!“, rief er, und Gaudentius stand wieder auf. „Dir wird heute das Privileg zuteil, den heiligen Ort betreten zu dürfen. Daher wirst du dich jetzt einer kurzen Prüfung unterziehen. Bist du bereit?“

Gaudentius erfuhr von diesem Privileg erst in diesem Augenblick, und er war alles andere als bereit. „Ja!“, antwortete er laut.

Es begann ein rasches Frage- und Antwortspiel, dem die übrigen Schüler neugierig und mit einiger Schadenfreude lauschten.

„Wie heißt der allmächtige Gott, Herr über den Kosmos?“, fragte der Magister.

„Mithras, der stiertötende Gott“, antwortete Gaudentius.

„Weshalb ist Mithras der höchste Gott?“, kam schon die nächste Frage.

„Weil er macht, dass die Weltzeitalter einander ablösen“, antwortete Gaudentius.

„Woran erkennt man, dass die Weltzeitalter einander ablösen?“

Gaudentius sortierte hastig seine Gedanken. „Daran, dass Frühlings- und Herbstpunkt in vorgeschriebenen Abständen rückläufig den Tierkreis durchschreiten“, sagte er.

„In welchem Sternbild befindet sich unser Frühlingspunkt?“, schnarrte der Magister.

„In den Fischen.“

„Welches Zeitalter folgt danach?“

„Das Zeitalter des Wassermanns.“

„Wo befand sich der Frühlingspunkt zur Zeit des Hipparchos, der als Erster erkannte, dass Mithras die Himmelsachsen verschiebt?“

„Im Widder.“

„Und davor?“

„Im Stier.“

„Wer tötete den Stier?“

Gaudentius schwieg einen Moment verwirrt, weil die logische Antwort Mithras gewesen wäre, doch irgendwie erinnerte er sich daran, dass das nicht das war, worauf die Frage zielte.

„Perseus“, flüsterte der, der ihm am Nächsten saß.

„Ruhe!“, rief der Magister. „Wer vorsagt, fliegt raus! Also, Gaudentius?“

„Perseus“, wiederholte Gaudentius.

„Ich werde dich jetzt nicht weiter nach Perseus fragen, denn das hatten wir noch nicht, das kommt später dran“, sagte der Magister großzügig. „Wie heißen die Personifikationen der Frühlings- und Herbst-Tagundnachtgleiche?“

„Cautes und Cautopates“, kam es automatisch von Gaudentius, denn dies war so ziemlich das Erste, was ein Mithras-Myste lernte.

„Woran sind sie kenntlich?“

„Cautes an der nach oben weisenden Fackel als Zeichen des Frühlings, Cautopates mit der nach unten weisenden Fackel als Zeichen des Herbstes.“

„Gut“, lobte der Magister. „Zähle nun die Sternzeichen auf, die sich zu jener Zeit, als der Frühlingspunkt im Zeichen des Stiers stand, unterhalb des Himmelsäquators befanden.“

Gaudentius überlegte einen Moment zu lange.

„Nummer eins“, bellte der Magister.

„Ca... Canis“, stammelte Gaudentius.

„Nummer zwei!“

Gaudentius schwieg.

„Hydra“, flüsterte es neben ihm. Der Kommilitone hatte den Kopf gesenkt, so dass dem Lehrer das Gesicht verborgen blieb. Entweder, der Magister überhörte es absichtlich, oder er hatte es tatsächlich nicht bemerkt. Jedenfalls löste es die Blockade in Gaudentius' Gedächtnis, und er zählte eilends auf: „Hydra, Schlange, Skorpion.“

„Korrekt. Wo befanden sich Sommer- und Wintersonnenwende?“

Gaudentius ließ die Tierkreiszeichen vor seinem inneren Auge ablaufen. „Löwe und Wassermann.“

„Wodurch werden sie in unserem Ritus symbolisiert?“

„Durch einen Löwen und ein Wasserbecken.“

„Wo befinden sich Sommer- und Wintersonnenwende zur Zeit?“

„In den Zwillingen und im Schützen.“

„Wie lautet das erste Gebet?“

Gaudentius holte tief Luft und rasselte den Hymnus im Schulaufsageton hinunter, vor lauter Angst, auch nur eine Zeile zu verdrehen:

„Retter der Menschheit, Du kannst die Fäden der Parzen entwirren. Du kannst die Stürme der Fortuna mildern und die Sterne vom Kurs ihrer Bosheit abbringen. Die Götter des Himmels beten Dich an. Die Götter der Hölle verbeugen sich vor Dir. Du lässt den Globus rotieren. Du erhellst die Sonne. Du regierst das Weltall. Du zertrittst die Hölle. Die Sterne bewegen sich nach Deinen Befehlen."

Um den schmalen Mund des dürren Männchens spielte ein kaum wahrnehmbares Lächeln. „Man sollte kaum meinen, dass du Schauspieler bist, so wie du leierst", bemerkte er und bellte dann: „Bestanden. Setzen!"

Beinahe hätte Gaudentius laut aufgeseufzt vor Erleichterung. Er setzte sich mit hörbarem Plumps.

Der Magister fuhr fort: „Nun werde ich euch vertraut machen mit der Anrufung des Gottes. Im Laufe der nächsten Wochen, bis zur zweiten Weihe, werdet ihr diesen und andere Texte auswendig lernen. Sie sind geheim und werden nicht aufgeschrieben. Ihr werdet sie geheim halten und niemandem weitergeben, denn wenn ihr dies tut, werdet ihr die Gnade Gottes niemals erlangen. Wer unsere heiligen Texte und Handlungen nach draußen trägt, ist verdammt und wird ausgeschlossen aus der Gemeinschaft der wahren Gläubigen. Habt ihr verstanden?"

Die Mysten gaben durch ein lautes „Ja" unisono bekannt, dass sie verstanden hatten.

„Hört also, wie die erste Anrufung lautet", sagte der Lehrer.

„‚Erster Anfang meines Anfangs, AEIOU, Beginn meines Beginns, Geist allen Geistes, erster Geist, der mir innewohnt, Feuer, das mir von Gott gegeben wurde, erstes Feuer allen Feuers in mir, Wasser allen Wassers, erstes Wasser in mir, Erde, erste Erde in mir, mein ganzer Körper, ich, der von einem noblen Arm und einer unfehlbaren Hand geformt wurde in einer Welt ohne Licht und doch strahlend, ohne Seele und doch lebendig beseelt: Wenn es dein Wille ist, METHARTA PHERIE, schenke mir unsterbliche Geburt und danach meine Gestalt, damit ich durch das drängende Verlangen, das ich spüre, den unsterblichen Anfang schaue, der mit dem unsterblichen Geist beginnt, mit dem unsterblichen Wasser, mit der festesten Luft, damit ich wiedergeboren werde im Denken und der heilige Geist in mir atmet, so dass ich das heilige Feuer schaue, so dass ich das unbegreifliche, Furcht erregende Wasser des Morgens erblicke und dass der lebendige und alles umfangende Äther mich hört. Heute werde ich mit unsterblichen Augen sehen den unsterblichen Aion, den Herrn des feurigen Diadems. Da es für mich, einen Sterblichen, unmöglich ist, mit dem Licht unsterblicher Herrlichkeit aufzusteigen, steh auf, o vergängliche Natur der Sterblichen, und empfange mich sicher und fest durch das unaussprechlich heftige Verlangen, das ich spüre. Denn ich bin der Sohn.'

Tragt diese Worte in euch bis zum nächsten Mal", beendete der Magister seinen Vortrag. „Ihr werdet sie wieder und wieder hören, bis sie zu euren Worten geworden sind. Wenn ihr sie das erste Mal in heiliger Andacht, im heiligen Raum sprechen dürft und euch dabei kein Fehler unterläuft, werdet ihr die nächste Stufe zum Licht erklommen haben. Geht jetzt", befahl er den Schülern. „Nächsten Saturnis sehen wir uns wieder." Dann wandte er sich an Gaudentius. „Du kommst mit mir." Er marschierte voraus, einen endlos scheinenden Flur entlang, bis sie zu der Opfergrube kamen, einem in den Boden eingelassenen Viereck, etwa fünfzehn mal sieben Handbreit groß. Dahinter erschien ein rundbogiges Portal, das flankiert wurde von einem Löwen aus Sandstein und einem weißen, marmornen Wasserbecken auf einer schlanken Säule aus rotem Porphyr. Vor den Pfeilern des Portals jedoch standen zwei Weihesteine, der linke für den unbesiegbaren Mithras, der rechte für *Sol invictus*, die beide noch von Martius Martialis in seiner Eigenschaft als Pater gestiftet worden waren, was eine Inschrift bewies.

„Hier endet mein Geleit", sagte der Magister. „Mithras schütze dich." Ehe Gaudentius etwas erwidern konnte, verschwand der Lehrer durch eine Tür in der Wand des Flurs, die Gaudentius gar nicht bemerkt hatte. Gleich darauf zuckte er zusammen, denn es erschienen drei maskierte Gestalten, zwei davon stilisierte Männergesichter, hinter denen die Augen der Träger funkelten. Gaudentius erkannte Perses an der phrygischen Mütze, rot mit nach vorne geklapptem Zipfel, und Miles an seinem Soldatenhelm. Der dritte Myste trug einen Löwenkopf – Gabso, begriff Gaudentius einigermaßen erleichtert, als er den Ring an der Hand des Leo entdeckte. Fehle noch ich, der Rabe, dachte er. Aber da war auch schon ein Sklave an seiner Seite und stülpte ihm ohne Vorwarnung einen riesigen Rabenkopf über. Gaudentius schnappte nach Luft, weil ihn das Ding zu ersticken drohte, und rückte die Maske zurecht, bis er atmen und etwas sehen konnte. Nun standen Corvus, Leo, Perses und Miles da und sahen sich gegenseitig an; jede Kopfbewegung verlieh den großen Masken etwas seltsam Lebendiges; je länger man hinsah, desto mehr verschob sich die Wahrnehmung; war es gerade noch ein Mensch mit einer Maske gewesen, schien die Maske bald ein Eigenleben zu führen, weil wir das, was wir sehen, für wahr halten; weil unsere Sinne weit sind und fähig zu träumen – besonders wenn wir noch Kinder sind, die nie spielen, nie träumen, sondern immer das Gespielte, Geträumte sind, ganz echt, ganz wahr, lange bevor sie lernen, das Wissen den Träumen und dem Spiel vorzuziehen – und hier unten in der heiligen Gruft, umfackelt von fremden, heiligsten Mächten, aufgewühlt vor dem Moment des Übertritts in die magische Kammer des Gottes, gewannen die Mysten ihre Kinderseelen wieder; so schauerte der Rabe vor dem Löwen, hielt der Soldat ehrfürchtig Abstand von Perses; angeführt von jenem betraten die Jünger nun die Höhle des felsgeborenen Gottes, und der Rabe, der sie noch nie gesehen hatte, hob den Blick zum sternenübersäten Gewölbehimmel; er erkannte einzelne Konstellationen, den Großen Bären, die Hydra, Virgo, Leo, Perseus, den Stier. Der vom Universum überspannte Raum war langgestreckt; in Mauernischen standen in regelmäßigen Abständen Lampen und spendeten indirektes Licht; links und rechts zogen sich gemauerte Bänke entlang der schwarzgrundierten Wände; in der Apsis allerdings, am Ende des unterirdischen Tempels, war der drehbare Altar gewendet worden, so dass nur seine unbebilderte Rückseite zu sehen war. Gaudentius war ein wenig enttäuscht, obwohl er genau wusste, dass das Bild, von dem er nicht wusste, wie es wirklich aussah, nur für Geweihte und nur an den höchsten Festtagen gezeigt wurde.

Musik füllte den Raum, gleichmäßiger Gesang, helle Stimmen in einer Lage, einer Tonart, wie Gaudentius es noch nie vernommen hatte. Der Gesang schien näher zu kommen, sich dann wieder zu entfernen, und bald konnte Gaudentius Teile des Hymnus verstehen: „Kraft in mir, sing einen Hymnus dem Einen und dem Universum ... Heiliges Wissen, du hast mich erleuchtet ... Kommt, alle Mächte, und singt den Hymnus ... Leben und Licht, euch preise ich. Ich danke dir, Vater, Ursprung der Mächte ...“

Der ganze Raum vibrierte von diesem Gesang, der sich wie das indirekte Licht magisch ausbreitete, alles ausmaß, ohne dass die Quelle sichtbar wurde. Perses, als Anführer der Mysten, bedeutete ihnen, sich längs der Bank auf der rechten Seite des Tempels aufzustellen. Gleich darauf betrat eine kleine Prozession in feierlichem Schritt das Heiligtum. Zwei Männer ohne Maske, jedoch in Priestergewändern von fremdartigem Schnitt, gingen voran und nahmen in der Mitte der linken Bank Platz, während die Tempeldiener einen dreifüßigen Tisch vor ihnen aufstellten und ihnen Trinkhörner reichten, die sie mit einem dunklen Gebräu füllten, das einen betörenden Duft verbreitete. Die Ministranten legten Brot auf den Tisch, dessen Gewürze sich mit dem Duft des geweihten Weines mischten. Gaudentius sah nun, dass der eine der Männer auf der Brust ein Sonnensymbol trug, der andere einen Löwenkopf. Er war mittlerweile halb benommen von den vielen neuen Eindrücken. Der lichtundschattendurchwirkte Raum mit seinen magischen Bildern, die gespenstischen Masken, die Gesänge, die unaufhörlich auf ihn eindrangen, der intensive Geruch des Weins machten, dass ihm eng wurde in der Brust, als habe man sie mit Stricken umwickelt und zöge sie nun zusammen; er räusperte sich verhohlen, schluckte und kaute, weil die Zunge so trocken war; unter der Maske des Raben war es heiß und stickig; wenn nur der Gesang endlich aufhören würde, dieses An- und Abschwellen heller Stimmen in einer Lage, einer Tonart, die seine Seele zu zerkratzen schienen mit den Zeichen des Hymnus ... „O Träger des Geistes, O Erschaffender. Du bist Gott! Ich rufe dies durch Feuer, durch Luft, durch Erde, durch Wasser, durch Geist, durch deine Geschöpfe ..." Gaudentius fühlte, wie es dunkel wurde vor seinen Augen. Die Beine sackten ihm weg. Schwächling!, war das Letzte, was er dachte. Du bist doch kein Anfänger mehr! Dann war alles schwarz.

Als er wieder zu sich kam, befand er sich im Klassenraum. Gabso saß neben ihm und grinste. Gaudentius wollte etwas sagen wie: „Hör zu, heute Morgen habe ich nicht gefrühstückt ...", doch der Kollege klopfte ihm aufmunternd auf den Rücken. „Bist nicht der Erste, dem das passiert", beruhigte er ihn. „Willst du einen Schluck Wasser?"

Gaudentius nickte und leerte den Becher auf einen Zug. Dann schüttelte er sich und stand auf. „Lass uns gehen", sagte er. „Ich bin noch mit Acilius verabredet."

Auf dem Rückweg passierten sie erneut den ausgebrannten Tempel der Ritona. Einsam stand die klägliche Ruine inmitten der anderen, noch intakten Tempel des heiligen Tals, deren Farben – Rot, Grün, Gelb, Weiß – in der immer mal wieder zwischen dunkelgrauen Cumulus-Wolken aufblitzenden Wintersonne leuchteten. Ihre Altäre waren geschmückt mit Kränzen aus Herbstlaub, mit Schalen, in denen der Weihrauch vom letzten Opfer noch glomm, so dass ein zarter Rauchfaden in die klare Luft stieg, wann immer der Wind einen Moment verhielt. Neben dem geschändeten Tempel der Ritona lag das Quellheiligtum des Apollo-Grannus; dort standen ein paar Frauen an, um geweihtes Wasser zu kaufen, das der Priester in Krügen feilbot. In dem hübschen kleinen Becken aus verputztem Ziegelmauerwerk, in das sich der Quell, von Menschenhand durch eine Amphore geleitet, ergoss, wuchs dekorativ ein wenig Schilf; ein Entenpärchen schwamm einträchtig im Kreis. Es war ein so versöhnliches Bild und das Tempeltal ein so ehrwürdiger Ort, dass Gaudentius für einen Moment sicher war, der Vandalismus und der Raub der Brandnacht könnten dem Frieden nichts anhaben; die Ruine wirkte klein und unbedeutend neben den vielen, seit Jahrhunderten verehrten Heiligtümern; sie schien eine zu vernachlässigende Größe; man würde den Tempel wieder aufbauen, einen neuen Priester benennen, nicht wahr? Als sie schon nahe dem Tor waren, drehte Gaudentius sich noch einmal um. Er warf einen letzten Blick auf das friedliche weite Geviert, in dessen Mitte sich die verkohlten Mauern, das geborstene Dach befanden, und diesmal, obwohl oder vielleicht gerade weil er es aus der Entfernung sah, schien es ihm plötzlich, als schwinde die Kraft des Heilen, des Heiligen, des Unversehrbaren, als halte sie der unguten Kraft nicht stand, die von der Ruine ausging, als sei der ausgebrannte kleine Tempel wie der Pfeil im Fleisch eines Soldaten, winzig, auf den ersten Blick bedeutungslos, und doch todbringend, weil er vergiftet war.

In etwas gedrückter Stimmung ging er zurück in die Stadt, unterwegs an den Thermen verabschiedete er sich von Gabso. Er selbst kehrte ins Theater zurück, in Gedanken immer noch bei seinem missglückten Eintritt ins Reich des Gottes. Deshalb sah er die kauernde Gestalt nicht gleich, die seitlich neben den Stufen der Eingangspforte hockte, in grauem Mantel und mit verhülltem Haupt. Gaudentius stieg die kurze Treppe hinauf und wollte den Türklopfer betätigen, damit der Pförtner ihm öffne, als die Gestalt seinen Namen rief.

„Gaudentius“, rief die Frau mit brüchiger Stimme.

Er drehte sich um und sah zu ihr hinunter. Sie hob den Kopf, so dass er ihr Gesicht erkennen konnte.

„Sabina!", sagte er verblüfft.

In diesem Moment öffnete der Hauswächter die Tür. „Sie sitzt schon seit Stunden hier", erklärte er. „Ich konnte sie nicht loswerden. Sie sagt, sie wolle zu dir."

„Schon gut", erwiderte Gaudentius. Der Pförtner zog sich wieder zurück, ließ aber die Tür einen Spaltbreit offen. „Was willst du?", fragte Gaudentius seine ehemalige Partnerin, die jetzt mühsam aufstand, als habe sie Schmerzen. „Wo sind die Kinder?"

Sabina winkte verächtlich ab. „Wo sind die Kinder?", äffte sie ihn nach. „Hast du keine Manieren? Frag mich mal, wie's mir geht!"

„Also gut, wie geht es dir, Sabina?", fragte Gaudentius.

„Beschissen, das siehst du doch! Die Schweinehunde haben mich übers Ohr gehauen und sind bei Nacht und Nebel verschwunden. Die Kinder haben sie mitgenommen."

Mit den Schweinehunden waren offenbar die beiden Männer der Truppe gemeint, die als Bühnenarbeiter dienten und kleine Rollen übernahmen. „Übers Ohr gehauen? Dich?", gab Gaudentius spöttisch zurück. „Sabina, das glaube ich dir nicht."

„Wäre ich sonst hier?", blaffte sie. „Glaubst du, ich war scharf darauf, dich wiederzusehen, du Verräter? Die Kerle haben mir was in den Wein gemischt. Ich hab zwei Tage lang wie eine Tote dagelegen. Sie haben das bisschen Geld genommen, den Karren, die Pferde, die Kinder und sind ab durch die Mitte. An allem ist nur das miese Weibsbild schuld ..."

„Das Weibsbild?", fragte Gaudentius.

„Das sie in einer Kneipe kennengelernt haben. So 'ne Junge, Dralle, die glaubt, sie könne singen! Das Dreckstück. Singen! Dass ich nicht lache!"

Gaudentius fühlte sich unbehaglich. Sabina redete so laut, dass Leute in der Straße stehenblieben. In ein, zwei Fenstern der benachbarten Insula erschienen die Köpfe von Neugierigen. „Also, Sabina, was willst du?", fragte er erneut, diesmal in härterem Ton.

„Was ich will?" Sie sah zu ihm auf. „Was wohl? Du hast mich in diese Scheiße reingeritten, du wirst mich da wieder rausholen!"

„Du hast Geld bekommen und den Jungen“, widersprach Gaudentius. „Was du damit gemacht hast, ist deine Sache.“

„Ach wirklich?“, schnauzte sie zurück. „Meine Sache? Was kann ich dafür, dass sie mich plattmachen und ausrauben? Bin ich ein Mann, der sich wehren könnte? Du hast mich sitzen lassen, obwohl du genau wusstest, was dann mit einer wehrlosen Frau passieren würde.“

„Du und wehrlos?“, lachte Gaudentius.

„Du Mistkerl!“, schrie sie ihn an. Doch dann senkte sie den Kopf und fasste den Stoff seines Kurzmantels mit beiden Händen. „Hast du denn überhaupt kein Gewissen?“, fragte sie leise wie unter Tränen.

„Diese Tour nützt bei mir nichts, Sabina“, wehrte Gaudentius ab und löste ihre Hände von seinem Mantel. In diesem Augenblick sah er Marcia, die, begleitet von ihrer Sklavin, auf das Theater zukam. „Hör zu, Sabina“, sagte er hastig und griff nach dem kleinen Beutel, den er am Gürtel seiner Tunica trug. „Ich gebe dir jetzt ein wenig Geld. Aber ich rate dir: Nimm es und verschwinde aus dieser Stadt. Ich will dich hier nicht noch einmal sehen.“

„Wohnst du hier in diesem Haus?“, fragte Sabina und nahm gierig die Münzen.

„Das geht dich nichts an. Und jetzt hau ab, wenn dir dein Leben lieb ist!“ Er hob die Hand, als wolle er Sabina schlagen. Sie duckte sich und entfernte sich ein paar Schritte, doch als sie sah, dass Gaudentius Marcia begrüßte, die herangekommen war, blieb sie im Schatten eines Hauseingangs stehen, tat, als zähle sie ihr Geld, und löste sich erst wieder aus der Nische, als Gaudentius im Haus verschwand. Dabei warf sie einen verstohlenen Blick auf Marcia, die vor dem Gebäude stehengeblieben war und nachdenklich zu ihr herüberschaute, doch als sich ihre Blicke trafen, wandte Sabina sich ab und ging in Richtung *Cardo maximus*.

Marcia hatte die Szene zwischen der fremden Frau und Gaudentius schon von weitem bemerkt und genau gesehen, wie unbehaglich sich Gaudentius fühlte. Ohne dass sie wusste, weshalb, überfiel sie eine Unruhe, die umso stärker wurde, je länger sie die Frau sah. Etwas an der Auseinandersetzung – und dass es eine war, erkannte sie deutlich – hatte mit ihr zu tun. Es war nur ein Gefühl, eine durch nichts begründbare Ahnung, aber die war so stark, dass sie um jeden Preis erfahren musste, wer diese Frau war.

Marcia vergewisserte sich, dass Gaudentius nicht zurückkam. Sie sah ihn durchs Atrium eilen und dann die Treppe zu seinem Zimmer nehmen. „Warte hier", wies sie ihre Sklavin an und eilte der Fremden nach, bis sie die Frau erreicht hatte, die mit ihrem neu erworbenen Reichtum gerade Brot kaufte und sofort ein Stück abbrach, um es in den Mund zu schieben.

„Darf ich dich einen Moment sprechen?", fragte Marcia.

Sabina drehte sich um. Die beiden Frauen musterten sich gegenseitig. Sie waren etwa gleich alt, doch das war nahezu das Einzige, was sie gemeinsam hatten. Marcia war perfekt frisiert, geschminkt und in weiche, wärmende Stoffe gekleidet. Ihre Haut war gepflegt, ihre Zähne gesund, ihre Figur nicht zu schlank. Sabina, der man ansah, dass sie eine hübsche Frau gewesen war, wirkte erschöpft und mager, selbst unter mehreren Lagen Kleidung, und ihre Augen waren stumpf vor Hunger. Ihr Mantel war aus grober Wolle und an einigen Stellen geflickt, ihr Haar wohl aufgesteckt, aber strähnig und lange nicht gewaschen. In einer von Arbeit und Kälte rauen Hand hielt sie das Brot und kaute, aber während sie gierig aß, verzog sie ab und zu schmerzerfüllt das Gesicht, vermutlich vor Zahnweh.

„Was ist?", fragte sie grob mit vollem Mund.

„Ich ... ich sah dich mit Gaudentius sprechen", begann Marcia.

In die Augen der anderen kehrte so etwas wie Glanz zurück. Ihre Neugier war geweckt. Sie schluckte den Bissen, an dem sie kaute, herunter und fragte rasch: „Du bist Schauspielerin, stimmt's?"

Marcia nickte.

„Dann sag deinem Kollegen, ich verfluche ihn bis ans Ende aller Zeiten", zischte Sabina so heftig, dass ein paar durchweichte Brotkrumen aus ihrem Mund schossen. Sie wollte sich abwenden, aber Marcia hielt sie zurück.

„Wer bist du?", fragte sie die Fremde.

„Was geht dich das an?", gab Sabina zurück. „Willst du etwas über diesen Sohn einer Wölfin wissen, dann gib mir Geld. Aber ich sage dir, es lohnt nicht, denn er ist ein Dreckskerl wie alle Männer! Hat er dich schon eingewickelt?" Sabina trat ganz nah zu Marcia und tippte ihr mit einem schmutzigen Zeigefinger auf die Brust. „Hat er dir vorgemacht, du wärst für ihn die Frau seines Lebens? Hast du schon die Beine breit gemacht?"

Marcia wich einen Schritt zurück. „Jetzt verstehe ich!", rief sie. „Du bist seine ehemalige Partnerin!"

„Sind wir aber mal schlau", entgegnete Sabina hasserfüllt. „Er hat mich sitzen lassen, der Dreckskerl, und jetzt vögelt er dich!" Sie lachte laut; es war ein hässliches Geräusch.

Marcia ließ sich nicht beirren. „Ich kann dich beruhigen", antwortete sie fest. „Er tut nichts dergleichen. Aber ich will tatsächlich etwas wissen. Als mein Schauspieldirektor nach Mogontiacum ging, hat er als Ablöse für Gaudentius einen Knaben zurückgelassen. Dexter." Sie sah die andere fragend an.

„Dexter?" Sabina schüttelte den Kopf, ehe sie sich ein weiteres Stück Brot in den Mund schob. „Keine Ahnung", sagte sie, begann zu kauen und musste husten.

„Bitte", insistierte Marcia. „Erinnere dich. Ich muss wissen, was aus ihm geworden ist." Dann kam ihr ein Gedanke. „Ist er vielleicht hier? Hat er dich nach Treveris begleitet?"

Sabinas einzige Antwort war, dass sie die Hand ausstreckte.

Marcia begriff. Natürlich. Sie winkte ihrer Sklavin, die immer noch folgsam vor dem Hauseingang stand. „Gib mir meine Geldbörse", befahl Marcia. Die Sklavin gehorchte und zog den bronzenen Börsenarmreif ab. Marcia klappte den Deckel des metallenen Behälters auf, nahm eine Kupfermünze heraus und reichte sie Sabina. Die schaute auf das Geldstück. Es war ein Halbcententionalis mit dem Kopf des Kaisers.

„Dexter", murmelte sie und tat, als denke sie nach. „Ich glaube nicht, dass ich mich erinnere ..."

Marcia griff erneut in die Börse und gab ihr noch eine Münze. Sabina grinste, langte zu und schob ein neues Stück Brot in den Mund.

„Ach ja, Dexter", sagte sie nun kauend. „Der kleine Akrobat."

„Ja, das ist er", drängte Marcia mit leuchtenden Augen. „Sag mir, wo er steckt."

„Du mochtest ihn, was?", bemerkte Sabina. „Ich mochte ihn auch."

„Wo ist er?", beharrte Marcia. „Ich kaufe ihn dir ab."

„So, kaufen willst du ihn. Und wenn er nicht verkäuflich ist?"

„Ich zahle dir, was du verlangst", rief Marcia. „Wenn ich ihn nur wiederhabe."

„Kannst viel Geld sparen", gab Sabina hart zurück. „Mein Pech. Er ist mit den feisten Schweinen abgezogen, die mich aufs Kreuz gelegt haben."

„Wie bitte?", fragte Marcia, die den Jargon nicht ganz verstand.

„Die beiden Kerle, die noch bei der Truppe waren, haben mir das Geld geklaut, sich eine junge Hure besorgt, und dann sind sie mit ihr und den Kindern auf und davon", erklärte Sabina. „Deinen Dexter, den siehst du nie wieder."

„Ich verstehe." Marcia ließ den Kopf sinken, klappte den Deckel der kleinen bronzenen Börse wieder zu, und ihre Sklavin schob sich den Reif, an dem das Behältnis befestigt war, wieder über das Handgelenk. Dann drehte Marcia sich um und ließ Sabina einfach stehen.

„Schönen Tag auch", rief ihr Sabina in ihrem groben Tonfall hinterher. „Auf dass ihr alle verrecken sollt!"

XV. Kapitel

„Brüder und Schwestern, viele kommen und bitten mich: Sag uns in einfachen Worten, was die Botschaft Jesu Christi ist, damit wir es verstehen und an ihn glauben können, denn wir sind nicht gebildet und können die heiligen Schriften nicht lesen. Also sage ich euch“, fuhr Bischof Britto mit erhobener Stimme fort: „Jesus Christus ist das Schiff, das euch sicher über die Wogen des Lebens trägt, das Segel ist die Liebe, der Heilige Geist der Mast. Der Herr sagt euch: Wer nackt ist, den werde ich kleiden, wer hungert, den werde ich nähren, wer blind ist, den werde ich führen, wer in Gefahr ist, den werde ich schützen, wer trauert, den werde ich trösten. Geht also hin in Frieden und glaubt an die Macht des Herrn. Bittet um Gnade, und sie wird euch gewährt.“ Britto hob beide Hände, wandte sich zum Altar und begann mit dem finalen Gebet des Gottesdienstes.

Marcia stand in der letzten Reihe, tief verschleiert. Sie war gekommen, scheu, feige und gierig wie ein streunender Hund, der auf der Schwelle der Küche lungert, panisch vor Angst und wie gelähmt vom Geruch der Speisen. In den letzten Wochen hatte sie wieder und wieder die demütigende Erfahrung gemacht, dass ihr Wille nicht ausreichte, um sich fernzuhalten von dem christlichen Liebesschiff und dem Mann, den sie nicht haben konnte, der – das spürte sie – genau wusste, wann sie die Kirche betrat, und der doch nie einen Blick in ihre Richtung warf, niemals ein Wort zu ihr sprach, der seinen Frieden offensichtlich gefunden hatte, während sie zerspalten war vom Krieg der gegensätzlichen Kräfte in ihr. Denn wie die Fruchtfliege sich in den Wein stürzt, obwohl sie darin ersaufen wird, tauchte Marcia jeden *Dies Solis* ein in den Kelch Christi und besoff sich an der Stimme Brittos. Sie gewöhnte sich an den Klang und den Rhythmus der christlichen Gebete, ohne dass sie wirklich versuchte zu verstehen, wovon sie handelten. Sie lauschte dem Sermon, weil er sie wiegte und wärmte; sie fühlte sich dann wie ein Schmetterling auf schwankender Blüte, sonnentrunken, Süße in allen Sinnen. Sie gab sich den monotonen, eindringlichen Gesängen hin, ihrer eigentümlichen Schärfe, ihrer fremden Würze, die sie willenlos machte und benommen wie ein zu schweres Getränk. Ihr war elend zumute, wenn sie sich gegen ihren Willen auf den Weg in die Kirche machte, denn noch am Abend zuvor hatte sie sich geschworen, um keinen Preis der Welt noch einmal hinzugehen; und ihr war noch elender, wenn der Gottesdienst vorüber war und sie sich wieder nach Hause schleppte, noch halb betäubt vom Rausch und mit Ekel die heraufziehende Nüchternheit fürchtend. Doch solange sie dort war, war es ein Trost.

Als Marcia diesmal die Kirche verließ, hatte es angefangen zu schneien. Es schneite ganz leicht und beharrlich, kleine, fast unsichtbare Schneeflocken puderten zart die Dächer, so dass das Ziegelrot noch hindurchschien. Eine blasse, tief stehende Wintersonne tauchte alles in gelbliches Morgenlicht. Noch in der Vorhalle kam ihr Callosia Clamosa entgegen. Marcia zog den Schleier tiefer ins Gesicht, doch die Matrone hatte sie längst erkannt. Sie trat lächelnd auf die Schauspielerin zu. „Gott sieht alles", sagte sie freundlich. „Dein Gesicht kannst du verstecken, dein Herz nicht." Marcia wollte an ihr vorübereilen, doch die Ältere berührte ihren Arm, und Marcia hielt wider Willen inne. „Sei nicht unglücklich", raunte Callosia. „Denk immer daran, dass du hier willkommen bist, auch wenn dein Herz noch zögert. Ich sollte das vielleicht nicht sagen, aber selbst unser Bischof, der ja fest im Glauben steht, quält sich oft mit Zweifeln ..." Marcia starrte sie an, doch sie fuhr vertraulich fort: „Erst neulich war er wieder in Klausur bei dem Anachoreten vor den Toren der Stadt. Ein wahrhaft heiliger Mann ... er hat schon so vielen geholfen." Sie schlug über Marcia das Kreuz. „Gott schütze dich." Marcia antwortete nicht, sondern machte sich los und hastete davon. In ihrer Verwirrung lief sie zuerst in Richtung ihres Hauses, doch als die Schritte, als die Bewegung ihres Körpers sich allmählich beruhigend auf ihren Geist auswirkten und sie klarer denken konnte, erinnerte sie sich daran, dass Acilius die Truppe ins Theater bestellt hatte, weil er etwas mitzuteilen habe. Also machte sie kehrt, und als sie in der zum Theater gehörenden Domus ankam, hatte sich ihr innerer Aufruhr sogar etwas gelegt. Die vertraute Umgebung tat ihr gut. Im Atrium begegneten ihr Acilius und Florus, und gemeinsam gingen sie in den größten der Übungsräume, wo die Kollegen bereits versammelt waren, in Grüppchen zusammenstanden und sich unterhielten.

„Meine Freunde", rief Acilius laut, um die Stimmen der Anwesenden zu übertönen. „Meine Freunde, ich habe euch hergebeten, weil ich eine Anfrage für ein auswärtiges Gastspiel ..."

„Wo und wann?“, unterbrach ihn Gabso begierig.

Acilius bedachte ihn mit einem strengen Blick. „... erhalten habe. Es handelt sich um eine Hochzeit in einem großen Landhaus, etwa eine Stunde von Treveris entfernt. Die Vermählung findet am achtzehnten Januarius statt, die Feier mit unserer Beteiligung an den folgenden drei Tagen. Und alles vom Feinsten. Der Besitzer, die Braut, das Haus und die Verpflegung hoffentlich auch.“

„Kann man gerade bei den Reichen nie wissen“, murmelte Hieronymius.

„Also spielen wir die Nuptia“, konstatierte Gabso.

„Das, und ansonsten gestalten wir das volle Programm“, erwiderte Acilius. „Das heißt: tagsüber ein Stück, abends musikalische Unterhaltung.“ Er schaute zu Marcia. „Das gilt natürlich vor allem für dich, Marcia.“ Ihm war in der letzten Zeit aufgefallen, wie in sich gekehrt sie war und wie selten man sie in den Proberäumen antraf. Er vermisste ihr „masaxazá, xazemasé, masixazí ...“ und ihre Gesangsstudien, die zum festen täglichen Klangbild der Räumlichkeiten gehört hatten. Krank schien sie nicht zu sein, obwohl sie dünner geworden war, blass – und irgendwie nervös. Ihr Blick hatte etwas Gehetztes bekommen, und wenn man mit ihr sprach und sie etwas erzählte, geschah es oft, dass sie mitten im Satz abbrach, eine wegwerfende Geste machte und sagte: „Ach, lass. Nicht so wichtig.“ Erleichtert sah er daher, dass sie erfreut lächelte.

„Das will ich hoffen“, antwortete sie. „Wir werden proben müssen. Die Nuptia haben wir schon ewig nicht mehr gespielt.“

Gaudentius, der bisher nur schweigend zugehört hatte, trat einen Schritt vor. „Wir wär’s mit einer neuen Version?“, fragte er. „Ich hätte da ein Angebot zu machen.“

„Hast du ein Hochzeitsstück geschrieben?“, fragte Acilius überrascht.

„Noch nicht, aber im Kopf ist es fertig“, sagte Gaudentius. „Theseus und Hippolyta, die Amazone. Verbunden mit fünf Tölpeln, die ein Stück anlässlich dieser Hochzeit proben, plus ein bisschen Zauberei.“

„Das hört sich nach großer Besetzung an“, meinte Florus zweifelnd. „Ich weiß nicht, ob wir das hinkriegen, sowohl räumlich als auch finanziell.“

„Ich könnte es so machen, dass es aus Teilen besteht, die man so oder so zusammensetzen kann“, schlug Gaudentius vor. „Was wir nicht unterbringen, fliegt raus.“

„Hört sich gut an“, bemerkte Acilius, der Geschmack an der Idee fand.

„Hmm“, sagte Florus und warf einen Blick zu Marcia, ehe er fragte: „Wie ist diese Hippolyta?“

„Schön, stolz, frei. Der arme Theseus hat ziemlich viel Mühe, sie gefügig zu machen. Zur Strafe für ihre Sturheit schickt Venus Amor zu ihr, der sie verzaubert, so dass sie sich in einen Esel verliebt ...“

„In einen Esel?“, unterbrach ihn Marcia entgeistert.

„In den er zuvor einen der Tölpel verwandelt hat“, erläuterte Gaudentius.

„Pfui!“, rief Florus lachend und sah erneut zu Marcia, doch ihr Gesicht war bereits wieder verschlossen.

„Falls irgendjemand mich nach meiner unmaßgeblichen Meinung fragt“, mischte sich Hieronymius unwirsch ein, „so sage ich, dass ich der alten Version des Hochzeitsstücks den Vorzug gebe.“

„Ja, weil du zu faul zum Proben bist“, zischte Origo ihm zu. Sie baute sich neben Gaudentius auf, und obwohl sie viel kleiner war als er, vermittelte sie den Eindruck, als sei sie ein herkulischer Prätorianer, nur dazu abgestellt, den geliebten Mann zu schützen, alles Böse von ihm abzuwehren und jedem, der ihm zu nahe kam, die Nase abzubeißen. Gaudentius tolerierte dieses Gehabe seit Wochen mit einer Mischung aus Nachsicht und Langweile. Nur manchmal merkte man an einem Blick, einer winzigen Geste, dass er gereizt war und sie in die Schranken wies.

Hieronymius ignorierte Origo völlig. Er ignorierte auch Gaudentius und sprach ausschließlich zu Acilius. „Nuptia ist ein gutes, erprobtes Stück. Es ist verrückt, bei einer großen Hochzeit etwas zu spielen, was man vorher nicht hat ausprobieren können vor Publikum. Wir kriegen eine Menge Geld, und, verflucht, Acilius, wir brauchen das Geld. Wenn das Stück nicht gefällt, mindert der Patron den Betrag oder zahlt gleich gar nicht. Das können wir nicht riskieren.“

„Er hat nicht ganz unrecht“, sagte Florus.

„Andererseits ist es ebenfalls möglich, aus dem neuen Stück

mehr Geld herauszuschlagen“, schaltete sich Marcia unvermittelt ein. Sie wirkte plötzlich präsenter, interessierter als zuvor; es war, als hätte es eines starken Reizes bedurft, um sie aus ihrer von Winterdunkelheit oder von drängender Sorge hervorgerufenen Apathie zu locken. Und tatsächlich – Marcia hatte das Gefühl, zu erwachen. Sie spürte den Kitzel des neuen Stücks; die Aussicht zu spielen lockte sie, und etwas in ihrem Inneren flüsterte ihr zu: „Weg, nur weg aus Treveris, weg von Britto, abschütteln diesen Zwang, ihn sehen, ihn hören zu müssen.“ Neue Energie durchströmte ihren Körper, und sie trat auf Acilius zu: „Weck die Eitelkeit des Patrons. Sag ihm, das Stück wurde nur für ihn und seine Braut geschrieben. Sag ihm, es sei etwas ganz Besonderes. Sag ihm, ich singe ein Lied, in dem der Name der Braut verherrlicht wird, ihre Tugend, ihre Schönheit.“ Sie sah herausfordernd in die Runde.

Wie schön sie ist, wenn sie in ihrem Element ist, dachte Acilius. Wie mitreißend. Und gleichzeitig spürte er, dass sie sich die Energie, mit der sie für das neue Stück warb, auf seltsame Weise abringen musste. Die Heftigkeit, mit der sie sprach, der kurze Atem, der ihre Stimme leicht gepresst klingen ließ, ihr hektisches Lachen, erinnerten ihn unvermutet an einen jungen Gladiator, den er in Bovillae gekannt hatte. An die kalte, angsterfüllte Euphorie vor dem Kampf, aus dem er nicht lebend zurückgekehrt war. Acilius schüttelte den Kopf, weil er nicht wusste, woher diese Erinnerung gerade gekommen war, und weshalb zu diesem Zeitpunkt. Marcia nahm sein Kopfschütteln als Ablehnung.

„Er wird überall damit prahlen“, fuhr sie drängend fort. „Sag ihm, wenn wir es das nächste Mal aufführen, wirst du im Prolog darauf hinweisen, dass es ihm gewidmet ist. Wenn er Händler ist, sag ihm, wir erwähnen die Qualität seiner Produkte. Sag ihm in einem Nebensatz, dass dieser Service umsonst ist. Und dann schlägst du auf das normale Honorar kräftig auf.“

Acilius lachte und schaute zu Florus. „Und? Was meinst du?“

„Eigentlich keine schlechte Idee ...“, antwortete der Inspizient.

„Gut“, sagte Acilius fest. „Wir wagen es.“

Origo strahlte und schob ihre Hand in die Armbeuge des Geliebten. Gaudentius entzog ihr den Arm freundlich, doch bestimmt, ging zu Acilius und fragte: „Ist das ein Auftrag?“

Acilius umarmte ihn. „Schreib, Gaudentius! Und zwar schnell!“

Dann erinnerte er sich noch an etwas. Er zögerte. „Es gibt allerdings eine Bedingung", sagte er. „Der *Tribunus voluptatum* erwartet, dass wir Bassilla in dieser Produktion bereits beschäftigen."

Marcias Gesichtsausdruck wurde hart und kalt.

„Du wirst dich an sie gewöhnen müssen", sagte Acilius freundlich und wandte sich an Gaudentius. „Ihre Rolle braucht nicht groß zu sein. Wenn du willst, gib ihr einen Satz. Wenn nicht, soll sie Statisterie spielen. Das überlasse ich dir." Er sah zu Marcia. „Zufrieden, Marcia?"

„Es tut mir leid", antwortete sie hastig. „Natürlich bin ich zufrieden."

„Na also." Acilius lächelte ihr zu. „An die Arbeit, Leute! Wir haben heute den dritten Tag nach den Iden des Dezember. In weniger als einem Monat fahren wir los." Er rieb sich die Hände. „Was für eine Geschichte. Nicht wahr Florus, wir sind sehr erfreut!"

Florus lachte. „Ja, mein Lieber, wir sind sehr erfreut. Nichts ist schlimmer für Schauspieler als diese lästige Winterpause."

„Lausiges Klima hier", bemerkte Hieronymius. „Ich hätte in Verona bleiben sollen."

„Treveris ist kaiserliche Residenz!", widersprach Acilius.

„Ohne den Kaiser", gab Hieronymius missmutig zurück. „Zur Zeit ist *er* nämlich in Verona. Hab ich zumindest gehört."

„Er wird wiederkommen", beruhigte ihn Gabso.

„Das sagen sie schon seit zwei Monaten. Seit zwei Monaten ist er angeblich auf dem Weg nach Treveris. In zwei Monaten ist Caesar von Rom nach Londinium gereist!"

Alle lachten.

„Es ist Winter, Hieronymius", sagte Acilius. „Im Winter sind die Alpen unpassierbar. Aber demnächst ist Wintersonnenwende", fuhr er fort. „Dann werden die Tage wieder länger, das Jahr erneuert sich, wir proben, wir spielen, alles wird gut. Die Sonne kehrt zurück. Und irgendwann kommt dann auch der Kaiser." Damit löste er die kleine Versammlung auf, und die Mitglieder der Truppe, jeder nach Temperament und Stimmung, begannen, mit mehr oder weniger Vorfreude an das neue Stück und die Spieltage im Januarius zu denken.

Marcia ging erfüllt von neuer Hoffnung nach Hause. Es war kalt, es schneite immer noch ganz sachte, aber die feinen Schneeflocken fielen aus einem mittlerweile blauen, sonnigen Himmel. Marcias Atem verwehte als zarter weißer Hauch in der klaren Luft. Sie fühlte sich fast beschwingt, und im Stillen summte sie eine Melodie, die Melodie ihres neuen Liedes, das vor wenigen Wochen so gut eingeschlagen hatte. Sie war nun fest entschlossen, nicht mehr in die Kirche zu gehen. Es galt, neu zu beginnen, sich wieder auf ihre Arbeit zu konzentrieren. Liebe ist nur ein Wahn, dachte sie. Ein von den Göttern gesandtes Missgeschick. Eine Krankheit, aber leider keine ansteckende. Sie überlegte, ob sich der Christ in die Liste derer einbauen ließ, die im Lied als auszuschließende Kandidaten gehandelt wurden. „Den Schönen, den Reichen, den Wilden, den Zahmen", murmelte sie, während sie die Straße überquerte, um zu ihrem Haus zu gelangen. „Den Schönen, den Reichen, den Christen, den …" Sie brach ab, dachte einen Moment nach und summte dann: „Der Christ verlockt uns mit Gottes Gnade / Er sitzt in der Kirche, doch niemals im Bade / Er schenkt uns nur Worte und keinen Kuss / Und wenn wir ihn küssen, dann ist Schluss! / Sein Herz ist eng, seine Seele geschunden / Er liebt nur Gott, so hab' ich's gefunden / Drum lasst euch von ihm gern Gnade schenken / Für die Liebe müsst ihr an einen anderen denken!"

Marcia lachte auf und sang die Strophe lauthals nochmal. Sie lachte noch mehr, als ihre Sklavin sie verständnislos anschaute. „Guck nicht so dämlich", sagte Marcia zu dem Mädchen. „Das ist Theater!" Sie klopfte und wartete darauf, dass Mavillo, der alte Diener, ihr öffnete. Sie hörte seine Schritte von drinnen. Gleich darauf ließ er sie ein und begrüßte sie, wobei er zu Boden blickte.

„Was ist, Mavillo?", fragte Marcia streng. „Schau mich an, wenn du mit mir sprichst."

Er hob den Kopf, und sie sah seine bedrückte Miene.

„Ist etwas nicht in Ordnung?", erkundigte sie sich in schärferem Ton. „Dann sag es mir, und zwar sofort, und leg deine Stirn nicht in rätselhafte Falten."

„Es … es sind zwei Männer da, Herrin", sagte der Alte. „Sie warten auf dich."

„Was für Männer? Fremde?"

Mavillo nickte.

„Weshalb hast du sie eingelassen?", fuhr sie ihn an. „Du weißt genau, dass …"

„Sie kommen von Publius Macedo", erwiderte der Sklave leise. „Ich konnte sie nicht abweisen."

„Von Macedo? Weshalb kommt er nicht selbst?"

Der Alte zuckte die Schultern.

„Wo sind sie?", fragte Marcia.

„Im Tablinum."

„Na gut." Sie ließ sich von ihrer Sklavin den warmen Umhang abnehmen und straffte die Schultern. „Hören wir also, was die Herren zu sagen haben." Während sie hinüber zum Tablinum ging, überlegte sie fieberhaft, was die beiden wohl von ihr wollten. Sie hatte Macedo seit Wochen nicht gesehen, seit dem Tag, an dem er hier ungebetenerweise aufgetaucht war. Doch hatte sie ihn vermisst? Nein, dachte sie verwundert, nicht im Geringsten, sonst hätte ich mich wohl über seine Vernachlässigung gewundert. Ich habe ihn ... ich habe ihn einfach vergessen ... Fast hätte sie aufgelacht, aber gleich darauf überlief es sie heiß. Sie hatte fast zwei Monate lang keinen Gedanken an ihren Liebhaber verschwendet! – Doch er offensichtlich auch nicht an sie. – Und nun? fragte sie sich erschrocken. Hat er genug von meinen Launen? Aber weshalb kommt er nicht selbst oder schickt mir einen Brief? Marcia verlangsamte ihren Schritt. Wer waren diese beiden Leute, die sich im Namen Macedos Zugang zu ihrem Haus verschafft hatten?

Im Atrium, neben dem Eingang zum Tablinum, blieb sie kurz stehen, um sich zu sammeln. Ihr Herz schlug so heftig, dass sie es fast schmerzhaft spürte in ihrer Brust. Ihre Hände wurden kalt und ihre Handflächen feucht wie vor einem Auftritt. Von drinnen hörte sie die Stimmen zweier Männer, die sie nicht kannte. Sie sprachen über irgendwelche finanziellen Transaktionen. Immer geht es um Geld, dachte sie. Es geht nie um etwas anderes als Geld! Dann atmete sie tief durch und trat ein.

„Ich grüße – wen?", fragte sie ohne Freundlichkeit.

Die beiden Männer wandten sich ihr zu, und der ältere sagte: „Ich grüße dich, Marcia. Ich bin Adarus, *Familiae emptor* des Publius Macedo, und dies hier ist Venulinus, sein Verwalter. Wir sind gekommen im Auftrag der Erben des Macedo, deren Treuhänder ich bin."

„Der Erben?" Marcia sah den, der sich Adarus nannte, erschrocken an. „Ist Macedo denn ..."

„Er ist verstorben", erwiderte Adarus feierlich, „und zwar am Tag vor den Kalenden des Dezember; sein ordnungsgemäß verfasstes, von Zeugen unterschriebenes und vom *Praetor urbis* feierlich eröffnetes Testament setzt mich in Befugnis, dir mitzuteilen, dass dieses Haus ab sofort aufgrund von Eigenbedarf von der Familie des Macedo beansprucht wird. Ich bin darüber hinaus autorisiert, dir zu gestatten, hier wohnen zu bleiben bis zum Beginn des nächsten Monats, damit dir genügend Zeit bleibt, eine neue Wohnung zu suchen. Venulinus hier wird dir eine Liste des Inventars übergeben, das Publius Macedo gehörte. Bei Übergabe des Hauses wird er das Inventar inklusive der Sklaven kontrollieren und die Liste von dir unterschreiben lassen. Ist nicht alles vollständig oder etwas defekt, musst du es ersetzen oder reparieren lassen."

Marcia hatte der Rede, die in hoher Geschwindigkeit heruntergerattert worden war, wie betäubt zugehört. Macedo war tot! Nur langsam begriff sie, was das bedeutete. Er war tot, und seine Erben wollten das Haus zurück. Sie musste sich eine neue Bleibe suchen, und zwar schnell. Und sie verlor ...

„Halt", sagte sie und hob bittend eine Hand. „Nicht so schnell. Das alles kommt für mich sehr überraschend. Macedo ist tot, sagst du. Woran ist er gestorben?"

Adarus gab seinem Begleiter einen Wink, und der Verwalter berichtete, indem er sich ein wenig vorbeugte, seine Stimme dämpfte, als seien ungebetene Zuhörer im Raum, und seine Worte mit den Händen unterstrich: „Er hatte sich an der Hand verletzt, nur eine kleine Wunde, ein Splitter, den er entfernen ließ. Er dachte schon nicht mehr an die Verletzung, als sie sich mit einem Mal rötete und zu schmerzen begann. Er tat Salbe darauf, aber bald wurde erst die Hand dick und dann der Arm. So sehr schwollen Hand und Arm an, dass er sie nach einigen Tagen nicht mehr bewegen konnte. Er hatte große Schmerzen, entsetzliche Schmerzen. Nicht lange, und er bekam Fieber. Am sechsten Tag verlor er das Bewusstsein und am Morgen des achten Tages starb er. Mögen die Manen seine Seele geleiten."

Marcia schwieg und senkte den Kopf. Also deswegen hatte sie so lange nichts von Macedo gehört. Sie fühlte sich plötzlich elend. Macedo war ein guter Mensch gewesen. Sie hatte ihn gern gemocht, sie hatte ihn respektiert. Und er hatte ihr ein äußerst angenehmes Leben ermöglicht. Sie setzte sich. Jetzt war Macedo tot, und sie war unbehaust. Sicher, es war nicht das erste Mal, dass sie umziehen musste. Sie war nicht ohne Vermögen, nicht gezwungen, in ein Loch zu ziehen, aber ... Erinnerungen stiegen in ihr auf, Licht, das in armselige Zimmer fiel, deftige Gerüche im Hausflur einer römischen Insula, Gelächter, Männerstimmen beim Gelage in der Dämmerung, die alte Wohnung ihres Vaters damals in Rom, dann wieder marmorne Fußböden, die Wärme einer Heizung, luxuriöse Stille, edle Stoffe, der Duft von Rosenblüten und gleich darauf der Anblick des graugrünen Meeres von Minturnae, der glitzernden Wellen, der überhellen Straßen im Sommer ihrer Kindheit, die sie mit ihrer Mutter entlanglief ... Und nun? Sie hob den Blick und sah die beiden Männer an, die vor ihr standen und offensichtlich auf eine Antwort warteten. Doch Marcia hatte keine Lust, mit ihnen zu reden. Man geht, verkauft, verlässt, verliert, dachte sie. Wie oft noch in diesem Leben?

Adarus räusperte sich. „Wenn du ..."

„Wenn ihr mich jetzt entschuldigen wollt", sagte sie knapp und wandte sich zum Gehen. „Ich habe verstanden und werde Venulinus das Haus zum verabredeten Termin übergeben. Mavillo bringt euch zum Ausgang." Damit ließ sie die beiden stehen.

Später rief sie den Sklavenjungen zu sich. „Geh und such Aprilia. Sag ihr, ich müsse sie dringend sprechen." Der Junge machte sich auf den Weg, doch als er zurückkehrte, brachte er eine unbefriedigende Botschaft. „Aprilia lässt dir ausrichten, sie sei bei einer Geburt und wisse nicht, wie lange es dauert. Sobald sie frei sei, käme sie zu dir."

Marcia ballte ärgerlich die Fäuste, aber es ließ sich nicht ändern. Sie musste warten. Sie wartete an diesem Tag vergeblich und auch am nächsten Morgen kam Aprilia nicht. Marcia ging zur Probe – Acilius hatte mit der Arbeit am Hypochonder begonnen – und verbrachte danach einige Zeit mit Vitalis, um zu musizieren. Als sie am Nachmittag nach Hause kam, sagte ihre Sklavin:

„Aprilia wartet auf dich."

Eilig ging Marcia ins Tablinum, wo sie eine müde Aprilia fand, das Gesicht ganz grau, tiefe Schatten unter den Augen. Sie hatte Spuren von Blut unter den Fingernägeln.

„Was gibt es denn so Dringendes, Herzchen?“, fragte die Ältere, als Marcia ins Zimmer kam. „Ich habe seit zwei Tagen und Nächten nicht geschlafen. Das Kind ist wohlauf, aber der Mutter geht es schlecht. Sie hat wohl nicht genug zu *Juno Lucina* gebetet.“

„Macedo ist tot“, sagte Marcia ohne Einleitung. Das Kind und die junge Mutter waren ihr egal. „Ich muss umziehen.“ Sie kam zu Aprilia und legte der stämmigen Frau den Arm um die Schultern. „Aprilia, du musst mir helfen. Du kennst in dieser Stadt jeden. Beschaff mir eine neue Wohnung.“

Aprilia sah sie forschend an. „So, Macedo ist tot, was? Sehr nah geht dir das nicht, oder?“

„Er war ein anständiger Mensch“, erwiderte Marcia leise. „Ich bin dankbar, ihn gekannt zu haben.“

„Das Häuschen hier war ziemlich nett“, bestätigte Aprilia. „So etwas wirst du kaum noch einmal finden.“

„Das weiß ich“, antwortete Marcia ungehalten. „Aber ich habe Geld genug, um anständig zu wohnen.“

„Na gut.“ Die Ältere wandte sich schwerfällig zum Gehen. „Ich werde sehen, was ich für dich tun kann.“

„Danke.“ Marcia sah ihr nach, als sie das Zimmer verließ. Dann sank sie auf das Ruhebett und barg das Gesicht in den Händen. Sie war sicher, dass Aprilia früher oder später Erfolg haben würde. Aber das änderte nichts an der Tatsache, dass ihr Leben gerade an mehreren Stellen gleichzeitig aus den Fugen zu geraten schien. Und es änderte nichts daran, dass sie Britto vermisste. Sie vermisste ihn, obwohl sie ihn kaum kannte; sie vermisste seine Stimme, die Art, wie er sich bewegte, vermisste sein schönes Gesicht. Sie vermisste ihn wie einen Tagtraum, den sie einst träumte, wieder und wieder, als das Leben in einem bestimmten Alter lebendiger wurde, bunter, wilder, als alles in Hoffnung getaucht war, alles vorwärtszustürmen schien. Es war ein Traum, der ihre Jugend begleitet hatte, bis sie ihn irgendwann unterwegs verlor, weil sie zu schnell vorwärtsgestürmt, gefallen, wieder aufgestanden war und nun wusste, dass die Hoffnung nur einen Flügel hat. Mit Britto war eine Erinnerung an diesen Traum zurückgekehrt, aber jetzt war es so, als hätte die Hoffnung auch den anderen Flügel verloren.

***

„... kommen wir überein, dass Marcia, die Schauspielerin, unter folgenden Bedingungen von Prudentia Flavia für zwei Jahre mietet: Die Wohnung Nummer drei im ersten Geschoss des Prudentia Flavia gehörenden Mietshauses, umfassend vier Räume, zu der für jeden Monat festgesetzten Miete von fünf Maiorinae, die sie Prudentia Flavia zahlen wird in vollem Umfang, frei von jedem Abzug und Kostenaufwand. Nachdem sie die Wohnung übernommen hat, versehen mit Türen und Fenstern, verschlossen und sauber von Unrat, ist sie an das Mietverhältnis gebunden für die vereinbarte Zeit. Sie darf weder die Mietzahlungen ausfallen lassen innerhalb der festgesetzten Zeit noch die monatlich fällige Mietzahlung hinausschieben."

Marcia, die den Mietvertrag laut für sich selbst vorgelesen hatte, nickte und unterschrieb.

„Die erste Miete ist sofort fällig", sagte Prudentia Flavia, eine kaiserliche Freigelassene, die in Treveris mehrere Immobilien besaß und gute Geschäfte machte.

Marcia holte ihren Geldbeutel hervor und zählte Prudentia die Münzen in die Hand. Dann sah sie sich noch einmal in dem Zimmer um, in dem sie mit der Vermieterin stand. Es war der größte Raum ihrer neuen Wohnung, und selbst dieser war nicht sehr groß. Doch er besaß gemauerte Klinen, was ihn als Speisesaal auswies, und ein großes Fenster, allerdings zur Straße, wie die übrigen drei Zimmer, die nun ihr gehörten. Die Insula selbst lag weiter entfernt vom Theater als ihr bisheriges Domizil, das sie nun in Bälde verlassen musste. Es handelte sich um ein recht großes, dreistöckiges Gebäude mit einem rechteckigen Innenhof. Im Erdgeschoss waren Läden untergebracht, zu denen auch eine Garküche gehörte – man roch den Bohneneintopf, der dort unter die Leute gebracht wurde, im ganzen Treppenhaus.

„Hier ist dein Exemplar des Mietvertrages", sagte Prudentia Flavia und reichte Marcia das Dokument. „Und denk dran: dies ist ein anständiges Haus. Ich dulde keine laute Musik und keine Betrunkenen, die beim Nachhausegehen auf die Treppen urinieren!"

Marcia machte sich nicht die Mühe, darauf zu antworten. Sie besaß eine neue Bleibe – was wollte sie mehr? Das Haus verfügte über fließendes Wasser, einen Nachtstuhl in einem Verschlag im Hof, von wo aus die Fäkalien in einer Sickergrube aufgefangen wurden, ihre Wohnung besaß eine Herdstelle, und was die Heizung betraf, so musste sie sich halt von sofort an mit Kohlebecken behelfen. Musizieren konnte sie in den Probenzimmern im Theater, und nach Feiern war ihr nicht zumute.

Sie verabschiedete sich von Prudentia Flavia und ging, begleitet von ihrer Sklavin, die Treppe hinunter, wo ihre Sesselträger sie erwarteten. Nach Hause zurückgekehrt, rief sie Mavillo herbei. „Hör zu, Mavillo“, sagte sie, „ich möchte, dass du dem Koch aufträgst, aus den besten Vorräten, die wir im Haus haben, eine Speisenfolge aus drei Gängen zuzubereiten. Jeder Gang soll aus verschiedenen Gerichten bestehen, aber wiederum nicht mehr als drei. Zu den Vorspeisen gibt es Mulsum, zu den Hauptgerichten von dem Wein, den Macedo zuletzt gesandt hat. Der Koch wird wissen, wie man ihn am besten mischt. Zünde auch alle Lichter an im Triklinium und lass gut einheizen.“

„Wen erwarten wir denn, Herrin?“, fragte Mavillo.

„Das braucht dich nicht zu interessieren“, gab Marcia zurück. Der Alte nickte demütig und ging, um die Aufträge zu erfüllen. Marcia wiederum befahl den beiden Mädchen, ein Bad zu richten. „Danach sollt ihr mich so schön wie möglich machen“, sagte sie.

Während der nächsten Stunden war sie von einer tatenlosen Unrast gefangen. Sie streifte durchs Haus, von einem Zimmer ins andere und wieder zurück, hörte den Koch geschäftig in der Küche werkeln, spürte, wie die Luft sich im Bad mehr und mehr erwärmte. Im Schlafzimmer dagegen war es kühl und dunkel, im Tablinum brannten die ersten Öllämpchen, denn das Tageslicht schwand allmählich. Dem ersten Wintereinbruch Anfang des Monats waren Regentage gefolgt, und auch jetzt, als Marcia schließlich ins Atrium trat, um frische Luft zu schöpfen, regnete es leicht. Die Dezemberluft war feuchtkalt, die letzten Rosenblüten waren braun und erfroren, die dicken runden Hagebutten jener Blüten, die es geschafft hatten, zur Reife zu gelangen, zeigten an manchen Stellen ihre weißen Zähnchen, weil sie aufgeplatzt oder von einem Vogel angepickt worden waren. Fröstelnd zog sich Marcia bald wieder ins Haus zurück.

Später, als sie in der Badewanne lag, umgeben von weichem

Licht, eingehüllt von Rosenduft, war es nur ein Gedanke, der ihr unablässig durch den Kopf ging, nur diese Worte: Das letzte Mal. Und diese Worte erfüllten sie mit einer gehobenen, ja, fast erhabenen Stimmung. Das letzte Mal glitt ihre Hand durch das weiche warme Wasser, das letzte Mal streichelten ihre Finger glatten, edlen Marmor, das letzte Mal ließ sie sich von ihrer Sklavin in vorgewärmte Tücher hüllen, als sie aus dem Wasser stieg. Mit teurem Öl wurde ihr Körper gesalbt, mit teurem Parfüm betupfte sie, als sie angekleidet, frisiert und geschminkt war, die zarte Haut hinter den Ohren, ihre Handgelenke, ihre Armbeugen, die kleine Vertiefung unterhalb ihres Halses. Ihre Augen hatten einen seltsamen Glanz, als sie zuletzt in den Spiegel schaute, um das Ergebnis ihrer Bemühungen zu prüfen.

„Du wirst nachher musizieren", sagte sie zu ihrer Lieblingssklavin, die passabel Flöte spielte. „Mach dich bereit."

Wenig später betrat sie den Speisesaal. Der Koch stand neben dem Krater aus hübscher *Terra sigillata* und schmeckte den Wein mit Gewürzen ab. Zum Schluss gab er noch etwas mehr Wasser dazu, rührte gut um, probierte noch einmal schmatzend und nickte zufrieden. Mavillo wies gerade den Knaben an, die letzten Gedecke auf dem bestickten Tischtuch zu verteilen.

„Verzeih, Domina", wandte sich der Alte an Marcia, „ich wusste nicht, wie viele Personen kommen, deshalb habe ich für neun eindecken lassen."

„Das erfreut mich, Mavillo", lobte Marcia, doch es war etwas in ihrer Stimme, das fremd klang, fast wie eine Zeile aus einem Stück. Der alte Sklave sah sie verwundert an.

„Wann erwarten wir die Gäste?", erlaubte er sich zu fragen.

„Sie sind schon eingetroffen, mein Guter", erwiderte Marcia in demselben Tonfall. „Siehst du sie nicht? Da liegen sie auf den Bänken, hungrig auf gute Speisen, auf gute Gespräche, auf Gesang und Tanz. Sie sind alle gekommen, Macedo war wie immer der Erste, er brachte Freunde mit, zwei, um genau zu sein, dazu habe ich eine Bekannte geladen, Valeria, sie brachte ihre Schwester mit, die manchmal bei Festen selbst auf der Bühne steht, was ihr Mann tatsächlich gut findet! Er ist natürlich auch hier, dort drüben lässt er sich gerade nieder, und weil wir nur sieben sind, hat Macedo einen Boten zu einem Klienten geschickt, der ein reichgewordener Freigelassener ist und sich vor lauter

Freude, dass er bei Marcia speisen darf, fast ins Hemd gemacht hat. Er schleppt noch jemanden mit, und wir sind vollzählig!"

Mavillo sah sie an, als zweifle er an ihrem Verstand. „Aber ... aber ...", stammelte er.

„Die Gäste sind da", wiederholte Marcia fröhlich, „und ich werde mich jetzt zu ihnen gesellen, damit wir anfangen können zu essen, denn ich bin hungrig."

Sie nahm den Ehrenplatz auf dem *Lectus imus* ein, machte es sich bequem und klatschte in die Hände. „Die Vorspeise, wenn ich bitten darf!" Dann wandte sie sich an den leeren Platz neben sich auf dem *Lectus medius*. „Macedo, mein Lieber, ich kann dir versprechen, dass mein Koch, der ja deiner ist, dich nicht enttäuschen wird."

Der Koch, der immer noch wie festgenagelt neben dem Weinkrater stand, und Mavillo warfen sich einen fragenden Blick zu.

„Was ist?", rief Marcia laut. „Wollt ihr mich lächerlich machen, ihr Sauhunde, indem ihr mich und meine Gäste nicht bedient?"

Die Blicke der beiden Sklaven kreuzten sich erneut. Dann zuckte der Koch unmerklich die Achseln und eilte in die Küche. Wenig später erschienen der Knabe und eines der Mädchen und reichten Endiviensalat mit Honig-Essig-Soße und hartgekochten Eiern. Der Koch kam wieder und kredenzte Mulsum in Bechern aus feinem roten Tongeschirr, das mit Reliefs aus Weinranken, Satyrn und Nymphen verziert war. Marcias Lieblingssklavin erschien mit ihrer Flöte. Als sie sah, dass außer Marcia niemand anwesend war, zögerte sie verwirrt, doch Marcia rief: „Los, los, fang an! Wir möchten unterhalten werden. Ohne Musik schmeckt das Essen nur halb so gut. Macedo, mein Herz, hat sich dein Koch nicht selbst übertroffen?"

Das Mädchen schaute ängstlich zu Mavillo, doch der nickte nur, und so begann die Sklavin zu spielen. Zuerst klangen die Töne dünn und rissen immer wieder ab, weil sie vor Furcht nicht richtig atmete. Zudem zitterten ihre Finger. Doch als sie bemerkte, dass weder Mavillo noch der Koch noch die Dienerin und der Knabe, die die imaginären Gäste bedienten, sich etwas anmerken ließen, gewann sie Selbstvertrauen und ging schließlich sogar so weit, beim Spielen dem einen oder anderen Gast einen koketten Blick zu schenken, was Marcia mit heiterem Applaus bedachte. Marcia schien sich überhaupt bestens zu amüsieren. Sie plauderte unentwegt mit ihren nicht vorhandenen Gästen, scherzte, lachte und aß mit gutem Appetit alles, was ihr gereicht wurde. Nach der Vorspeise gab es Linsensuppe mit Kastanien, als Geflügel wurden Fasan-Kroketten mit eingelegten Pilzen gereicht. „Aufgepasst, Valeria, jetzt kommt dein Lieblingsgericht", rief Marcia zu einem der leeren Plätze hinüber. „Kürbis gefüllt mit Hirn vom Schwein!" Sie lachte laut und schüttelte den Kopf, als habe sie eine Antwort erhalten. „Nein, nein, mich kannst du damit nicht locken. Ich freue mich auf den Eierkuchen mit Birnen." Sie wies auf das Salzfass, das vor „Macedo" stand, und behauptete: „Es ist leer, Mavillo! Was bist du nur für ein nachlässiger Mensch. Trag es in die Küche und füll es auf. Sollen meine Gäste denken, ich sei geizig, weil ich ihnen das Salz vorenthalte?"

Je länger der Abend fortschritt, umso mehr schien es, als hätten auch Mavillo, der Koch, der Knabe und die beiden Mädchen das Spiel akzeptiert. Sie trugen Speisen auf und Schüsseln ab, taten, als schenkten sie Wein nach, fragten nach den Wünschen der Gäste, eilten davon, um etwas zu holen, erschienen wieder – es war das Falsche –, sie eilten wieder davon, und als sie das nächste Mal kamen, bedankte sich der Gast, machte die reiche Freigelassene einen Scherz, über den der Sklave diensteifrig lachte. Marcia war bester Stimmung. Sie trank immer nur kleine Schlucke, doch auch davon wurde der Becher leer, und sie ließ ihn sich regelmäßig nachfüllen. Flötenmusik erfüllte den Raum, es duftete nach den köstlich zubereiteten Speisen und dem mit Kräutern gemischten Wein, und Marcias nie abreißendes Geplauder, Gelächter, Gescherze, verbunden mit den Antworten der Sklaven, ihren Fragen an Nichtanwesende, ihren kurzen Zurufen untereinander bewirkten, dass tatsächlich der Eindruck eines festlichen Essens unter Freunden entstand. Schließlich, nachdem auf allen Tischen duftende Eierkuchen standen und dazu in zierlichen Gläsern Rosenwein serviert worden war, erhob sich Marcia und verkündete: „Liebe Freundinnen und Freunde, ich bin entzückt, dass ihr alle gekommen seid, um diesen ganz besonderen Abend mit mir zu verbringen. Wie ihr wisst, gehört all dies, was ihr hier seht und genießt, meinem liebsten Freund Publius Macedo, und zu seinen Ehren werde ich heute Abend, am letzten Abend, dem Abschiedsabend, noch einmal für euch tanzen und singen."

Sie sah, dass das Mädchen ihr die Klappern reichen wollte, doch sie wehrte ab. „Spiel“, befahl sie der Flötistin. „Spiel das, was wir neulich zusammen geübt haben.“ Das Mädchen begann mit der Melodie, und Marcia schnalzte mit den Fingern im Rhythmus, ehe sie anfing zu singen. Sie hatte offensichtlich Freude an dem, was sie tat, ihr Vortrag war mitreißend und ganz auf Wirkung bedacht, sie sang und tanzte, lächelte, sandte verführerische Blicke, erlaubte sich die eine oder andere gewagte Geste, und die Bänke waren leer, die Schüsseln unberührt, die Gläser unbenutzt, und unter Marcias Gesang, unter der Flötenmusik, herrschte eine Stille, die von den Wänden widerzuhallen schien. Mavillo, der Koch, der Knabe und das Mädchen standen rechts neben der offenen Seite des Trikliniums, sie rührten sich nicht, hörten, sahen zu, wie Marcia bald ihre Klappern nahm und den Rhythmus beschleunigte; sie standen da aneinandergedrängt, fast wagten sie nicht zu atmen in der Stille, die sich ausbreitete im Raum und der Musik Widerstand zu leisten begann; der leere Raum füllte sich mit der Stille, die die Nichtanwesenden verursachten; Marcia lachte, sang, griff sich die Klappern und ließ sie tanzen, die Flötistin versuchte atemlos, Schritt mit ihr zu halten; die, die dicht aneinandergedrängt an der Seite des Raumes standen, spürten, wie die Musik gegen die Stille kämpfte; sie selbst wurden dabei immer stiller, immer flacher wurde ihr Atem, bis das Mädchen es nicht mehr aushielt und lautlos zu weinen begann. Aus ihren Augen rannen Tränen, während sie starr zu Marcia hinüberschaute, die nicht aufhören konnte zu singen und zu tanzen und fröhlich zu sein, die lauter und wilder sang, die den Rhythmus beschleunigte, den Kopf in den Nacken warf und aufreizend ihre Hüften bewegte.

Mit einem erstickten Laut sank die Sklavin zusammen und begann hemmungslos zu schluchzen.

Marcia kam aus einer Drehung zum Stillstand, ihr Gesang verstummte, sie atmete rasch, ihre Wangen waren gerötet, ihre Augen glänzten, aber sie hatten ihren Ausdruck verändert. Waren ihre Blicke vorher verspielt und herausfordernd gewesen, schaute sie nun mit dunklem Glitzern kalt auf das Mädchen. Die junge Sklavin kauerte sich erschrocken zu Füßen Mavillos. Sie versuchte, ihr Schluchzen zu unterdrücken, und wenn es ihr gelang, war es still im Raum, unsagbar still.

„Schaff sie weg“, sagte Marcia leise und drohend in die Stille. „Schaff sie weg. Und dann verschwindet. Alle. Ich will euch nie wiedersehen.“

XVI. Kapitel

Die Pfützen auf den Straßen waren über Nacht gefroren, die Bäume dick bereift, und auf der Probebühne im Theater war es klamm bis frostig. Gabso, Tertius und Origo hatten eine kurze Pause und schauten zu. Der Raum war leer bis auf zwei mit rohen Stellwänden angedeutete Türen. Aus der einen kam nun rückwärts Hieronymius. Er blickte sich vorsichtig um, als fürchte er, ertappt zu werden, und schlich weiter rückwärts. Von der anderen Seite kam, ebenfalls rückwärts, einer der jüngsten Schauspieler der Truppe. Er war kleiner als Hieronymius, mit kurzen dicken Beinen, kurzen dicken Armen und derbem Profil. Ihre Posen spiegelten sich, die gebückte, sichernde Haltung, der vorgereckte Hals, die tastenden Schritte. Etwa in der Mitte der Bühne stießen sie zusammen, fuhren mit einem erschrockenen „ho, ho!" auf, wirbelten herum und standen einen Moment verdutzt voreinander; zwei Diener, die sich schlau vorgekommen waren, auf frischer Tat ertappt. Hieronymius holte aus. Klatsch! Die Ohrfeige saß. Der Junge schrie laut und empört, wollte weglaufen, doch Hieronymius hielt ihn fest und watschte ihn erneut.

„Nein, nein, halt!", rief Gaudentius. Die beiden Schauspieler hielten inne, traten aus ihrer Pose heraus, wandten sich Gaudentius zu und schauten ihn fragend an. „Irgendwas stimmt nicht. Das ist todlangweilig", fuhr Gaudentius fort. Er überlegte, dann verkündete er: „Wir brauchen eine kleine Ohrfeigenchoreografie." Er ging zu Hieronymius und dem Knaben hinüber, schob den Jüngeren beiseite und baute sich vor Hieronymius auf. „Los, knall mir eine."

Hieronymius zögerte kurz, aber dann holte er aus und wollte Gaudentius eine Ohrfeige verpassen. Doch der duckte sich weg. Als er wieder hochkam, sagte er: „Und gleich die nächste mit links!" Hieronymius schlug zu und traf. „Genau!", rief Gaudentius zu dem Jungen hinüber. „Wegducken, wenn er mit rechts ausholt, und wenn du wieder hochkommst, erwischt er dich – zack! – mit links. Und dann ... pass auf, ich zeig's dir. Los, nochmal, Hieronymius."

Hieronymius holte mit rechts aus, Gaudentius duckte sich weg, kam hoch, wurde von der Linken erwischt, duckte sich erneut und flüchtete durch die Beine von Hieronymius. Doch Hieronymius war schneller, drehte sich, griff mit der einen Hand zu und hielt ihn an der Tunica fest. „So, jetzt pass auf", sagte Gaudentius zu dem Knaben. Er hielt sich die Backe mit der linken Hand, und Hieronymius, der siegessicher vor ihm stand, grinste. Da holte Gaudentius aus und schlug mit der Rechten zurück. „Und jetzt abwechselnd!", rief er. „Immer mit kurzer Verzögerung, als könntet ihr es nicht fassen – schau!" Die beiden Männer standen voreinander und ohrfeigten sich, erst langsam, dann immer schneller, mit immer wieder neu gespieltem Erstaunen.

„Genug", japste Gaudentius. „Los, jetzt ihr beiden das Ganze von vorn."

Der Schüler und Hieronymius führten das kleine Watschen-Arrangement mehrmals hintereinander durch, bis es saß. Atemlos hielten sie irgendwann inne.

„Viel besser", lobte Gaudentius. „So macht das Spaß. Nur nichts verschenken."

„Könnte ich nicht auch mal hinfallen, wenn Hieronymius mir eine knallt?", fragte der Junge. „Vielleicht nachdem er mich erwischt hat, wenn ich ihm durch die Beine komme."

„Klar. Probier's aus. Ihr könnt frei improvisieren. Ich sage euch schon, wenn's zu lang wird."

Florus kam um die Ecke. Er blies in die Hände, weil es so kalt war. Sein Atem wölkte weiß. „Schlechte Nachrichten, Leute. Es hat angefangen zu schneien. Wir fahren einen Tag früher. Geht heim, packt eure Sachen. Morgen früh treffen wir uns zur dritten Stunde hier am Theater." Vom Gang her ertönte die laute, genervte Stimme eines Bühnenarbeiters. Man konnte zwar nicht verstehen, was er rief, doch es war klar, dass irgendetwas nicht funktionierte. „Ich komme", rief Florus zurück und wandte sich an Gaudentius. „Das mit dem Balkon kannst du übrigens vergessen. Der passt nicht mehr auf den Wagen."

„Was für eine Bühne werden wir in der Villa haben?", erkundigte sich Gaudentius.

„Keine Ahnung", erwiderte der Inspizient und zog eine Grimasse. „Wir haben weder Maße noch eine Vorstellung von der Art Raum, in dem wir spielen werden. Es kann eng werden."

„Acilius sagte doch, alles vom Feinsten", wandte Gaudentius ein. „Das hörte sich eher nach tief und hoch und weit an."

„Mag ja sein, aber deshalb kriegen wir den Balkon trotzdem nicht auf dem Wagen unter", sagte Florus. „Wenn wir Glück und eine richtige Bühne haben, dann können uns die Zimmerleute dort noch einen bauen."

„Und die hölzerne Dekoration für das Ding?", fragte Gaudentius. „Die Balustrade, die Blumen etcetera?"

„Muss alles hierbleiben. Ist nicht nur zu groß, sondern auch zu schwer. Aber wir haben noch ein paar bemalte Vorhänge, die denselben Dienst tun."

Gaudentius seufzte. „Na gut." Er drehte sich zu den Kollegen um. „Wir machen Schluss."

Draußen sah er, wie Acilius seinem alten Freund die Hand auf die Schulter legte. „Komm, schauen wir uns an, was funktioniert und was nicht", meinte er.

„Gut", sagte Florus und machte einen weiteren Vorstoß: „Bist du sicher, dass Hippolyta unbedingt Schild, Speer und Brustpanzer braucht?"

„Ganz sicher", mischte sich Gaudentius von weiter hinten verzweifelt ein.

Florus und Acilius blieben stehen und drehten sich um. „Was sagst du, Acilius?", wollte Florus wissen.

„Ganz sicher", wiederholte Acilius und zwinkerte Gaudentius zu.

„Na schön", seufzte Florus ergeben und zuckte die Achseln. „Ihr seid schuld, wenn der Wagen unterwegs zusammenbricht!"

Am nächsten Morgen fand sich Marcia mit den beiden Sklaven, die ihr noch geblieben waren, pünktlich am Theater ein. Das Mädchen trug die Kosmetika, der Knabe die Kleidung. Die Luft war gesättigt mit dem Duft nach frischem Schnee und nach verfeuertem Holz. Der Wagen mit den Requisiten und den Kulissen war abfahrbereit, die anderen beiden, die das Personal sowie die Schauspieler transportieren sollte, waren eben angekommen. Florus schwang sich gerade zum Kutscher auf den Bock des Transporters. „Wir fahren los!", rief er zu Acilius hinüber. „Wir brauchen sowieso länger."

„Gute Fahrt!" Acilius winkte. „Wir sehen uns später."

Die Personenfahrzeuge waren ebenfalls offen – nicht viel mehr als Pritschenwagen, aber es gab zumindest für die Schauspieler Decken, vorgewärmte Backsteine und heißen, stark verdünnten Kräuterwein.

Acilius klatschte in die Hände. „Los, einsteigen, Leute. Es dauert ja nicht lange. Zwei Stunden Fahrt, dann sind wir da."

Origo kletterte als Erste in das Gefährt und schmollte sofort, weil Gaudentius Marcia galant die Hand reichte, um ihr beim Einsteigen behilflich zu sein. Gabso schwang sich von der anderen Seite auf den Wagen, Vitalis verstaute zuerst vorsichtig seine Kithara und platzierte sich dann so, dass es das Instrument bequemer hatte als er selbst. Hieronymius und Tertius wählten den Kutschbock, während Bassilla wartete, bis alle anderen einen Platz gefunden hatten, ehe sie an den Wagen trat. Firmus streckte ihr eine Hand entgegen und half ihr beim Einsteigen. Das Mädchen war schön, blass, schmal und stumm wie meistens. Marcia hatte sich während der Probenwochen mit ihrer Anwesenheit abgefunden. Sympathie für Bassilla brachte sie jedoch keine auf, wobei es nicht nur Marcia irritierte, dass es der jungen Schauspielerin offensichtlich völlig gleichgültig war, ob man sie mochte oder ablehnte. Sie sagte nur etwas, wenn sie gefragt wurde, lächelte nie, war immer pünktlich und lernte extrem schnell. Wenn sie sich unbeobachtet glaubte, ließ sie ihren intensiven, oft etwas abfälligen Blick, über die Gesichter der anderen gleiten. Sie nahm es kommentarlos hin, dass sie in dem Hochzeitsstück nur eine stumme Statistenrolle hatte, aber ihre Haltung ließ niemals einen Zweifel daran, dass sie etwas anderes wollte – und konnte. Sie wartete stumm und kalt wie eine goldglänzende Muräne in ihrer Höhle auf ihre Chance, auf den großen Auftritt, auf den großen Fisch.

Der Kutscher ließ die Peitsche knallen, und die schweren Wagenpferde, dampfend in ihrem dicken Winterfell, zogen an. Der Wagen ruckte und schwankte, und die Insassen hielten sich an den Seitenwänden fest.

„Zwei Stunden, nicht mehr", wiederholte Acilius beruhigend. „Hoffe ich zumindest."

Sie fuhren über die steinerne Mosellabrücke, durch die *Porta Inclyta*, und bald hatten sie die Stadt hinter sich gelassen. Gaudentius schenkte reihum heißen Wein aus, wobei er sich bemühen musste, nichts zu verschütten. Als er Marcia ihren Becher gab, lächelte er sie an, und seine Hände umfassten die ihren, nur einen kleinen Moment zu lange. Er sah gut aus heute Morgen, sein von Natur aus blasses Gesicht war von der Kälte leicht gerötet, seine schmalen, dunklen Augen funkelten unternehmungslustig. Marcia lächelte zurück und wollte sich gerade wieder setzen, als der Wagen durch ein Schlagloch rumpelte und sie ihm in die Arme fiel. Ihr Becher flog in hohem Bogen in den Schnee. Ringsum ertönte Gelächter. Origo war den Tränen nah. Gaudentius bemerkte es und zwinkerte ihr zu, als wolle er sagen: Nimm nicht immer alles so ernst, Mädchen. Es wirkte, und Origo fasste sich. Vorn auf dem Kutschbock fingen Hieronymius und Tertius an zu singen. Ein lautes, fröhliches Trinklied wie in Vorwegnahme kommender Freuden. Die, die hinten auf dem Wagen saßen, ließen sich davon anstecken, so dass die Fahrtzeit mit Gesang und Gelächter viel schneller verging, als sie alle erwartet hatten.

Gnaeus Apronius Raptor war der bislang letzte Nachkomme jenes Gaius Apronius Raptor, der unter Kaiser Diocletian der Decurio der damaligen Augusta Treverorum gewesen war; die Familie blickte also auf Tradition zurück, und ungleich anderen hatte sie ihr Vermögen vermehrt, statt es zu verschleudern. Die weitläufige Verwandtschaft umfasste allein in Treveris mindestens fünfundvierzig Personen, die als Hochzeitsgäste in Betracht kamen – allerdings einschließlich der Klientel. Aus dem Umfeld der Gallia Belgica kamen etwa sechzig Verwandte, Freunde und Bekannte des Bräutigams; sie waren tagelang unterwegs gewesen; dazu kamen etwa hundert Gäste der Braut, die über einen ebenso illustren Stammbaum verfügte wie ihr zukünftiger Gatte, zudem über den Vorteil, ebenfalls reich, außerdem recht hübsch und vor allem vierzig Jahre jünger als Apronius zu sein.

„Nicht übel", meinte Gaudentius, der neben Marcia saß, als die Villa schließlich in Sichtweite kam. Sie näherten sich von einer Anhöhe, so dass sie die weitläufige Anlage, die von einer hohen Mauer umgeben war, bestens überblicken konnten.

„Nicht übel?", gab Marcia zurück. „Das Ding ist ein Palast! Drei Tage Ferien in einem Palast. Ich wünschte, es wäre Frühling."

Gaudentius warf ihr einen amüsierten Blick zu. „Ferien?", meinte er. „Wir werden hier Schwerstarbeit leisten. Und es würde mich wundern, wenn auch nur Acilius ein Zimmer für sich allein hätte. Sie werden uns mit Suppe abspeisen und verwässertem Wein. Geiz macht reich. Was sind schon Schauspieler, dass man sie hegen und pflegen müsste!"

„Es sind nicht alle so“, wandte Marcia ein. „Im Gegenteil. Ich habe es oft anders erlebt.“

„Ja, du“, erwiderte Gaudentius.

Marcia hörte die kleine Anzüglichkeit wohl, aber sie nahm es ihm nicht übel. Sie hatte Gaudentius während der Arbeit der vergangenen Wochen schätzen gelernt und vertraute ihm einigermaßen, obwohl klar war, dass er mehr von ihr begehrte. Sie ließ ihren Blick über die Ebene gleiten, wo die Villa ihre schmucken Kolonnaden-Arme ausbreitete, die Truppe zu empfangen; das langgezogene einstöckige Haupthaus mit seiner Säulenvorhalle schien älter als die Seitenflügel; es war rechts und links flankiert von quadratischen, zweigeschossigen Türmen, die immer noch wehrhaft und kasernenartig wirkten, obwohl sie umgebaut, verputzt und bemalt worden waren, um sie dem heiteren Stil der Luxusvilla anzupassen. Nach Südwesten zu erstreckte sich ein geometrisch gestalteter Park, der sich in gepflegter Winterruhe befand; die Wasserspiele trockengelegt, die Rosen dick in Tannenzweige vermummt, die Buchsbaumkegel schwarzgrün wie dunkle Wächter der schlafenden Pracht. Im Nordosten, ein gutes Stück abseits des Haupthauses, lagen die Wirtschaftsgebäude; durch das dortige Tor in der Umfassungsmauer führte gerade Florus seine beiden Gefährte mit den Requisiten und Kulissen, den Kostümen und Perücken, den Requisiteuren, den Bühnenarbeitern, dem Friseur und den Ankleiderinnen. Der Torwächter pfiff. Aus der kleinen Kate gegenüber schossen ein etwa achtjähriger Junge und zwei Jagdhunde bester Zucht. Der Torwächter knurrte etwas, und der Junge rannte voraus Richtung Villa, um die Schauspieler anzukündigen, bellend und japsend umsprangen ihn die Hunde. Die Wagen folgten dem Jungen und den Hunden auf dem kiesbestreuten Weg, an den Obstgärten vorbei zu jenem älteren Teil an der Rückseite der Villa, der wohl übrig geblieben war von dem großen, rustikalen Bauernhof, als der Hausherr beschloss, einen Palast daraus zu machen. Die rückwärtige Fassade der Villa war verputzt, aber nicht farbig gestrichen; sie wirkte uneinheitlich, düster und wenig einladend. Eine massive Tür in dem niedrigen Anbau wurde geöffnet, und der Verwalter erschien, begleitet von mehreren Sklaven. Sie standen und schauten mit ausdrucksloser Miene, während die Wagen hintereinander hielten. Der Verwalter rief ein paar Anweisungen.

Sofort setzten sich die Bediensteten in Bewegung, alles lief reibungslos. Marcia und die anderen stiegen ab mit steifen Knien, rieben die kalten Hände und machten sich stampfend Bewegung, um wieder Gefühl in die halb erfrorenen Glieder zu bringen. An diesem kalten, klaren Tag schienen alle Sinne geschärft: für den Hufschlag der Pferde auf dem Kies, die gerade zu den Ställen geführt wurden, die Rufe der Männer, die nun Bühnendekoration und Requisiten abluden, den Geruch nach gebratenem Fleisch, der aus dem Anbau drang – offensichtlich die Küche – und das nicht abklingende, aufgeregte Gebell der Hunde.

Das geschäftige Treiben der Ankunft löste nach wenigen Augenblicken die Befangenheit der Schauspieltruppe. Man war willkommen. Ein älterer, gut gekleideter Sklave kam aus dem Haus. „Folgt mir", forderte er die Schauspieler auf. „Ich weise euch die Quartiere an."

Die Räume, in denen die Schauspieler untergebracht waren, erwiesen sich als nicht ganz so spartanisch, wie Gaudentius befürchtet hatte, und als nicht ganz so luxuriös, wie Marcia es sich erhoffte. Es gab zwei Schlafräume im Obergeschoss des Nordturms, einen für die Männer, einen für die Frauen; sie waren groß, mit abgenutztem Fußboden und massiver Holzdecke, rotgetünchten Wänden und ordentlichen, wenn auch provisorischen Betten. Aber die Fenster, hoch oben, waren klein, und das eine Kohlebecken verriet eher den guten Willen des Hausherrn, als dass es den Raum gewärmt hätte.

„Mehr Licht", sagte Marcia, als sie sich in dem Schlafsaal umgesehen hatte. Sie wandte sich an den Sklaven. „Besorg einen Kandelaber. Und ich möchte eine eigene Waschschüssel – und ein eigenes Nachtgeschirr." Sie wählte ein Bett und hob die Decke mit spitzen Fingern an. Soweit sie es erkennen konnte, krabbelte nichts. Und die Matratze schien in Ordnung. Marcia drückte dagegen. Sie gab kaum nach. Wenigstens etwas, dachte sie. Origo stand etwas verloren neben ihrer Kline und seufzte hörbar. Marcia schaute zu ihr hinüber. Arme Origo. Keine Privatsphäre. Kein Gaudentius. Bassilla und Phasia, die dienstälteste Schauspielerin des Ensembles, die für Ammen, Kupplerinnen und alte Säuferinnen zuständig war, hatten bereits angefangen, ihre Sachen auszupacken. Offensichtlich hatten sie sich mit den Gegebenheiten bereits klaglos arrangiert, Bassilla, weil ihre stoische Natur und ihr Ehrgeiz es ihr befahlen, Phasia, weil sie in ihrem langen Schauspielerinnenleben weit unangenehmere Orte kennengelernt hatte. Immerhin gab es für jede einen Klapphocker und einen kleinen dreifüßigen Tisch. Die beiden Ankleiderinnen dirigierten die Sklaven, die die Truhen mit den Damenkostümen brachten, ins Zimmer. Kurz darauf erschien Florus. Er blieb in der Tür stehen. „Alles in Ordnung bei euch?“, fragte er.

„Ich brauche noch eine weitere Decke“, sagte Origo, und es klang, als ob sie gesagt hätte: wenn ich Gaudentius nicht haben kann, brauche ich was anderes, das mich wärmt.

„Kriegst du“, versicherte Florus schmunzelnd. „Hat sonst noch jemand Wünsche? Nein? Gut. Dann richtet euch ein. Man wird euch in Kürze etwas zu essen und zu trinken bringen. Ich schaue mir derweil den Saal und die Bühne an. Sobald ich den Überblick habe, lasse ich euch holen. Vielleicht können wir nachher ein bisschen proben.“

Hammerschläge und laute Stimmen tönten Marcia entgegen, als sie später mit den anderen hinunter in den Festsaal ging. Arbeiter waren damit beschäftigt, auf der einen Seite die Bühne, auf der anderen die Podeste mit den Bänken für die Zuschauer zu errichten. Florus empfing die Mitglieder der Truppe strahlend.

„Hoch, weit und tief“, rief er. „Wie bestellt. Bist du zufrieden, Gaudentius?“

„Und wie“, gab dieser zurück, doch Florus wurde gleich darauf ernst. „Das mit dem Balkon wird trotzdem nichts.“

Gaudentius, der bester Laune war, zuckte die Achseln. „Dann stellen wir die Szene eben um.“ Er wandte sich an Marcia. „Oder?“

Sie lächelte. „Wie? Soll Hippolyta sich etwa fügen?“

Gaudentius nahm ihre Hand und küsste ihre Fingerspitzen. „Ihr wird nichts anderes übrigbleiben, fürchte ich.“

Marcia entzog ihm leichthin die Hand. „Sie wird dir eine Szene machen.“

„Ich bitte darum“, erwiderte Gaudentius galant. Beide waren sich bewusst, dass Origo das Geplänkel eifersüchtig verfolgte. Marcia war es gleichgültig, doch Gaudentius lenkte ab. „Schaut euch das an!“, rief er und fing die Pracht des Festsaals mit einer Handbewegung ein. Der Saal nahm fast die gesamte Hälfte des Hauptgebäudes ein; er reichte über beide Stockwerke, und er besaß eine prächtige rot- und goldverzierte Kassettendecke. Es gab hohe, rundbogige Fenster auf beiden Seiten mit feinsten Glasscheiben aus der treverischen Manufaktur, darüber eine niedrige Säulengalerie, darüber noch einmal kleinere Fenster, die Scheiben aus Alabaster. Der Marmorfußboden war in schlichtem geometrischen Muster gehalten, rot, grün und weiß.

„Es hallt fürchterlich“, sagte Acilius. „Aber das wird besser, wenn Kissen auf den Bänken liegen und unser Vorhang gespannt ist. Falls es dann immer noch ein Echo gibt, werde ich darum bitten, dass auch die Wände bespannt werden.“

„Die Bühne ist fast fertig, nur das Aulaeum fehlt noch“, verkündete Florus.

„Das heißt, wir können die Szene proben, die wir uns anstelle der Balkonszene ausgedacht haben?“, fragte Gaudentius.

„Ja, fangt an, wann ihr wollt.“

„Von wo soll ich denn kommen?“, fragte Marcia, während die übrigen Schauspieler und die Musiker sich auf den unteren der bereits fertiggestellten Sitzreihen verteilten, um zuzuschauen und bereit zu sein, wenn es an ihren Auftritt ging. Die Arbeiter, die letzte Hand an das Gerüst legten, hörten auf zu hämmern und lümmelten sich auf die hölzernen Bänke, grinsende Neugier auf den Gesichtern.

Gaudentius benutzte eine der Treppen, die zur imaginären Orchestra führten, und betrat die Bühne. Sie reichte über die gesamte Schmalseite des Saales – was hieß, dass sie an die fünfundzwanzig Fuß breit sein mochte. Bühnenarbeiter und mehrere Sklaven des Hauses spannten gerade das Aulaeum, das den hinteren Bühnenteil von der Hauptbühne trennte.

Gaudentius ging einen Moment gedankenverloren auf und ab. „Du kommst gar nicht“, sagte er dann unvermittelt zu Marcia. „Du bist schon da. Du schläfst, und Theseus hält dich für einen Soldaten, weil du Brustpanzer, Helm, Schild und Speer trägst. Er weckt dich, ihr kämpft, er besiegt dich, dann erkennt er, dass du eine Frau bist …“

„Wäre es nicht lustiger, wenn Hippolyta ihn besiegt und er, sobald er erkennt, dass sie eine Frau ist, beginnt, sie mit Charme und Leidenschaft einzuwickeln, wie das Männer eben immer tun müssen? Das würde doch nett in den verbalen Zweikampf überleiten, meinst du nicht?“

Gaudentius überlegte. „Gar nicht so dumm. Zwar schlecht für meine Eitelkeit, aber gut fürs Stück." Er lachte. „Damit wären wir am Ausgangspunkt, an dem die Balkonszene begonnen hätte. Los, lass es uns probieren."

Marcia kam auf die Bühne. „Auf Schild, Helm und Panzer kann ich zunächst verzichten. Aber ich brauche wenigstens einen Speer oder ein Schwert. Theseus übrigens auch."

Beide Requisiteure rannten los, das Gewünschte zu besorgen. Marcia und Gaudentius mussten warten. Sie standen sich gegenüber, schweigend. Gaudentius suchte ihren Blick, doch sie schaute zur Seite.

Die Requisite kam mit zwei Holzschwertern, Marcia stellte sich schlafend, und die Probe begann.

„Du kämpfst wie ein Mann", sagte Gaudentius wenig später atemlos. „Wo hast du so gut fechten gelernt?"

„Bei den Amazonen", gab Marcia zurück, die keine Lust hatte, aus ihrer Rolle zu treten, und drang vehement erneut auf ihn ein. Bald lag Theseus am Boden. Hippolyta stellte ihm einen Fuß auf die Brust und warf sich in Siegerpose. Sie nahm ihren imaginären Helm ab, und öffnete ihr Haar, so dass es frei über die Schultern bis zur Hüfte fiel. „Du musst sterben, Theseus", sagte sie und hob ihr Schwert.

„Ich starb bereits beim Anblick deiner Schönheit", antwortete er entflammt. „Lass mich also leben, dass ich dich liebe."

Die jungfräuliche Amazone sprang zurück, als hätte eine Wespe sie in den Fuß gestochen, und wandte verwirrt den Blick ins Publikum. „Schweig!", rief sie, doch ihre Stimme klang verunsichert.

„Ich schweige, doch meine Augen reden", sagte Theseus. „Schau mich an."

Sie stampfte auf und wandte sich zur anderen Seite. Dies nutzte Theseus, um sich zu erheben. Er trat hinter sie. „So hör von mir, Hippolyta, weil alle Welt nur davon spricht, wie sanft du bist, und deine Tugend lobt und Schönheit rühmt, hat's mich bewegt, um deine Hand zu bitten."

Hippolyta lachte laut und wirbelte herum. „Bewegt hat's dich? Bewegung ist gesund. Beweg dich weg. Hab's gleich gemerkt – du bist ein ganz Beweglicher."

Theseus lachte ebenfalls. „Ja, sehr beweglich."

„Als glitschiger Aal“, konterte sie.

„Als der bewege ich mich dort, wo’s dich bewegt.“

Wütend keifte sie ihn an: „Eher hack ich dich in Stücke!“ Sie schwang drohend ihr Schwert und kam auf ihn zu.

„He, Wespe, treib’s mir nicht zu bunt!“, rief er und wich zurück.

„Du sagtest ‚Wespe‘? Vorsicht mit dem Stachel!“

Sie piekte ihm die Schwertspitze in den Bauch.

Theseus, tollkühn, wich nicht zurück, sondern versuchte, ihr Handgelenk zu packen.

„Dann bleibt nichts übrig, als ihn auszureißen.“

Hippolyta floh und drehte ihm eine Nase.

„Ja, wenn der Grobian wüsste, wo er steckt.“

„Wer weiß nicht, wo der Wespenstachel steckt?“

„In der Zunge.“

„Wessen Zunge?“, fragte Theseus verdutzt.

„In deiner, weil du hintenrum verleumdest. Drum lebe wohl.“

Theseus war für einen Moment so verblüfft, dass er Hippolyta nur mit offenem Mund anstarrte. „Was?“, blaffte er dann, „meine Zunge soll in deinen Hintern? Nein, Hippolyta, ich bin ein Ehrenmann!“

„Das wollen wir gleich sehen.“ Sie kam zu ihm und gab ihm eine Ohrfeige.

„Ich hau dich krumm, wenn du mich nochmal schlägst“, brüllte Theseus.

Hippolyta lachte ihn aus. „Der Ehrenmann will sich die Ehr’ abschneiden! Wer Frauen schlägt, der ist kein Ehrenmann.“ Sie wollte auf und davon, doch Theseus war diesmal schneller und hielt sie fest. Es gab eine Rangelei, bei der Theseus diesmal die Oberhand behielt.

„So kommst du mir nicht davon, Hippolyta“, sagte er herrisch.

Und die Amazone, eben noch wild und stachlig, wurde plötzlich scheu und klein. „Ich wollte dich nur wütend machen“, gab sie zu. „Lass mich gehen!“

„Nein, keinen Schritt.“ Theseus fasste sie um die Taille, achtete dabei aber sehr genau darauf, dass er ihr dabei den rechten Arm mit dem Schwert an den Körper presste, so dass sie ihn nicht gebrauchen konnte. Er zwang sie, mit ihm auf und ab zu gehen, als wären sie ein Liebespaar bei der Promenade. „Ich hörte, du wärst rau und spröd und grob, und sehe jetzt doch: das war Ehrabschneiderei. Du bist höflich, fröhlich, lieb, ein bisschen wortkarg, aber süß wie Frühlingssonne."

Hippolyta wand sich in seinem Griff. „Es reicht zum Händewärmen", fauchte sie.

„Das hab ich vor, bei dir im Bett. Jetzt Schluss mit dem Gequatsche und klaren Text geredet, ich will dich zur Frau, ganz gleich, ob es dir passt; ich bin der Mann für dich!" Damit entrang er ihr mit leichter Hand das Schwert und warf es fort. Dann schwang er sich die Amazone über die Schulter wie ein erlegtes Wild und trug Hippolyta, die sich heftig wehrte, kratzte, schrie, von der Bühne. Als das Aulaeum sich hinter ihnen schloss, so dass sie vom Zuschauerraum aus nicht mehr sichtbar waren, brachen Marcia und Gaudentius in Gelächter aus. Gaudentius setzte seine schöne Beute ab. Er hielt sie einen Moment länger fest als nötig, und als Marcia irritiert den Kopf hob, um etwas zu sagen, küsste er sie gutgelaunt. Sie wehrte sich kurz, doch dann ließ sie es geschehen, weil es sich angenehm anfühlte und weil es auf seltsame Weise gleich war, ob es geschah oder nicht. Nach einem Augenblick ließ Gaudentius sie los, räusperte sich und wandte sich ab. Marcia schaute ihm hinterher, als er den Vorhang teilte und auf die Vorderbühne ging. Sie blieb allein zurück. Vorsichtig berührte sie ihre Lippen mit den Fingern, doch dann schüttelte sie den Kopf und verließ die Bühne mit den anderen. Später traf sie sich mit Vitalis zu einer Gesangsprobe, danach aß die Truppe gemeinsam zu Abend, man unterhielt sich, musizierte ein wenig, ging früh zu Bett, und am nächsten Morgen erwachte sie zwar als Erste, stellte aber erstaunt fest, dass sie seit langer Zeit einmal wieder gut geschlafen hatte.

Das große Anwesen war ein brummender Bienenkorb voller Geschäftigkeit und Lärm; wie es bei Hochzeiten ist, lag über allem Treiben eine weiße, flirrende Spannung, weil Hymen, Gott der Brautnacht, erschienen war zum Fest, unsichtbar präsent; er machte die Menschen nervös auf eine helle, sehnsüchtige Weise, ließ ihnen altvertraute Gesichter fremd und neu erscheinen, weckte Begehren bei denen, die unberührt waren aus Jugend oder Mangel, und Gier bei jenen, denen Lust vertraut war; er machte die Blicke kühn, ließ die Frauen sich in den Hüften wiegen, wenn sie die weitläufigen Flure entlangschritten, ganz gleich, ob ihnen jemand folgte oder nicht; draußen versank das Land im Schnee, aber drinnen war Frühling, denn überall, wo Venus sich zeigt, ist Licht und Leichtigkeit, ist Gesang und Tanz. Acilius und seine Truppe spielten am ersten Tag das Stück von Theseus und Hippolyta, am zweiten eine Atellane mit Masken; am dritten Tag gab es den Parasiten unter großem Beifall, und jeden Abend tanzte und sang Marcia beim Gelage, begleitet von Vitalis auf der Kithara und zwei Sklaven, die die Flöte spielten.

Und dann, am dritten Abend, geschah etwas Merkwürdiges. Marcia, den Gästen nun schon bekannt, wurde gleich beim Auftritt mit großem Beifall empfangen. Sie lächelte und schaute in die Gesichter der Hochzeitsgäste, sah den frischgebackenen Ehemann mit rotem Gesicht und schütterem Haar, neben ihm seine blutjunge Frau, schüchtern und gleichzeitig sich ihres Ranges bewusst. Marcia sah in die Gesichter der Männer und Frauen; sie wandte ihren Blick nicht ab von ihren Mienen, während sie zu singen und sich in den Hüften zu wiegen begann. Und sie sah, wie sich die Gesichter der Menschen veränderten mit dem Text des Liedes, mit den Gebärden, mit dem Rhythmus, mit der Melodie. Es war das erste Mal, dass sie so intensiv in die Gesichter jener sah, die ihr zuschauten, und je länger sie es tat, desto gespenstischer schienen sich die Rollen zu verkehren, denn war sie es eben noch gewesen, die die Zuschauer beobachtete, spürte sie nun den Blick der Zuschauer auf sich selbst; sie begann, sich selbst beim Spielen, beim Singen und Tanzen zuzuschauen, sah sich mit den Augen der Menschen, die vor ihr saßen, sie beobachtete sich, beobachtete jede ihrer Bewegungen, nahm die Art wahr, wie sie sprach, den Effekt ihrer Tanzschritte. War ihr Hüftschwung zu aufreizend, ihre Kopfbewegung zu einladend? Wie wirkte es, wenn sie die Hand schmachtend auf die Brust legte, wie klang es, wenn sie Amor spielerisch neckte, wenn sie nach Liebe seufzte?

Zum ersten Mal spürte sie, was die Menschen dachten, träumten, fühlten, wenn sie ihr zuschauten; sie sah sich selbst mit Blicken aus jenen animierten Gesichtern vor ihr im Publikum, sah gleichzeitig die lüsternen Blicke der Männer, hörte ihr wollüstiges Gelächter, nahm ihre Gesten wahr, mit denen sie dem Nachbarn zeigten, wie sehr ihnen das gefiel, was sie geboten bekamen. Oberflächlich gesehen kannte Marcia all das, es begleitete sie seit den ersten Schritten auf der Bühne; sie hatte es nie beachtet, nie geschätzt, nie abgelehnt; es war einfach da, gehörte zum Theater; wenn sie Schminke, Kostüm und Perücke ablegte, war sie eine andere, sie selbst. Hatte sie geglaubt. Bis heute. Brittos Worte klangen in ihren Ohren, während sie immer wilder und herausfordernder tanzte: „Die Menschen jubeln dir zu, weil du dich auf der Bühne zur Schau stellst. Sie singen deine Lieder, aber sie denken von dir wie von einer Hure. Männer verlieben sich in dich, weil sie glauben, dass du so bist, wie du es ihnen auf der Bühne vorspielst." Marcia hörte sich selbst beim Singen zu, sah sich tanzen mit den Augen der Menschen, die vor ihr auf den Bänken saßen, und zum ersten Mal in ihrem Leben fühlte sie eine so abgrundtiefe Einsamkeit, dass ihr schwindlig wurde. Solange sie hier stand und sich drehte, solange sie sang, ihre Klappern tanzen ließ und ein heiteres Gesicht zeigte, solange wurde sie geliebt, begehrt, bewundert. Und danach? Früher war da noch Macedo gewesen, ihr schönes Haus, Dexter, noch früher war sie jung, unbekümmert und voller Zuversicht gewesen, dabei vielleicht auch berechnend und ehrgeizig, vielleicht auch verliebt in ihren Erfolg. Jetzt war da nur diese unendliche Leere und Einsamkeit, übertönt von ihrer Stimme, dem Rascheln ihres Kleides, den leichten Schritten auf dem Bretterboden der Bühne, den Klängen der Kithara, der Flöten – aber nur solange, wie sie weitermachte. Es tönte ihr plötzlich überlaut und schrill in den Ohren. All diese Menschen im Saal, all ihre Kollegen, die hin und her eilenden Diener, der festliche Schmuck, die schwere, parfümgeschwängerte Luft, alle Stimmen und Klänge schien ihr zuzurufen: Du bist allein, Marcia. Du bist allein ... allein ...

Am nächsten Morgen war nach dem Fest; die Schauspieler hatten ihren Dienst getan, heute war Abfahrt, doch nicht vor Mittag, alle schliefen lange, schliefen ihren Rausch aus oder ihre Erschöpfung. Nur Marcia lag wach, als das erste Licht des Tages den Raum mit grauem Schein erfüllte. Sie lag wach, ohne erwacht zu sein, denn sie hatte gar nicht geschlafen. Eine seltsame Unrast trieb sie schließlich dazu, aufzustehen. Im Halbdunkel spritzte sie sich ein wenig Wasser aus der Schüssel ins Gesicht, spülte den Mund aus. Ihre Sklavin kam schlaftrunken zu ihr, richtete ihr Haar und half ihr beim Anziehen. Alles ging heute verlangsamt vor sich, jede Bewegung kostete Mühe. Phasia schlief noch und schnarchte, als Marcia den Gemeinschaftsraum verließ. Bassilla war bereits wach und schlang rohe Äpfel in sich hinein – eine merkwürdige Angewohnheit von ihr –, und Origo wälzte sich unruhig von einer Seite auf die andere, vermutlich war ihr wieder schlecht; sie erbrach sich morgens regelmäßig und sah auch sonst blass und unglücklich aus. Marcia nahm an, dass sie schwanger war und hatte wenig Mitleid mit ihr. Schwanger zu werden war das Dümmste, was einer Schauspielerin passieren konnte. Es ruinierte Figur und alle Aufstiegschancen. Zwei ihrer Kolleginnen in Rom waren an einer Abtreibung gestorben, sie selbst war von einer Freundin in sämtliche Tricks eingeweiht worden, wie sich eine Schwangerschaft verhüten ließ, und sie nahm an, dass auch Origo diese Maßnahmen genau kannte. Weshalb das dumme Ding wohl nicht aufgepasst hatte? Aus Liebe?

Marcia trat auf den Flur, schaute sich um, wählte den Weg nach links und begann, ziellos durch den Palast zu streifen. Durch ein offenes Fenster nahm sie undeutlich wahr, dass es aufgehört hatte zu schneien, es war wärmer geworden, taute wohl schon wieder. Das Haus war noch ganz still; alles ruhte nach der durchzechten Nacht; ein paar Sklaven huschten als graue Schemen durch die Gänge; aus den Bankettsälen hörte sie die Stimmen der Diener, die die Spuren des Gelages beseitigten. Sie dachte kurz an die junge Braut, die gestern so zart in der aufwendig geschmückten Mittelloge der Tribüne gesessen hatte, die Jungfrau nun im Besitz des Mannes, Reichtum gemehrt, Schönheit gekauft von einem weißhaarigen Alten, der noch rüstig genug schien, Kinder zu zeugen, vielleicht schon in der vergangenen Nacht, vielleicht gerade eben, im Prunkbett, wo der Greis, den die Jugend der Gattin mehr noch als ihre Schönheit reizt, noch einmal zum Stier wird ...

Am Ende des Korridors sah Marcia plötzlich eine Gestalt, fast nur ein Schatten, das Gesicht nicht erkennbar, ein Mann, schweigend, bewegungslos. Er wartete. Gaudentius stand da und wartete, und es schien, als habe er seit Tagen, seit Wochen, seit Monaten gewartet auf diesen Moment, als habe er dort schon immer gestanden, weil er wusste, eines Morgens würde er sie hier treffen. Er rührte sich nicht, ließ sie herankommen, lehnte sich, als sie nah genug war, nur gegen die Wand und lächelte ihr entgegen. „Da bist du ja endlich", sagte er mit gedämpfter Stimme und seine schönen Augen glitzerten amüsiert. „Ich habe dich erwartet." Er nahm ihre Hand; sie ließ sich führen; sie gingen schnell und schneller, wohin, war ihr egal, schließlich rannten sie Hand in Hand, bis Gaudentius vor einer schweren, rohen Holztür innehielt. Beide atmeten keuchend.

„Wo sind wir hier?", fragte Marcia atemlos.

Gaudentius antwortete nicht, sondern schob den Riegel zurück und drückte die Tür auf. Sie öffnete sich fast geräuschlos, nur an einer Stelle berührte sie eine erhabene Stelle in dem unebenen, ausgetretenen Steinfußboden; es kratzte leise. Marcia sah sich um. Es war ein Art Schuppen, niedrig, mit einem einzigen, in das dicke Mauerwerk geschlagenen Fenster, durch das von schräg oben graues Morgenlicht einfiel. Es roch muffig, aber es war nicht kalt; eher herrschte eine stumpfe Wärme, wie sie entsteht, wenn ein Raum durch andere mitgeheizt, aber nie gelüftet wird. An den Wänden türmte sich Gerümpel, und mitten in dem Abstellraum stand eine alte große Sänfte, die Vorhänge mottenzerfressen. Gaudentius schloss die Tür, drehte sich um. „Unser Liebesnest", flüsterte er und drängte Marcia rückwärts, bis sie auf das zerschlissene Lederpolster der Sänfte sank. Dort kam er zu ihr, wortlos.

Marcia wollte ihn aufhalten in plötzlicher Angst; etwas fehlte; sie wollte ihn küssen, aber er biss ihr nur zärtlich in den Hals. Sie wehrte sich ein bisschen, zerrte an seiner Tunica, wollte, dass er sich auszog, dass er dann ihr half, sich auszuziehen; sie wollte seine Haut spüren, und dann erst ... Gaudentius hielt sie mit überraschend kräftigem Griff zurück und lachte leise; es war etwas in diesem Lachen, das sie stumm machte und willfährig, das sie erregte und schwach machte, schwach, wütend und wild. Er liebte sie langsam, schweigend; es war still bis auf das Rascheln der Kleider, das Geräusch der sich vereinigenden Körper, das Knarren der alten Sänfte, die an diesem Morgen wohl ihren letzten Nutzen sah, ehe sie zu Feuerholz gemacht wurde. Marcia schloss die Augen, sie gab sich Gaudentius hin, verlor sich darin, und als es vorüber war, bemerkte sie, dass der Raum plötzlich ganz hell war durch einen ersten Sonnenstrahl, der durch die Fensteröffnung fiel.

Gaudentius drehte sich auf den Rücken und streckte entspannt einen Arm nach oben ins staubige Sonnenlicht, das durch die zerfallenden Vorhänge der Sänfte drang und auf der hölzernen Rückwand goldene Flecken malte. Er drehte den ausgestreckten Arm hin und her, spreizte die Finger und betrachtete sie mit Muße; es war ein Spiel, ein Sonnenspiel, ein Schattenspiel – die gespreizten Finger erinnerten Marcia an den Papyrus, der unten im Sumpf bei Fundi wuchs; Gaudentius begann abwesend eine Melodie zu summen, ohne in seinem Papyrusspiel innezuhalten; er schien weit, weit weg in Gedanken, und Marcia, die ihm erstaunt und befremdet zusah, spürte mit einem Mal, dass es vorbei war, ehe es überhaupt begonnen hatte. Sie begriff es, ohne es begreifen zu wollen; es sind diese Dinge, die wir wissen, ehe wir sie fassen können; sie schob es weg, versuchte, zu träumen, aber die Gewissheit setzte sich wie ein Dämon auf ihre Brust, grinste ihr ins Gesicht, ließ sich nicht wegträumen, nicht weglügen, zwang sie aufzugeben; sie rang mit dem Dämon der Einsamkeit, weigerte sich, ihm zu glauben, dann starrte sie wieder auf den ausgestreckten Arm, beobachtete das Sonnenspiel und fühlte, dass der Mann an ihrer Seite sich abgewandt hatte, ohne seinem Körper eine Wendung zu geben. Als sie endlich verstand, was geschehen war und was nicht geschehen würde, kehrte der Teil ihrer Seele, der noch bei ihm war, in sie selbst zurück, nun fremd, feindselig, unwillkommen, und das Bedauern, das sie ergriff, war tiefer, als es jene Trauer darüber gewesen wäre, ein Stück ihrer selbst mit ihm, in ihm zu verlieren, wenn sie sich trennten, irgendwann, weil Mann und Frau sich wieder trennen müssen, wie es das Gesetz der Liebe fordert.

„Was hast du?“, fragte Gaudentius schläfrig.

„Nichts“, antwortete sie, stand auf und verließ den Raum.

XVII. Kapitel

Der Wagen mit den Schauspielern hielt vor dem Theater. Die Insassen hatten müde Gesichter, stumm saßen sie einen Moment da, ehe sich der erste mühsam erhob, die Gelenke unbeweglich geworden. Schweigend stiegen die Mitglieder der Truppe aus, und diesmal reichte Gaudentius Marcia keine helfende Hand. Als er auf der Straße stand, strich er seinen Mantel glatt und rieb sich die Arme, ehe er zur Pforte der zum Theater gehörenden Domus ging. Der Hauswächter hatte die Ankömmlinge bereits gehört und die Tür geöffnet. Jetzt kam er, um beim Ausladen des Gepäcks behilflich zu sein. Dabei wandte er sich verstohlen an Gaudentius: „Diese Frau war wieder da. Du weißt schon ... Ich habe sie fortgejagt, aber sie lungert bestimmt noch in der Nähe herum. Sie kommt zigmal am Tag und fragt nach dir." Er hob den Kopf, schaute links die Straße hinab und flüsterte: „Da drüben ist sie schon wieder."

Gaudentius sah in die Richtung, die der Mann ihm wies und entdeckte Sabina, eine gebeugte Gestalt in schmutziger, zerrissener Kleidung, die so schnell sie es mit vor Kälte und Hunger geschwächten Gliedern vermochte, auf ihn zustrebte. Einem Impuls folgend, wandte er sich ab, um im Haus zu verschwinden, doch dann hielt ihn etwas zurück – war es ein Rest von Verantwortung, eine Spur von Mitleid? Die anderen luden ihre Sachen aus. Origo trug ihre geringe Habe auf ihr Zimmer. Gabso und Hieronymius schulterten ihre Bündel, riefen ein „salve" und trollten sich heimwärts. Bassilla wurde von einem Bediensteten ihres Gönners Viventius abgeholt, Acilius und Florus waren bereits wieder dabei, irgendetwas zu besprechen und gingen diskutierend ins Haus, gefolgt von Vitalis und den jüngsten Truppenmitgliedern. Marcia war noch dabei, ihrer Sklavin und dem Jungen Anweisungen für das Gepäck zu geben, als Sabina auf Gaudentius zuhumpelte. Das Gesicht der einst hübschen Schauspielerin war fahl und abgemagert, ihr Mund ein Strich, die Lippen blau. Sie streckte Gaudentius bittend beide Hände entgegen.

„Hilf mir, du Lump", sagte sie heiser, „hilf mir, bei allen Göttern, denn du hast mich in dieses Elend gebracht."

Gaudentius holte seinen Geldbeutel und hielt ihr einen Cententionalis hin, aber Sabina nahm ihn nicht.

„Ich will kein Geld“, wehrte sie ab und hustete. „Ich will ...“ Sie wurde erneut von Husten geschüttelt, so heftig, dass sie nicht weitersprechen konnte. Sie hustete so sehr, dass es sie würgte. Doch mit aller Kraft unterdrückte sie schließlich den Hustenreiz, wandte den Kopf zur Seite, spuckte aus und brachte dann, unterbrochen von krampfhaftem Schlucken und Räuspern vor: „Ich will ... ein Dach über dem Kopf ... zu essen ... was zum Anziehen ... warm ... Schuhe.“ Sie brach wieder ab und rang nach Luft. „Kein Geld, Gaudentius“, fuhr sie mühsam fort. „Kein Geld. Hilfe. Arbeit!“ Sie fiel vor ihm auf die Knie, die Hände erhoben. „Arbeit, Gaudentius!“

„Ich kann nichts für dich tun, Sabina“, sagte Gaudentius hart. „Wir waren quitt, als ich von Mogontiacum wegging.“ Er nahm zwei weitere Silbermünzen aus dem Geldbeutel. „Entweder du nimmst das Geld, oder du lässt es. Ich ...“

„Nimm das Geld, Sabina“, unterbrach Marcia, die zu den beiden getreten war, ohne dass Gaudentius es bemerkt hatte. „Dann begleitet dich der Knabe hier zu einer Frau, die Callosia Clamosa heißt. Sie wird dir helfen.“

Sabina sah misstrauisch zu ihr auf. Marcia reichte ihr die Hand. „Steh auf“, befahl sie. Sabina stand gehorsam auf, und Marcia widerstand dem Bedürfnis, sich die Hand an dem Umhang ihrer Sklavin abzuwischen. „Nimm das Geld“, forderte sie erneut. Sabina, immer noch misstrauisch, schaute von Marcia zu Gaudentius, von Gaudentius zu Marcia und wieder zurück, doch dann nahm sie zögernd die Münzen aus der Hand ihres ehemaligen Gefährten.

„Wie soll jemand, der auf den Namen Callosia Clamosa hört, mir helfen?“, bemerkte Sabina bissig.

„Sie kann nichts für ihren Namen“, gab Marcia wider Willen amüsiert zurück. Noch als Bettlerin war Sabina schnippisch. „Folge diesem Knaben hier, er bringt dich zu ihr. Sag ihr, dass Marcia, die Schauspielerin, dich schickt.“

„Und wie wird sie mir helfen?“, fragte Sabina.

„Das weiß ich nicht, aber ich weiß, dass sie sich um dich kümmern wird“, antwortete Marcia. „Und jetzt geh und halte uns nicht länger auf.“ Sie gab dem Sklavenjungen einen Schubs, und der setzte sich langsam in Bewegung. Sabina murmelte etwas, das wie eine Verwünschung klang, und humpelte dem Knaben schließlich eilig hinterher.

„Komm jetzt“, sagte Marcia zu ihrer Dienerin, die das Gepäck trug. „Es ist kalt. Wir gehen nach Hause.“

„Marcia“, begann Gaudentius. „Ich ...“

Doch Marcia sagte nur: „Salve, Gaudentius.“

„Salve“, antwortete er leise und sah ihr nach, wie sie an der Seite ihrer Sklavin die Straße hinunterging; er ließ ihre aufrechte, anmutig schreitende Gestalt nicht aus den Augen, bis sie an einer Kreuzung nach rechts abbog und aus seinem Blickfeld verschwand.

Origo erschien in der Tür, ungeduldig, ihr hübsches Gesicht schmollend verzogen. „Kommst du endlich?“, rief sie zu Gaudentius hinüber.

„Ja“, sagte Gaudentius, ohne sich vom Fleck zu rühren oder seine Blickrichtung zu ändern. „Ich komme.“ Er atmete einmal tief durch, und dann, unendlich langsam, wandte er sich um, gönnte Origo ein kurzes, resigniertes Lächeln und folgte ihr ins Haus.

Es waren nur einige Tage gewesen, und trotzdem hatte Marcia das Gefühl, sie sei Äonen weg gewesen, als sie die Treppe zu ihrer neuen Wohnung hinaufstieg. Die Stadt war ihr fremd vorgekommen auf dem kurzen Nachhauseweg, die Gesichter der Menschen schienen ihr mürrisch, fast feindselig, und das Mietshaus, in dem sie nun leben musste, besaß wenig Einladendes, obwohl es ein ordentliches Haus in einer ordentlichen Straße mit ordentlichen Bewohnern war. Eine Katze huschte an ihr vorbei, während sie die Tür aufschloss.

„Zünde das Kohlebecken im Tablinum an“, befahl sie dem Mädchen, zögerte einen Moment, und dann ging sie daran, die Räume, die sie erst vor kurzem bezogen und jetzt schon wieder für mehrere Tage nicht betreten hatte, erneut in Besitz zu nehmen. Sie schaute sich um. Ihre persönliche Habe, die sie aus Macedos Haus mitgebracht hatte, war nicht gerade üppig, aber es reichte, um drei Zimmer einigermaßen zu möblieren. Was noch fehlte, war weniger das Mobiliar, sondern das Personal. Besonders hart empfand sie es, dass sie keinen Koch mehr hatte. Sie würde wohl kaum einen guten finden, denn der Haushalt war viel zu klein. Was sie brauchte, war ein Sklave, der sowohl als Verwalter wie als Koch einsetzbar war. Vielleicht hatte sie Glück und bekam einen Griechen oder einen anderen Orientalen ...

Müde ließ sie sich auf einen Klappstuhl im Tablinum sinken, während das Mädchen das Kohlebecken füllte und die Glut entfachte. Marcia fröstelte und wickelte ihre Palla, die sie noch nicht ausgezogen hatte, fester um sich. Der Haushalt lief noch nicht in geordneten Bahnen. Es lag nicht am Geld. Sie besaß genug – keine Reichtümer, aber genug. Es lag daran, dass sie es nicht mehr gewohnt war, zu planen. Kohle musste gekauft werden, Holz für den Küchenofen, Lebensmittelvorräte, Schuhe mussten geflickt werden, ein Wasserkrug ersetzt, Küchengeschirr besorgt werden. Ihre Dienerin war bisher für ihre Toilette zuständig gewesen, für ihre Begleitung, für leichte Arbeiten wie Bettenmachen oder Nähen. Jetzt musste Marcia ihr befehlen zu putzen, abzustauben, Spinnweben aus den Ecken zu feudeln ... Und das alles zusätzlich zu den Aufgaben, ihre Herrin anzukleiden, zu frisieren, zu schminken. Der Junge schleppte Holz, holte Kohlen, rannte zur Garküche, machte Botengänge und half, wo er konnte. Allerdings war er gerade in einer rasanten Wachstumsphase, und seine Tunica musste ständig verlängert werden. Auch brauchte er dringend neue Schuhe, weil seine Füße noch schneller wuchsen als sein Körper. Und es gab keine älteren Sklaven, von denen er die abgelegten Sachen hätte erben können.

Die glimmende Kohle in dem bronzenen Becken verbreitete zunächst keine Wärme im Zimmer, sondern rauchte und stank. Die Sklavin riss das Fenster auf und wedelte den Qualm hinaus. Marcia erhob sich. „Pass auf, dass du das Haus nicht anzündest“, fuhr sie das Mädchen an und ging ins Schlafzimmer hinüber, das durch eine Türöffnung mit dem Tablinum verbunden war. Sie öffnete die Fensterläden und versuchte, durch die kleinen, schlierendurchzogenen Scheiben auf der Straße etwas zu erkennen. Das Glas hatte Einschlüsse und Wellen, so dass alles, was man sah, dadurch verzerrt wurde. Marcia gab den Versuch bald wieder auf. Sie holte ihre Geldkassette, schloss sie auf und zählte, was sie an Bargeld besaß. Acilius hatte ihr die Gage für die Spieltage in der Villa bereits ausgezahlt, also addierte sie das Geld dazu. In ein paar Tagen war die Miete fällig, dazu der Kaufpreis für den Koch, Schuhe für den Jungen ... Sie nahm eine Wachstafel, notierte die Ausgaben der nächsten Wochen, addierte sie und schaute dann nachdenklich auf die Summe, die herausgekommen war. Das Leben schien ihr mit einem Mal unglaublich teuer. Seit

Jahren hatte sie sich mit solchen Dingen nicht mehr abgegeben. Welch ein Luxus, dachte sie ernüchtert. Nicht nur, dass Macedo und der Liebhaber davor sie beschenkt und verwöhnt hatten. Schwerer wog, dass sich die Leute, die sie Marcia zur Verfügung gestellt hatten, um sämtliche Dinge des täglichen Bedarfs kümmerten, die Mühe bereiteten, Sorgfalt verlangten und eben viel Geld kosteten.

Marcia spürte, wie sich ein bisher ungekanntes Gefühl in ihren Körper schlich; sie spürte, dass etwas wie Angst in ihre Glieder kroch, eine Angst, die wach machte, entsetzlich wach; so wach, dass es ihr schien, als sähe sie ihr Leben mit einer nie zuvor da gewesenen Klarheit; es war eine vollkommene Klarheit, plastisch wie eine vollendete Skulptur, wie ein perfektes Gemälde; diese Klarheit war kalt und wahr, und während sie ihr Leben mit dieser Klarheit schaute, spürte sie darunter die Müdigkeit eines ganzen Zeitalters.

Sie schaute und schaute und schaute auf die Summe, die sie errechnet hatte, aber sie sah sie nicht. Endlich sammelte sie sich wieder. Das Gefühl von Furcht wich langsam, aber die Müdigkeit – die blieb, wurde eher noch stärker. Marcia brauchte lange, die Münzen zurück in die Kassette zu legen. Dann schloss sie sie ab, stand mühsam auf, stellte sie an ihren verborgenen Platz zurück, nahm stattdessen ihre Schmuckschatulle, öffnete sie und holte ein Stück nach dem anderen heraus. Sie betrachtete jede einzelne Kette, jedes Armband, jeden Ring. Alle erzählten eine Geschichte, doch im Gegensatz zu früheren Zeiten, in denen sie dasselbe getan hatte, empfand Marcia diese Geschichten nun wie eine Bedrohung. Irgendetwas hatte sich verändert, aber sie wusste nicht, was es war, fragte auch nicht danach, sondern sortierte ihren Schmuck und versuchte, die Erinnerungen beiseitezuschieben.

„Diese beiden behalte ich“, sagte sie irgendwann laut und legte die Lapislazuli-Kette und die filigrane Goldkette mit den Almandin-Perlen und dem Smaragd in die Schatulle zurück, dazu einen Ring mit einer Gemme aus Sardonyx, in die das Bild der Fortuna geschnitten war. Den Rest tat sie in einen Lederbeutel, befestigte ihn an ihrem Gürtel, drapierte ihren Umhang darüber und ging zurück ins Tablinum, wo sie nach ihrer Sklavin rief.

„Wir gehen aus“, sagte sie, als das Mädchen erschien, das sich zwischenzeitlich anderen Aufgaben gewidmet hatte. Das Kohlebecken spendete mittlerweile zumindest in seiner engeren Umgebung Wärme. Marcia wies darauf. „Deck das ab, du kannst es später wieder entfachen." Das Mädchen gehorchte und folgte ihr dann auf die Straße. Die gelbroten Ziegeldächer glänzten feucht. Bald hatte Marcia das Forum erreicht. Dort drängten sich die Menschen, wie immer um diese Tageszeit; Leute, die nichts zu tun hatten und sich zeigen wollten; Sklaven, die eilig Besorgungen machten; Klienten, die von ihrem Patron zurückkehrten; Geschäftsleute, die sich in einer der strategisch zwischen die Läden geschobenen Garküchen verabredet hatten, obwohl es hier, im Zentrum der Stadt, viel teurer war als in den angrenzenden Gassen; und dann gab es Leute wie Marcia, die ein wichtiges Finanzgeschäft zu erledigen hatten, zu welchem Zweck sie die Stuben der Geldwechsler, Pfandleiher, minderen und höheren Bankiers und Halsabschneider aufsuchten, die sich diskret im oberen Stockwerk der Kolonnaden befanden. Marcia stieg die Treppe hinauf und musste oben einen Moment verschnaufen, was ihr sonst nie passierte. Hier oben war es ruhiger als im Parterre, gedämpfte Stimmen drangen aus einzelnen Wechselbuden – kleine überwölbte Räume hinter niedrigen Arkaden, die nach Geschäftsschluss mit Holztüren und Gittern verschlossen werden konnten. Marcia suchte einen bestimmten Mann und fand ihn schließlich im sechsten Laden. Tristius Seler war ein Freigelassener, der aus Colonia stammte; die Rückwand seines Geschäfts zierte ein schwarzweißes Mosaik, das die Stadt am Rhenus zeigte. Er stand auf, als Marcia den Raum betrat.

„Salve", sagte er.

„Salve", grüßte Marcia zurück, machte jedoch keine Anstalten, ihren Namen zu nennen.

Tristius, der aufgrund seiner Profession seltsame Kundschaft gewohnt war, musterte sie abschätzend. Ihre Kleidung verriet Wohlstand, und die Sklavin, die sie begleitete, war gutgenährt, frisch gewaschen und verfügte über eine lückenlose Reihe weißer Zähne. „Was wünschst du?", erkundigte sich Tristius freundlich.

Marcia öffnete ihre Palla, nestelte den Lederbeutel vom Gürtel und legte ihn auf den Tisch. „Ich möchte, dass du meinen Schmuck schätzt", sagte sie.

„Dass ich ihn schätze oder dass ich dir ein Angebot dafür mache?", fragte Tristius zurück.

Sie zögerte. „Dass du mir ein gutes Angebot dafür machst“, antwortete sie ehrlich, zog die Schnur des Beutels auf und kippte den Inhalt auf den Tresen. Die Augen des Geldwechslers begannen zu glänzen, als er den Inhalt des Lederbeutels sah. Er wusste sofort, dass diese Dame ihm keinen Schund unterschieben würde. Das, was hier glänzte und glitzerte, war Gold von hohem Reinheitsgrad, waren Steine von echtem Wert und keine billigen Glaspasten. Behutsam nahm er eine filigrane Goldkette und ließ sie fast zärtlich durch die Finger gleiten. „Es wird eine Weile dauern, bis ich fertig bin. Möchtest du dich setzen?“ Er wies auf einen Klapphocker, der an einer Wand lehnte.

Marcia gab der Sklavin einen Wink. Sie holte den Hocker, öffnete ihn, und Marcia setzte sich.

Tristius zog die Goldwaage, die am Rand des Tisches stand, heran und begann mit der Arbeit. Ab und zu verschob er in Windeseile ein paar Perlen an seinem Abakus.

Marcia wusste, dass sie die Gewichte hätte kontrollieren müssen, dass sie aufmerksam hätte zusehen müssen, wie er das Gold wog, die Steine taxierte. Aber sie war mit einem Mal zu müde dazu, so müde, dass ihr jeder Lidschlag eine Zumutung schien. Sie lehnte sich mit dem Rücken an die Wand und schloss die Augen.

Als der Geldwechsler fertig war, räusperte er sich, um ihre Aufmerksamkeit zu erringen. Marcia öffnete die Augen. Ihre Augäpfel brannten, als hätte sie Sand unter den Lidern. Ein Frösteln durchlief ihren Körper.

„Ich freue mich, dass du mir dein Vertrauen schenkst“, begann Tristius. „Die Ware, die du mir gebracht hast ...“

„Ist erstklassig“, schnitt ihm Marcia das Wort ab. „Sag mir, was du mir dafür geben wirst.“

Tristius nannte die Summe, und Marcia sprang auf, obwohl aus unerfindlichem Grund ihre Knie nachzugeben drohten. „Wie bitte?“, fragte sie entgeistert.

„Das ist das, was ich dir dafür geben kann“, erwiderte der Geldwechsler und hob bedauernd die Hände. „Der Goldpreis ist niedrig, weil zu viel auf dem Markt ist, und diese Steine hier“, er nahm eine Kette mit Rosenquarz, „diese Steine hier sind, wenn ich ehrlich zu dir sein soll, nicht von großem Wert.“

„Und die Armreifen, die Ringe, diese Perlenohrringe hier?“, fuhr Marcia ihn an.

„Alles schön, alles gut, aber mein Angebot bleibt mein Angebot“, bedauerte Tristius.

„Ist das dein letztes Wort?“, fragte Marcia.

„Der Markt ...“, verteidigte sich der Mann.

„Ich will das Doppelte“, unterbrach ihn Marcia.

„Aber wie soll ich dir das Doppelte dafür geben, wenn ich nicht einmal die Hälfte dafür bekomme, biete ich es nachher an“, jammerte Tristius.

„Das Doppelte, sonst nehme ich die Sachen wieder mit.“

Der Geldwechsler verzog säuerlich den Mund. „Du kommst hierher, bittest mich um einen Gefallen, ich tue ihn dir, wende meine Zeit auf, wiege, schätze und rechne, und dann soll all meine Mühe umsonst gewesen sein, obwohl ich dir einen guten Preis biete, einen sehr guten Preis sogar?“

Marcia kam zum Tresen und begann, die Schmuckstücke wieder einzusammeln. „Ich habe es nicht nötig, mich von dir betrügen zu lassen. Dein Kollege zwei Geschäfte weiter wird mich zuvorkommender bedienen ...“

„Weshalb bist du nicht gleich zu ihm gegangen?“, fragte Tristius schnippisch.

„Weil du mir von Publius Macedo empfohlen worden bist“, gab sie zurück.

„Der ist tot“, antwortete Tristius.

„Und? Seine Erben haben auch Geld. Wenn ich ihnen sage, dass du unsaubere Geschäfte machst ...“

„Du bekommst das, was ich dir geboten habe, dazu die Hälfte von dem, was du forderst“, lenkte der Mann eilig ein, während Marcia den Schmuck in den Lederbeutel zurückstopfte.

„Plus zehn Solidi“, sagte sie.

„Fünf.“

Sie fuhr fort, ihren Schmuck einzupacken.

„Halt, halt! Dann ist der Handel perfekt“, unterbrach sie Tristius. Marcia stellte den Beutel auf den Tresen. Tristius holte seine Geldkassette unter dem Ladentisch hervor, zählte die vereinbarte Summe ab und wog die Münzen. Diesmal schaute Marcia genau hin. Als alles stimmte, tauschte sie Schmuck gegen Geld und verabschiedete sich.

„Salve“, sagte Tristius, als sie ging. „Und empfiehl mich den Erben Macedos!“, rief er ihr hinterher.

Schon auf dem Weg zurück zu ihrer Wohnung spürte Marcia, dass die Müdigkeit und das Frösteln, das sie erfasst hatte, mehr war als nur die natürliche Abgeschlagenheit nach mehreren Spieltagen und der Fahrt durch die winterliche Kälte. Sie spielte kurz mit dem Gedanken, in die Therme zu gehen, um sich einmal richtig aufzuwärmen – sie war noch nie dort gewesen, sie hatte es nie nötig gehabt –, aber allein daran zu denken war anstrengend. Zuhause angekommen konnte sie es kaum erwarten, bis das Kohlenfeuer wieder entfacht war. Ihr Knabe wartete bereits vor der Tür. „Hol mir etwas Heißes von der Garküche", begrüßte sie ihn. „Aber nicht von der unten im Haus, sondern von der anderen, der mit dem Hahnenmosaik nahe dem Forum, hörst du?" Sie gab dem Jungen Geld, und der rannte davon, um den Auftrag auszuführen. Marcia ließ das Bronzebecken direkt neben ihre Kline stellen, legte sich hin, befahl dem Mädchen, einige Decken zu holen, hüllte sich darin ein und verbrachte den Rest des Tages auf diese Weise, nur unterbrochen von einer kärglichen Kohlsuppe, die der Junge gebracht hatte. Dazu gab es immerhin frisches Brot und Mulsum. Sie ging zeitig schlafen, und als sie morgens erwachte und aufstehen wollte, gaben ihre Beine nach, so dass das Mädchen sie stützen musste. Ihr Körper fühlte sich an, als habe man sie grün und blau geschlagen, und ihr Kopf war ein einziger Schmerz. Das Pochen in den Schläfen war fast unerträglich. Dazu war ihr abwechselnd heiß und kalt.

„Hol Aprilia!", befahl sie dem Sklavenjungen.

Aprilia kam und ließ sich ihre Beschwerden berichten. „Liegen, schwitzen, viel trinken", sagte die Alte. „Mehr kann man da nicht tun. Es geht bald wieder weg."

„Aber ich fühle mich, als müsste ich sterben!", klagte Marcia mit matter Stimme.

„Du musst nicht sterben, Kindchen", beruhigte sie Aprilia und grinste. „Du hast dich nur verkühlt."

„Gibt es keine Medizin?"

„Ich lasse dir etwas gegen die Kopfschmerzen zubereiten", versprach die alte Sklavin. „Reib dir auch die Brust damit ein. Hast du Husten?"

Marcia schüttelte den Kopf und bereute es sofort. Entnervt fasste sie sich an die schmerzenden Schläfen.

„Gut. Ich komme morgen wieder", sagte Aprilia und ließ ihre Patientin allein.

Am nächsten Tag war Marcia nicht einmal mehr in der Lage, sich aufzusetzen. Stattdessen waren auf ihrer Stirn, auf ihrer Brust und an ihrem Bauch Pusteln erschienen, die so entsetzlich juckten, dass es kaum auszuhalten war. Aprilia besah sich die roten Bläschen, wiegte nachdenklich den Kopf und meinte schließlich: „Wenn du fünf oder sechs Jahre alt wärst, würde ich sagen, du hast die Feuchtpocken. Du hast auch Fieber."

Marcia fühlte sich matt und elend. „Da ich aber kein Kind mehr bin – was ist es dann?", fragte sie kläglich.

„Ich weiß es nicht", antwortete Aprilia. „Ich kann dir eine Lilienblättersalbe anrühren, das hilft ein wenig ... Versuch, dich nicht zu kratzen, das gibt Narben."

„Es juckt, dass ich halb durchdrehe", jammerte Marcia. „Bind mir die Hände fest."

Aprilia tat wie geheißen und warnte: „Es wird vielleicht noch schlimmer werden. Du solltest das Bett eine Weile nicht verlassen. Ich schaue täglich nach dir. Wenn etwas Außergewöhnliches passiert, lass mich rufen."

„Geht diese Pest wieder weg?", fragte Marcia halb hysterisch.

„Das sage ich dir, wenn ich es sehe", antwortete Aprilia gelassen.

„Quacksalberin!", rief Marcia unter Tränen. „Gar nichts weißt du! Du bringst mich noch um!"

„So weit wird es vermutlich nicht kommen", gab die Ältere streng zurück. „Beruhige dich."

Marcia schluckte und riss sich zusammen. „Darf ich mich waschen?"

„Nein."

Marcia sandte den Knaben zu Acilius und ließ ihm ausrichten, sie sei krank und könne nicht zu den Proben kommen. Acilius sandte Wünsche zur guten Besserung zurück und ließ mitteilen, er hoffe, dass sie bald wieder genesen werde, denn die Zeit sei knapp.

Aprilia hatte jedoch vermutet, dass die Krankheit schlimmer werden würde, und das, was in den folgenden Tagen mit Marcias Körper passierte, gab ihr Recht auf eine Weise, die selbst die Alte nicht erwartet hatte. Das Fieber stieg, und die Pusteln breiteten sich über Marcias ganzen Körper aus. Ihr Gesicht war voller roter Flecken, ihre Brust, ihr Rücken, ja selbst ihre Oberschenkel, vor allem an den zarten Innenseiten. Es juckte und brannte, und ab und zu platzten Pusteln auf und entließen eine wässrige Flüssigkeit. Marcia konnte sich nicht aus dem Bett begeben, so schwach war sie. Ihre Sklavin schob ihr im Bett den Nachttopf unter und musste sie stützen, während sie ihre Notdurft verrichtete. Nach ein paar Tagen war sie so schwach, dass sie nicht einmal mehr etwas essen wollte. Acilius schickte jemanden vorbei, um fragen zu lassen, wie es ihr ginge. Die Antwort schien ihn nicht zufriedenzustellen, denn er kam kurz darauf selbst vorbei. Marcia hörte seine Stimme im Nebenzimmer. Sie wollte ihre Dienerin rufen, um zu verhindern, dass er eintrat und sie in ihrem Elend sah, doch sie brachte nur ein Krächzen hervor. Acilius kam in das dämmrige Krankenzimmer.

„Was fehlt dir, Marcia?", fragte er.

Sie flüsterte eine Erwiderung, die er nicht verstand, so dass er noch näherkam. Weil er sie nicht gut erkennen konnte, nahm er ein Öllämpchen vom Kandelaber und hielt es über ihr Gesicht. Das Fieber hatte ihre Lippen trocken und rissig werden lassen. Ihr Haar war strähnig und feucht vor Schweiß. Und ihr Gesicht war über und über mit Pusteln bedeckt. Acilius wich mit einem entsetzten Laut zurück. Er verließ wortlos das Zimmer und kam nicht wieder.

Marcias Zustand verschlimmerte sich weiter. Abends wurde es ganz unerträglich. Da nahm der Juckreiz noch zu, und das Fieber stieg. An Schlaf war nicht zu denken, aber das Wachsein war eine so entsetzliche Qual, dass sie sich mit aller Macht nach erlösendem Schlaf sehnte. Manchmal dämmerte sie vor Erschöpfung ein oder zwei Stunden weg, doch dann kamen die Träume, heftige, gewalttätige Bilder; sie träumte von zerrissenen Leibern, von Gestalten, die mit Gegenständen, die sie nicht genau identifizieren konnten, auf sie einschlugen; sie spürte die Wucht der Schläge, empfand den tobenden Schmerz, wenn sie auf ihren Körper trafen, sank zu Boden, grub ihre Hände in den Staub und wusste, dass sie sterben musste, doch noch im Sterben wachte sie auf, ihr Puls raste, ihr Kopf schmerzte zum Zerspringen, und ihr Atem ging schwer.

„Marcia", flüsterte eine Stimme neben ihrem Bett. „Marcia, kannst du mich hören?"

Marcia versuchte die Augen zu öffnen, aber es gelang ihr nicht. Sie stöhnte auf, versuchte, ihren schmerzenden Körper anders zu lagern. Helfende Hände fassten sie vorsichtig, jedoch mit kundigem Griff und betteten sie bequemer.

„Ist es so besser?“, fragte die Stimme.

Marcia erinnerte sich vage an den Klang dieser Stimme; es war eine Frauenstimme, warm, herzlich, um Vertrauen werbend.

„Ja“, flüsterte Marcia mit kaum vernehmbarer Stimme.

„Ich werde in den nächsten Tagen bei dir bleiben“, sagte die Frau sanft. „Dein kleiner Sklave kam zu mir und erzählte, dass du krank bist.“

Marcia wandte mühsam den Kopf und zwang sich, die Augenlider zu heben. Ihr verschwommener Fieberblick erkannte das volle, nicht unangenehme Gesicht Callosia Clamosas. Sie lächelte. Erschöpft schloss Marcia die Augen wieder.

„Du musst ruhen“, flüsterte Callosia. „Ich werde mich um alles kümmern.“

Marcia war von einer unendlichen Willenlosigkeit erfüllt. Sie hätte nichts und niemandem etwas entgegenzusetzen gehabt. Die Anwesenheit Callosias war ihr gleichgültig, wie alles ihr gleichgültig war. Sie lag da mit schmerzenden Knochen, die Haut eine juckende Blase. Jede Bewegung tat weh, jede Stelle, an der Stoff die Haut berührte, schien aufzuplatzen. In ihrem Kopf schrie jemand unablässig, aber wenn sie diesen Schrei nach außen tragen wollte, kam nur ein Krächzen über ihre Lippen. Ihr war heiß, entsetzlich heiß. Sie spürte, wie ein Arm unter ihre Schultern glitt und ihr Oberkörper leicht angehoben wurde. Der Rand eines Bechers an ihren Lippen.

„Trink ein wenig“, forderte Callosias Stimme sie auf. „Du musst versuchen zu trinken.“ Marcia gehorchte, aber schon nach wenigen Schlucken wandte sie den Kopf stöhnend zur Seite. Callosias starke Arme ließen sie sanft wieder auf die Kissen hinab. „So ist es gut“, sagte die Matrone. „Alles wird gut.“

„Wo ist Aprilia?“, brachte Marcia stockend hervor.

„Sie kommt später“, versicherte ihr Callosia.

Doch Aprilia kam nicht mehr, und dank Callosias unermüdlicher Fürsorge vergaß Marcia irgendwann, nach ihr zu fragen, wohl auch, weil ihr Zustand trotz der Pflege und Wachsamkeit der Christin immer bedrohlicher wurde. Sie fieberte so stark, dass sie irgendwann anfing, wilde Laute auszustoßen, Wortfetzen herauszuschleudern, dann wieder zu murmeln, unverständliche Sätze, die sich ineinanderschoben in gurgelnder Hast; dann wieder atmete sie so schwer, dass sie keinen Laut mehr hervorbrachte als das Keuchen, das ihrer Brust entflog. Die alten Pusteln auf ihrem Gesicht, ihrem Körper, bildeten jetzt braunen, hässlichen Schorf, während daneben neue Bläschen entstanden, bis kaum ein Flecken Haut von der grauenerregenden Plage verschont war. Wer sie sah, musste erschrecken. Am siebten Tag ihrer Krankheit verlor sie das Bewusstsein, und als sie es wider alles Erwarten am Morgen des folgenden Tages noch einmal erlangte, stand ein Mensch an ihrem Bett, dessen Stimme sie erkannte, obwohl der Schrei in ihrem Kopf nicht leiser geworden war, obwohl sie ihren Körper kaum mehr spürte, obwohl die Lebenskraft aus ihr zu weichen begann.

„Kannst du mich hören, Marcia?“, fragte Bischof Britto leise.

Sie murmelte mit letzter Kraft ein tonloses „Ja“.

„Ich bin gekommen, weil ich dich in deinen letzten Stunden begleiten will.“

Sie öffnete langsam die Augen und sah ihn an, als sei er eine Erscheinung. Ein leichtes Lächeln umspielte ihre Lippen. Doch dann flackerten ihre Augen, fielen wieder zu und ihr Kopf rollte zur Seite. Britto strich ihr sanft übers Haar, spürte, dass noch Leben in ihr war. „Hab keine Angst vor dem, was kommt“, sagte er eindringlich. „Du bist ein Geschöpf Gottes, und wenn du willst, wirst du zum Schöpfer eingehen durch die Taufe. Ich frage dich daher, Marcia, möchtest du die Taufe empfangen in deiner letzten Stunde, damit du das ewige Leben erlangst? Möchtest du der Gemeinschaft der Christen beitreten, damit du die Einsamkeit überwindest und durch den Glauben an den einen Gott selig wirst? Wenn du das willst, dann hebe deine Hand als Zeichen deines Einverständnisses.“

Britto stand neben Callosia am Krankenbett, im Hintergrund warteten der Presbyter und der Diakon Secundius Securus sowie Rufinius, der Sekretär des Bischofs. Marcia lag da, die Augen geschlossen, beide Arme längs der Bettdecke ausgestreckt, die Handflächen nach unten wie eine Sterbende. Ihr eingefallenes Gesicht war über und über von Schorf und neuen Pusteln bedeckt wie auch ihr abgemagerter, von Fieber geschüttelter Körper, der sich unter der Decke abzeichnete. Lange Zeit rührte sie sich nicht. Es war totenstill im Raum. Britto und die Matrone fixierten Marcias Hände. Dann sahen sie sich an.

„Vielleicht ist sie eingeschlafen“, flüsterte Callosia so leise, dass Britto die Worte von ihren Lippen ablesen musste. Er schüttelte den Kopf.

„Gott schenkt uns die Liebe und das ewige Leben“, sagte er mit sanfter Stimme. „Er holt dich zu sich, Marcia, damit du nicht stirbst, sondern auferstehst am Jüngsten Tag wie alle, die an ihn glauben. Gib mir ein Zeichen, ob du das Schiff der Liebe besteigen willst, Marcia.“

Er wartete. Callosia wartete. Die Geistlichen im Hintergrund warteten. Zuerst geschah nichts. An Marcias Haltung war nicht die kleinste Veränderung zu entdecken. Doch endlich, endlich, nach einer Zeitspanne, die den Wartenden wie Jahre vorkam, hob sie langsam, ganz langsam ihre rechte Hand ein wenig, ließ sie jedoch sofort erschöpft wieder sinken.

Britto tauschte einen zufriedenen Blick mit Callosia und winkte dem Diakon und dem Presbyter. Beide traten vor das Bett. Der Diakon trug eine Schale.

„Du bist also bereit, Marcia, die heilige Taufe zu empfangen“, hob Britto an. „Dein Name, mit dem du bald vor Gott trittst, soll Peleia sein, die Taube, denn wie eine Taube wird sich deine Seele zu Gott erheben. Die Taufe“, fuhr der Bischof fort, „ist deine Hochzeit, Peleia, und Christus ist dein Bräutigam ... Der Ehevertrag wird unterschrieben, wenn du, Peleia, dem Teufel entsagst und Christus dein Jawort gegeben hast.“ Der Bischof reckte die Arme gen Himmel und sagte mit gedämpfter, doch immer noch deutlich vernehmbarer Stimme: „Gott der Allmächtige, den wir fürchten und achten, hat dich, o Satan, zur ewigen Verdammnis bestimmt. Durch uns, seine schwachen Diener, befiehlt er dir und allen, die dir hörig sind, jene zu meiden, die mit dem Zeichen des Kreuzes auserwählt sind.“

Bischof Britto beugte sich zu Marcia und blies ihr ins Gesicht. Dann streckte er befehlend einen Arm aus und rief laut: „Weiche, Satan, von dieser Peleia!“ Dieselbe Prozedur wiederholte er noch zweimal, ehe er sprach: „Im Namen unseres Herrn, Jesus Christus, des wahren Gottes, der alle Macht besitzt über Himmel und Erde, befehle ich dir, schamloser, schmutziger, hassenswerter und feindlicher Geist, entferne dich und verschwinde aus dem Angesicht derer, die die heilige Taufe empfangen werden! Hebe die Hand, Peleia, zum Zeichen, dass du, wenn auch für uns nicht hörbar, in deinem Inneren sprichst: Ich entsage dir, Satan, deinem Gepränge, deinem Dienst und deinen Taten und weihe mich deinem Dienst, o Christus."

Marcia hob die Hand, und Britto wiederholte die Formel. Marcia hob die Hand. Britto wiederholte die Formel ein drittes Mal. Marcia hob die Hand.

Der Bischof schlug das Kreuz über ihr. „Lass mich nun fortfahren, Peleia, mit meiner Einweisung in die christliche Ehe, die du eingehen wirst. Die Hochzeitsgeschenke werden ausgetauscht. Christus schenkt dir die Taufe, du schenkst ewigen Gehorsam und Glauben. Das heilige Wasser, das du empfängst, ist die bräutliche Ölung; das Taufbecken ist dein Brautgemach, in dem Jesus Christus zu dir kommt, und danach ist alles anders, denn mit der Taufe gehörst du zur heiligen Gemeinschaft der Christen; hier wird nicht unterschieden zwischen Sklaven und Freien, Fremden und Einheimischen, Alten und Jungen, Weisen und Dummen, Bürgern und Königen, Frau und Mann." Der Diakon hielt ihm die Schale hin, Britto nahm sie und goss daraus ein wenig heiliges Wasser über Marcias Stirn. „Ich taufe dich im Namen des Vaters, des Sohnes und des Heiligen Geistes. Amen."

„Amen", echoten die Anwesenden, während Britto die Stirn der Sterbenden mit dem Kreuzzeichen salbte.

Danach hob er erneut die Hände und begann zu beten. Als er geendet hatte, segnete er Marcia, die nun Peleia war, erneut und verließ, gefolgt von seinen Begleitern, den Raum. Draußen wandte er sich an Callosia. „Ich danke dir, dass du mich noch rechtzeitig geholt hast. Ihre Seele ist gerettet", sagte er und stieß einen Seufzer der Erleichterung aus. „Möge sie als Christin in Frieden sterben. Halte mich auf dem Laufenden, damit ich weiß, wann ich die Bestattung anordnen kann." Damit verließ er, gefolgt vom Presbyter, dem Diakon und seinem Sekretär das Haus.

Doch Marcia starb nicht. Als habe ihr Brittos Stimme Kraft gegeben, als sei seine Anwesenheit wie eine Medizin in ihren Körper gedrungen, ging das Fieber nach und nach zurück, und es erschienen zunächst weniger, schließlich gar keine neuen

Pusteln mehr. Bald nach der Taufe verlangte sie zum ersten Mal wieder aus eigenem Antrieb etwas zu trinken, und nach ein paar Tagen sprach sie den ersten vollständigen Satz. Der lautete: „Ich habe Hunger."

Callosia, die an ihrem Bett saß und nähte, sprang auf. „Ein Wunder!", rief sie. „Ein Wunder!" Sie schickte den Knaben los, erst, um Britto Mitteilung zu machen, danach zu sich nach Hause, um Suppe zu holen. Später fütterte sie der Bettlägerigen die kräftige Brühe, langsam, Löffel für Löffel. Danach fiel Marcia, die jetzt Peleia war, in einen tiefen, erholsamen Schlaf, aus dem sie erst am Abend des nächsten Tages wieder erwachte.

„Licht", sagte sie. „Macht mehr Licht."

Callosia zündete ein paar zusätzliche Öllämpchen am Kandelaber an und kam dann wieder zum Bett. Marcia versuchte sich aufzurichten, war aber zu schwach. Callosia stützte sie und schob ihr ein zusätzliches Kissen unter. Marcia spürte etwas an ihrer Brust, und als sie es anfasste und anhob, sah sie, dass es ein kleines bronzenes Kreuz war, das an einem Lederband um ihren Hals hing. Fragend sah sie zu Callosia auf.

„Gott der Herr, der allmächtig ist, hat dich nicht zu sich genommen, sondern wollte, dass du lebst, Peleia", sagte die Matrone, übers ganze Gesicht lächelnd. „Das Kreuz ist das Zeichen, dass du Christin geworden bist."

„Peleia?", fragte Marcia mit schwacher, rauer Stimme.

„Dies ist dein neuer Name. Du hast ihn von Bischof Britto anlässlich deiner Taufe empfangen."

„Britto", flüsterte Marcia. Ihr Körper, in den zuvor ein wenig Spannung zurückgekehrt war, wurde wieder schlaff. „Also habe ich nicht geträumt", sagte sie heiser. „Also war er hier."

„Ja, er war hier", bestätigte die Matrone. „Er war hier, und du hast aus seiner Hand die heilige Taufe empfangen. Du gehörst nun zu uns, bist Teil unserer Gemeinschaft, hast Teil an der göttlichen Gnade."

„Ich ... ich erinnere mich ...", stammelte Marcia mit kaum vernehmbarer Stimme und griff sich an den Kopf. Sie befeuchtete ihre Lippen mit der Zunge und fragte stockend, so dass man ihr die Anstrengung anmerkte: „Pe... Peleia? Was ... heißt ... das?"

„Der Name bedeutet Taube, die am Felsen wohnt. Die Taube ist das Symbol des Heiligen Geistes, der nun auch dich beschützt."

„Und ... und ich bin wirklich getauft?“

Callosia nickte.

„Dann habe ich tatsächlich nicht geträumt“, wisperte Marcia schwach. „Dann ist es wirklich wahr ...“

„Es ist wahr“, sagte Callosia.

„Ich dachte, ich würde sterben“, gestand Marcia leise.

Die Witwe nickte ernst. „Das dachten wir alle. Es ist ein Wunder, dass du es geschafft hast. Gott hat dich gerettet, weil du dich hast taufen lassen, Peleia. Verstehst du nicht? Du verdankst ihm dein Leben!“

Marcia wandte den Kopf zur Seite und schwieg eine lange Zeit. Fast dachte Callosia, sie wäre wieder eingeschlafen, doch irgendwann drehte sie ihr den Kopf wieder zu und sagte leise: „Ich möchte, dass du gehst, Callosia. Ich danke dir für deine Pflege, aber jetzt möchte ich allein sein. Ich muss nachdenken.“

„Das verstehe ich“, erwiderte die Matrone lächelnd. „Wenn du mich brauchst – dein Knabe weiß, wo er mich findet.“ Damit verließ Callosia den Raum. Marcia, die jetzt Peleia hieß, blieb verstört zurück. Kaum war sie dem Tod entronnen, kaum konnte sie wieder sprechen, ihre Wünsche äußern, die Menschen, die den Raum betraten, einigermaßen klar erkennen, kaum konnte sie wieder ihre Arme, ihre Beine bewegen, schon wurde ihr mehr und mehr klar, was sie angerichtet hatte. War sie Christin, war ihre Zeit als Schauspielerin vorbei. Oder gab es einen Weg zurück? Ein Satz aus einer Predigt in der Kirche kam ihr wieder in den Sinn: „Einmal getauft, bleibst du doch Christin, auch wenn du zu den alten Göttern gehst ...“ Fast hoffte sie, alles würde sich zuletzt noch als böser Traum erweisen, dann wieder stand ihr die Taufszene mit Britto so deutlich vor Augen, dass es keinen Zweifel zu geben schien. Britto ... Er war hier gewesen, hier in ihrem Zimmer, an ihrem Bett. Er hatte ihr zerstörtes Gesicht, ihren fiebergeschüttelten Körper gesehen und war nicht vor Entsetzen davongelaufen wie Acilius. Stattdessen tat er das, was ihm das Nächstliegende schien – sie in die Gemeinschaft aufzunehmen, zu der er gehörte. Er hatte versucht, sie zu retten, so gut er das eben konnte. Und sie hatte diese Rettung zugelassen. Während der nächsten drei Tage und Nächte erholte sie sich zusehends und wurde kräftiger, doch noch immer schlief sie die meiste Zeit.

Als sie nach vier Tagen das Bett erstmals verließ, war sie so wacklig auf den Beinen, dass ihre Sklavin sie stützen musste. Sie ließ sich zum Frisierstuhl führen und setzte sich schwer atmend. „Was für einen Tag haben wir heute?“, fragte sie.

„*Dies Saturnis*“, antwortete das Mädchen.

„Wie spät ist es?“

„Noch früh. Die zweite Stunde erst vorbei.“

Also hatte sie zum ersten Mal weniger als zwölf Stunden am Stück geschlafen. „Meinen Spiegel!“, befahl sie.

Das Mädchen schüttelte den Kopf, doch Marcia bestand darauf. Also holte sie den bleigefassten Spiegel aus dem Fach, das in die Wand eingelassen war, und präsentierte ihn der Schauspielerin. Diese strich sich das verklebte Haar aus dem Gesicht und betrachtete die Verwüstungen, die die Krankheit angerichtet hatte. Ihre Wangen waren eingefallen, sie hatte schwarze Ringe unter den Augen, die Augäpfel waren gerötet. Aber das Schlimmste waren die Pusteln überall im Gesicht, jetzt nicht mehr rot und nässend, sondern braun verschorft. Es war ein widerlicher Anblick. Wie bei lebendigem Leib von Würmern zerfressen, dachte sie entsetzt. Dieses Gesicht, diesen Körper, würde kein Mann freiwillig mehr berühren. Ich bin nicht mehr, was ich war, dachte sie, und sie wusste, dass es in mehr als nur einer Hinsicht stimmte; nur was sie jetzt war, das wusste sie nicht. Peleia, dachte sie. Taube, die am Felsen wohnt. Mein Name ist Peleia. Und doch war er es nicht. Ich bin Marcia, flüsterte sie. Marcia, die Schauspielerin. Oder bin ich es nicht? Sie schaute in den Spiegel und fand dort keine Antwort. „Wasch mich“, sagte sie barsch zu ihrer Sklavin, weil sie nicht anfangen wollte zu weinen, und erlebte die unerwartete Genugtuung, dass sich dabei der erste Schorf löste und als bräunliche Schuppen auf dem Wasser in der Waschschüssel schwamm. Dort, wo das Gesicht, die Arme, die Brust vom Schorf befreit waren, schimmerte rosa die neue Haut, und die Heilung setzte sich fort am nächsten und am übernächsten und auch am folgenden Tag. Marcia schickte nicht wieder nach Callosia, doch sie trug immer noch das kleine Bronzekreuz an einem Lederband um ihren Hals. Die Diakonin jedoch kam eines Nachmittags, auch ohne dass sie gerufen worden war. Sie trat ein, schob das Mädchen beiseite und ging geradewegs durch bis in Marcias Schlafzimmer. Diese wollte eigentlich nur ruhen, war kurz eingeschlafen und erwachte mit einem Ruck, als Callosia an ihr Bett trat. Verwirrt sah sie die Ältere an, die sie mit einem strahlenden Lächeln begrüßte. „Dein Ausschlag ist ja verschwunden! Geht es dir besser?“

Marcia richtete sich halb auf. „Ja, danke“, antwortete sie. „Viel besser.“

„Gelobt sei Jesus Christus!“, rief die Matrone und bekreuzigte sich. „Du wirst bald wieder ganz gesund sein“, fuhr sie begeistert fort. „Und dann ...“

„Und dann?“, fiel Marcia ihr ins Wort. „Was soll ich dann tun?“

„Was du tun sollst?“ Die Matrone sah fragend zu ihr hinunter.

„Ich bin nicht mehr die, die ich war“, erklärte Marcia und setzte sich auf. Sie schwang die Beine aus dem Bett und rieb sich die Schläfen. „Ich denke Tag und Nacht darüber nach, was ich nun anfangen soll.“

„Du bist Christin, Peleia“, erwiderte Callosia sanft. „Lebe wie eine Christin, diene Gott durch gute Werke, führe dein Leben, wie es Gott gefällt.“

„Und was gefällt Gott?“, fragte Marcia heftig. „Ich habe doch keine Ahnung!“

„Hab keine Angst“, sagte die Ältere und strich Marcia über das Haar. „Es gibt viele Dinge, die eine Christin tun kann: den Armen helfen, die Kranken pflegen, die Seelen der Ungläubigen zu Gott führen ... Wir nennen das ‚Dienst am Nächsten‘. Christ zu sein bedeutet Disziplin, Demut und Hingabe, aber unsere Gemeinschaft ist groß und stark. Du siehst also, es gibt keinen Grund, sich vor der Zukunft zu fürchten. Falls du deine Wohnung nicht halten kannst – mein Haus steht dir offen, du bist jederzeit willkommen. Qodvoldus, dein alter Kollege, wohnt auch bei uns, es geht ihm gut. Du hast ihn nie besucht ... Wenn du bei mir wohnst, kann ich dich in allen Glaubensdingen unterrichten. Wir Christen lassen unsere Sklaven frei. Du wirst dich um vieles selbst kümmern müssen, aber ...“

„Halt, bitte ...“ Marcia griff sich an den Kopf, und Callosia stoppte ihren Redefluss. Mühsam stand Marcia auf, schwankte etwas, fing sich aber sogleich und trank einen Schluck Wasser aus einem Becher, der auf dem kleinen dreifüßigen Tisch neben dem Fenster stand. Dann drehte sie sich zu Callosia um. „Ich danke dir“, sagte sie. „Ich werde mich bei dir melden.“

„Friede sei mit dir“, erwiderte Callosia und verabschiedete sich.

Marcia war noch zu schwach, um große Pläne zu machen, aber nach einer Woche war sie in der Lage, aus eigener Kraft mehrere Stunden auf den Beinen zu sein, und noch ein paar Tage, dann fühlte sie sich kräftig genug, ihre Angelegenheiten wieder selbst in die Hand zu nehmen. Doch statt zu tun, was Callosia ihr empfohlen hatte, ließ sie sich von ihrer Sklavin das erste Mal wieder frisieren, schminken und vernünftig ankleiden. Diesmal zögerte das Mädchen nicht, ihr den Spiegel zu reichen.

„Begleite mich“, forderte sie das Mädchen auf. „Wir gehen ins Theater.“

Der Pförtner ließ sie ein. Sie begrüßte ihn kurz, und während er seine Freude über ihre Genesung ausdrückte, hob sie abwehrend die Hand.

„Schon gut, danke“, unterbrach sie ihn. „Sag niemandem, dass ich hier bin, hörst du?“

Der Sklave nickte und zog sich wieder in seine Nische zurück. Marcia passierte das Atrium eilig, weil sie hoffte, weitere Begegnungen umgehen zu können. Doch als sie fast an der Treppe war, die nach unten zur Kryptoportikus und nach oben zu den Wohnräumen im ersten Stock führte, kam ihr Origo entgegen. Die junge Frau lief hastig die Stufen hinab, ihr Gesicht war verheult, und ihre Augen wirkten unendlich traurig. Sie war dicker geworden; unter ihrer Tunica war ihr Zustand bereits zu erahnen. Origo hielt inne, als sie Marcia erblickte, aber sie schien weder erstaunt, die Kollegin, die so lange krank gewesen war, zu sehen, noch fragte sie nach deren Befinden. Stattdessen stieß sie mit gepresster Stimme hervor: „Weißt du, wo Gaudentius ist?“ Als Marcia verneinte, rannte sie weiter Richtung Pforte, wohl um dort dieselbe Frage noch einmal zu stellen. Ohne Erfolg, nahm Marcia an. Sie sah sich kurz um, ob noch jemand in der Nähe war, bemerkte erleichtert, dass sie allein war, eilte die Treppe hinunter und benutzte die Kryptoportikus, um in die Ankleideräume zu gelangen, die im Untergeschoss des Bühnengebäudes lagen.

Hier erst verlangsamte sie ihren Schritt. Vergitterte Oberlichter erhellten den langen Flur. Um diese Zeit befand sich hier kein Mensch. Marcia atmete tief durch. Alles war vertraut und doch fremd. Normalerweise kam sie in diesen Bereich des Theaters nur vor und nach den Vorstellungen. Dann war hier Hochbetrieb. Ankleiderinnen, Friseure, Bühnenpersonal und Schauspieler bevölkerten den Flur und die Räume. Es gab Licht und Stimmengewirr. Jetzt jedoch war alles dämmrig und still, alles leer, wie ausgestorben. Nur ihre leisen Schritte auf dem mit Ziegeln gepflasterten Boden waren zu hören. Doch als sie das Ankleidezimmer der Männer passierte, sah sie aus dem Augenwinkel eine Bewegung, hörte gedämpfte Geräusche. Sie ging ein paar Schritte rückwärts, schaute genauer hin, sah, was in dem Raum geschah und starrte wie gelähmt auf das Schauspiel, das sich ihr bot. Gaudentius stand in der Mitte des Zimmers, auf seinen Hüften, die Beine um ihn geschlungen, saß Bassilla, ihre Tunica von den Händen ihres Liebhabers hochgeschoben, so dass man ihre nackten Beine und den Ansatz ihres zarten Mädchenpos sah, der von Gaudentius fest umfasst wurde. Die beiden waren so ineinander verkeilt und verbissen, dass sie Marcia nicht einmal bemerkten.

Wie betäubt stand Marcia da. Sie fühlte keine Wut, keinen Hass, keine Trauer, nicht einmal die Erinnerung an die eine kurze Liebesbegegnung mit Gaudentius schmerzte. Sie sah das eindrucksvolle Bild körperlicher Vereinigung und bewunderte seine Schönheit, erkannte, dass dies der Lauf der Dinge war und immer sein würde. Irgendwann merkte sie, dass sie nicht die einzige Zeugin war. Firmus stand neben ihr, sprachlos und erregt. Er hatte sie nicht gegrüßt, es war, als sei sie unsichtbar. Bassilla löste sich endlich mit einem tiefen Seufzer von Gaudentius, zögerte kurz und nahm dann grazil eine andere Position ein. Dabei fiel ihr Blick auf Firmus, und sie lächelte ihn breit an. Marcia wurde völlig ignoriert. Firmus hielt es nicht mehr auf seinem Platz. Ohne Zögern ging er auf Bassilla zu, die ihn mit einem Kuss empfing, ohne dabei von Gaudentius abzulassen.

Viventius hat das Mädchen gut gedrillt, dachte Marcia verblüfft, unfähig, sich loszureißen. Es war der entsetzte Laut hinter ihr, der sie aus ihrer Trance riss. Da stand Origo, die Hände vor den Mund geschlagen, wie lange schon, wusste sie nicht.

„Origo!“, rief Marcia, doch Origo war schon panisch davongerannt. Marcia folgte ihr die Treppe hinauf ins Bühnenhaus. Origo war erstaunlich schnell für ihren Zustand, oder war das nur so, weil Marcia immer noch geschwächt war? Als sie hochkam, war Origo jedenfalls verschwunden. Marcia sah sich um. Der große Bau, der ihr einst so vertraut und jetzt auf seltsame Weise fremd geworden war, lag völlig verlassen da, sie spürte die Kälte zwischen den Mauern, die Feuchtigkeit, die auf den nackten Wänden lag. Plötzlich drängte es sie, den Theaterraum zu betreten, jetzt, wenn kein Publikum da war, wenn keine Sklaven Kulissen schoben. Sie ging an der Inspizienten-Nische vorbei, und gleich darauf betrat sie die Bühne. Es war ein nasser Februartag, und es war windig, aber trotz der dichten Wolkendecke blendete Marcia das Licht, das von den ansteigenden Sitzreihen der mit Marmor verkleideten Cavea zurückgeworfen wurde, denn sie hatte Tage, ja Wochen, nur im Halbdunkel verbracht, und das in einer Jahreszeit, in der die Tage noch kurz, die Intensität des Lichtes noch gering gewesen waren. Der Bühnenboden glänzte vor Nässe, Unebenheiten in der Orchestra bildeten Pfützen. Hier ist mein Platz, dachte Marcia und breitete entschlossen die Arme aus, als wolle sie ein imaginäres Publikum begrüßen. Sie trat ein paar Schritte nach vorn, hob die Hände, schnalzte mit den Fingern und begann, sich im Rhythmus zu bewegen. Sie lächelte, summte eine Melodie, schien sich nicht darum zu kümmern, dass niemand da war, ihr zuzusehen, doch gleich darauf brach sie ab und ließ die Arme sinken. Sie stand da, schaute auf die leeren Ränge, sah in den Himmel darüber, wandte sich um und betrachtete die Säulenfront des Bühnenhauses, das seitliche Proszenium, dann wandte sie sich wieder zurück zur Cavea und dann, als dränge die Erkenntnis gegen Widerstand nach vorn, konnte sie den Gedanken nicht aufhalten, der ihr zuflüsterte: Hier *war* dein Platz. Er ist es nicht mehr.

Ein Geräusch ließ sie zusammenfahren. Sie wandte sich um und sah Origo. Die junge, schwangere Frau stand im Bühnenportal und schaute Marcia hasserfüllt an.

„Du bist schuld“, sagte Origo tonlos. „Du hast ihn verdorben.“

„Ich?“, fragte Marcia verblüfft.

„Glaubst du, ich weiß nicht, was in der Villa passiert ist? Für wie dumm hältst du mich eigentlich?“

„Beruhige dich, Origo.“ Marcia schüttelte den Kopf. „Du weißt doch, wie Männer sind. In wie vielen Stücken hast du mitgespielt, in denen die Liebhaber treulos waren? Im Leben ist es nicht anders. Das zwischen Gaudentius und mir hat nichts bedeutet." Sie ging beschwichtigend auf Origo zu, doch die wich zurück.

„Ja, dir hat ja noch nie ein Mensch irgendetwas bedeutet! Mir aber schon!"

„Ich wusste nicht, dass du so verliebt bist ... Ich hätte es wissen müssen", sagte Marcia sanft mit einem Blick auf Origos Bauch. „Es tut mir leid." Mehr zu sich selbst murmelte sie nachdenklich: „Leid – das ist es, was aus Liebe entsteht. Nichts sonst." Sie wandte sich wieder an Origo: „Wenn du Hilfe brauchst ..."

„Hilfe? Von dir?" Origo lachte höhnisch auf. „Was verstehst du denn schon davon", fauchte sie. „Du hast doch noch nie jemanden geliebt!" Mit diesen Worten ließ sie Marcia stehen und lief davon.

Marcia fröstelte plötzlich und rieb ihre Arme, während sie ein paar Schritte auf und ab ging, fassungslos. Wie kam das Mädchen dazu, so etwas zu sagen?

„Marcia!"

Sie fuhr zusammen. „Acilius!" Der Archimimus stand hinter ihr, sie hatte ihn nicht kommen hören.

„Bist du wieder bei Kräften?", fragte er und kam auf sie zu.

Sie nickte.

„Bist du sicher?", lächelte er. „Du hast ziemlich abgenommen ..."

„Schmeicheleien ziehen bei mir nicht mehr, Acilius."

„So meinte ich das nicht ... Was glaubst du, wann du wieder proben kannst, Marcia?"

Marcia schwieg. „Ich glaube nicht, dass ich wieder spielen werde", antwortete sie nach einer kleinen Ewigkeit.

„Was heißt das?", wollte Acilius wissen. „Wie lange brauchst du denn noch, um dich zu erholen? Du warst sehr lange weg, ist dir das bewusst?"

Marcia blickte in den Himmel und blinzelte. Das Licht war wirklich eigenartig heute.

Acilius wartete. Als sie nicht antwortete, fragte er alarmiert: „Was ist los mit dir, Marcia?"

Sie schwieg.

„Antworte mir!", forderte er. „Schau mich an und rede!"

Endlich drehte sie den Kopf und sah Acilius fest in die Augen. „Ich komme nicht wieder, Acilius."

„Wie bitte?"

„Ich bin getauft“, flüsterte sie. „Ich wäre fast gestorben an dieser Krankheit. Als es mit mir zu Ende ging, habe ich in die Taufe eingewilligt. Der Bischof hat mich zur Christin gemacht.“

Acilius sah sie entgeistert an. „Bist du verrückt geworden? Du lässt dich taufen?“

„Als ich krank war, warst du da, um mich zu trösten? Hast du dich um mich gekümmert? Du bist weggelaufen, als du mich gesehen hast, Acilius!“

Acilius schwieg.

„Ich war in Todesangst. Ich suchte Rettung ...“

„Aber du lebst!“, rief er.

„Durch die Gnade Gottes. Das ist seltsam, oder?“

Acilius schüttelte den Kopf. „Du brauchst dich ja nicht zur Taufe zu bekennen. Sobald du wieder bei uns bist, kann dir kein Bischof der Welt etwas anhaben ... Das kriegen wir schon hin ...“ Er packte sie an der Schulter, eine ungewohnte Geste. „Ich brauche dich, Marcia. Lass uns nicht im Stich!“

„Wie kannst du Solidarität von mir verlangen, wenn du mir das Einzige genommen hast, was mir wichtig war“, brach es aus Marcia heraus. Sie weinte. „Ich gehöre nicht mehr hierher, Acilius.“

„Du meinst den Jungen? Ich kann ihn wiederbeschaffen. Ich werde alles tun ...“

„Es ist zu spät, Acilius“, sagte sie und wischte sich die Tränen ab. „Dexter finden wir nie wieder.“

„Marcia ...“, begann er beschwörend, doch sie unterbrach ihn.

„Mein Name ist Peleia. Das bedeutet Taube, die am Felsen wohnt. Ich habe mich entschieden. Als ich vorhin herkam, wusste ich es nicht, aber ich hatte mich schon entschieden, lange zuvor. Leb wohl, Acilius. Ich muss jetzt gehen. Gott schütze dich.“

„Marcia!“, rief Acilius, als sie sich umdrehte und zurück ins Bühnenhaus ging, doch sie blieb nicht stehen. Er lief noch ein paar Schritte hinter ihr her, dann hielt er inne und schlug entsetzt die Hände vors Gesicht.

„Du Esel“, sagte Florus, der neben ihm erschienen war und Marcia hinterherblickte. „Das ist der Anfang vom Ende.“

XVIII. Kapitel

„Sie ist weg!"

Callosia Clamosa rauschte mit hochroten Wangen und nach Atem ringend ins Arbeitszimmer Bischof Brittos.

„Wer ist weg?", fragte Britto und unterbrach sein Diktat.

„Peleia, die du getauft hast!", rief Callosia. „Sie war auf dem Wege der Besserung, wie du weißt, wir sprachen bereits über ihre Zukunft. Wir kamen überein, dass sie, sobald sie wieder völlig genesen ist, ihre Sklaven freilässt und zu mir zieht, um in Glaubensdingen unterwiesen zu werden. Heute Morgen jedoch – ich wollte gerade aus dem Haus treten – kamen diese beiden hier angelaufen und heulten, weil ihre Herrin seit zwei Tagen nicht nach Hause gekommen ist."

Marcias Lieblingssklavin und der Knabe hatten sich verschüchtert im Hintergrund gehalten und sich bemüht, möglichst unauffällig zu bleiben. Doch Callosia schob sie unbarmherzig nach vorn. „Los, berichtet dem Bischof, was vorgefallen ist."

Britto winkte das Mädchen heran. „Hab keine Furcht", sagte er. „Erzähle, was geschehen ist."

Die Sklavin senkte demütig den Blick und begann leise: „Vor vier Tagen war meine Herrin wieder so gesund, dass sie aufstand und sich zurechtmachen ließ. Wir gingen ..." Hier hob sie den Blick und zögerte.

„Ja?", erkundigte sich Britto freundlich. „Wohin gingt ihr?"

„Wir ... wir gingen ins Theater."

Callosia ließ einen Laut des Entsetzens hören, doch Britto ignorierte sie. „Und dann?", fragte er.

„Sie blieb dort eine Weile, aber bald kehrten wir nach Hause zurück. Dort saß sie lange im Tablinum. Ab und zu stand sie auf, ging hin und her, dann setzte sie sich wieder. Sie aß nichts und trank nichts. Den ganzen Tag lang. Kein Brot, keinen Käse, keine Milch. Einmal kam ich ins Zimmer, da lag sie auf der Kline und weinte. Abends hieß sie mich alle Lampen anzünden. Sie ging nicht zu Bett. Die ganze Nacht blieb sie wach, saß da und starrte vor sich hin oder schritt ruhelos hin und her. Am Morgen schickte sie uns dann fort, Besorgungen zu machen. Als wir zurückkamen, war sie nicht da. Wir wunderten uns zuerst nicht, weil wir dachten, sie sei wieder ins Theater gegangen. Doch sie kam nicht nach Hause. Den ganzen Tag nicht, in der Nacht nicht und am nächsten Tag auch nicht. Da bekamen wir es mit der Angst. Er hier" – sie schob den Knaben vor – „führte mich zu Callosia Clamosa ..." Sie brach ab.

„Ist das alles?", wollte Bischof Britto wissen.

Das Mädchen zögerte.

„Was ist noch?", fragte Britto.

„Sie hat ... Sie hat ...", stammelte die Sklavin und brach in Tränen aus.

„Was hat sie?"

Doch das Mädchen schluchzte so heftig, dass sie kein Wort hervorbrachte. Deshalb wandte Britto sich an den Knaben. „Was hat sie?", wiederholte er.

Der kleine Sklave, der mit gesenktem Kopf dagestanden hatte, schwieg zuerst, doch dann schaute er auf und rief hastig: „Sie hat sich das Haar abgeschnitten und sie hat keine Kleider an!"

„Wie bitte?", fuhr Callosia auf.

Doch nun sah der Junge wieder zu Boden, und erschrocken, als fürchte er Schläge, war aus ihm kein Wort mehr herauszuholen.

„Was soll das bedeuten?", fragte Callosia den Bischof.

Britto sah nachdenklich vor sich hin. „Ich weiß es nicht", sagte er dann, und in einem plötzlichen Entschluss forderte er die Sklavin auf: „Führ mich zu ihrem Haus. Ich will mir selbst ein Bild machen. Ich werde mich dort umsehen. Vielleicht finde ich irgendeinen Hinweis, was passiert ist."

Wenig später traten sie gemeinsam auf die Straße. Seit einigen Tagen war der Winter zurückgekehrt mit scharfem Ostwind und Eiseskälte bei klarem blauen Februarhimmel. Die Sonne blendete, aber die Luft beizte Gesicht und Hände, deshalb schritten die vier rasch aus. Bald hatten sie das Mietshaus erreicht, in dem Peleia wohnte, und stiegen zusammen die Treppe hoch. Das Mädchen schloss die Tür zur Wohnung auf.

„Öffne die Läden", befahl Britto der Dienerin. „Wir brauchen Licht."

Die Sklavin tat, wie ihr geheißen. Gleich darauf fiel helles Tageslicht auf die getünchten Wände, die spärlichen Möbel und die abgenutzten Fliesen aus in Fischgratmuster angeordneten Ziegeln. Britto erinnerte sich nur an wenige Details, war doch bei seinem Besuch anlässlich der Taufe am Krankenbett Peleias alles abgedunkelt gewesen. Ihm fiel auf, dass die Räume recht groß waren, es roch frisch und nicht wie in vielen Mietshäusern nach Wandschimmel. Die Böden waren sauber, alles wirkte aufgeräumt, aber nicht unbewohnt. Er ließ den Blick schweifen: hier eine gemauerte Konsole in der Wand, auf der Öllämpchen aus Ton standen; darunter eine bequeme, mit rotem Stoff bezogene Kline, daneben das Kohlebecken und ein zierlicher dreifüßiger Tisch – auf der Kline lag achtlos eine schlichte, gelbe Decke, als sei die Hausherrin nur kurz aufgestanden, um etwas zu holen – daneben ein Kandelaber, an dem Bronzelämpchen baumelten. Britto trat neben die Kline und strich mit der Hand leicht über die gelbe Decke. Sie fühlte sich weich an, warm und zart.

„Was hat sie denn an diesem Morgen getan?", wollte Britto wissen. „Ehe sie euch wegschickte, Besorgungen zu machen."

„Es war noch früh, sie war noch kaum aufgestanden", erwiderte die Sklavin. „Ich wollte mich um sie kümmern, aber sie sagte, das habe Zeit, sie wolle noch einmal ins Bett gehen. Ich bereitete ihr also das Wasser für ihre Morgenwäsche und ordnete alles, damit ich sie ankleiden und frisieren konnte, wenn ich zurückkam."

„Hat sie das Wasser benutzt?"

Das Mädchen überlegte. „Ich ... ich habe nicht darauf geachtet. Als ich wieder nach Hause kam, war sie ausgegangen. Ich dachte natürlich, sie hat sich selbst zurechtgemacht, obwohl das ungewöhnlich für sie war. Ich habe das Wasser weggeschüttet und ..." Sie brach in Tränen aus.

„Schon gut", beruhigte sie der Bischof. „Führ mich in ihr Schlafzimmer."

Die Sklavin ging voraus. Sie durchquerten das Triklinium und betraten dann die Kammer, wo das Mädchen gerade die Läden öffnete.

Er sah sich um. Hier war es gewesen. Hier hatte er Marcia getauft, auf den Namen Peleia, Taube, die am Felsen wohnt. Er hatte sie in seine Kirche aufgenommen, sein Zuhause, und gehofft, sie würde denselben Frieden finden wie er, ehe sie starb. Aber die Taube lebte, wie durch ein Wunder – und nun war sie ausgeflogen. Wohin?

Als er das letzte Mal hier war, war dies eine Krankenstube gewesen, doch nun erinnerte nichts mehr daran. An der Wand stand ihr Bett, Kissen und Decken geordnet und glattgestrichen. An der gegenüberliegenden Wand befand sich eine große Truhe. Ihre Kleider, nahm er an. In der Mitte des Raumes stand der Korbstuhl neben dem Schminktisch, da war das Welleneisen für ihre Locken, ein großer elfenbeinerner Kamm, Döschen aus glasiertem Ton, Fläschchen aus Glas, das Geheimnis ihrer Schönheit ... Im Raum hing ein zarter Duft – ihr Duft. Diesen Duft erkannte er gleich wieder. Die Erinnerung überwältigte ihn – ihr Besuch in seinem Haus ... Lange war es her. Er stützte sich mit einer Hand auf die Lehne des Korbstuhls, schloss die Augen und atmete den Duft ein. Als er die Augen wieder öffnete, fiel sein Blick auf etwas, das neben dem Stuhl lag. Er bückte sich und hob es auf.

„Was ist das?“, fragte Callosia neugierig und kam näher.

„Eine Locke“, sagte Britto tonlos. „Eine schwarze Locke von ihrem Haar.“ Er schaute die dunkle Locke an, die sich kokett von seinem Finger ringelte. Er schaute sie an, als könne er durch Daraufstarren ihr Geheimnis ergründen, dann wandte er sich an das Mädchen. „Gibt es noch mehr davon?“

Die Sklavin nickte. „Ich habe sie zusammengekehrt. Diese muss ich übersehen haben. Es war ein ganzer Berg von schwarzem Haar.“

„Weshalb sollte sie ihr Haar abschneiden?“, wunderte sich Callosia.

Britto ignorierte sie und begann, im Zimmer auf und ab zu gehen. Doch gleich darauf blieb er vor der großen Truhe stehen, auf der ordentlich zusammengefaltet eine blaue Tunica lag. Die Dienerin sah seinen Blick.

„All ihre Kleider sind da“, sagte sie, und schon wieder mischte sich Schluchzen in ihre Stimme.

„Was heißt das, ‚all ihre Kleider‘?“, herrschte Callosia sie an. „Peleia kann wohl nicht nackt aus dem Haus gegangen sein.“

Das Mädchen schluchzte nur.

„Erinnere dich daran, dass wir ihr anlässlich der Taufe das weiße Gewand mitgebracht haben“, sagte Britto. „Das wird sie tragen. Ein gutes Zeichen.“

„Und wohin ist sie gegangen?“, insistierte Callosia.

„Wer kann das wissen?“, erwiderte Britto. „Sie wird wieder auftauchen.“

„Bist du sicher?“

Er erwiderte nichts. Callosia begann, ihm auf die Nerven zu

gehen. Er ließ seinen Blick durch das Zimmer wandern. Der Duft im Raum, die intimen Dinge auf dem Tisch, das Bett, in dem Peleia noch vor kurzem geschlafen hatte, verstörten ihn. Er wusste nicht, wie es kam, aber er hätte sich hinknien mögen und sein Gesicht in den Kissen vergraben, nur um ihr nah zu sein. Es drängte ihn, den Parfümflakon zu berühren, eine kühle Haarnadel durch seine Finger gleiten zu lassen. Noch immer hielt er die dunkle Locke in der Hand und musste dem Bedürfnis widerstehen, an ihr zu riechen, sie über seine Wange gleiten zu lassen. Er wusste, er durfte hier nicht länger verweilen, und er durfte niemals wiederkommen. Er richtete sich auf und straffte die Schultern. „Diese Locke hier nehme ich mit", verkündete er und verließ abrupt das Zimmer.

Als er nach Hause zurückgekehrt war, ging er in sein Schlafzimmer, legte die schwarze Locke behutsam unter das Kreuz, vor dem er zu beten pflegte, hob die Hände und rief seinen Gott.

Herr, erhöre mich!
Ich, dein schwacher Diener, bete zu dir.
Erhöre mein Gebet, ich flehe zu dir um Gnade für Peleia.
Rette ihre Seele, gib ihr Frieden.
Herr, erhöre mich!
Schenke mir Kraft und Mut.
Richte meine Gedanken auf dich und deinen erhabenen Geist.
Herr, erhöre mich!

Doch die Tage vergingen, draußen herrschte bitterer Frost und drinnen kam Brittos heiße, aufgewühlte Seele nicht zur Ruhe, denn Peleia tauchte nicht wieder auf. Er begann, Erkundigungen einzuziehen, sandte Diener aus, die Wachtposten der Stadttore zu befragen, schickte schließlich sogar jemanden ins Theater, um herauszufinden, ob Peleia dort Unterschlupf gefunden hatte und wieder zu ihrem alten Gewerbe zurückgekehrt war. Als der Mann zurückkehrte, empfing Britto ihn in seinem Arbeitszimmer.

„Und?", fragte er nervös. „Hast du etwas herausgefunden?"

Der Mann schüttelte den Kopf. „Sie ist nicht bei der Truppe. Der Theaterdirektor sagt, sie habe sich von der Schauspielerei losgesagt und sei Christin geworden. Er hat sie seit über einer Woche nicht mehr gesehen und auch nichts von ihr gehört."

Britto ließ den Kopf sinken. Er dachte nach. Dann hob er den Blick. „Danke“, sagte er. „Du kannst gehen.“

Der Mann zögerte.

„Was gibt es noch?“, wollte Britto wissen.

„Man ... man hat gestern Morgen eine Leiche gefunden. Am Bach in der Nähe der alten Tempel. Vielleicht ...“

„Eine Frau?“

„Das weiß ich nicht genau. Die Vigilen wissen mehr, nehme ich an.“

„Dann mach dich kundig!“ Der Diener drehte sich um, doch Britto überlegte es sich anders und rief: „Nein, warte! Ich gehe selbst. Lauf zu Callosia Clamosa. Sie soll mitkommen.“ Danach setzte er eine kurze Notiz an Totia auf, den Decurio, der vor nicht allzu langer Zeit Christ geworden war. Er bat ihn darin um Erlaubnis, die Leiche zu sehen, und sandte einen weiteren Boten, der Order hatte, auf Antwort zu warten, mit der Nachricht.

Callosia erschien eher als der Bote zurückkehrte, und so wartete sie mit Britto gemeinsam auf die Mitteilung des Decurio.

„Ich glaube es nicht“, sagte sie.

„Ich bin mir nicht mehr sicher“, erwiderte der Bischof. Er war blass, seine Züge angespannt. „Vielleicht hätte ich intensiver nach ihr suchen lassen sollen. Aber ich dachte wirklich, sie ist nur ...“

„Sie ist nur was?“, fragte Callosia.

Der Bischof zuckte die Achseln. „Ach, ich weiß nicht. Sie muss doch Freunde haben, Verwandte ... Sie konnte nicht weit sein.“

„Wenn sie die Tote ist, dann ist sie tatsächlich nicht weit gekommen“, bemerkte Callosia unbedacht und merkte erst dann, wie entsetzt Britto sie anstarrte. „Sie war bei unserem letzten Gespräch so gefasst, so ruhig, so ... so auf gutem Weg, wenn du verstehst, was ich meine“, fuhr sie hastig fort.

Britto nickte.

„Glaubst du, sie hat in einem der Tempel Zuflucht gesucht?“, überlegte Callosia laut.

„Möglich“, antwortete Britto nachdenklich. „Jetzt, wo du es erwähnst, kann ich es mir vorstellen. Wir haben zuviel vorausgesetzt“, gab er zu.

„Ich mache mir ebenfalls Vorwürfe“, sagte Callosia zerknirscht.

In diesem Augenblick eilte der Bote herbei und reichte Britto ein Wachstäfelchen. Britto las, schaute auf und sagte: „Wir haben die Erlaubnis! Lass uns sofort aufbrechen."

Sie folgten dem Hinweis des Decurio und gingen zum Gefängnis, wohin man die Leiche gebracht hatte. Dort bewahrte man sie bis zur Beendigung der Untersuchung in einem der Kellerräume auf, um zu verhindern, dass sie zu schnell verfiel. Einer der leitenden Gefängniswärter empfing den Bischof und die Matrone; der Decurio hatte ihr Kommen angekündigt.

„Ist sie erfroren?", fragte Britto, während er hinter dem Mann, der mit einer Fackel vorausleuchtete, die steile Treppe hinabstieg. Modergeruch umfing ihn.

„Das ist noch nicht geklärt. Sie lag eine Weile im Wasser."

„Wie lange ist sie wohl tot?"

„Keine Ahnung. Nicht lange. Sie ist noch einigermaßen frisch, weil es so kalt draußen ist. Trotzdem kein Anblick, den man sich zumuten sollte", fügte der Mann mit Blick auf Callosia hinzu.

„Keine Sorge, ich bin nicht zartbesaitet", gab diese zurück.

Sie hatten das Fußende der Treppe erreicht, und der Mann bog nach links ab. Britto und Callosia folgten ihm bis zu einer schweren, rohen Holztür, die er aufschloss. „Haltet euch Tücher vor den Mund", empfahl er grob. „Die Verwesung hat eingesetzt. Es riecht nicht gut."

Das war noch untertrieben. Britto spürte einen akuten Würgereiz und presste seinen Ärmel vor Mund und Nase, doch er trat nichtsdestoweniger ein. Flackerndes Licht erhellte einen kleinen, fensterlosen Raum, dessen Boden aus gestampftem Lehm bestand. Es war feucht hier drin, klamm, aber nicht wirklich kalt. Auf einem Holztisch lag, zugedeckt mit einem schmutzigen dunklen Tuch, ein Körper. Peleia? Ich kann nicht, dachte Britto. Ich kann sie nicht so sehen.

Callosia kannte keine derartigen Vorbehalte. Auch sie bedeckte sich Mund und Nase, doch als sie bemerkte, dass Britto schwankte, drängte sie sich an ihm vorbei und trat ans Kopfende des Tisches. „Heb das Tuch hoch", befahl sie dem Gefängnsiaufseher. Er kam ihrer Aufforderung nach, und was sie sah, war selbst für Callosia Clamosa zu viel. Mit einem erstickten Schrei fuhr sie zurück und rannte aus dem Verschlag. Britto eilte ihr nach.

„Ist sie es?", herrschte er Callosia an. Und als diese nicht antwortete, wiederholte er: „Ist sie es? Nun sag doch etwas, Frau!“

Callosia lehnte sich schwer atmend an die modrige Wand des Kellerflurs.

„Ist sie es?“, fragte Britto noch einmal mit tonloser Stimme.

Callosia schüttelte den Kopf und würgte ein letztes Mal, ehe sie krampfhaft schluckend hervorbrachte: „Nein ... es ist diese Streunerin ... Sabina.“

Der Gefängniswärter hatte hinter ihnen abgeschlossen und ging nun mit schweren Schritten, die Fackel in der Hand, wieder voraus. Britto fühlte sich schwach und matt und musste auf der Treppe zwei Mal innehalten. Er hätte nicht sagen können, ob er erleichtert war oder gar enttäuscht, dass die Tote nicht Peleia war. Als er mit Callosia auf der Straße stand, atmete er tief durch.

„Armes Ding. Sie hatte sich doch schon gut eingelebt, wollte sich taufen lassen“, seufzte Callosia. „Was nun?“

„Ich weiß es nicht“, fuhr er sie schärfer an als beabsichtigt. „Ich weiß es wirklich nicht!“ Damit drehte er sich um und ging nach Hause.

Er hatte genug. Alles wurde mit einem Mal zuviel. Er hatte seit Tagen schlecht geschlafen, hatte halbe Nächte wach verbracht, dann las er in der Bibel, versuchte zu verstehen, was Gott damit bezweckte, und da Gott nicht antwortete, machte er sich Selbstvorwürfe. Manchmal wünschte er sich, Peleia nie wiederzusehen, dann aber tauchte ihr schönes Gesicht vor seinem inneren Auge auf, und er sehnte sich nach ihr mit einer Heftigkeit, die ihn ängstigte. Er betete dann, aber so inbrünstig seine Gebete auch waren, so wenig erhörte ihn Gott. Auch in der nächsten Nacht fand er lange keinen Schlaf, wälzte sich unruhig von einer Seite auf die andere, und als er schließlich vor Erschöpfung ein wenig wegdämmerte, fand er sich in einem kleinen Raum mit einer Bühne wieder. Er sah zwei Schauspieler, größer als lebensgroß, ihre Gesichter breit und rund wie Masken, er sah sie und fühlte gleichzeitig, dass er einer dieser Schauspieler selbst war. Die Frau: eine Hure mit flammendem Haar, weißgeschminktem Gesicht und rotem Mund. Der Mann oder er selbst ein Stupidus, dick und glatzköpfig, auch er weißgeschminkt mit schwarzumrandeten Augen. Die Hure schrie wütende Tiraden heraus gegen den Mann, den Britto sah und der er selbst war, doch der Mann antwortete ihr nicht. Er grinste sie nur an, brutal, gemein, geil. Dann erschien mit einem Mal ein grelles Licht, die Hure und der Mann, der er selbst war, drehten sich um und sahen auf der Bühne einen Thron. Dort saß ein Dämon mit tief zerfurchtem Gesicht, platter Nase, aufgeworfenen Lippen, buschigen Brauen unter niedriger Stirn, seine Ohren spitz, aus der Stirn wuchsen gedrechselte Ziegenhörner. Sein Gesicht war von einem überwältigend leuchtenden Grün, und er trug eine weiße Toga. Der Große Pan saß bewegungslos da und herrschte über die Menschheit. Die Hure schrie plötzlich auf und begann, auf den Stupidus einzuschlagen; Britto sah, wie sie ihn boxte und schlug, und er spürte selbst die harten Fäuste, bis er fiel und die Hure sich über ihn warf, bis er meinte zu ersticken. Ihre Schläge trafen seinen weichen Körper, ein Körper, der sich anfühlte wie ausgestopft, seine Gliedmaßen waren knochenlos, taub, und dann hörte er, wie die Frau seinen Namen schrie, immer und immer wieder, lauter und lauter schrie sie seinen Namen. Britto erwachte von diesen Schreien, sein Herz raste, sein Puls klopfte in seinen Schläfen, sein Kopf dröhnte, als sei alles Blut hineingeströmt und dränge nach außen, und gleich darauf spürte er, wie aus seiner Nase warm eine Flüssigkeit lief, die, als sie über seine Lippen rann, schmeckte wie Blut. Panik erfasste ihn. Er hielt eine Hand vor die Nase, sprang aus dem Bett, schwankte, weil ihm schwindlig wurde, stützte sich einen Moment gegen die Wand, und als der Schwindel nachließ, lief er barfuß auf den Flur, wo er seinen Diener schlafend fand.

„Wach auf!“, rief Britto. Der junge Mann schrak hoch. „Mach Licht!“, herrschte Britto ihn an. „Du musst mir helfen.“

Eine Weile später lag Britto wieder in seinem Bett. Seine Stirn kühlte ein feuchtes Tuch, ein zweites presste er gegen seine Nase. So war die Blutung bald gestillt, doch an Schlaf war nicht zu denken.

„Hol Rufinius“, befahl der Bischof. „Er soll mir vorlesen.“

Der Sekretär kam; er war noch ganz verschlafen, aber er ließ es sich kaum anmerken, setzte sich und las seinem Herrn aus der Heiligen Schrift vor, bis dieser im Morgengrauen tatsächlich ein wenig schlummerte, diesmal unverfolgt von dämonischen Träumen. Doch als Britto später erwachte und den Traum noch so lebendig vor sich sah, dass er ihn hätte aufschreiben können, wusste er, dass es Zeit war, Peleia endgültig aus seinem Leben zu verbannen. Der Frieden seiner Seele hing davon ab, dass seine Besessenheit geheilt wurde. Wenn es ihm nicht gelang, die schwarze Taube zu vergessen, würden die Dämonen irgendwann Gewalt über seinen Verstand gewinnen.

Es war nicht mehr ganz früh am Morgen, als er aufstand. Er zog eine warme Tunica an und darüber einen wollenen Umhang, dazu umwickelte er seine Beine mit Binden und wappnete sich mit Stiefeln. Rufinius trat zu ihm, als er das Haus verlassen wollte. Auch der Sekretär war ausgehbereit, aber der Bischof schüttelte den Kopf.

„Diesen Gang muss ich alleine machen“, sagte er. „Bleib hier und erwarte mich nicht vor ein paar Tagen zurück.“

„Das Wetter schlägt um“, warnte Rufinius noch. „Secundius Securus, dem die Knochen wehtun, meint, es könne Regen geben.“

„Regen?“, erwiderte Britto. „Höchstens Schnee bei dieser Kälte!“ Damit ließ er seinen Sekretär stehen und trat auf die Straße. Er musste fast die ganze Stadt durchqueren, um zur *Porta media* zu gelangen. Auf dem *Decumanus maximus* herrschte Hochbetrieb; es war später Morgen, viele Leute waren unterwegs, um einzukaufen, Botengänge zu machen, Waren auszuliefern, und wer sich vom anstrengenden Geschäft erholen wollte, kehrte in einer der Tavernen ein. Britto nahm all das Treiben kaum wahr; er eilte blicklos an den Geschäften vorbei und bog, als er das Forum passiert hatte, nach links ab. Hier waren die Straßen ruhiger. Als er von weitem das Stadttor sah, spürte er plötzlich, dass er schwitzte. Sein wollener Mantel schien mit einem Mal unangenehm schwer und zu warm. Britto blieb kurz stehen und bemerkte, dass die Luft seltsam feucht geworden war. Die ganzen letzten Tage hatte es hart gefroren bei klarem, sonnigem Himmel und eisigem Ostwind, doch nun, ganz überraschend, hatte der Wind gedreht und sich beruhigt, und der Himmel zog sich langsam von Westen her zu. Rufinius hatte Recht, dachte Britto. Das Wetter schlägt um. Doch er nahm es nur kurz zur Kenntnis und eilte dann weiter, verließ die Stadt durch die *Porta media*, folgte der Landstraße etwa eine halbe Leuge, und dann ging es sanft bergauf in den Wald. Die Natur war noch ganz erstarrt vom Frost der letzten Tage, Eichen, an denen noch stellenweise die vertrockneten Blätter des vergangenen Jahres hingen, reckten ihre

Äste wie verdrehte Gliedmaßen in den Himmel. Der viel benutzte, unebene Waldweg war hart gefroren und dämpfte Brittos Schritte kaum. Kein Vogel sang. Irgendwann hob Britto den Kopf, weil sich etwas verändert hatte. Erst wusste er nicht genau zu deuten, was es war, doch dann spürte er die feinen Regentropfen auf seinem Gesicht. Es war ein so zarter Regen, dass er kaum wahrnehmbar schien. Als er die letzte kurze Steigung vor seinem Ziel erreichte, glitt er aus und wäre fast gestürzt, wenn er sich nicht an Büschen festgehalten hätte. Der Weg war stellenweise eisglatt geworden. Britto schlug sich daher ein Stück durch den Wald, bis er endlich die Hütte des Anachoreten erreicht hatte, die sich an einen steilen Hang aus Schiefergestein schmiegte. Davor öffnete sich eine kleine Lichtung, durch die an schönen Tagen die Sonne auf die Einsiedelei fiel und die Rosen an dem kleinen Spalier wärmte, deren letzte Exemplare des Vorjahres jetzt braun und erfroren an blattlosen Ranken von einem langen Winter kündeten. Britto fand die Tür der Hütte geschlossen. Er klopfte. Keine Antwort. Er klopfte erneut. Stille. Da er wusste, dass die Tür niemals verriegelt war, drückte er sie schließlich vorsichtig auf und spähte hinein. Durch das einzige kleine Fenster fiel schwaches Licht in den sauberen Raum, in dem sich außer einem Tisch und einer roh gezimmerten Pritsche keine Möbel befanden. Am Tisch saß, vornübergebeugt, das Gesicht auf den Armen, der Einsiedler und schlief. Vor ihm lag, wie er es von seinem letzten Besuch her kannte, das Buch über das Leben des Heiligen Antonius. Daneben ein einfaches Öllämpchen, das aber nicht brannte. Ein Stück Brot, ein Becher. Genauso erinnerte Britto das Heim des weisen Mannes, er erinnerte sich an die Tage und Nächte, die er hier zugebracht hatte im Gebet, in tiefer seelischer Verwirrung.

Als hätte der alte Mann tief im Schlaf gespürt, dass jemand eingetreten war, schreckte er nun mit einem lauten Schnarcher hoch und starrte Britto, der im Gegenlicht der offenen Tür stand, einen Moment lang blicklos an. Dann blinzelte er mehrmals und rieb sich die Augen. „Bruder …?“, fragte er heiser. „Wer bist du?“

„Ich bin Britto, Bischof von Treveris. Du kennst mich. Ich habe im vergangenen Jahr deinen Rat gesucht. Jetzt brauche ich ihn wieder.“

Der Alte erhob sich mühsam und kam näher, so nah, dass er Britto fast berührte. Er wirkte älter, als Britto ihn in Erinnerung hatte, kleiner, gebrechlicher; der Winter hat ihm zugesetzt, dachte Britto bedauernd, und als er seine Augen sah, erschrak er, weil sie von einem milchigen Schleier überzogen waren. Er war erblindet.

„Sei mir willkommen, Bruder!“, sagte der Greis mit brüchiger Stimme. „Aber du kannst nicht hier schlafen. Ich wohne nicht allein.“

Jetzt nahm Britto auch das zweite Bett wahr, das an einer Seitenwand der Hütte aufgeschlagen war; es war kein richtiges Bett, nur ein Lager aus Laub und einer Decke.

„Es ist gut, dass du nicht allein bist“, erwiderte Britto. „Du hast das Augenlicht verloren. Das tut mir leid.“

„Was uns geschieht, liegt in der Hand des Herrn“, gab der heilige Mann zurück. „Wenn meine Zeit gekommen ist, werde ich das Ende freudig erwarten. Aber du hast Recht. Es ist gut, dass Bruder Peleion zu mir gekommen ist.“

„Peleion?“, rief Britto überrascht. „Hast du Bruder gesagt? Bruder Peleion?“

„Kennst du ihn?“

Brittos Herz fing wild an zu schlagen. „N... nein“, erwiderte er vorsichtig, um dann hastig, wie gegen seinen Willen und mit zitternder Stimme zu fragen: „Wo ... wo ist er?“

Der Alte sah ihn aus blinden Augen an, aber Britto hatte das Gefühl, der weise Mann sähe bis auf den Grund seiner Seele. „Er holt Wasser an der Quelle beim See. Sie wird zugefroren sein. Er muss das Eis weghacken. Das dauert.“ Sie schwiegen einen Moment, dann fuhr der Alte fort: „Geh zu ihm. Vielleicht kannst du ihm helfen.“

Britto nickte, obwohl der Einsiedler das ja nicht sehen konnte, und verließ die Hütte. Er zitterte am ganzen Leib. Peleion. Bruder. Sie hatte sich das Haar abgeschnitten und jene Form ihres Namens angenommen, die ihr Geschlecht verbarg. Das Neutrum. Nicht männlich, nicht weiblich. Peleion. Er wusste von anderen Frauen, die in die Einsamkeit gingen, um Gott zu dienen, die vorgaben, Eunuchen zu sein. Es schützte sie vor Männern, aber es war auch ein Signal an alle: Seht her, ich habe die Eva in mir überwunden. Ich trage die Schuld der Erbsünde, aber durch meine Wandlung und meine Gebete werde ich Vergebung erlangen.

Tiefe Freude erfasste ihn. Die Taube war am Leben. Die Taube wohnte am Felsen, hier in der Wildnis. Sie war hier! Seine Gedanken überschlugen sich, als er über die Lichtung zu dem Waldstück ging, hinter dem der kleine Teich lag, der aus einer Felsenquelle gespeist wurde. Er spürte eine wilde Sehnsucht, gleichzeitig eine tiefe Furcht, als gäbe es nun kein Zurück mehr. Ihm war so schwindlig, dass er kaum wahrnahm, wie die Umgebung sich in kürzester Zeit verändert hatte. Der Sprühregen war dichter geworden, und Natur, die unter tagelangem Frost gelitten hatte, überzog sich mit Eis. Das hohe gelbe Wintergras brach klirrend wie Glas unter seinen Schritten, die Regentropfen, die auf die Zweige der Büsche und Bäume trafen, erstarrten auf der dunklen Rinde zu durchsichtigem Kristall, das rasch im Umfang wuchs, bis die ganze Welt um ihn herum sich in ein Reich aus Glas zu verwandeln schien. Britto durchquerte das kleine Wäldchen, dann lag auch schon der Tümpel vor ihm, der von einer dicken Eisschicht bedeckt war. Peleia kniete neben der Quelle, die zwischen den Wurzeln einer riesigen alten Eiche hervorkam und deren sprudelndes Gewässer jetzt zu bizarren weißen Formen erstarrt war. Sie hieb mit einem Stück Holz auf das dicke Eis ein, um an das fließende Gewässer zu gelangen, dessen Gurgeln man unter der Eisdecke hören konnte. Neben ihr stand der tönerne Wasserkrug, den Britto noch kannte. Sie schien nicht wahrzunehmen, dass er sich näherte, so vertieft war sie in ihre Arbeit. Er blieb in kurzer Entfernung von ihr stehen. Sein Herz klopfte so laut, dass er meinte, sie müsse es hören. Er wollte ihren Namen rufen, doch er brachte keinen Laut hervor. Er wusste nicht, wie lange er so gestanden hatte, als sie plötzlich in ihrer Arbeit innehielt und lauschend den Kopf nach links wandte, als habe ein Geräusch sie aufmerksam gemacht. Sie richtete sich auf, da sah sie ihn und schien nicht im Geringsten überrascht. Sie stand einfach nur da und schaute ihm in die Augen, und er hatte das Gefühl, noch niemals etwas so Schönes gesehen zu haben. Sie trug das weiße Gewand der neu Getauften, und sie hatte ihr schwarzes Haar kurz geschnitten wie das eines Mannes, doch da es sich über ihrer Stirn und über den Ohren lockte, betonte es nur ihre dunklen Augen, ihre langen Wimpern, ihre feinen Gesichtszüge, ihren sensiblen Mund. Sie wirkte androgyn und verführerisch zugleich, sie hätte ein Engel sein können, der vom

Himmel herabgestiegen war, ein Engel nur für ihn; sie stand wie traumverloren in einer Zauberwelt aus durchsichtigem Kristall, und Britto begehrte sie mit aller Kraft; es war sinnlos, es zu leugnen, er fühlte sich durch eine nie gekannte Macht zu ihr hingezogen; er ging auf sie zu, nahm sie in die Arme, suchte ihren Mund, küsste sie voller Verlangen, und während sie ihn umarmte, flüsterte sie: „Du hast mich gefunden! Ich wusste, dass du kommen würdest!" Sie löste seine Fibel, schob den Umhang über seine Schultern zurück, bis er zu Boden fiel; sie streichelte sein Gesicht, sein Haar, seine Schultern, flüsterte Liebesworte, bis er sie blind vor Begehren hinüberdrängte zu der mächtigen Eiche. Dort lehnte sie sich gegen den Baumstamm, bog sich Britto entgegen, ließ es zu, dass er ihre Brüste umfasste und sein Gesicht an ihrem Hals vergrub, ließ es zu, dass er seine Hände tiefer wandern ließ; er schob ihr Gewand hoch, spürte ihre zarte kühle Haut unter seinen Fingern, liebkoste ihre Schenkel, ihren Bauch, das Venusvlies zwischen ihren Beinen. „Meine kleine Taube", flüsterte er. Sie seufzte lustvoll und küsste ihn; dreist schob sie seine Tunica hinauf und nahm sein Geschlecht in ihre Hand; doch er hielt ihre Hand fest und hinderte sie an ungehemmtem Spiel; stattdessen hob er sie hoch und presste ihren Rücken hart gegen den Stamm der mächtigen Eiche; sie umschlang seine Hüften mit ihren Beinen, und als er in sie eindrang, rief sie laut seinen Namen, gab sich ihm hin, hemmungslos, und bei all ihrer Erfahrung war es ihr, als geschähe es zum ersten Mal.

Britto biss sie in den Nacken, schmeckte ihren Schweiß, er küsste sie, war berauscht von der Zartheit ihres Körpers, ihrem Duft, dem Geschmack ihrer Lippen; er verlor sich in Zeit und Raum, vergaß, wer er war, was er wollte, kannte nichts mehr als das Glück der Vereinigung. Wenig später klammerten sie sich keuchend und erfüllt aneinander, Peleia lachte und weinte zugleich, sie küsste ihn immer wieder und flüsterte ein ums andere Mal: „Ich liebe dich. Ich liebe dich. Ich liebe dich, du wunderbarer Mann."

Britto löste sich vorsichtig von ihr; sein Gewand fiel über seine Beine hinab; er strich es mit einer abwesenden Geste glatt. Noch immer nahm er die Welt nur wie durch einen Schleier wahr; er roch den Duft der Lüste, spürte den weichen Regen auf seinem Gesicht, doch er fror nicht. Die kalte Natur, von durchsichtigem

Eis eingefangen, das auf den Ästen der alten Eiche eine immer dickere Schicht bildete, stand in bizarrem Kontrast zu der wärmer und wärmer werdenden Luft. Der Regen, der auf sein Gesicht fiel, war mild. Britto blinzelte und merkte, wie der Schleier vor seinen Augen sich langsam hob. Er wusste nicht, wie er sich gleich fühlen würde, er hatte so etwas noch nie erlebt. Peleia fragte ihn etwas, doch er hatte nur halb zugehört. „Was sagtest du?", fragte er deshalb.

Sie lachte zärtlich. „Ich habe dich gefragt, ob du glücklich bist."

Er sah in ihr leicht gerötetes Gesicht, in ihre strahlenden Augen, und in diesem Moment begriff er, was er getan hatte. Er war hierhergekommen, um sie zu vergessen. Stattdessen hatte ihn der Dämon der Lust überwältigt. Doch sein Inneres bebte noch von der genossenen Leidenschaft. Alles drängte ihn, Peleia in die Arme zu nehmen und sie nie wieder loszulassen.

„Ich bin glücklich", flüsterte er und senkte beschämt den Kopf. „Ach, was soll ich nur tun?"

Sie strich ihm übers Haar. „Was du tun sollst? Für immer glücklich sein mit mir. Was sonst?"

Ja, was sonst? Britto schloss die Augen. Er spürte wieder jene Enge um die Brust, die er schon kannte. Eisenklammern, die sich um ihn legten und drohten, ihn zu ersticken. Der Dämon umfing ihn aufs Neue mit unentrinnbarer Gewalt.

„Ich bin ein schwacher Mensch", brachte er mühsam hervor. „Ich kann das nicht ... Verzeih mir."

Sie ließ ihre Hand sinken. „Was kannst du nicht? Mit mir glücklich sein?"

„Ich habe meinem Gott ein keusches Leben gelobt", sagte Britto leise. „Ich habe mein Gelübde gebrochen. Ich schäme mich."

„Du schämst dich?", fuhr sie auf. „Für mich?"

Er schüttelte den Kopf. „Dafür, dass ich mich habe hinreißen lassen zu fleischlicher Lust."

„Aber du wolltest es doch. Du wolltest mich die ganze Zeit!", rief sie.

„Das ändert nichts daran, dass ich das Versprechen gebrochen habe, das ich Gott gegeben hatte. Und es ändert nichts daran, dass es für uns keine Zukunft geben kann."

„Aber ... aber warum denn nicht?", fragte sie. „Ich bin Christin wie du. Ich habe meinen Beruf aufgegeben. Hast du nicht immer und immer wieder gesagt, dass vor Gott alle Menschen gleich viel wert sind? Sklaven und Freie, Reiche und Arme, Frauen und Männer? Bin ich deiner nicht wert?"

Er sah ihr das erste Mal, seit er ihre Umarmung verlassen hatte, wieder in die Augen. „Du bist meiner wert", erwiderte er aufrichtig. „Ich bin es, der unwert ist, der sich vergangen hat. Gegen dich und gegen Gott." Er trat einen Schritt zurück. „Ich habe euch beide betrogen." Er hatte Tränen in den Augen.

Sie ging auf ihn zu. „Du lügst", sagte sie und schüttelte den Kopf. „Verachtest du mich denn immer noch?" Sie ergriff seine Hand, zog ihn an sich und Britto schloss die Augen, als sie sich an ihn schmiegte. „Wenn du es wirklich wolltest, dann würdest du Peleia, die Christin, zur Frau nehmen. Niemand, das hast du selbst gesagt, verbietet dir zu heiraten."

Britto entriss sich und stöhnte verzweifelt auf. „Ich bin nicht, was andere Männer sind", stieß er hervor. „Ich wünschte, ich wäre es. Doch mir ist kein Bischof bekannt, der verheiratet wäre. Ich bin ein Mann der Kirche, ich diene Gott und Gott allein. Das habe ich vor Zeugen geschworen. Und jetzt? Ich habe mein Wort gebrochen. Ich bin schwach. Ich bin der schwächste Diener Gottes! Denn ..." er vergrub das Gesicht in beiden Händen. „Ich liebe dich, Marcia-Peleia." Er blickte auf, geradewegs in ihre Augen. „Ich habe dich immer geliebt."

Ihr Gesicht leuchtete auf. In diesem Augenblick ertönte ein kurzes Geräusch, wie eine Saite, die zerspringt. Es war ein so unwirkliches Geräusch in der unwirklichen Stille um sie herum, dass Britto und Peleia sich verwundert umblickten, und während sie noch schauten, geschah es, dass der schwere Ast, unter dem sie standen, die Last des Eises nicht mehr trug. Er löste sich nahezu glatt vom Stamm der Eiche, Eis splitterte wie Glas, als die ersten Äste den Boden berührten, und er hätte die beiden Menschen unter sich begraben, hätte sich Britto nicht im letzten Moment auf Peleia geworfen und sie mit seinem Gewicht zu Fall gebracht. Der Ast, völlig umgeben von kristallklarem Eis, krachte dicht neben ihnen auf die gefrorene Erde. Er traf Brittos Schulter, und ein vereister Zweig fuhr ihm tief in die Wange; es kam ihm vor wie die Kralle des Teufels, und er schrie auf vor Schmerz. Keuchend lag er da, spürte Peleias Körper unter seinem. Sie zitterte. Beide rührten sich eine Weile nicht, starr vor Schreck, fassungslos, dass sie der Wucht des eisbeladenen Monstrums entkommen waren.

Eine Zeit lang war nur beider Atem zu hören. Peleia war diejenige, die sich zuerst fasste. Sie richtete sich halb auf, soweit es ihr möglich war. „Du blutest", sagte sie erschrocken.

Britto wälzte sich zur Seite und kniete sich hin. Als er seine Wange berührte, durchfuhr ihn ein brennender Schmerz, und er fühlte etwas Feuchtes. Er schaute auf seine Finger. Sie waren rot von Blut. Doch er kümmerte sich nicht um die Wunde, die brannte wie ein Teufelsmal. Er sah Peleia, die vor ihm auf der Erde lag, und sprang auf die Füße.

„Gott hat ein Zeichen gesandt!", sagte er heiser. „Ich habe gesündigt, und er zürnt mir."

Peleia wollte aufstehen, doch er rief entsetzt, als sei sie das leibhaftige Böse: „Bleib wo du bist! Komm nicht näher!"

Sie gehorchte nicht, sah erstaunt und erschrocken zugleich zu ihm auf. Sein Blick war dunkel vor Zorn, und das Blut, das über seine Wange strömte, gab ihm ein schauriges Aussehen. Sie kroch auf ihn zu, hob bittend die Hände, wollte, dass er ihr auf die Füße half, doch er wich zurück. „Britto", schluchzte sie. „Was habe ich denn getan? Was habe ich dir denn getan?"

„Du bist die Schlange der Erbsünde", fuhr er sie an. „Du bist Eva, die das Unheil über die Welt brachte. Du bist das Verderben, die Sünde, der Tod, wie jede Frau, die das Unglück hatte zu leben!"

Sie hielt inne, fassunglos. „Das meinst du nicht ernst", flüsterte sie. „Das hast du nicht gesagt. Nicht du! Du liebst mich doch ..."

„Schweig!", herrschte er sie an.

„Nein", rief sie schluchzend. „Ich schweige nicht." Sie rappelte sich auf, kam auf ihn zu, schlang ihre Arme um seinen Hals. „Ich gebe dich nicht auf. Lass mich mit dir kommen. Lass uns zusammen in die Stadt zurückgehen."

Er stieß sie von sich mit letzter Kraft. Eine Stimme in ihm schrie: „Tu es, nimm sie zu dir, gib dich ihr hin!", aber er hörte in ihr nur die Stimme des Teufels. Er sah den Ast, der ihn fast erschlagen hätte, und er wusste, dass er Peleia nie wiedersehen durfte, wenn er in diesem Leben noch einmal Ruhe und Frieden finden wollte. „Halte dich fern von mir, Unselige!", rief er.

Sie kroch auf ihn zu, umklammerte seine Knie, weinte heftiger. „Schick mich nicht fort“, schluchzte sie. „Nimm mich auf in dein Haus. Ich werde dir dienen wie eine Sklavin, ich werde auf deiner Türschwelle schlafen, ich werde wachen wie ein Hund, du darfst mich schlagen, mich treten, mich auspeitschen, wenn ich nur bei dir sein darf.“

Er packte ihre Handgelenke so fest, dass sie aufschrie, und schleuderte sie von sich. Sie duckte sich, weil sie fürchtete, er werde sie schlagen vor Wut, doch als er es nicht tat, hob sie den Kopf und sah ihn an, ungläubig, angsterfüllt und immer noch hoffend.

„Ich gehe jetzt“, sagte er hart und schluckte, „und ich werde dich nie wiedersehen. Wage es nicht, noch einmal in meine Nähe zu kommen.“

„Britto ...“, begann sie furchtsam, doch er schnitt ihr das Wort ab.

„Lass mich endlich in Ruhe!“, schrie er sie an. „Lass mich ein für alle mal in Ruhe!“ Panisch drehte er sich um und begann zu rennen. Er stolperte auf dem glatten Grund, fiel beinahe, riss sich wieder hoch, fasste nach Gesträuch, das ihm half, vorwärtszukommen; er spürte eine Angst, wie er sie nie gekannt hatte und von der er wusste, dass es Todesangst war; er spürte den Dämon, der ihm im Genick saß und ihm mit seinen Knien die Luft abschnürte. Er rannte und rannte, glitt aus, kroch auf allen Vieren, lief schließlich quer durch den Wald und merkte erst, als er auf der Landstraße war, dass er seinen Mantel vergessen hatte. Es war ihm gleichgültig, wie ihm alles gleichgültig geworden war. Endlich, je weiter er lief, desto schwächer wurde das Gefühl zu ersticken. Die Angst wich langsam von ihm, er fühlte, wie sich eine tiefe innere Leere in ihm ausbreitete, eine Leere, die er willkommen hieß, weil sie versprach, ihn von aller Sehnsucht, aller Trauer zu befreien. Als er schließlich mühsam die Stadt erreichte, ging er nicht nach Hause, sondern in das Haus Gottes und suchte Schutz unter dem Kreuz, dem einzigen Ort, an dem er sich sicher fühlte und geborgen.

***

Peleia rührte sich nicht. Sie lag am Boden, reglos, gefühllos. Ihr war nicht kalt, sie spürte den Regen nicht; ihr Körper, der noch vor kurzem lebendig gewesen war, voller Leidenschaft, warm, beglückt, war taub, wie ausgehöhlt, stumpf. Sie dachte nichts, sah nichts, obwohl sie die Augen weit geöffnet hatte. Die kristallene Pracht um sie herum nahm sie nicht wahr, auch nicht, dass nach und nach Wind aufkam, der die von Eis umschlossenen Zweige zu rütteln begann. Doch irgendwann hörte sie, wie im Wald ein Krachen verriet, dass ein weiterer Baum, schwer von durchsichtigem Eis, unter der Last brach, und sie richtete ihren Blick auf den mächtigen Ast, der nicht weit von ihr entfernt am Boden lag. Hasserfüllt starrte sie ihn an. „Wenn es dich gibt, du barmherziger, du unbarmherziger Gott", flüsterte sie zornig, „warum hast du mich dann nicht erschlagen in jenem Moment?" Sie lauschte, als erwarte sie eine Antwort, aber da waren nur die Geräusche des Waldes. Sie sprang plötzlich auf, hob ihre Hände gen Himmel, die Hände zu Fäusten geballt. „Warum hast du mich nicht erschlagen?!", schrie sie mit all der Kraft, die ihre Stimme noch hatte.

Schweigen. Und in das Schweigen mischte sich ein wenig später der Ruf eines Vogels, scheu, von einem nahegelegenen Baumwipfel, eine Amsel vielleicht. Peleia ließ die Arme sinken. Sie würde niemals eine Antwort erhalten. Es war vorbei.

Mechanisch, als sei ihr Körper ihrem Willen nicht mehr unterworfen, bewegte sie sich in Richtung der Quelle. Sie nahm den Krug, und da es taute, legte sie Eisbrocken in das Gefäß – sie würden bald zu Wasser werden. Dann wandte sie sich um und ging blicklos an der Eiche vorbei; sie ging durch das Wäldchen zurück zur Hütte des Einsiedlers und trat ein. Der Alte saß am Tisch, wach, und sah ihr aus blinden Augen entgegen. Sie stellte den Krug auf den Tisch und ließ sich wortlos auf ihr rohes Lager sinken. Dort lag sie im Halbdunkel, bis es Abend wurde. Sie aß nichts und trank nichts. Sie schlief nicht, aber sie war auch nicht wach. Sie war wie betäubt, alle Regungen des Körpers schienen außer Kraft gesetzt. Der Alte sagte nichts, fragte nichts. Irgendwann nach dem Abendgebet ging er zu Bett, doch ob er schlief oder wachte, hätte niemand sagen können. Der Regen war stärker geworden; er trommelte die ganze Nacht auf das Dach der Hütte. Wind ließ die Bäume rauschen, Äste knackten, die schlanken Stämme der hohen Buchen knarrten, und die Luft, die durch die Ritzen der Hütte drang, war feucht und würzig geworden. Peleia lag mit offenen Augen in der Dunkelheit auf dem Rücken und lauschte auf die Geräusche des Waldes. Und langsam kroch es in ihren Körper, in ihre Seele, ihren Geist – das Gefühl unendlicher Verlassenheit. Nichts, was sie kannte, war je stärker gewesen als dieses Gefühl. Es war, als fiele sie unablässig in einen Abgrund, und das Entsetzen, das sie erfasste, während sie fiel, fuhr ihr wie Todesangst durch den Leib; sie fiel in den Schlund der Verdammnis und wusste, dass diese rasende Fahrt in grauenvoller Einsamkeit niemals enden würde, solange sie lebte. Das war der Moment, in dem sie haltlos zu weinen begann. Sie weinte nicht nur, sie heulte und jammerte, schlug sich mit Fäusten gegen die Brust und zerkratzte sich das Gesicht. Sie zitterte, krampfte bald, eine zuckende Masse lebenden Fleisches, geschüttelt von dem Wunsch, ein Ende zu machen, und der abgrundtiefen Furcht, dass es zu Ende sei. Der Alte rührte sich nicht, sprach nicht, kam nicht zu ihr, ließ sie schreien und heulen, zittern und krampfen, hörte, wie der Sturm der Verzweiflung abzuebben schien, um gleich darauf mit neuer Heftigkeit loszubrechen. Er kam Peleia nicht zu Hilfe, sondern wartete geduldig, bis sie im Morgengrauen vor Erschöpfung einschlief. Dann erst stand er leise auf, tastete sich zum Tisch, trank von dem Eis, das im Krug mittlerweile zu Wasser geworden war, schlurfte zur Tür und ging nach draußen, um sein Morgengebet zu verrichten. Der Regen hatte aufgehört, zarter Nebel hing zwischen den Bäumen, deren gläserne Eishülle längst getaut war.

Peleia erwachte, als der Einsiedler die Hütte wieder betrat. Er hörte, dass sie sich bewegte und trat an ihr Lager. „Gott sieht deinen Schmerz“, sagte er.

Sie richtete sich halb auf. Ihre Wangen wiesen blutige Kratzer auf, ihre Augen waren rot und geschwollen. Dann stand sie mühsam auf, ging zum Tisch, nahm den Krug und trank in gierigen Schlucken. Als sie den Krug wieder abgestellt hatte, ging sie zur Tür und schaute hinaus. „Es regnet nicht mehr“, sagte sie.

„Das Eis war der letzte Bote des Winters“, erwiderte der Alte. „Der Frühling kommt.“

„Der Frühling“, wiederholte sie gleichgültig und blieb einfach nur in der Tür stehen, sah hinaus, bewegte sich nicht.

„Wir wollen beten“, forderte der heilige Mann sie auf. „Wir wollen Gott um Gnade bitten für den Mann, der hier war.“

Peleia fuhr herum. „Nein!“, rief sie. „Niemals!“

„Lasset uns bitten“, fuhr er ungerührt fort und hob seine Hände, „um Gnade für alle, die in die Irre gehen ...“

„Gnade?“, fiel ihm Peleia scharf ins Wort. „Was ist das?“

„Das wirst du erfahren, wenn du deine Seele Gott öffnest. Du fühlst dich einsam, Peleion. Gott kann in deine Seele eindringen und eins mit dir werden, und nur das Einswerden kann die Einsamkeit besiegen. Öffne dein Herz Jesus Christus und du wirst nicht mehr allein sein.“

Sie lachte leise, breitete die Arme aus, wandte ihr Gesicht zur Sonne und wiederholte in einer Art Singsang: „Öffne dein Herz, öffne dein Herz ...“

Der Alte schaute aus blinden Augen zu ihr hinüber, mit wachem Gesichtsausdruck, wie lauernd. Als sie verstummte, trat er zu ihr, nahm ihre Hand und führte sie zum Tisch. Dort setzte er sich und wartete, bis sie dasselbe tat. „Hör mir zu, Peleion“, sagte er eindringlich. „Ich war früher wie alle anderen auch. Voller Gier. Gier nach Lust, nach Macht, nach Glück. Es ist diese Gier, die uns Menschen betäubt, damit wir die Einsamkeit nicht spüren. Scheitern wir, stürzen wir in einen Abgrund aus Nichts. Doch schau dich einmal hier um, Peleion, und sieh meinen Reichtum. Ich habe alles, was ich brauche, zu essen, zu trinken, ein Bett, Schutz vor Kälte und Hitze und Stürmen. Nichts ist schöner als die Natur, nichts ist beglückender, als über die Heilige Schrift nachzusinnen. Menschen kommen zu mir, um sich Rat zu holen. Ihre Nöte sind vielfältig, aber sie stammen alle von der Gier. Doch ich gestehe, man braucht einen starken Geist und einen kräftigen Körper, um so zu leben wie ich“, fügte er lächelnd hinzu. „Auch der stärkste Geist und der kräftigste Körper nützen nichts ohne den Glauben an die Gnade Gottes. Der Glaube allein macht frei.“

„Frei?“

„Frei von Wünschen, von Gier, von Zorn, frei von Angst. Ich bin alt, mein Leben geht zu Ende, Peleion. Aber ich fürchte mich nicht, ich bin bereit.“ Er schwieg einen Moment, dann suchte er ihre Hand, drückte sie und fragte: „Und du, Peleion, was wirst du tun? Wirst du zurückgehen in die Stadt, zu dem Mann, der hier war?"

Sie antwortete nicht, sondern stand auf, ging wieder zur Tür und schwieg eine Weile. Auch der Einsiedler schwieg. Peleia stand auf der Schwelle, das Gesicht zur Sonne gehoben, und lauschte auf die Stimmen des Waldes, die nach und nach anzuschwellen schienen, der Gesang der Vögel wurde lauter und lauter, bis es in ihren Ohren ein Kreischen und Dröhnen war, schmerzhaft und unentrinnbar. Ihr Herz fing an zu rasen. Hastig bedeckte sie die Ohren mit den Händen und trat erschrocken in die Hütte zurück. Der Lärm verstummte so plötzlich, wie er gekommen war.

„Was wirst du tun, Peleion?", fragte er Alte noch einmal sanft.

Verwirrt sah sie ihn an. „Was?"

„Wo wirst du hingehen?", versuchte er es, indem er jedes Wort deutlich aussprach und voneinander absetzte.

Sie schüttelte den Kopf, lachte leise, und sprach wie zu sich selbst in einem kindlichen Singsang:

„‚Wo ich war, will ich nicht sein.
Wo ich bin, geht vorüber'.
Wo ich hingehe?", fügte sie dann hinzu, hob wie lauschend den Kopf, nickte dann und lächelte, was der Anachoret nicht sehen konnte. Er wartete darauf, dass sie weitersprechen würde, doch Peleia sagte nichts mehr. Sie ging hinüber zu dem abgenutzten Reisigbesen, der in einer Ecke lehnte, nahm ihn und fing einfach an, die Hütte zu fegen; bald schien sie den alten Mann völlig vergessen zu haben; sie summte zuerst eine Melodie, dann fand sie die Worte und sang mit warmer, voller Stimme ein altes Lied vom Frühling:

„‚Auf denn, umkränzet das duftende Haar mit dem Grün der dunklen Myrte,
Mit Blumen, die die Erde neu geboren;
Kurz ist des Lebens Spanne, vergönnet uns nicht ein langes Hoffen.
Bald deckt dich Nacht, das nicht'ge Reich der Schatten ...'"

Epilog

„Der Kaiser kommt!“
„Wer glaubt denn daran noch?“
„Gratianus kehrt zurück!“
„Erzähl mir nichts!“
„Er kommt nicht im Frieden.“
„Wann wäre denn jemals Frieden gewesen?“
„Maximus hat sich in Britannien zum Kaiser ausrufen lassen.“
„Wer ist Maximus?“

Die Einwohner von Treveris warfen sich auf der Straße die neuesten Gerüchtfetzen zu, alle Gassen hallten von ihnen wider, und dann kamen Boten in die Stadt, die den jungen Gratianus auf seinem Zug begleitet hatten und wussten, wo er campierte. Nun wuchs die Geschäftigkeit von Tag zu Tag. Viele Bürger hingen Blumengirlanden an ihren Häusern auf, die Magistraten tagten unablässig, Eilkuriere kamen und gingen, und die Erwartung der Menschen stieg umso mehr, je mehr Zeit sich der Kaiser ließ. Irgendwann jedoch, als die Blumengirlanden längst vertrocknet waren, zog Kaiser Gratian eines Nachts tatsächlich in die Stadt ein; er kam, als alle schliefen; der Hufschlag und der Aufmarsch der Garde weckten die verstörten Bürger, sie hingen sich schlaftrunken aus Fenstern und Türen, maskenhafte Gesichter im Schein der unzähligen Fackeln; ihr Jubel klang nach Enttäuschung, weil der Kaiser, der noch keine dreißig war, ihnen das Fest zu seinem Empfang verdorben hatte. Ihre Begeisterung war durchmischt mit Furcht, denn in Britannien – soviel war nun längst kein Gerücht mehr – hatte Maximus über die Picten gesiegt und war von seinem Heer zum Kaiser erhoben worden. Jetzt hieß es, er sei auf dem Weg nach Gallien, um Gratian herauszufordern, dem er die Kaiserwürde streitig machte.

Die Bürger von Treveris hassten den Krieg, weil sie vor allem Kaufleute waren mit besten Verbindungen in alle Teile des Römischen Reiches. Krieg bedeutete Gefahr für die Waren, die über Land und zu Schiff transportiert wurden. Krieg bedeutete Umsatzeinbußen, und wenn die Gewinne schrumpften, schrumpfte die Begeisterung für den Kaiser. So hielten sich die Treverer in dieser Nacht zurück, und als der Kaiser zwei Monate später nach

Lutetia weiterzog, um Maximus zu begegnen, ließ er die Stadt in unbehaglicher Nervosität zurück. Nicht ganz ohne Grund, wie sich herausstellen sollte, denn Gratian wurde von Maximus vernichtend geschlagen und am 25. Augustus bei Lugdunum von einem Meuchelmörder namens Andragasius ermordet.

Maximus beeilte sich, nach Treveris zu gelangen, der neue Kaiser ließ sich ankündigen, wie es sich gehörte, und traf bei hellstem Sonnenschein in der Stadt ein, was die Stadtoberen und die Bürger ihm mit einem feierlichen, großartigen Empfang dankten, ohne dass die Nervosität auch nur im Geringsten von ihnen gewichen wäre.

Doch die Sorgen erwiesen sich bald als unbegründet. Maximus verkündete, in Treveris seinen Hauptsitz nehmen zu wollen. Theodosius, der starke Kaiser des Ostens, erkannte ihn an, Maximus versprach, gegen die Überfälle der Germanen am Rhenus vorzugehen, und da er ein guter Katholik war, sandte Justina, die Mutter des jungen Valentinian, der schon als Kleinkind Mitkaiser gewesen war, Bischof Ambrosius sozusagen als diplomatische Vertretung des Kaiserhofs von Mediolanum nach Treveris.

Der große Kirchenmann und Gelehrte traf im September in der Stadt ein und nahm Wohnsitz in der geräumigen Domus von Bischof Britto.

Fast über Nacht war Treveris, die jahrelang in scheinbar unabwendbarer Provinzialität versunken war, wieder eine lebendige Metropole, in der nun zwar wieder massenweise Militär ernährt werden musste, ansonsten aber Handel und Kunst, Wissenschaft und vor allem das Christentum florierten. Bischof Britto hätte zugeben müssen, dass er in dieser Zeit kaum noch an Peleia dachte. Nur eine Narbe auf seiner Wange erinnerte an ihre letzte Begegnung; er sah sich von Gott gezeichnet – ausgezeichnet. Was mit Peleia geschehen war, wusste er nicht, wollte es auch gar nicht wissen. Sie war nie wieder in seiner Nähe aufgetaucht, und er hatte keine Ahnung, ob sie lebte, ob sie tot war, wo sie sich befand.

Eines Tages allerdings kam Ambrosius während einer Mahlzeit auf den Brief zu sprechen, den Britto ihm letztes Jahr geschrieben hatte.

„Und dieser Einsiedler vor den Toren der Stadt, der die Freunde des Ponticianus bekehrt hat – ist er noch am Leben?“, fragte Ambrosius.

Britto fasste sich unwillkürlich an die Wange. Als er es merkte, zog er seine Hand hastig zurück. „Ich weiß es nicht", erwiderte er knapp. „Ich war lange nicht mehr dort. Wahrscheinlich ist er gestorben. Er war schon sehr alt und erblindet, als ich ihn das letzte Mal sah." Er nahm ein Stück Brot und wollte Ambrosius von dem Thema ablenken, indem er sagte: „Du hast, wie ich höre, weitere Hymnen verfasst. Wirst du uns Abschriften davon zur Verfügung stellen? Es wäre mir eine Ehre."

Ambrosius überging die Schmeichelei. „Und wenn er doch noch lebt? Diese Anachoreten sind äußerst zäh. Ich denke, wir werden uns nach dem Essen ein wenig die Füße vertreten. Wenn wir Pech haben und er bereits gestorben ist, so waren wir wenigstens an der frischen Luft."

Britto schluckte. Er wusste nicht, was er darauf erwidern sollte. Ambrosius war eine Autorität, ein großer Kirchenmann, der Vertraute des Kaisers – und er war sein Gast. Ihm eine Bitte abzuschlagen, war unmöglich. Andererseits erfüllte ihn die Aussicht, zur Hütte des Alten zurückzukehren, mit tiefem Entsetzen.

Ich kann nicht, dachte er. Ich kann einfach nicht. „Es ist vielleicht doch zu weit", riet er ab. „Es ist außerdem zu warm draußen. Dieser Herbst ist wie ein zweiter Sommer."

„Ach was, zu warm", erwiderte Ambrosius gut gelaunt. „Und so weit ist es gar nicht. Wie du weißt, ist dies hier meine Heimatstadt. Ich kenne mich durchaus noch ganz gut aus."

Britto fügte sich, aber er spürte, wie ihm der Schweiß ausbrach – und das lag absolut nicht an der Wärme. Plötzlich stand die Szene mit Marcia unter der Eiche wieder so deutlich vor seinen Augen, als wäre es gestern gewesen. Der gläserne Wald. Ihr Körper, ihr Geruch. Er begann zu zittern und stand auf. „Entschuldige mich einen Moment", sagte er und ging hinaus. Auf dem Weg in sein Schlafzimmer rief er seinen Sekretär, trug ihm auf, sich für den Ausflug bereit zu machen, und bat ihn auch um die Begleitung des Diakons Secundius Securus. In seinem Zimmer kniete er sich vor das schlichte Kreuz, hob die Hände und betete: „Herr, gib mir Kraft".

Etwa eine Stunde später ging die kleine Gruppe von Geistlichen hinaus in den Wald. Ambrosius war bester Laune und unterhielt seine Begleiter mit Kindheitsanekdoten, die mit Orten verknüpft waren, an denen sie vorbeikamen. Es war tatsächlich sehr warm, aber die hohen, dicht belaubten Bäume spendeten Schatten. Hier draußen war es still und etwas kühler. Die Brombeeren dufteten wunderbar.

Als sie die Hütte des Einsiedlers, die unterhalb eines großen Felsens stand, erreichten, war niemand zu sehen. Nur die Rosen am Spalier strotzten in üppigster Blüte. Sie öffneten die Tür, aber niemand war zu Hause. Es war leidlich sauber und roch nach warmem Holz, und das Bett war so, wie Britto es in Erinnerung hatte: eine hölzerne Pritsche mit Laub. Im Krug, der auf dem Tisch stand, befand sich Wasser, das frisch zu sein schien. Da der Spaziergang die Geistlichen durstig gemacht hatte, tranken alle ein wenig davon. Danach gingen sie wieder nach draußen, standen eine Weile unschlüssig da und blickten sich suchend um.

„Er ist wohl noch am Leben“, bemerkte Ambrosius schließlich. „Aber wo steckt er?“

In diesem Moment flog ein großer Schatten über die Lichtung vor der Hütte. Die Männer rissen die Köpfe hoch. Am Himmel sahen sie einen Taubenschwarm, der über die Lichtung hinwegzog, alle Schwingen im Gleichtakt, als seien die Vögel an unsichtbaren Schüren am Himmel aufgehängt, nur von einer einzigen Hand bewegt. Sie flogen eine Schleife, stießen steil hinab, nur um sich wieder aufzuschwingen und eine neue Schleife zu fliegen.

Plötzlich gab es neben der Hütte, dort, wo sie sich an den Felsen schmiegte, eine Bewegung.

„Da!“, rief Secundius Securus.

Britto, der wie die anderen nach oben gestarrt hatte, zuckte zusammen. Wie magisch angezogen schaute er in die Richtung, in die der Diakon wies. Dort stand eine Gestalt in rauem Gewand, mager, mit fast kahlem Kopf, aus dem nur hier und da ein unordentliches Büschel kurzer dunkler Haare ragte. Die Wangen waren eingefallen, die Augen lagen tief und verschattet in ihren Höhlen, die Brauen waren über der Nasenwurzel zusammengewachsen, der Mund ein blasser Strich. Um den Hals trug die seltsame Gestalt ein kleines bronzenes Kreuz an einem Lederband; die Füße waren nackt und schrundig, die Beine, die unter der ausgeblichenen Männertunika hervorschauten, waren dünn und mit schwarzen Haaren bedeckt.

Britto wurde schwindlig, das Blut rauschte in seinen Ohren. Als er schwankte, fasste Rufinius nach seinem Arm und stabilisierte ihn. Langsam nur klärte sich sein Blick. Er sah zu Peleia hinüber, denn es gab für ihn keinen Zweifel, dass sie es war, obwohl sie sich bis zur Unkenntlichkeit verändert hatte. Sie schaute ihm in direkt die Augen, doch in ihren eigenen schimmerte kein Erkennen, keine Regung außer dem Erstaunen über Besuch hier in der Einöde, ein Erstaunen, das dem eines Tieres glich, furchtsam zwischen Flucht und Neugier verharrend. Sie legte den Kopf schief und schob einige Male ruckartig das Kinn vor.

„Uurh-uh-uu-uur."

Britto ließ seinen Blick suchend umherschweifen, denn er wusste nicht, woher das Geräusch kam, das wie das Gurren einer Taube klang. Nirgendwo jedoch war eine Taube zu sehen außer am Himmel, wo der Schwarm kreiste, pfeilschnell absank und wieder aufstieg, um erneut eine Schleife zu fliegen.

„Uurh-uh-uu-uur. Uurh-uh-uu-uur."

„Peleia?", sagte Britto leise, weil er nun meinte, dass das Geräusch aus ihrer Richtung kam.

Sie bewegte ein wenig die Arme, schob das Kinn erneut vor und beäugte die Ankömmlinge mit zur Seite geneigtem Kopf. „Uurh-uh-uu-uur", gurrte sie und dann, mühsam, als müsse sie sich daran erinnern, dass sie eine menschliche Sprache besaß, sagte sie mit einer Stimme, die vom langen Schweigen brüchig geworden war: „Täubchen ... meine ... uurh-uh ... meine meine ... Täubchen ... kommt ... wer ist es ... heute ... gestern ... uurh-uh-uu-uur ..."

„Peleia", sagte Britto noch einmal, diesmal drängender. „Erkennst du mich nicht?"

Sie machte einen kurzen Schritt auf ihn zu, dann noch einen, blieb wieder stehen und schaute mit schiefgelegtem Kopf zu ihm auf. „Sie sind ... lieblich, meine Täubchen, nicht wahr, uurh ... Sie ... sind treu, ein ... uurh-uu ... ein Leben lang, meine Täubchen." Sie brach ab und kam noch näher zu Britto, so dass sie nun fast direkt vor ihm stand. Ambrosius trat unwillkürlich einen Schritt zurück, und auch der Diakon und der Sekretär wichen ihr aus. Ihre dunklen Augen waren starr, und nun fauchte sie: „Lass sie in Ruhe, meine Täubchen. Sie sind ohne Argwohn, zärtlich und süß ..."

„Wir tun deinen Tauben nichts“, sagte Britto mit erstickter Stimme.

„Sind sie nicht heilige Tiere, trägt der Heilige Geist nicht ihre Gestalt?“, mischte sich Ambrosius ein.

„Uurh-uu-uu-uur. Du bist nicht gekommen, um Tauben zu fangen und zu essen?“ Peleia wandte sich ab und wies auf den Taubenschwarm, der mit jedem seiner Formationsflüge näher kam. „Sie sind pünktlich, meine Täubchen. Sie gehen morgens auf die Felder und kehren mittags heim, uurh-uh-uu-uur ...“

In diesem Augenblick stürzte der Schwarm, dessen Schwingen sich im Gleichtakt bewegten, wie ein einziger Vogel auf den Felsen hinab, der unter dem Geflatter fast verschwand. Die Felswand hinter der Hütte färbte sich taubenblau; im Sonnenlicht schillerte es dazwischen türkis und violett; der schroffe Stein besaß mit einem Mal hunderte Augen und Stimmen.

„Du nennst sie Peleia“, sagte Ambrosius begeistert zu Britto. „Kennst du sie?“

Britto wandte den Blick nicht von ihr ab. „Ich habe sie getauft. Sie war Schauspielerin am Theater. Ich wusste nicht, dass ...“

„Schauspielerin!“, rief Ambrosius enthusiastisch. „Wie interessant. Wie überaus interessant! Erzähl mir mehr davon!“

Britto schüttelte den Kopf. „Später vielleicht einmal. Nicht jetzt.“

„Ich bin sehr gespannt“, antwortete der große Kirchenmann. „Wo ist der Anachoret?“

„Er ist wohl tot“, erwiderte Britto matt. „Lass uns gehen.“ Er wandte sich um, aber da kam Bewegung in Peleia. Schneller, als er ihr zugetraut hätte, war sie bei ihm und berührte ihn am Ärmel. Er zuckte unwillkürlich zusammen und entzog sich ihr, doch dann blieb er stehen und sah ihr in die Augen. Sie flackerten verwirrt.

„Bist du Jesus?“, flüsterte sie und kam so nah, dass er ihren fauligen Atem riechen konnte. Britto wich erneut zurück. „Du bist Jesus“, sagte sie heiser, „du willst nicht, dass ich dich berühre.“

„Nein, ich bin nicht Jesus“, wehrte Britto ab. „Ich bin ...“

Sie ließ sich auf die Knie fallen und umklammerte seine Beine. „Segne mich“, forderte sie. „Segne mich, die Ärmste deiner Dienerinnen.“

Britto machte das Kreuzzeichen über ihr und sprach: „Ich segne dich, Peleia, im Namen des Vaters, des Sohnes und des Heiligen Geistes. Friede sei mit dir. Amen."

Sie hob den Kopf und sah zu ihm auf, und zum ersten Mal hatte Britto das Gefühl, sie erkenne ihn. „Steh auf, Peleia", wollte er sagen, aber seine Stimme brach.

Sie rappelte sich auf, blieb jedoch halb geduckt, den Arm wie schützend über den Kopf gehoben. „Der Habicht reißt die Taube", stieß sie hervor. „Aber in rasendem Flug hält er den Spiegel des Wassers für den Himmel und ertrinkt, die Beute noch in den Fängen."

Britto fuhr sich mit der Hand über das Gesicht. Seine Handfläche war eiskalt und feucht. Er bemerkte, dass Ambrosius sich Notizen machte. Als dieser Brittos fragenden Blick sah, flüsterte er fasziniert: „Sie redet in Zungen. Sie hat die Gnade Gottes empfangen."

„Bitte, lass uns gehen", drängte Britto, doch Ambrosius blieb, wo er war.

„Nein, nein", widersprach der Bischof von Mediolanum eifrig. „Ich will, dass sie noch einmal spricht. Das alles ist hochinteressant." Er ging auf Peleia zu. „Ehre sei Gott in der Höhe", sprach er sie an. „Du bist ..."

„Weg! Weg!", schrie sie plötzlich auf wie ein verwundetes Tier. „Der da!", wies sie in panischer Angst auf Britto. „Der da!"

Die Tauben am Felsen waren bei ihrem Schrei aufgeflattert, und nun stiegen sie steil mit heftigen Flügelschlägen in den Himmel; der Schwarm kreiste einmal über der Lichtung, kam rasend herab, stieg wieder auf und begann dann, wachsame Schleifen zu ziehen, als wollten die Vögel sich nicht zu weit entfernen, trauten sich aber auch nicht, den Felsen wieder in Besitz zu nehmen.

Britto hielt es nicht länger aus. Er ließ seine Begleiter stehen und eilte zurück zum Weg, der in den Wald führte. Dabei spürte er, wie in seinem Innern die Tränen zu fließen begannen; es waren Tränen, die er nicht weinen durfte. Und doch konnte er nicht aufhören zu weinen; es weinte in ihm ein anderer, der nicht der war, als den er sich sah; es weinte in ihm ein Mann, jener lebensfrohe, leidenschaftliche Mann, den er vor langer, langer Zeit in sich getötet hatte, um zu werden, was er war; es weinte jener Mann, den er vergessen hatte und der nun wiederkehrte, ungebeten; ein Dämon, den er besiegt zu haben glaubte und der, wie er nun wusste, sich niemals ganz besiegen ließ. Dort drüben stand Marcia, die einst stolz und schön gewesen war und die er geliebt hatte; hier war er, Britto, der geglaubt hatte zu wissen, was wahr und falsch ist, was gut und böse, und der nun erkannte, dass er der Unwissendste von allen war. Dies war der Abschied.

Er hörte, dass seine Kollegen ihm folgten. Bald hatten sie ihn eingeholt und gingen schweigend hinter ihm her. Am Waldsaum jedoch hielt Britto es nicht länger aus. Er blieb stehen und drehte sich noch einmal um. Tränen brannten in seinen Augen, aber durch den Schleier sah er, wie Peleia die Arme ausbreitete nach beiden Seiten, lächelnd, und in diesem Augenblick kamen die Tauben zurück, stürzten nahezu senkrecht aus dem Blau, ließen sich in waghalsigem Flug vom Himmel gleiten, gleich darauf umflatterten, umgurrten sie ihre Herrin, ließen sich auf ihren weitgespannten Armen nieder, auf ihrem Kopf, ihren Schultern, und für den kleinsten Teil eines Moments, für jenen Augenblick nur, der zwei Lidschläge trennt, sah Britto dort im gleißenden Licht noch einmal Marcia die Schauspielerin; für ihn, nur für ihn trat sie noch einmal auf, er war ihr Publikum, die Lichtung im Wald ihre letzte Bühne, die Vögel der Venus ihr schönstes Kleid.

Nachwort

Ich hatte schon lange vor, einen Roman über die Auseinandersetzungen zwischen Christen und Heiden zu schreiben – und zwar aus der Perspektive einer Figur, die in der alten Religion verwurzelt ist und kein Interesse am Christentum hat. Ursprünglich sollte die Geschichte in Nida (dem antiken Frankfurt) spielen, und den Gegenpol zu missionierenden christlichen Eiferern sollte ein junger Mann bilden, der Mithras dient. Meine Recherche ergab allerdings, dass Nida 268 n. Chr. von den Römern aufgegeben wurde, die sich auf die linksrheinische Seite zurückzogen und Germanien sich selbst überließen. Das dritte Jahrhundert war außerdem zu früh für mein Konzept, das den Roman Ende des vierten Jahrhunderts ansetzte, nachdem 381 das Christentum zur Staatsreligion erklärt worden war.

In der Bibliothek des Museums für Vor- und Frühgeschichte in Frankfurt ergab sich die Lösung des Problems dann wie von selbst. Ich fand zwei hochinteressante Essays und damit die Basis für den jetzt vorliegenden Roman: „Converting the Un-Christianizable. The Baptism of Stage Performers in Late Antiquity" von Richard Lim sowie „Pelagia. Beauty Riding By" von Benedicta Ward.

Lim beschreibt in seinem Essay das Paradox, dass Schauspieler in der Spätantike einerseits einem Beruf nachgingen, der vom christlichen Kaiser (in meinem Fall Gratian) abgelehnt werden musste, weil das Theater als heidnische Veranstaltung galt, andererseits aber bis ins 5. Jahrhundert hinein noch Spiele gegeben wurden, um die Bevölkerung zufriedenzustellen. Man verwehrte Schauspielern, die zunftähnlich organisiert waren, also, Christen zu werden, da sie sonst ihren Beruf hätten aufgeben müssen.

Die eigentliche Geschichte fand ich dann in der Legende der heiligen Pelagia, einer Schauspielerin in Antiochia. Nach einer Begegnung mit dem dortigen Bischof, bei der sich beide ineinander verlieben, entscheidet sie sich laut christlicher Überlieferung sofort, ihr sündhaftes Leben aufzugeben und als Mönch (!) in die Wüste zu gehen.

Natürlich ist eine christliche Legende immer nur die offizielle Lesart einer Heiligenbiographie, sozusagen Propaganda. Ich habe mich gefragt, was zwischen dem Bischof und der Schauspielerin wirklich vorgefallen ist und vor allen Dingen was in dieser Frau vorgegangen sein muss, um ihr Leben als – wir würden heute sagen: Star aufzugeben und schließlich in der Wüste zu sterben. „Die schwarze Taube“ ist ein Versuch, sich dieser Problematik mit den Mitteln des Romans zu nähern, allerdings mit einer wichtigen Änderung: Ich habe mich im Laufe der Recherchen bald gegen den exotischen Schauplatz im Nahen Osten entschieden, weil ich den Roman ja ursprünglich in Deutschland spielen lassen wollte. So habe ich den Ort der Handlung nach Trier verlegt, ursprünglich Augusta Treverorum, später Treveris. Die Stadt gehörte zur römischen Provinz Gallia Belgica und war im gesamten 4. Jahrhundert (mit Unterbrechungen) Kaiserresidenz von West-Rom, ebenso der Geburtsort des Mailänder Bischofs Ambrosius und Wirkungsort des Literaten Ausonius, Erzieher von Kaiser Gratian und Autor der berühmten „Mosella“. Und in den letzten beiden Regierungsjahren Gratians ist meine Geschichte nun auch angesiedelt.

Es wurde eng in dieser Zeit für die Altgläubigen im Westen des Römischen Reiches. Forschungen haben ergeben, dass beispielsweise der gallo-römische Tempelbezirk im Trierer Altbachtal Zerstörungen aus der Zeit Gratians aufweist und danach nicht wieder aufgebaut wurde. Die Christen hatten nach der Taufe Konstantins des Großen in weniger als einem Jahrhundert die Oberhand gewonnen, und sie bauten ihre Macht mit allen Mitteln aus.

Ein Motiv für mich, diesen Roman zu schreiben, war auch, herauszufinden, wie sich der noch relativ große heidnische Bevölkerungsanteil gefühlt haben muss, als die Staatskirche begann, sich in alle Lebensbereiche der Bürger, Sklaven und Freigelassenen einzumischen. Wie fänden wir es, wenn plötzlich jemand käme und uns verböte, in die Kirche zu gehen, die Konten des Klerus sperrte, wenn unsere Kinder nicht mehr zur Kommunion oder Konfirmation gehen dürften, wenn unsere Altarbilder und Kruzifixe verbrannt würden? Wie fänden wir es, wenn jemand wie der spätere „Heilige Martin“ mit Soldaten aufkreuzte, um uns mit Gewalt zu bekehren?

„Das Christentum machte reinen Tisch“, schreibt E. R. Dodds. „Es nahm die Bürde der Freiheit von den Schultern des Einzelnen: eine Wahl, eine unwiderrufliche Wahl, und der Weg zur

Rettung war bereitet. Heidnische Kritiker mochten die christliche Intoleranz verspotten; doch in einem Zeitalter der Angst hat jeder ‚totalitäre' Glaube eine mächtige Anziehungskraft ..."

Auf der anderen Seite steht das Christentum als „Religion lebendiger Hoffnung", das offen ist für alle. Es macht grundsätzlich keine sozialen Unterschiede. Eine Schauspielerin, die im Römischen Reich zu einer Berufsgruppe gehörte, die als infam, also ehrlos, angesehen wurde, die kein Bürgerrecht besaß, die nicht heiraten durfte, ihren Beruf nicht wechseln durfte, die trotz ihrer Berühmtheit nicht mehr galt als eine Hure – war für eine solche Frau das Christentum eine Alternative?

Die Arbeit an dem Roman „Die schwarze Taube" war für mich auch eine intensive Zeit der Auseinandersetzung mit dem trotz aller Säkularisierung immer noch christlich geprägten abendländischen Umfeld, in das ich hineingeboren wurde. Es ist daher ein sehr persönliches Buch geworden. Eine abschließende Antwort auf meine Fragen habe ich natürlich nicht gefunden, aber ich habe viel gelernt.

Bedanken möchte ich mich bei Andrea Rottloff, die sich um die Korrektheit der historischen Details verdient gemacht hat, sowie vor allem bei Astrid Ule, die mich dramaturgisch hervorragend beraten und zum Schluss dem Werk den letzten Schliff verliehen hat.

Karlsruhe, den 22. Juli 2008
Beate Schaefer

Glossar

ABAKUS – Antikes Rechenbrett, in Kolumnen eingeteilt. Man rechnete mit verschiebbaren Stiften, Steinchen oder Marken. Es konnte addiert, subtrahiert, multipliziert und dividiert werden.
AKOLYTH – Altardiener
AMBROSIUS – (339–397 n. Chr.); in Treveris geboren, wurde er 374 Bischof von Mediolanum (Mailand). Einer der Kirchenväter; führte den aus dem Osten stammenden Kirchengesang in der Westkirche ein und dichtete selbst mehrere, teils heute noch gebräuchliche Hymnen.
ANACHORET – Spätantike Bezeichnung von Einsiedlern
ANUBIS – Ägyptische Gottheit; der Mimus „Anubis" geht auf eine tatsächliche Begebenheit im tiberianischen Rom zurück. Ein junger Mann, der sich in eine junge Römerin verliebt hatte, machte ihr weis, der Gott Anubis begehre sie. Sie fiel darauf herein und ließ sich im Isis-Tempel von dem „Gott" verführen. Der Fall flog auf, der junge Mann wurde hingerichtet, und der Tempel wurde geschleift.
APOLLO GRANNUS – Gallo-römischer Quell- und Heilgott
APOSTASIE – Abfall vom Glauben
APSIS – Halbrunde Nische als Abschluss von Gebäuden
ARCHIMIMUS – Leiter einer Schauspieltruppe, oft der älteste und erfahrenste Mime im Ensemble
ATELLANE – Derbe Burleske oskischen Ursprungs um 100 v. Chr., mit festgelegten Rollen wie dem alten Fresser, dem Dummkopf, dem buckligen Gelehrten etc. Sie hatte wohl auch Einfluss auf die plautinische Komödie und später auf den Mimus.
AUGUSTA TREVERORUM – *s. TREVERIS*
AULAEUM – Breiter, in der Mitte geteilter Theatervorhang im hinteren Teil von kleinen oder provisorischen Bühnen, durch den die Mimen auftraten. Typisch für den Mimus, als er das große Theater noch nicht erobert hatte.
AUSONIUS – Decimus Magnus Ausonius (um 310–393/394). Römischer Dichter. Geboren in Burdigala (Bordeaux), wurde er nach 365 n. Chr. von Kaiser Valentinian als Erzieher des jungen Kaisersohnes Gratian nach Treveris berufen. Als Erinnerung an den Feldzug des Valentinian an den Rhein 368/69 schrieb er sein berühmtes *Moselgedicht.*
AVETA – Keltische Gottheit
BELGINUM – Gallische Siedlung am sog. Ausoniuspfad von Trier nach Bingen; in der Nähe wurde ein Epona-Tempel gefunden.
BERGOMUM – Das heutige Bergamo
BONONIA – Das heutige Bologna
BOVILLAE – Antike Stadt südlich von Rom an der Via Appia
CAVEA – Der halbrunde Zuschauerraum eines antiken Theaters
CERVISIA – Vorläufer des Biers
CARDO MAXIMUS – X-Achse im Koordinatenkreuz der römischen Stadtplanung
COHORS VIGILIS – Feuerwehr
COLONIA – Kurz für: *Colonia Claudia Ara Agrippinensis* (das heutige Köln). Römische Stadtgründung am Rhein; Geburtsort von Agrippina, der späteren Gemahlin von Kaiser Claudius
KRYPTOPORTIKUS – Unterirdischer Verbindungsgang
DECUMANUS MAXIMUS – Y-Achse im Koordinatenkreuz der römischen Stadtplanung
DECURIO – Mitglied des Stadtrates in den Provinzen, den römischen Senatoren vergleichbar

Diakon – Leistet christlichen Dienst in der Gemeinde in Form von sozial-karitativen Aufgaben; engster Mitarbeiter des Bischofs. Weibliche Diakone unterrichteten Frauen im Katechumenat, machten Hausbesuche bei weiblichen Kranken etc.

Dies dominica – Christliche Bezeichnung für *Dies Solis* (Sonntag)

Dies Saturnis – Tag des Saturn (Samstag)

Dionysos – Lat. Bacchus, ursprünglich aus Kleinasien stammender Gott des Weines mit eigenen („bacchantischen“) Mysterien; auch Gott der darstellenden Künste

Diptychon – Bezeichnung für zwei aneinandergebundene Wachstäfelchen, die als Notizbuch dienten.

Epona – Gallische Pferdegöttin, die die Reisenden schützt.

Extempora – Improvisationen von Schauspielern während der Vorstellung, die, wenn sie gut waren, später ins Stück übernommen und schriftlich fixiert wurden.

Falerner – Berühmter italischer Wein aus dem Norden Kampaniens

Familiae emptor – Testamentsvollstrecker

Frigidarium – Kaltbad

Gallia Belgica – Nach der Neuordnung durch Augustus 27 v. Chr. eine der drei gallischen Provinzen: Lugdunensis, Belgica, Aquitania

Gratian – Flavius Gratianus (367–383), weströmischer Kaiser, von Ausonius in Treveris erzogen. Stand stark unter dem Einfluss des Bischofs Ambrosius. Am 25. August 383 bei Lugdunum (Lyon) ermordet.

Hekate – Römische Unterweltsgottheit, oft dreigestaltig dargestellt

Insula – Römische Form des mehrgeschossigen städtischen Mietshauses, im Untergeschoss oft mit Geschäften und Garküchen

Juno lucina – Göttin, die bei der Geburt hilft

Katechumene – Katechumenen bzw. Taufbewerber gehören zur Kirche, sind aber zur Teilnahme an der Eucharistie (Abendmahl) nicht berechtigt. Im Katechumenat üben sie christliches Leben ein und werden u. a. durch regelmäßigen Exorzismus auf den Empfang des Heiligen Geistes vorbereitet.

Kithara – Antikes Saiteninstrument

Laren – (lat. *Lares*), Schutzgeister eines Hauses wie Penaten und Genien, denen regelmäßig geopfert werden musste.

Lectus imus – Beim Gastmahl im *Triklinium* die linke der drei Bänke (Klinen), gefolgt vom *Lectus medius* in der Mitte und *Lectus summus* rechts. Die Verteilung der zumeist 9 geladenen Personen im hufeisenförmig angeordneten *Triklinium* war ursprünglich nach deren Rang genau festgelegt.

Leno – Lat.: Zuhälter

Leuge – Gallische Meile, ca. 1½ römische Meilen (entspricht 2200 m)

Londinium – Das heutige London

Mappa – Große Serviette, die entweder vom Gast mitgebracht oder vom Gastgeber gestiftet wurde

Mars – Römische Kriegsgottheit, in Gallien oft als Lenus Mars mit nicht nur kriegerischer Bedeutung verehrt

Martin von Caesarodunum – (ca. 316–391); Bischof von Tours, später „heiliger Martin“, bekannt für seine drastischen Bekehrungen von Heiden; Lebensbeschreibung bei Sulpicius Severus, Festtag: 11. November.

Mediolanum – Stadt im Norden Italiens, das heutige Mailand

Merkur – Römischer Gott der Händler und Reisenden

Mimus – Die spätantike römische Komödie schlechthin. Es waren derbe Volksstücke, die meist aus einem fixierten Text bestanden, der aber während des Spiels durch Improvisationen verändert wurde. Der Mimus nahm oft Bezug auf tagesaktuelle Themen. Die Mimen trugen keine Masken und spielten barfuß.

MINTURNAE – Antike Stadt südlich von Rom an der Via Appia

MITHRAS – Hauptgott einer Mysterienreligion, dargestellt als Stiertöter. Große Verbreitung im gesamten Römischen Reich, vom Christentum bekämpft und schließlich verdrängt.

MOGONTIACUM – Das heutige Mainz, zwischen 18 und 13 v. Chr. in der Nähe des Mogon-Heiligtums als Legionslager der römischen Provinz *Germania superior* errichtet. Im 4. Jh. n. Chr. ist Mogontiacum Sitz des *Dux Mogontiacensis* und Metropole der Germania I bis zum Abzug der römischen Legionen im 5. Jh. n. Chr.

„MULIER TACEAT IN LECTO!" – „Die Frau schweige im Bett!", Paulus sagt: „*Mulier taceat in ecclesia*!" – „Die Frau schweige in der Kirche!"

MULSUM – Honigwein

NOMENKLATOR – Sklave, der die Gäste beim Gelage bzw. die Klienten beim morgendlichen Empfang namentlich ankündigte.

NOVIOMAGUS – Das heutige Neumagen, Stadt an der Mosel

NUPTIA(E) – Hochzeit. Nuptia war auch der Name eines bekannten Mimus.

OPUS CAEMENTITIUM – Römischer Beton aus gebranntem Kalk, Sand, Puzzolanererde, Ziegel- und Marmorsplitt und Wasser. Er erreichte Härtegrade, die teilweise unserem heutigen Beton entsprechen und härtete auch unter Wasser aus.

ORCHESTRA – Im römischen Theater die halbrunde Fläche zwischen Bühne und Zuschauerraum

PALLA – Ein großer rechteckiger Umhang, der verschieden drapiert und dessen faltenreicher „Kragen" bei Bedarf über den Kopf gezogen werden konnte.

PELEIA – (gr.) Felsentaube, wiss. Name *Columba livia livia*. Alleiniger Vorfahr der Haus- und Straßentaube. Ihr Federkleid ist graublau mit schwarzer Bebänderung der Schwingen, der Hals schillert türkis und violett. Die Felsentaube wurde bereits in der Antike domestiziert. Die Haltung ist einfach, da eine starke Bindung an den Brutplatz und den Partner besteht. Tauben wurden gegessen, als Brieftauben verwendet, ihr Kot ist ein hervorragender Dünger. Ihre Symbolik reicht vom heiligen Vogel der Ishtar/Astarte/Aphrodite/Venus über die Verkörperung ehelicher Treue bis zu ihrer Funktion als Sinnbild des Heiligen Geistes.

PANTOMIMUS – Die spätantike Form der Tragödie. Es war eine Art Ballett mit Musik und Chor, in dem ein einzelner Tänzer durch verschiedene Masken und die Kunst seines Spiels sämtliche Figuren des Stückes nacheinander verkörperte. Der Inhalt des Stückes wurde durch den Chor vermittelt.

PLAUTUS – Römischer Komödiendichter (ca. 250–184 v. Chr.). Er machte Stücke der Neuen Komödie des griechischen Theaterrepertoires für die römische Bühne zurecht. Die Skala reicht von der Mythentravestie bis zur gemeinen Farce, von der turbulentesten Verwechslungskomödie bis zum Charakterstück und zum ruhigen oder sentimentalen Lustspiel.

PORTA INCLYTA – „Die Berühmte": Treverisches Stadttor an der Moselbrücke

PORTA MEDIA – Stadttor im Westen von Treveris

PRAETOR URBIS – Hoher städtischer Beamter

PRESBYTER – Bewährte christliche Gemeindemitglieder („Älteste") mit kollegialer Leitungsfunktion

RITONA – Keltische Fruchtbarkeitsgöttin, die Statue zeigte die Göttin nackt.

SCHOLASTICUS – Rhetor; konnte den Lehrer oder den Schüler bezeichnen.

SIPARIUM – Kleiner schwarzer Theatervorhang, der jeweils wie ein Segel gerafft wurde und dazu diente, den Kulissenwechsel in den einzelnen Nischen der steinernen Szenenfront zu verbergen.

Sol invictus – Spätantike römische Gottheit: „die unbesiegbare Sonne"; von Kaiser Marcus Aurelius Antoninus zu Beginn des 2. Jh. n. Chr. kurzzeitig zur Hauptgottheit erhoben.

Sudatorium – Schwitzbad

Tablinum – Zum Atrium gelegener Hauptraum einer *domus*; ursprünglich das Zimmer, in dem die Hausherrin mit ihren Sklavinnen spann und webte.

Terra sigillata – Rotes, sehr feines Tongeschirr, das mit eingeschnittenen, eingepunzten, eingeprägten oder aufgelegten Ornamenten und/oder Figuren aufwendig verziert wurde.

Tibia – Doppelrohrflöte, auch Doppel-Aulos genannt, ein beliebtes Instrument bei öffentlichen Feiern und auf dem Theater, das sehr schwierig zu spielen war; klang wohl ähnlich einer Oboe.

Treveris – Durch Kaiser Augustus im Jahre 16 v. Chr. gegründete Stadt, ursprünglich „Augusta Treverorum". Im 4. Jh. n. Chr. war Treveris mit ca. 60.000 Einwohnern die größte Stadt nördlich der Alpen. Kaiser Konstantin der Große machte sie um 310 n. Chr. zu seinem Regierungssitz, 313 wurde sie Hauptstadt des Weströmischen Reiches.

Tribunus voluptatum – Römischer Beamter, Zuständiger für die zu Festtagen abgehaltenen Spiele (Zirkusspiele, Wagenrennen, Theateraufführungen)

Triklinium – Römisches Speisezimmer mit drei Bänken. Es gab in größeren Häusern oft mehrere Triklinien verschiedener Größe.

Tunica – Traditionelles römisches Gewand, aus zwei Teilen genäht, das gegürtet getragen wurde. Unter der Tunica wurde teils noch ein Untergewand getragen, die Subucula. Frauen trugen die Tunica lang, die Männer bis zum Knie. Es gab einen großen Reichtum an Farben, Verzierungen und Stoffen.

Venus genetrix – Dem Mythos zufolge die Stammmutter des julischen Hauses. Venus war die Mutter des Aeneas, auf den Gaius Iulius Caesar und der von ihm adoptierte Großneffe Gaius Octavius (der spätere Kaiser Augustus) ihre Abstammung zurückführten.

Voluten – Beliebte schneckenförmige Verzierungen an Architektur- und Mobiliarteilen, an Geräten etc. Bekannt sind vor allem die Voluten an ionischen Säulenkapitellen.

Literatur

Aurelius Augustinus: Bekenntnisse, Insel-Verlag, Frankfurt 1987

Aurelius Augustinus: Vom Gottesstaat, dtv, München 1977

D. Magnus Ausonius: Mosella. Bissula. Briefwechsel mit Paulinus Nolanus, Artemis & Winkler Verlag, Sammlung Tusculum, Düsseldorf/Zürich 2002

Richard C. Beacham: The Roman Theatre and its Audience, Harvard University Press, Cambridge (Mass.) 1991

Heinz Bellen: Grundzüge der Römischen Geschichte. Die Spätantike von Constantin bis Justinian, Wissenschaftliche Buchgesellschaft, Darmstadt 2003

H. Bender: Rom und römisches Leben im Altertum, Reprint der Originalausgabe von 1893, Reprint-Verlag Leipzig

Astrid Böhme-Schönberger: Kleidung und Schmuck in Rom und den Provinzen, Schriften des Limesmuseums Aalen 50, Stuttgart 1997

Erika Brödner: Wohnen in der Antike, Wissenschaftliche Buchgesellschaft, Darmstadt 1993

Heinz Cüppers (Hrsg.): Die Römer in Rheinland-Pfalz, Nikol Verlagsgesellschaft, Hamburg 2005

Ramsay MacMullen: Christianity & Paganism in the Fourth to Eigth Centuries, Yale University Press, 1997

Alexander Demandt: Geschichte der Spätantike. Das Römische Reich von Diocletian bis Justinian, C. H. Beck Verlag, München 1998

Karlheinz Deschner: Das Kreuz mit der Kirche. Eine Sexualgeschichte des Christentums, Econ Verlag, München 1986

E. R. Dodds: Heiden und Christen in einem Zeitalter der Angst, Suhrkamp Verlag, Frankfurt 1992

George E. Duckworth: The Nature of Roman Comedy, University of Oklahoma Press, Norman (Oklahoma) 1994

W. Eck, J. Heinrichs (Hrsg.): Sklaven und Freigelassene in der Gesellschaft der Römischen Kaiserzeit, Wissenschaftliche Buchgesellschaft, Darmstadt 1993

Michael Fiedrowicz: Christen und Heiden. Quellentexte zu ihrer Auseinandersetzung in der Antike, Wissenschaftliche Buchgesellschaft, Darmstadt 2004

D. Haag-Wackernagel: Die Taube – vom heiligen Vogel der Liebesgöttin zur Straßentaube, Schwabe-Verlag, Basel 1998

Ross. S. Kraemer (Hrsg.): Maenads, Martyrs, Matrons, Monastics. A Sourcebook on Women's Religions in the Greco-Roman World, Philadelphia University Press, 1988

Margaret Y. MacDonald: Early Christian Women and Pagan Opinion. The Power of the Hysterical Woman, Cambrigde University Press, 1996

Reich, Hermann: Der Mimus. Ein Litterar-Entwickelungsgeschichtlicher Versuch, Berlin 1903

Armin und Renate Schmid: Die Römer an Rhein und Main, Societäts-Verlag, Frankfurt 1972

David Ulansey: Die Ursprünge des Mithraskults, Wissenschaftliche Buchgesellschaft, Darmstadt 1998

Ludwig Wamser (Hrsg.), Die Römer zwischen Alpen und Nordmeer, Ausstellungskatalog, Albatros Verlag, Düsseldorf o. J.

289 Seiten

Umschlagabbildung:
Jacopo Pontormo: Venus und Cupido
(1532/34, nach einem Karton Michelangelos; Ausschnitt)
Öl auf Holz, Galleria dell'Accademia, Florenz
Foto: © akg-images/Rabatti – Domingie

Bibliografische Information der Deutschen Nationalbibliothek

Die Deutsche Nationalbibliothek verzeichnet diese Publikation in der Deutschen Nationalbibliografie; detaillierte bibliografische Daten sind im Internet über <*http://dnb.d-nb.de*> abrufbar.

Weitere Publikationen aus unserem Programm finden Sie unter:
www.zabern.de

ISBN: 978-3-8053-3842-4
Gestaltung: Ragnar Schön, Verlag Philipp von Zabern, Mainz
Lektorat: Astrid Ule, Berlin
Gestaltung des Titelbildes: Max Bartholl, b3K text und gestalt GbR, Frankfurt am Main und Hamburg

Printed in Germany by Philipp von Zabern
Printed on fade resistant and archival quality paper (PH 7 neutral) · tcf